ULRIKE SCHWEIKERT
Engel der Verdammten

ULRIKE SCHWEIKERT

ENGEL DER VERDAMMTEN

Roman

LYX
EGMONT

Originalausgabe Oktober 2012 bei LYX
verlegt durch EGMONT Verlagsgesellschaften mbH,
Gertrudenstr. 30–36, 50667 Köln

Ein Projekt der Montasser Medienagentur

1. Auflage
Lektorat: Andy Hahnemann
Satz: Greiner & Reichel, Köln
Printed in Germany (671575)
ISBN 978-3-8025-8224-0

www.egmont-lyx.de

Für meine liebe Schwester Renate und
ihren Mann Dietmar Jaxt
und für meinen geliebten Mann
Peter Speemann

Prolog

Verlangen

Die Nacht erwachte. Eine herrliche Spätsommernacht, in der die feuchte Schwüle des Tages einem klaren Abend wich. Die Sonne war gerade hinter dem Horizont verschwunden und sandte nur noch ein letztes rosa Glühen aus, ehe auch dieses erlosch und der Mond seinen Platz am Himmel einnahm.

Peter von Borgo erhob sich aus seinem Sarg in einem verborgenen Keller seiner Blankeneser Villa. Sorgfältig strich er das schwarze Seidenhemd glatt und schnippte einen hellen Faden von seiner ebenfalls schwarzen Hose. Er beschleunigte seinen Schritt ein wenig, als er in der Halle den großen, mit einem Tuch verhängten Spiegel passierte. Er brauchte kein verspiegeltes Glas, um zu wissen, wie er aussah: genau wie jede Nacht seit Hunderten von Jahren. Von seinem schmal geschnittenen Gesicht mit unnatürlich weißer Haut hoben sich die dunklen Brauen und das schwarze, schulterlange Haar ab. Seine Nase konnte man durchaus als aristokratisch bezeichnen. Er war groß und sehnig gebaut und ganz sicher ein Mann, der ins Auge fiel und den man nicht so schnell wieder vergaß – wenn er dies wollte. Ja, er war attraktiv, ein Mann, nach dem sich die Frauen umwandten.

Nachdenklich blieb der Vampir in der Tür stehen und drehte an dem auffälligen Smaragdring an seiner linken Hand. Warum machte er sich heute bloß so viele Gedanken über sein Äußeres? War das nicht völlig unwichtig? Eine Nacht folgte der anderen in ewig gleichem Reigen.

Und doch war in dieser Nacht etwas anders. Er konnte die Spannung spüren, die ihn umgab. Vielleicht hätte sich sein Pulsschlag beschleunigt, wenn er noch ein lebendiges Herz in seiner Brust tragen würde.

Beschwingt machte er sich auf den Weg. Zwar wählte er einen Umweg über den Kanonenberg und zwang sich, am Fuß des Leuchtfeuers für einige Augenblicke den Ausblick über die Elbe zu genießen, doch dann zog es ihn zur Uferpromenade hinunter. Er merkte, wie er immer schneller lief, bis er über das duftende Gras zu fliegen schien. Nein!

Der Vampir hielt inne. Er befahl sich einen schlendernden Schritt und eine ausdruckslose Miene, die sein aufgewühltes Gefühl verbargen.

Peter von Borgo wunderte sich ein wenig über sich selbst. Darüber, dass ihn dieses Treffen so in Aufruhr versetzte. Er hatte gedacht, er habe schon alles erlebt und würde sich mit einer immerwährenden Langeweile arrangieren müssen. Schon seit Ewigkeiten hatte nichts mehr sein Blut in Wallung bringen können – außer vielleicht Sabine.

Aber an sie wollte er im Moment nicht denken. Es kam ihm unpassend vor. Er wusste, dass sie es nicht gutheißen würde. Doch welches Recht hatte sie, ihn zu maßregeln? War sie es nicht, die ihre Entscheidung immer wieder hinausschob? Das hier hatte nichts mit ihr zu tun und es ging sie nichts an. Nein, an diesem Abend wollte er nicht an Sabine denken, die ihm deutlich zu verstehen gegeben hatte, dass sie in den kommenden Nächten ihren Schlaf brauchte.

Der Vampir richtete seine Aufmerksamkeit wieder auf sein Ziel. Gleich würde die Bank hinter der Biegung auftauchen. Er ahnte, dass sie schon da war. Sie wartete auf ihn. Seine Schritte wurden immer langsamer, bis er sie endlich sah. Er blieb stehen und sog ihren Anblick in sich auf.

Das Mondlicht strich ihr schmeichelnd über das schwarze Haar, die zarte, milchige Haut, die vollen Lippen. Sie war noch jung, doch nicht unschuldig. Sie war entschlossen und mutig, sie war neugierig und bereit, jedes Abenteuer zu wagen. Sie war perfekt!

Der Abendwind trug ihm einen Hauch ihres Dufts zu, den er genussvoll in sich einsog. Eine wilde Freude wallte in ihm auf. Es würde eine herrliche Nacht werden. Etwas Besonderes.

Sie hob den Kopf und blickte in seine Richtung. Hatte sie ihn entdeckt? Konnte sie ihn sehen? Die freudige Erwartung trieb ihn an. Mit wenigen schnellen Schritten erreichte er die Bank, auf der sie sich niedergelassen hatte. Sie lächelte ein wenig schelmisch.

»Welch Überraschung! Herr von Borgo, wer hätte gedacht, Sie heute Nacht hier anzutreffen?«

Sie heuchelte ein so entzückend mädchenhaftes Erschrecken, dass er gar nicht anders konnte, als sich herabzubeugen und nach ihren Händen zu greifen. Er küsste sie zart. Sie lächelte und zog ihn neben sich auf die Bank.

»Was werden wir heute Nacht tun? Was wirst du mir zeigen?«

»Was möchtest du denn sehen?«, gab er die Frage zurück, während er sie mit seinem Blick liebkoste.

»Ich weiß nicht. Mit dir ist alles so anders. Du schenkst mir eine neue Welt und es gibt noch so vieles zu entdecken.« Nun war ihr Blick geradezu mutwillig.

Er erwiderte ihr Lächeln. »Ja, das ist richtig. Die Nacht birgt noch viele Geheimnisse.«

»Dann komm!« Sie sprang auf und zog an seiner Hand. »Lassen wir die Zeit nicht ungenutzt verstreichen!«

Ihre Neugier und ihr Tatendrang gefielen ihm. Er gab ihrem Drängen nach und erhob sich ebenfalls.

»Gut, dann lass uns eine kleine Reise machen.«

»Wohin? Ach, verrate mir wohin!«, drängte sie und hüpfte wie ein Mädchen vor Aufregung neben ihm her.

»Nein, das ist eine Überraschung«, gab er amüsiert zurück. Sie gingen nebeneinander durch den nächtlichen Park. Ihre Schritte fanden harmonisch zueinander. Er schwieg, während sie sich staunend umsah. Als sie den Leuchtturm erreichten, blieb sie stehen und wandte sich ihrem Begleiter zu.

»Es ist alles so aufregend und so wunderschön. Bitte, sieh mir in die Augen und schwöre mir, dass das immer so bleiben wird. Peter? Sag es mir! Du gehörst zu mir und wirst von nun an immer bei mir sein, nicht wahr?«

Sie schlang ihre Arme um seinen Hals. Er nahm die Einladung an und küsste sie, vielleicht auch, um ihre Frage nicht beantworten zu müssen. Was hätte er ihr sagen sollen? Er wollte sie nicht enttäuschen, und doch spürte er, dass ihre gemeinsamen Stunden gezählt waren. Die Nacht war nicht lieblich und schön. Sie war wild und grausam, und das würde sie bald erfahren müssen.

Kapitel 1

Verloren

Das kleine Mädchen tappte unverdrossen vor sich hin. Den Kopf gesenkt, setzte es einen Schritt vor den anderen, ohne seine Umgebung zu beachten oder auch nur einmal nach rechts oder links zu sehen. Längst war die Nacht über Hamburg hereingebrochen. Die Straßenlaternen verbreiteten einen milchigen Schein und färbten die aufsteigenden Nebelschwaden in ein mattes Orange. Ein Hauch von Herbst lag in der feuchten Luft, und es wurde mit jeder Stunde kälter. Das Kind zitterte in seinem dünnen Kleidchen und den Sommersandalen an den Füßen, doch es folgte der Straße, die sich mit dem im Nebel schwächer werdenden Lampenschein in der finsteren Unendlichkeit verlor. Die Häuser zu beiden Seiten waren hinter Mauern und hohen Hecken verborgen. Nur die verschlossenen Tore mit ihren blanken Klingelknöpfen und Briefschlitzen verrieten, dass hinter diesen Schutzwällen Menschen wohnen mussten.

Die Straße war leer, nur ab und zu näherte sich ein Lichtschein und Reifen rauschten über den nassen Asphalt vorbei. Niemand sah das kleine Mädchen. Zumindest hielt niemand an und fragte, was es um diese Stunde allein hier zu suchen hatte.

Da öffnete sich plötzlich eines der Tore, kaum ein paar Schritte von ihm entfernt. Wie versteinert blieb das Mädchen stehen und starrte in die von herbstlichen Blumenbeeten gesäumte Auffahrt, die von zwei Scheinwerfern unvermittelt in helles Licht getaucht wurde. Ein großer schwarzer Wagen näherte sich von der Straße her und verlangsamte seine Fahrt. Das zuckende Licht des Blinkers spiegelte sich auf der regennassen Straße. Der Wagen schien direkt auf sie zuzuhalten. Die dunklen Augen in panischem Schrecken weit aufgerissen, taumelte das Mädchen zurück und drückte sich in die Zweige der Büsche, die das Grundstück umgaben. Erstarrt blieb es stehen, den Blick auf den Wagen gerichtet, der zwischen den Torflügeln verschwand. Kurz darauf erlosch das Licht, und das Tor begann, sich mit einem leisen Knarren wieder zu schließen. Dann lag die nächtliche Straße wieder still und verloren da. Das Mädchen rührte sich noch immer nicht, obwohl die nassen Zweige Strickjacke und Kleidchen längst durchweicht hatten und Kälte den mageren Körper zu schütteln begann. Vielleicht hatte es der Mut verlassen oder die Kraft. Jedenfalls schien es nicht mehr in der Lage zu sein, seinen Weg fortzusetzen. So stand es einfach da, von den Zweigen fast völlig verborgen, und starrte mit weit aufgerissenen Augen in die Nacht.

Ein Motorengeräusch zerschnitt die nächtliche Stille. Es war der Klang eines schweren Motorrads, das offensichtlich viel zu schnell fuhr. Nur Augenblicke später kam es in Sicht. Es war schwarz, wie die Kleider und das lange Haar des Mannes, das im Fahrtwind flatterte. Er trug weder eine Lederjacke noch einen Helm. Die Kälte schien ihm nichts auszumachen.

Mit aufheulendem Motor schoss er an dem kleinen Mädchen vorbei, das sich in den Büschen verborgen hielt, dann aber kreischten die Bremsen. Das Hinterrad schlitterte über den Asphalt, als das Motorrad herumschwang und immer langsamer werdend auf das geschlossene Tor zusteuerte, vor dem der Fahrer die Maschine zum Halten brachte. Der Motor erstarb, und die eintretende Stille schien plötzlich so dicht wie der schwere Nebel über der Straße zu liegen. Bedächtig stieg der Mann von seiner Maschine. Er hob ein wenig den Kopf und schien wie ein Tier in die Nacht zu wittern. Rote Augen leuchteten auf und tasteten die Hecke ab. Falls das

Mädchen dachte, in der Dunkelheit seines Verstecks unsichtbar zu sein, wurde es eines Besseren belehrt.

Der Mann kam langsam näher, bis kein Zweifel mehr daran bestehen konnte, dass er das Kind entdeckt hatte. Langsam ging er in die Knie, bis sein Gesicht auf Kopfhöhe mit dem Mädchen war. Vermutlich bemerkte das Kind nicht, dass der Mann vor ihr keinen Schatten warf, und es machte sich auch keine Gedanken über die rot glühenden Augen, aus denen er es aufmerksam musterte. Für das Mädchen war er nur ein Fremder. Die Angst ließ es noch stärker zittern als die Kälte.

»Guten Abend«, sagte seine weiche, samtene Stimme.

Das Kind rührte sich nicht. Es starrte ihn nur an, ohne auch nur zu blinzeln.

»Ist es nicht ein wenig zu spät für so eine junge Dame wie dich?«

Wieder reagierte die Kleine nicht.

»Wie heißt du?«

Keine Reaktion – und so verzichtete Peter von Borgo darauf, weiter nach den Namen ihrer Eltern und ihrer Adresse zu fragen. Vermutlich wusste sie das in ihrem Alter noch nicht einmal. Er war sich nicht sicher. So genau kannte er sich mit Kindern nicht aus.

Das kleine Mädchen roch verführerisch. Es war ihm, als könne er den herrlichen Geschmack seiner Unschuld bereits auf der Zunge spüren. Sein Blut war noch so süß und rein. Seine Zähne stießen drängend hervor und wuchsen, dass ihre scharfen Spitzen zwischen seinen blassen Lippen erschienen.

Du willst dich an diesem unschuldigen Ding vergreifen?, erklang plötzlich eine scharfe Stimme in seinem Kopf, die sich in letzter Zeit öfters meldete, wenn er seinem ganz natürlichen nächtlichen Drang folgte.

Das darfst du nicht! Hast du denn überhaupt kein Gewissen?

Nein! Er war ein Vampir, kein Mensch. Was gingen ihn die Regeln und die Moral der Menschen an? Was ihre Gesetze? Noch dazu, wo so viele von ihnen ohne auch nur einen Hauch von Schuldgefühl gegen sie verstießen, gerade hier in Hamburg. Und doch mischte sich die Stimme der Kommissarin immer wieder ungefragt ein.

Peter von Borgo spürte, wie sich seine Zähne wieder zurückzogen. Der Appetit war ihm vergangen. Verdammt! Der Vampir unterdrückte einen Seufzer. Was sollte er jetzt tun? Einfach weiterfahren, das Kind vergessen und nach einer geeigneteren Beute Ausschau halten?

Er wusste, was Sabine sagen würde. Und außerdem war seine Neugier geweckt. Normal war das nicht. Vielleicht ein Geheimnis, das seine Langeweile vertreiben würde?

»Komm!«, sagte er sanft und streckte die Hand nach dem Mädchen aus.

Es konnte dieser Stimme nicht widerstehen. Kein Mensch konnte das. Nun ja, fast keiner, korrigierte sich der Vampir im Stillen und dachte an die wenigen Menschen, die ihm während seiner mehr als dreihundert Jahre währenden Existenz als ein Wesen der Nacht erfolgreich Widerstand geleistet hatten. Die Letzte war Aletta gewesen, eine bemerkenswerte junge Frau aus Blankenese, die schon als Mädchen seine nicht menschliche Aura hatte erspüren können. Aletta, deren Hexencoven ihr den Namen Artemis gegeben und die sich für ihre Freundinnen geopfert hatte. Aletta, die ihren letzten Atemzug in seinen Armen ausgehaucht hatte.

Ein seltsames Gefühl stieg in ihm auf, das er so nicht kannte. Er ignorierte es und richtete seine Aufmerksamkeit wieder auf das Mädchen, das auf ihn zutrat und die kleine, eisige Hand in die seine schob.

Das war unsinnig! Völlig verrückt und vielleicht sogar gefährlich für ihn, dennoch führte er das Mädchen zu seinem Motorrad, hob es auf den Sitz und schwang sich hinter ihm auf die schwere Maschine. Das Motorengeräusch zerriss die nächtliche Stille, dann raste die Hayabusa nach Blankenese zurück.

In seiner Blankeneser Villa auf dem Geesthang über der Elbe schob der Vampir das Motorrad in die Garage. Lautlos schloss sich das schmiedeeiserne Tor zur Einfahrt hinter ihm. Er führte das Mädchen zum Haus und ließ es in die Halle treten. Noch immer hatte es keinen Laut von sich gegeben und sah sich auch jetzt nur stumm in der düsteren Halle um, von der aus zwei geschwungene Treppen zu beiden Seiten in den oberen Stock führten.

»Wie heißt du?«, versuchte er es noch einmal, doch selbst unter dem hypnotischen Zwang seines Blicks blieb das Mädchen stumm.

Der Vampir zog das Mädchen hinter sich her in den Musiksalon, dessen hohe Sprossenfenster den Blick auf die Elbe freigaben. Bücherregale erstreckten sich an den Wänden bis zur Decke, doch beherrscht wurde der Raum von einem schwarz glänzenden Konzertflügel. Normalerweise hatte man durch die Flügeltüren und von der Terrasse einen atemberaubenden Blick über den Fluss und das Alte Land, das sich im Süden am anderen Ufer erstreckte, doch heute verhüllte der Nebel die Sicht.

Peter von Borgo führte das Kind in die Mitte des Raums, ließ seine Hand los und trat einige Schritte zurück, um es zu betrachten. Da stand es in seinem dünnen, durchnässten Kleid und der schmutzigen Strickjacke, zitternd vor Angst und vor Kälte, doch es hielt den Blick unverwandt auf den Vampir gerichtet, der es nachdenklich musterte.

Das Mädchen war vielleicht fünf Jahre alt und, soweit er das beurteilen konnte, selbst dafür recht klein. Und dünn. Seine Rippen waren unter dem nassen Stoff zu erahnen. Das Haar war schwarz und hing ihm glatt bis auf die Schultern. Die großen, dunklen Augen, aus denen es zu ihm aufsah, verrieten seine asiatische

Abstammung, wobei er nicht hätte sagen können, aus welchem Land seine Eltern stammten.

Er wusste noch immer nicht, warum er das Kind mitgenommen hatte und was er jetzt mit ihm anfangen sollte, doch erst einmmal musste es aus den nassen Sachen raus, sonst würde es sich den Tod holen. Peter von Borgos Erinnerung an das Gefühl von Kälte war zwar im Laufe der Jahrhunderte verblasst, doch er wusste um die Empfindlichkeit der Menschen.

»Komm«, sagte er noch einmal und führte das Kind nach oben in das altmodische Badezimmer, das nur noch selten benutzt wurde. Nur Sabine wärmte sich hier ab und zu in der Badewanne mit den bronzefarbenen Klauenfüßen, wenn ihr nach einer flotten Fahrt auf dem Motorrad kalt geworden war.

Peter von Borgo ließ warmes Wasser in die Wanne einlaufen, dann griff er nach dem Arm des Mädchens, um ihm die nasse Jacke auszuziehen, doch zum ersten Mal wich das Kind zurück.

»Komm her! Ich tu dir nichts. Du sollst dich nur aufwärmen. Magst du denn nicht baden? Ich dachte, Kinder lieben das.«

Zögernd kam das Kind wieder näher und ließ sich die Jacke abstreifen. Doch als er ihr das Sommerkleid über den Kopf ziehen wollte, hielt Peter von Borgo mitten in der Bewegung inne und spitzte überrascht die Lippen.

»Ja, was ist denn das?«

Er zog das Kind noch ein Stück näher und beugte sich über seinen Arm. Das Mädchen folgte seinem Blick. Da quollen ihm unvermittelt Tränen aus den Augen und rannen über seine Wangen.

»Schsch«, hauchte der Vampir, obgleich das Mädchen keinen Ton von sich gab. Sein Blick glitt aufmerksam über die schwarzen Schriftzeichen, die den Arm des Kindes bedeckten. Im ersten Moment dachte er, das Kind hätte sich vielleicht selbst mit einem Stift bemalt, so ungelenk wirkten die Zeichen. Aber es war nicht die Kritzelei eines Kindes. Jemand hatte ihm eine Botschaft hastig und drängend auf den Arm geschrieben. In einer Sprache, die ihm nicht geläufig war.

Tief in Gedanken zog Peter von Borgo dem Kind das Kleid über den Kopf, streifte Sandalen und Höschen ab und hob es in die Wanne, ohne den Blick von den seltsamen Zeichen zu wenden. Dann nahm er ein Stück Seife und begann, mit einem Waschlappen sanft die zarte Kinderhaut zu waschen, die in der Wärme des Badewassers ihre rosige Farbe zurückgewann. Der Lappen glitt über die dünnen Arme und ließ die fremdartigen Buchstaben verblassen. Grauer Seifenschaum tropfte in die Wanne, bis auch die letzte Spur der Botschaft getilgt war.

Die Sonne näherte sich dem Horizont. Kommissarin Sabine Berner stand im Garten unter den alten Bäumen und sah von den Höhen des Geestrückens den wandernden Schatten zu, die nur quälend langsam verblassten. Endlich erlosch auch das letzte Glühen über dem Alten Land. Nur die vom stürmischen Nordwind getriebenen Wolken spiegelten noch den Schein des vergangenen Tages wider.

Der Augenblick war gekommen. Jetzt würde er erwachen. Seine Lunge würde beginnen, Luft zu atmen, die er nicht brauchte, denn kein Herz schlug mehr in dieser Brust, kein Leben erfüllte diesen Körper, der Sabine dennoch lebendiger schien als die meisten Menschen, kraftvoll, männlich, verführerisch.

Erwartungsvoll drehte sie sich um und ging auf die Flügeltüren des Musiksalons zu. Das Glas spiegelte die rosafarbenen Wolken wider und ihre Gestalt, die zögerlich näher trat. Mit gerunzelter Stirn betrachtete sie ihr Abbild. Eine schmale Frau mit dunkelblondem, schulterlangem Haar. Sie war groß und in den vergangenen Monaten noch schlanker geworden, was ihr gefiel. Dennoch musste sie sich bei kritischer Betrachtung eingestehen, dass die letzten Monate auch in ihrem Gesicht Spuren hinterlassen hatten.

Ihre Züge waren ernster geworden. Das übermütige Strahlen war verblasst. Sah man ihr die dreiunddreißig Jahre nun deutlich an?

Sabine zog eine Grimasse und streckte ihrem Spiegelbild die Zunge raus. Ein wenig Lebenserfahrung stand einer Kriminalkommissarin durchaus zu Gesicht!

Oberkommissarin Berner. Die Worte schmeckten süß wie Schokolade. Ja, sie war wieder Kommissarin im Dienst. Die finsteren Wolken, die so sehr auf ihrer Seele gelastet hatten, waren weitergezogen. Kommissarin Berner würde wieder im Präsidium arbeiten, ihren angestammten Platz in der vierten Mordbereitschaft einnehmen und mit den Kollegen neue Fälle aufklären.

Der Gedanke ließ ein Strahlen über ihr Gesicht huschen, das ihm all die Wärme und die Frische zurückgab, die in den zermürbenden Monaten der Ungewissheit verloren gegangen schienen. Selbst ihr Haar schien golden zu schimmern, und in ihren Augen blitzte es unternehmungslustig.

»Sehr schön«, hauchte eine Stimme in ihr Ohr. Der kühle Hauch ließ sie erschaudern. Sabine unterdrückte den Impuls herumzufahren, und hielt ihren Blick stattdessen noch immer auf das Glas gerichtet, in dem sich nur ihre eigene Gestalt widerspiegelte.

»Musst du dich immer so anschleichen?«, erkundigte sie sich vorwurfsvoll.

»Habe ich dich erschreckt? Ich dachte, du hast auf mich gewartet. Ich spürte mehr als nur einen Hauch von Ungeduld, und ich gab mich der Hoffnung hin, dass deine Erwartung, mich zu sehen, dies wundervolle Lächeln auf dein Gesicht gezaubert hat.«

Er schnurrte selbstzufrieden wie ein Kater. Sabine gelang es nicht, ein Schmunzeln zu unterdrücken, dennoch bemühte sie sich um Strenge in ihrer Stimme, als sie sich umdrehte und zu ihm aufsah.

»Ich muss dich enttäuschen, liebster Peter, meine Vorfreude gilt meiner Arbeit, die ich nun endlich wieder ausüben darf. Morgen ist mein erster Tag!«

Falls er enttäuscht war, so verstand er es gut, dies zu verbergen. Er neigte den Kopf und lächelte. »Ja, ich weiß, und es ist mir nicht entgangen, dass du jeden einzelnen Tag gezählt hast, statt deinen Urlaub zu genießen.«

Sabine schnaubte verächtlich. »Urlaub? Ich war suspendiert wegen psychischer Probleme!«

»Nun, das hört sich natürlich nicht ganz so schön an«, musste der Vampir zugeben. Er wollte noch etwas hinzufügen, doch da bemerkte Sabine in den Augenwinkeln eine Bewegung und fuhr herum.

Was um alles in der Welt war das? Sie trat noch einen Schritt dichter an das Glas. Während sie sich beinahe die Nase stieß, klappte ihr langsam die Kinnlade herab.

Der Vampir hinter ihr sagte nichts. Keine Erklärung. Keine Rechtfertigung. Sabine starrte das kleine Mädchen an, das barfuß über das Parkett auf sie zutappte. Der kleine Körper wirkte verloren in dem Männerhemd, das ihm bis über die Knie reichte. Die aufgekrempelten Ärmel schlotterten um die dünnen Arme. Die Kommissarin schnappte ein paarmal nach Luft, ehe sie ihre Stimme wiederfand.

»Sag mir, dass mich meine Augen täuschen«, keuchte Sabine. »Wie kommst du zu diesem Kind? Wie kannst du es wagen, so etwas zu tun?«

Der Vampir schwieg und öffnete stattdessen die Türflügel. Sabine stürmte in den Salon und ging vor dem Kind in die Knie. Ängstlich wich es vor ihr zurück, als sie nach seinen Armen griff.

»Jetzt hast du es erschreckt«, kommentierte der Vampir, doch Sabine ignorierte ihn. Sie zwang sich zu einem Lächeln und redete freundlich auf das Mädchen ein, während sie es näher zu sich heranzog. Das Entsetzen im Gesicht des Kindes wich Resignation. Sein Widerstand fiel in sich zusammen.

»Mach Licht!«, herrschte sie den Vampir an, ohne das Mädchen loszulassen.

»Dein Wunsch ist mir Befehl.«

Die einzige Lampe im Raum flammte auf. Sabine drehte das Kind ins Licht und untersuchte seinen Hals. Dann knöpfte sie das Hemd auf und streifte es ab. Aufmerksam wanderte ihr Blick an dem mageren Körper entlang.

»Hast du gefunden, wonach du suchst?«, erkundigte sich der Vampir höflich. »Die Kleine scheint zu frieren«, fügte er noch hinzu. »Vielleicht wäre es besser, ihr wieder etwas anzuziehen.«

»Du hast sie noch nicht gebissen«, stieß Sabine erleichtert aus, als sie dem Kind das Hemd wieder überstreifte und die Knöpfe schloss. »Dein Glück!«, fügte sie schneidend hinzu und erhob sich.

»Mit Glück hat das wenig zu tun«, widersprach der Vampir in spöttischem Ton. »Vielleicht wollte ich es ja gar nicht beißen?«

Sabine fuhr zu ihm herum. »Ach ja? Und zu welchem Zweck hast du es dann hierhergebracht? Weil du Gesellschaft und ein wenig Kindergeplapper um dich haben wolltest?«

Er stand mit dem Rücken gegen den schwarz glänzenden Konzertflügel gelehnt und lächelte sie so ungerührt an, dass sie ihn hätte schlagen mögen.

»Das Kind spricht nicht«, erwiderte er.

»Ja? Warum nicht?« Sabine war für einen Moment irritiert. Sie sah auf das Kind herab. Es war ein wenig unterernährt und hatte an den Armen und auf dem Rücken einige verschieden alte blaue Flecke, doch der Vampir schien sich tatsächlich nicht an ihm vergriffen zu haben. Ihr Blick wanderte zu Peter von Borgo, der mit den Schultern zuckte.

»Ich weiß nicht. Meine Erfahrung mit Kindern ist begrenzt. Ich gebe zu, ich bin ein wenig hilflos.«

»Ja, aber warum hast du es dann hierhergebracht? Wo wohnt das Kind, und wie heißt es?«

»So viele Fragen, auf die ich keine Antwort weiß«, säuselte er und berichtete dann, wie er das Kind in der Nacht in der Elbchaussee aufgelesen hatte.

»Und es kam dir nicht in den Sinn, es zur Polizei zu bringen?«

Der Vampir schüttelte den Kopf. »Mit so etwas kenne ich mich nicht aus. Mir schien, dass meine bescheidene Behausung der nächtlichen Straße vorzuziehen sei. Außerdem war ihm kalt, und es war müde.« Er hob abwehrend die Hände. »Ich habe es lediglich gebadet und ins Bett gesteckt.«

Sabines Zorn verrauchte. »Ich glaube dir ja. Dennoch ist das Haus eines Vampirs nicht der geeignete Ort für ein Kind. Außerdem suchen seine Eltern bestimmt schon verzweifelt nach ihm.«

Der Vampir zog eine Grimasse. »Erlaube mir, das zu bezweifeln. Es scheint nicht gerade in einem guten Zustand, wenn ich das trotz meiner mangelnden Erfahrung behaupten darf.«

Sabine nickte und wandte sich wieder dem Mädchen zu, das einfach nur dastand, den Blick abwechselnd auf den Vampir und die Kommissarin gerichtet. Sabine ging noch einmal in die Knie und versuchte, dem Mädchen wenigstens seinen Namen zu entlocken, doch es reagierte nicht, und so gab sie es auf.

»Ich werde das Kind mit zu mir nehmen«, sagte sie bestimmt. Sie strich ihm liebevoll über das Haar, doch das Mädchen zuckte zusammen.

»Willst du es behalten, als Ersatz für Julia?«, erkundigte sich Peter von Borgo.

»Nein, natürlich nicht«, rief sie, entsetzt über seinen Gedanken. »Ich kann doch nicht einfach ein fremdes Kind behalten. Was für ein absurder Einfall! Und überhaupt, Julia ist meine Tochter. Wie könnte es dafür einen Ersatz geben? Den ich übrigens auch gar nicht brauche. Sie ist und bleibt mein Kind, auch wenn sie gerade bei meinem geschiedenen Mann und seiner Freundin lebt.«

Sie spürte, wie der Gedanke noch immer schmerzte, doch das waren nicht der Ort und die Zeit, um an die verlorene Schlacht um das Sorgerecht zu denken und den Zorn heraufzubeschwören, der bei dem bloßen Gedanken an ihren Exmann in ihr aufbrodelte. Sie wusste selbst, dass er mit seinen Vorwürfen nicht ganz danebenlag. Sie konnte nicht gleichzeitig eine gute Kommissarin der Mordermittlung und alleinerziehende Mutter sein. Doch hatte er ihr überhaupt eine Wahl gelassen?

Sie riss sich von den Gedanken los und wandte sich wieder an das Mädchen.

»Du kommst jetzt mit mir, und dann koche ich dir erst einmal etwas Schönes. Du hast doch bestimmt Hunger?«

Sie warf dem Vampir einen fragenden Blick zu, doch der hob wieder nur die Schultern. Sabine nahm das Kind bei der Hand und ging zur Tür.

»Du willst jetzt gleich gehen?«, rief er, und zum ersten Mal an diesem Abend verlor er ein wenig seinen Gleichmut. »Ich dachte, wir verbringen noch ein wenig Zeit miteinander. Wir könnten eine Tour mit dem Motorrad machen. Was hältst du davon? Es wird eine herrliche Nacht.«

Sabine schüttelte mit Nachdruck den Kopf. »Nein. Ich muss mich erst um das Kind kümmern, und außerdem will ich nicht völlig übermüdet zu meinem ersten Arbeitstag erscheinen.«

Sie spürte seinen enttäuschten Blick im Rücken, bis sich die Tür hinter ihr schloss.

Langsam fuhr die Kommissarin nach Hamburg zurück. Unterwegs rief sie schon einmal bei der Vermisstenstelle des LKA an und erkundigte sich, ob eine Meldung für das Mädchen vorlag.

»Sie ist ungefähr fünf Jahre alt, klein, sehr dünn, mit schwarzem, glattem Haar und asiatischen Zügen. Ich würde sagen, mindestens ein Elternteil ist asiatischer Abstammung«, erklärte sie der Beamtin der Vermisstenstelle, die an diesem Abend Überstunden schob.

»Wo? In der Elbchaussee in Nienstedten. Nein, ich habe keine Ahnung, wo das Kind hingehört.«

Die Frage, wann sie das Kind dort gefunden habe, beantwortete sie nicht. Wenn sie zugeben würde, dass das Mädchen bereits gestern Nacht dort allein unterwegs gewesen war, müsste sie sich den Vorwurf gefallen lassen, sich zu spät gemeldet zu haben. Ebenso wenig wollte sie erwähnen, dass sie das Kind im Haus des Vampirs gefunden hatte, der es nicht für notwendig hielt, sich bei den Behörden zu melden. Es würde nicht gut ankommen, wenn der Name Peter von Borgo schon wieder durch das LKA geisterte. Das wäre ganz und gar kein guter Start!

»Hallo?«, meldete sich die Kollegin wieder. »Ich habe nichts gefunden. Es wird weder in Hamburg noch im Zuständigkeitsbereich der Kieler ein Kind vermisst, auf das Ihre Beschreibung passt. Wollen Sie noch vorbeikommen und es herbringen? Dann muss ich zusehen, dass ich jemanden vom Kinder- und Jugendnotdienst erreiche, der sich um die Kleine kümmert.«

Sabine wehrte ab. »Sie kann heute Nacht bei mir bleiben. Ich bringe sie dann morgen vorbei. Wenn sich ihre Eltern melden, erreichen Sie mich auf meinem Handy.«

Sie gab der Beamtin ihre Nummer und legte auf. Bald schon erreichten sie St. Georg, wo es der Kommissarin tatsächlich gelang, in der Nähe ihres Hauses in der Langen Reihe einen Parkplatz zu ergattern. Sie führte das Mädchen hinauf in ihre Wohnung. Es folgte ihr widerstandslos. Schweigend aß es die Brote, die sie ihm auf den Teller legte, und trank ein Glas Saft. Dann zog Sabine ihm einen von Julias alten Schlafanzügen an und führte es zur Schlafcouch im Arbeitszimmer, auf der auch ihre Tochter bei ihren Besuchen schlief. Sie schüttelte das Kissen auf und zog ihm die mit einem bunten Disneymotiv bedruckte Bettdecke bis ans Kinn.

»Schlaf jetzt, Kleines. Es wird alles wieder gut«, sagte sie sanft und streichelte die blassen Wangen, und zum ersten Mal zeigte sich der Hauch eines Lächelns auf dem Kindergesicht.

Peter von Borgo sah der Kommissarin nach, als sie mit dem Kind verschwand. Um seine Mundwinkel zuckte so etwas wie Ärger, oder war es Enttäuschung?

Er nahm sich nicht die Zeit, über seine Gefühle nachzugrübeln. Wenn Sabine diese Nacht nicht mit ihm verbringen wollte, dann würde er sich eben mit etwas anderem beschäftigen. Doch was? Der Gedanke, den Nachtschwärmern auf dem Kiez oder an der Schanze aufzulauern, reizte ihn nicht, obwohl er sich natürlich Blut besorgen musste. Ein Vergnügen würde es heute jedoch nicht sein.

Was dann?

Ihm kam ein Gedanke, bei dem sich seine Miene aufhellte. Er schlüpfte in den Garten. Eine silberne Mondsichel schob sich über die Wipfel der Bäume und übergoss den herbstlichen Garten mit ihrem sanften Schein. Peter von Borgo sog genüsslich die Gerüche ein, die ihn umgaben. Er liebte diese Jahreszeit, wenn die Üppigkeit des Sommers verging und das wechselnde Farbenspiel der Blätter und der zunehmend modrige Geruch der Wiesen an den ewigen Kreislauf des Werdens und Vergehens mahnten. Vielleicht gerade weil die Natur dabei einen großen Bogen um ihn schlug.

Die Natur hatte ihn vergessen. Er war kein Teil von ihr. Nicht mehr. Jede Nacht, in der er erwachte, war wie seine erste. Er war gleich alt oder jung, sein Körper glich aufs Haar diesem ersten Augenblick, ganz egal, was in der Nacht zuvor vorgefallen war. Nacht für Nacht, Jahr für Jahr. Er war der ewige Außenseiter, der das Spiel der Kräfte beobachtete, aber kein Teil von ihm war.

Peter von Borgo schüttelte die melancholischen Gedanken ab.

Der kühle Herbstwind fuhr ihm durch das Haar. Dies war eine Nacht, das wilde Tier in ihm zu wecken. Er zog seine Gedanken zusammen, bis er nur noch das Bild des Wolfs in sich sah. Schon begann sein Körper sich zu wandeln. Fell brach aus seiner Haut, sein Gesicht zog sich in die Länge. Nur Augenblicke später schlüpfte der graue Wolf durch die Hecke und lief unter alten Bäumen den steilen Hang hinauf. Die Welt flog vorbei, und er bemerkte nur flüchtig, wie er den Leuchtturm passierte. Unerkannt lief er weiter durch den dunklen Park, in dem nur noch vereinzelt Menschen unterwegs waren, meist um ihre Hunde auszuführen. Der eine oder andere Vierbeiner witterte den Wolf, klemmte den Schwanz ein und eilte zu seinem Menschen, der jedoch weder von der Furcht seines Hundes noch von der lauernden Gefahr Notiz nahm, die ganz in ihrer Nähe durch die Büsche schlich.

Der Wolf ließ die Parkanlagen hinter sich, doch es gab noch immer genug Gärten, um ungesehen voranzukommen. Dann lief er durch düstere Höfe, bis ihm wieder der Geruch von feuchtem Gras, von Rosen und Kräutern in die Nase stieg, als er sich dem botanischen Garten Planten un Blomen näherte. Seine Pranken flogen durch den Apothekergarten, über Rasenflächen und durch den von Blütenduft schweren Rosengarten. Es wurde Zeit, sich wieder zu wandeln. Noch eher er die in den Nachthimmel aufragenden Gebäude des Congress Centers erreichte, verließ er den Park. Er überquerte die Bahnlinie und die Straße, über die zu jeder Tages- und Nachtzeit der Verkehr donnerte, und näherte sich dem Gebäude der Staats- und Universitätsbibliothek. Als grünlicher Nebel floss der Vampir durch den Türspalt und nahm auf der anderen Seite wieder seine menschliche Gestalt an. Das Gebäude war leer und nur von Notlichtern matt erleuchtet. Draußen konnte er den Verkehr über die regennasse Straße zischen hören. Nachdem er sich rasch einen Überblick über die Abteilungen verschafft hatte, steuerte er ein Regal an, dessen Bücher jene exotisch wirkenden Schriftzeichen zierten, die er suchte. Er nahm sich drei Wörterbücher mit zu einem Tisch und blätterte sie durch. Sein Blick huschte rasend schnell über die Seiten. Er hatte sich die Schriftzeichen nicht notiert, doch sie standen ihm auch so klar vor Augen. Es dauerte nicht lange, bis er die Botschaft entschlüsselt hatte.

Interessant, sehr interessant!

Peter von Borgo klappte die Bücher zu und verharrte dann reglos auf seinem Platz, den Blick ins Nichts gerichtet. Lange saß er so da. Die Stunden verrannen. Erst kurz bevor die Nacht dem Morgen wich, fasste er einen Entschluss. Er verließ das Bibliotheksgebäude und warf einen Blick in den Himmel, der sich im Osten bereits deutlich aufhellte. Er musste sich beeilen! Der Vampir machte sich auf den Weg. Er lief gegen den immer heller werdenden Morgen an, doch seine Gedanken galten noch immer der Botschaft, die eine Hand hastig auf den Arm eines Kindes gekritzelt hatte.

Kapitel 2

Zurück im Präsidium

Beschwingt lenkte Sabine ihren alten blauen Passat in den Burggraben, wie die Tiefgarage allgemein genannt wurde, die sich unter dem sonnenförmigen Präsidiumsgebäude des LKA mit seinem Rundbau und den zehn ›Strahlen‹ erstreckte. Sie brachte das Kind in die Vermisstenstelle, wo sich noch immer niemand gemeldet hatte, um nach ihm zu suchen. Arme Kleine! Mit einem Gefühl des Bedauerns übergab sie das Mädchen der Mitarbeiterin des Jugendamtes, mit der sie bereits am Morgen telefoniert hatte.

»Machs gut. Keine Angst, hier wird dir nichts geschehen«, sagte sie und lächelte das Mädchen zum Abschied aufmunternd an. Ob das Kind sie verstand, konnte sie nicht sagen. Zumindest folgte es der Frau vom Jugendamt, ohne Widerstand zu leisten.

Wie einsam die Kleine wirkte, wie verloren und verängstigt. Wie sehr musste sie ihre Mutter vermissen, doch vielleicht drang der Schmerz gar nicht bis in die Tiefen ihrer Seele vor? Noch nicht. Sie wirkte innerlich erstarrt.

Arme Kleine. Sie hat nicht einmal geweint, dachte die Kommissarin und zwang sich dann, an etwas anderes zu denken. Sie hatte getan, was sie konnte. Nun war es am Jugendamt, sich um das Kind zu kümmern, während die Polizei versuchte, die Eltern des Kindes ausfindig zu machen. Eine Ahnung sagte ihr, dass dies nicht einfach werden würde. Nein, das war kein Kind, das sich an einem Herbstabend einfach so verlaufen hatte und das seine besorgten Eltern schon bald mit Freudentränen in den Augen wieder in die Arme schließen würden. Eine Aura des Leids umgab das Mädchen.

Dies ist nicht dein Job!, sagte sie sich noch einmal streng. *Auf dich warten andere Fälle, die vielleicht nicht weniger tragisch sind.* Mordfälle und andere Tötungsdelikte, die sie zusammen mit Thomas, Sönke und den anderen der Gruppe aufklären musste. Sabine merkte, wie die Vorfreude von ihr Besitz ergriff, und sie beschleunigte ihre Schritte, bis sie im dritten Stock den Gang in den Finger B entlangstürmte, wo die Büros der vierten Mordbereitschaft des LKA 41 Fachdirektion Tötungsdelikte zu finden waren. Unvermittelt öffnete sich die Tür zum Sekretariat, und Sabine stieß geradewegs mit einem Mann zusammen, der mit gesenktem Blick auf den Flur hinaustrat.

»Oh, entschuldigen Sie!«, riefen sie beide gleichzeitig, darum bemüht, das Gleichgewicht zu bewahren. Sabines Tasche entglitt ihren Händen und fiel zu Boden.

»Ich habe Sie nicht gesehen«, fügte der ihr unbekannte Mann mit ehrlichem Bedauern in der Stimme hinzu und bückte sich nach ihrer Tasche, wobei ihm ein kleines Aufnahmegerät aus den Händen glitt.

»Dito«, erwiderte Sabine noch immer lächelnd und angelte nach dem kleinen Rekorder.

»Darf ich Ihnen Ihre Tasche im Tausch gegen meinen Rekorder anbieten?« Auch er lächelte.

Vielleicht lag es an ihrer außerordentlich guten Laune, dass sie ihn einfach nur sympathisch fand. Er war groß, sportlich gebaut und trug sein dunkelblondes Haar in einem frechen Schnitt sehr kurz. Seine Augen, aus denen er sie offen betrachtete, waren von einem ungewöhnlichen Blaugrün.

»Kommissarin Sabine Berner«, stellte sie sich vor und streckte ihm die Hand hin.

Er ergriff ihre Hand und drückte sie kurz. »Felix Leonhard«, erwiderte er. »Journalist. Ich hatte gestern ein sehr interessantes Gespräch mit Hauptkommissar Martens von der Abteilung ›organisierte Kriminalität‹ und möchte nun zu Kommissar Ohlendorf.«

»Hauptkommissar«, korrigierte Sabine, und ihr Lächeln verblasste ein wenig. Ihre Erfahrung mit den Vertretern der Presse war in der Vergangenheit nicht gerade erfreulich zu nennen gewesen.

»Haben Sie einen Termin?«, erkundigte sie sich.

Felix Leonhard sagte: »Ja, ich recherchiere für ein Buch.«

Sabine nickte und führte ihn zum Büro ihres Vorgesetzten.

»Hallo Thomas«, begrüßte sie ihn, »hier ist ein Herr Leonhard. Er sagt, er habe einen Termin bei dir.«

Hauptkommissar Ohlendorf sprang von seinem Schreibtischstuhl auf, kam auf sie zu und nahm ihre Hand in die seinen. Er war nur mittelgroß. Sein blondes Haar wurde inzwischen von grauen Strähnen durchzogen, und ein leichter Bauchansatz wölbte seinen Hosenbund, dennoch wirkte er noch immer sportlich, was auch an den prächtigen Armmuskeln lag, die sein Hemd spannten. Er war passionierter Ruderer.

»Sabine, wie schön, dass du wieder da bist. Es gibt viel zu tun! Mach dich am besten gleich an die Arbeit. Die anderen sagen dir, was anliegt. Ich komme dazu, sobald ich mit Herrn Leonhard gesprochen habe.«

Er strahlte geradezu. So überschwänglich hatte Sabine ihren Gruppenleiter selten erlebt.

»Habe ich denn noch meinen Schreibtisch?«, fragte Sabine fast ein wenig schüchtern.

»Ja, natürlich!«, rief der Hauptkommissar. »Alles bleibt beim Alten, Sönke bleibt dein Partner und Michael hat deinen Platz schon wieder geräumt. Und nun Abmarsch! Kollege Lodering hat schon zweimal nach dir gefragt.«

Beschwingt eilte Sabine den Gang entlang und öffnete die Tür zu ihrem vertrauten und so lange vermissten Büro. Mit einem Seufzer der Erleichterung ließ sie den Blick durch den Raum mit den zwei großen sich gegenüberstehenden Schreibtischen wandern, bis er an ihrem Kollegen und Partner hängen blieb.

»Sönke!«

Sönke Lodering sah von seinem Aktenberg auf. Der Kriminalobermeister – wie er sich selbst immer noch bezeichnete, obwohl er seines Alters wegen inzwischen auch Kommissar war – lächelte breit.

»Moin, Sabine!«, rief er geradezu enthusiastisch. Er stemmte sich von seinem Stuhl hoch, eilte ihr entgegen und drückte sie an seine nicht mehr ganz muskulöse Brust.

»Mensch, mien Deern, lass dich eien. Da bist du ja endlich.«

Sabine erwiderte seine Umarmung, als auch schon die anderen Kollegen hereinstürmten: vornweg der junge, athletisch gebaute Kommissar Klaus Robert Gerret, dessen weißblondes Haar wieder mal in alle Richtungen abstand. Hinter ihm sein Partner Oberkommissar Uwe Mestern, den man im Gegensatz zu seinem Kollegen nicht gerade als sportlich bezeichnen konnte. Er war kleiner, von gedrungenem Körperbau und in seinen Bewegungen eher bedächtig. Es gab ein großes »Hallo«, aus dem man wie immer vor allem Roberts Stimme heraushören konnte. Er drückte seine Kollegin, schwenkte sie herum und ließ erst von ihr ab, als Sönke ihn anblaffte, so könne er als Jungspund im Team nicht mit einer Oberkommissarin umgehen.

Robert ließ von ihr ab. »Wenn sie sich nicht beschwert«, konterte er und grinste übers ganze Gesicht.

»Hallo!«, erklang noch eine Stimme in die Pause, in der Robert wohl Luft holen musste.

Langsam drehte sich Sabine um. In der Tür stand Michael Merz, der neue Kollege, der das Team verstärkt hatte, während sie ihren Dienst nicht ausüben konnte. Sie waren sich in den Wochen ihrer Freistellung nähergekommen – so nah, dass es ihr nun einen Hauch von Röte in die Wangen trieb.

»Hallo, Michael«, versuchte sie so locker wie möglich zu sagen, während sie gegen das Gefühl der Peinlichkeit ankämpfte. Er hatte sich in sie verliebt, und sie hatte es geschehen lassen.

»Was für eine Begrüßung«, sagte er. Sein Lächeln wirkte ein wenig gequält. »Du bist von deinen Kollegen ja wirklich vermisst worden, obwohl ich mir alle Mühe gegeben habe, sie tatkräftig zu unterstützen.«

»Das hast du auch gut gemacht«, bestätigte Sönke, »aber unsere Sabine wollen wir halt trotzdem zurück.«

»Tja, dann herzlich willkommen«, sagte er gepresst. »Ich mach mich dann mal wieder an die Arbeit. Und falls du mich suchst –, ich sitze in der Abstellkammer ganz hinten den Gang runter.«

Er ging, und für einen Moment war die Stimmung am Boden.

»Ach, lass dir deinen Tag von dem nicht madig machen. Er ist nur durch den Wind, weil er Uwes Stelle hier doch nicht bekommt«, meinte Robert mit einer wegwerfenden Handbewegung. Sabine sah den Kollegen aufmerksam an.

»Was ist? Klappt das mit München nicht?«

»Das schon, nur hat der neue Chef meiner Frau in letzter Minute einen Rückzieher gemacht, daher bleiben wir in Hamburg. Vorläufig zumindest.«

Sabine nickte. »Und deshalb ist für Michael jetzt kein Platz mehr bei uns.«

»Jau«, ließ Sönke vernehmen. »Aber das muss nich deine Sorge sein. Lass uns erst mal 'nen schönen Pott Tee zusammen trinken, eh wir das ganze Elend hier über dir ausschütten. Friesenspezialmischung für alle?«

Sabine und Uwe nickten, doch Robert wagte es, abzulehnen. »Nein, für mich nicht. Ich hole mir lieber einen Cappuccino.«

»Cappuccino«, äffte ihn Sönke nach und verzog das Gesicht,

als litte er unter Schmerzen. »Dumm Tüch, du bist und bleibst ein Quiddje!«

Mit einem breiten Grinsen machte sich Robert davon, und in Sabine stieg der Verdacht auf, dass er den Tee nur abgelehnt hatte, um Sönke zu ärgern. *Wie in alten Zeiten*, dachte sie zufrieden und nahm dankend die heiße Tasse entgegen, die der Kriminalobermeister ihr reichte.

»Und, wie war dein erster Tag?«, erkundigte sich die Stimme des Vampirs aus der Dunkelheit, noch ehe Sabine die Wohnungstür geschlossen und ihre Jacke ausgezogen hatte.

Sie hatte es aufgegeben, ihm zu verbieten, ihre Wohnung ohne ihre Erlaubnis zu betreten. Wenigstens war Julia bei ihrem Vater. So ganz konnte sie ihm einfach immer noch nicht vertrauen. Er war ein Vampir, der sich von Blut ernährte, und es war ihr lieber, wenn Julia nicht in seine Nähe kam.

Um ihr eigenes Blut sorgte sie sich nicht. Er hatte sie bereits gebissen, mehrmals, und er würde es vermutlich wieder tun. Sabine zog ihre Jacke aus und ging ins Schlafzimmer. Sie wusste, dass er ihr folgte und sie nicht aus den Augen ließ. Dennoch schlüpfte sie so unbefangen wie möglich aus ihrem Blazer und knöpfte die Bluse auf. Achtlos fielen die Kleider zu Boden. Sie sah auf und bemerkte, wie er den Kopf ein wenig nach vorn schob, um ihren Duft einzuatmen. Seine Nasenflügel blähten sich, und ein Lächeln ließ sein ebenmäßiges Gesicht erstrahlen.

Sabine kam nicht umhin zu bemerken, wie gut er aussah: das ebenmäßige und doch männliche Gesicht mit der blassen Haut, den dunklen Augen und Brauen und dem schwarzen, schulterlangen Haar, der geradezu perfekt geformte Körper. Sie konnte die Erregung spüren, die in ihm aufstieg, und merkte, wie sich auch bei ihr die feinen Nackenhärchen aufrichteten. Durch ihre Erinnerung zuckten erotische Bilder. Nackte Körper zwischen seidigen Laken. Der eine schwer atmend und fast glühend heiß, der andere makellos und kalt. Rasch sah sie zu Boden.

Der Vampir trat noch näher. »Was würde ich in diesem Augenblick für deine Gedanken geben«, sagte er mit einem Lächeln in der Stimme, das ihr die Knie weich werden ließ.

Sabine errötete. Sie fürchtete, dass er genauer darum wusste, als ihr lieb war. Noch immer ohne ihn anzusehen, schlüpfte sie aus ihrer Jeans, während seine Augen über ihre Haut strichen und sie ein warmes Gefühl durchrieselte. Sabine konzentrierte sich auf den Inhalt ihres Schranks und sagte: »Mein erster Tag? Es hatte etwas von erstem Schultag, nur ohne Tüte, dafür ein paar Leichen zur ersten Stunde. Meine Kollegen scheinen tatsächlich froh zu sein, dass ich wieder da bin – mit Ausnahme von Michael. Den wird es wohl seine Stelle bei uns kosten, was dich sicher freut zu hören.«

Peter von Borgo hob die Schultern. »Ich habe nichts gegen ihn, solange er sich von dir fernhält und du ihn nicht in dein Bett einlädst.«

Sabine biss sich auf die Lippen und unterdrückte die Worte, die sie ihm gern entgegengeschleudert hätte. Es ging ihn überhaupt nichts an, mit wem sie sich einließ oder nicht. Sie war nicht sein Eigentum! Doch diese Diskussion hatten sie schon zu oft geführt, und sie wusste inzwischen, dass es für Menschen in ihrer Umgebung gefährlich werden konnte. Er hatte sie erwählt, und wie ein eifersüchtiger Liebhaber war er nicht bereit, einen Nebenbuhler zu dulden. Er verteidigte sie mit allen Mitteln, die ihm als Vampir zur Verfügung standen.

Empört schob Sabine das warme Gefühl beiseite. Das hatte nichts mit Liebe zu tun! Zumindest nicht mit jener selbstlosen Liebe, die das Wohl des geliebten Menschen in den Vordergrund stellte. Dazu war ein Vampir nicht fähig. Oder vielleicht doch? Ein ganz kleines bisschen?

»Vor drei Tagen wurde eine Leiche entdeckt«, fuhr sie fort.

»Spaziergänger haben sie im Botanischen Garten gefunden. Eine junge Frau, Anfang zwanzig, steht im Autopsiebericht, vermutlich Osteuropäerin. Vielleicht aus Russland, der Ukraine oder einem anderen der Nachbarstaaten. Ob sie als Prostituierte arbeitete und illegal hier war, wie wir es vermuten, kann man erst sagen, wenn wir sie identifiziert haben.«

»Wie kommt ihr auf den Gedanken, dass sie eine illegale Prostituierte war?«, erkundigte sich der Vampir hinter ihr sanft.

Er war ihr verdammt nah! Die Kommissarin zögerte, während sie in BH und Höschen vor ihrem Kleiderschrank stand. Sie spürte ihn so deutlich, als würde er nicht nur seinen Blick über ihre nackte sonnengebräunte Haut wandern lassen. Noch einmal ließ sie ihren Erinnerungen freien Lauf. Ihr nackter Körper in seinen Armen. Die Küsse seiner kalten Lippen überall auf ihrer Haut. Das wachsende Begehren und dann die Erlösung.

Nein!

Nach einer Nacht in den Armen des Vampirs würde sie morgen nicht in der Lage sein, mit wachem Blick und Verstand ihren Job zu tun. Sie konnte nicht bereits am zweiten Tag fehlen oder völlig ausgelaugt ins Präsidium wanken! Sie zog ein T-Shirt und einen warmen Pullover aus dem Schrank und streifte sie rasch über den Kopf.

Wie schade, erklang das Echo seiner Stimme in ihrem Kopf, während sie in ihre Lederhose schlüpfte, doch vielleicht bildete sie sich das nur ein. Die Kommissarin konzentrierte sich auf seine letzte Frage. Warum gingen die Kollegen davon aus, dass es sich bei der Toten um eine Illegale handelte, die hier in Hamburg dem ältesten Gewerbe der Welt nachging?

»Ihre Aufmachung ließ darauf schließen, dass sie als Prostituierte gearbeitet hat. Außerdem fand man auf ihrem Rock und ihren Strümpfen Spermaspuren von mehreren Männern.«

»Vielleicht wollte sie nur ausgehen? Eine junge Frau auf dem

Weg in die Disco, die im nächtlichen Park vergewaltigt wurde«, schlug Peter von Borgo in neutralem Ton vor.

Sabine überlegte. »Ja, natürlich muss man so etwas in Betracht ziehen, doch dagegen spricht, dass sie keinen Ausweis bei sich trug und bisher von niemandem als vermisst gemeldet wurde. In ihrer Handtasche waren lediglich zweihundert Euro in kleinen Scheinen, ein Schminktäschchen, Feuchttücher und Kondome. Außerdem sagt die Autopsie, dass sie zwar vermutlich kurz vor ihrem Tod mit zwei Männern Verkehr gehabt hat, doch es deutete nichts auf eine Vergewaltigung hin. Wobei ich damit nicht sagen will, dass sie keine Spuren von Verletzungen aufwies«, fügte Sabine bedrückt hinzu. »Sie hatte über den Körper verteilt verschieden alte blaue Flecke und Schürfungen sowie eine fast verheilte Schnittwunde am Arm.«

»Ah, du meinst die Handschrift eines Luden, der mit Nachdruck seine Rechte einfordert?«

Die Kommissarin nickte. »Ja, das oder Freier, die nicht nur ihre sexuelle Lust abreagieren wollten.« Sie schlüpfte an ihm vorbei in den Flur und griff nach ihrer Lederjacke.

Der Vampir folgte ihr. Er wiegte nachdenklich den Kopf hin und her. »Geht es dabei jemals nur um Sex? Oder gar um das prickelnde Gefühl von Erotik? Ich fange an, das zu bezweifeln. Wichtiger scheint mir das Gefühl von Macht zu sein, den anderen zu beherrschen und ihm den eigenen Körper aufzuzwingen. Das Gefühl vermeintlicher Stärke im Moment, da all der Druck und Zorn sich aufzulösen scheinen.«

Sabine sah ihn an. »Vermutlich hast du recht. Ich frage mich oft, was einen Mann zu einer Prostituierten treibt. Ist der mechanische Akt denn genug? Und wenn ja, warum braucht er dann überhaupt noch den anderen Körper, der oft nur ein paar Minuten benutzt, bezahlt und dann vergessen wird?«

Sie zog ihren Pullover glatt und schlüpfte in die Lederjacke.

»Gehen wir«, sagte er, und ein erwartungsvolles Lächeln huschte über seine Miene.

»Ja, gehen wir«, stimmte ihm Sabine zu und eilte leichtfüßig hinter ihm die Treppe hinunter. Er saß bereits auf der Hayabusa und startete den Motor, als sie die Haustür hinter sich ins Schloss fallen ließ.

»Hallo, Sabine«, erklang die Stimme eines jungen Mannes. »Wie geht es dir? Wie war dein erster Tag wieder bei der Kripo? Gibt es einen interessanten Fall?«

Sie fuhr herum und musterte den jungen Schriftsteller, der Tür an Tür mit ihr wohnte.

»Hallo, Lars«, gab sie wortkarg zurück und hob die Hand zum Gruß. Dann schwang sie sich hinter Peter von Borgo auf das Motorrad. Ihre Arme umschlossen seine Mitte, und schon schoss die schwere Maschine die Lange Reihe entlang, während Lars ihnen mit offenem Mund nachblickte.

Für eine Weile lehnte sie ihre Wange an den Rücken des Vampirs, der wie üblich nur ein dünnes Hemd trug, und genoss den Fahrtwind, der an ihrem Pferdeschwanz zerrte. Sie hatte es aufgegeben, ihn um einen Helm zu bitten, und konnte nur hoffen, dass sie nicht von einem ihrer Kollegen angehalten werden würden, was peinlich und teuer werden konnte. Nun ja, vielleicht würden sie die Kollegen vom LKA beim ersten Mal auch nur rügen. Der Gedanke, dass der Vampir in einen Unfall verwickelt werden oder gar die Beherrschung über die Maschine verlieren könnte, kam ihr nicht. Seltsam. Sie war an sich nicht leichtsinnig, und dennoch schienen so triviale menschliche Unzulänglichkeiten nicht zu dem übernatürlichen Wesen vor ihr zu passen, das in einem Höllentempo durch das nächtliche Hamburg brauste.

Plötzlich fassten die Bremsen, und sie wurde gegen seinen Rücken gedrückt. Die Maschine kam in nur wenigen Augenblicken zum Stehen.

»Komm!« Peter von Borgo löste ihre Hände um seine Mitte und schwang sich vom Sattel.

»Was ist? Wo sind wir hier?«

Ein wenig verwirrt sah sich Sabine um. Sie hatte erwartet, sie würden die Stadt verlassen, um die Weite und den frischen Geruch des herbstlichen Landes zu genießen.

Noch ehe der Vampir antwortete, wusste sie, wo sie sich befanden, und ihr war auch klar, was ihn an diesen Ort geführt hatte. Sie unterdrückte einen Seufzer.

»Du willst sehen, wo sie gefunden wurde, nicht wahr?«

Er nickte mit einem Lächeln. »Du doch auch, nicht wahr? Nur so können wir uns ein Bild von dem Fall machen.«

Die Kommissarin verzichtete auf den Hinweis, dass dies nicht sein Fall, und es auch nicht seine Aufgabe war, ihn zu lösen. Streng genommen durfte sie ihm ja nicht einmal über die laufenden Ermittlungen berichten. Sie wusste, dass ihn ihre Argumente nicht beeindrucken würden, und außerdem war sie neugierig, ob er mit seinen außergewöhnlichen Sinnen etwas entdecken konnte, was den Kripoleuten entgangen war.

Peter von Borgo folgte der Kommissarin, die sich aufmerksam umsah.

»Weißt du denn, wo genau der Tatort ist?«, erkundigte er sich.

»Ich denke, ich finde ihn. Ich habe mir die Fotos angesehen. Allerdings wurde sie woanders ermordet und dann in den Park gebracht. Hier drüben unter dem Ahorn, dort neben den Rosen hat sie gelegen.«

Sabine zog ihn zu dem frei stehenden Baum, dessen rote Blätter sich im Verlauf des Herbstes noch kräftiger färben würden. Das Gras war zertrampelt, doch der Fundort der Leiche nicht mehr abgesperrt. Die Spurensicherung war längst mit ihrer Arbeit fertig.

»Hier hat sie gelegen. Auf dem Rücken, der linke Arm neben

ihrem Körper, der rechte abgewinkelt an ihrem Kopf, die Beine ausgestreckt.«

Peter von Borgo ließ sich in die Hocke sinken und nahm die Witterung auf. Er erinnerte Sabine ein wenig an einen der Spürhunde, die sie immer wieder auf der Suche nach toten oder verschwundenen Personen einsetzten.

»Und? Was kannst du riechen?«, fragte sie neugierig. Er reagierte nicht. Er war wie erstarrt, den Blick und alle seine Sinne unverwandt auf die Stelle gerichtet, wo die tote Frau gelegen hatte. Sabine hatte ihn so noch nie gesehen. Sein ganzer Körper schien wie zum Zerreißen angespannt. Wie ein Raubtier vor dem Sprung.

»Peter, was ist? Was kannst du wahrnehmen?«

Wieder verstrichen einige Augenblicke, bis er sich endlich regte und die Kommissarin mit seinen roten Augen fokussierte.

»Wie ist sie gestorben?«, fragte er, anscheinend nur mühsam beherrscht.

»Du kanntest sie?«, erkundigte sich Sabine. Vielleicht war das die Erklärung für sein ungewöhnliches Verhalten, aber er schüttelte nur ungeduldig den Kopf. Anscheinend war er wieder einmal fest entschlossen, seine Gedanken für sich zu behalten.

»Die Todesursache!«, wiederholte er mit Nachdruck. »Was hat die Autopsie ergeben? Du hast dir die Unterlagen doch sicher angesehen!«

Die Kommissarin nickte. »Ja, ihr wurde die Kehle durchgeschnitten, mit ziemlicher Kraft. Ihr Hals wurde bis zum Rückgrat durchtrennt. Es muss sehr schnell gegangen sein«, fügte sie mehr zu sich gewandt hinzu.

»Aber nicht hier«, sagte der Vampir bestimmt. »Hier ist kein frisches Blut geflossen.«

»Nein«, bestätigte die Kommissarin. »Wir kennen den Tatort noch nicht. Es kann in einer Wohnung geschehen sein oder in einem Auto. Solange wir nicht einmal wissen, wer die Tote war, haben wir keinen Ansatzpunkt, wo wir mit unserer Suche anfangen sollen. Und leider haben wir keine so gute Spürnase für Blut wie du«, fügte sie mit einem leichten Lächeln hinzu. »Vielleicht wäre das LKA gut beraten, einen Vampir einzustellen?«

Peter von Borgo erwiderte ihr Lächeln und erhob sich. »Es wird nicht nötig sein, euer ohnehin schon angespanntes Budget zu belasten. Ich werde auch ohne Anstellungsvertrag versuchen, die Spur aufzunehmen. Doch jetzt komm, die Nacht ist zu schön, um sie ganz den Toten zu widmen. Lassen wir uns ein wenig den Wind um die Nase wehen!«

Sabine ließ sich bereitwillig zu seinem Motorrad zurückführen, stieg hinter ihm auf und schmiegte sich an seinen Rücken. Sie flogen geradezu durch die Nacht und hatten die Stadt bald hinter sich gelassen. Nun gab es nur noch den Vampir und die Frau auf dem Motorrad und den nächtlichen Deich, der sich am Ufer der Elbe in der Dunkelheit verlor. Der Kegel des Scheinwerfers huschte immer schneller über beerenschwere Büsche und grasbewachsene Böschungen, bis die Formen und Farben miteinander verschwammen und es Sabine vorkam, als würden sie im Nichts verschwinden. Sie schossen durch Raum und Zeit, waren nicht mehr von dieser Welt, und in diesen verzauberten Augenblicken wollte sie auch nie wieder dorthin zurückkehren.

Es war spät in der Nacht. Längst hatte Peter von Borgo Sabine zu ihrer Wohnung in St. Georg zurückgebracht und an ihrem Bett gewacht, bis sie von wirren Träumen in den Schlaf gezogen wurde. Erst dann verließ er ihre Wohnung, allerdings nicht, ohne noch einmal genüsslich ihren Duft in sich eingesogen zu haben.

Leichtfüßig eilte er die Treppe hinunter und schwang sich auf sein Motorrad. Was jetzt? Ungewöhnlich langsam machte er sich auf den Rückweg. Gedanken huschten durch seinen Geist, und als er in den frühen Morgenstunden die Elbchaussee entlangfuhr, fasste er einen Entschluss. Er hielt das Motorrad dort an, wo er auf das Mädchen gestoßen war, und verbarg es, so gut es ging, unter den überhängenden Zweigen der ungepflegten Hecke. Er brauchte eine Weile, bis es ihm gelang, die Fährte des Kindes aufzunehmen, doch als er ihr ein Stück gefolgt war, wusste er, wohin sie ihn führen würde. Er beschleunigte seine Schritte und sprang dann über ein riesiges Tor in einen Garten. Im Haus, an dessen Briefkasten der Name Wolf zu lesen war, brannte noch Licht. Um diese Zeit? Neugierig huschte der Vampir näher und drückte sich an die Wand neben einem Fenster, das einen Spaltbreit offen stand. Er überlegte gerade, ob er in das Haus eindringen sollte, als er Stimmen hörte. Zwei Männer und eine Frau sprachen in raschem Wechsel. Sie waren erregt. Irgendetwas Außergewöhnliches war geschehen, das sie aus der Fassung gebracht hatte. Peter von Borgo schob sich näher heran, bis er die drei sehen konnte. Die Frau und einer der Männer, der mit auf dem Rücken verschränkten Händen nervös auf- und abging, passten zu Haus und Garten. Der zweite Mann dagegen wirkte fremd, obgleich er sich Mühe gegeben hatte, sich so zu kleiden, dass er hier in der Gegend nicht auffiel. Auch seine Miene war ernst, als er abwehrend die Hände hob.

»Das ist nicht mein Problem. Ich hätte nicht einmal herkommen müssen. Wir haben ein Geschäft abgeschlossen, und das war's. Für alles Weitere sind Sie allein verantwortlich.«

»Sie wollen uns also nicht helfen?«, rief die Frau schrill.

»Das habe ich nicht gesagt«, antwortete der Besucher gedehnt.

Der Hausherr hielt in seiner Wanderung inne und seufzte. Er hatte die Andeutung verstanden. »Was verlangen Sie?«

»Um dieses Problem aus der Welt zu schaffen? Was ist es Ihnen denn wert?«

Der Mann wurde wütend. »Hören Sie mit der Feilscherei auf.

Sie stecken da viel tiefer drin als wir und wollen ganz sicher nicht, dass sich die Polizei an Ihre Fersen heftet!«

Der Besucher erhob sich langsam. Seine ganze Haltung war eine einzige Drohung. »Tun Sie das nicht!«, sagte er leise mit einer eisigen Stimme, die weder bei der Frau noch bei ihrem Gatten ihre Wirkung verfehlte. »Denken Sie das nicht einmal, wenn Sie Ihr Leben hier in Ihrem Haus mit all den Annehmlichkeiten weiter genießen wollen.«

»Ich wollte Ihnen nicht drohen«, ruderte der Mann sichtlich nervös zurück.

»Dann ist es ja gut. Geschäftspartner müssen einander vertrauen und sich aufeinander verlassen können, nicht wahr?«

»Und, helfen Sie uns?«, bat Frau Wolf mit unnatürlich hoher Stimme. »Bitte, Herr Kabaschi!« Ihre Furcht war deutlich zu spüren.

Er nickte und öffnete den Mund, vermutlich um den Preis für seine Hilfe zu nennen, als das Handy in seiner Hosentasche piepte. Er zog es hervor und warf einen Blick auf seine Uhr, ehe er das Gespräch annahm. In seiner Miene spiegelte sich Verwirrung wider.

»Ja?«

Ein Wortschwall überfiel ihn. Die Frau am anderen Ende war so aufgeregt, dass sogar der Vampir draußen einige Worte mitbekam.

»Ganz ruhig«, beschwichtigte der Mann mit dem Namen Kabaschi, obgleich sich sein ganzer Körper verspannte.

Peter von Borgo entschied, es könnte interessant sein, dem Telefonat zu lauschen. In nur einem Augenblick verschwammen seine Konturen, und ein Nebelhauch kroch durch den Fensterspalt ins Zimmer. Frau Wolf schlang sich fröstelnd die Arme um den Leib.

Der Vampir hörte die Worte aus dem Telefon. Er sah, wie sich

Kabaschis Augen weiteten und seine Wangen ein wenig an Farbe verloren. Er stieß einen Fluch aus, fing sich dann aber wieder.

»Ich bin sofort bei Ihnen«, sagte er. »Rühren Sie nichts an. Es ist jetzt sehr wichtig, dass Sie keine Fehler machen.«

Dann legte er auf, griff nach seiner Jacke und lief zur Tür.

»Das können Sie nicht machen!«, rief ihm Herr Wolf fassungslos nach. »Sie haben gesagt, Sie helfen uns.«

»Ja, mach ich. Das hat Zeit bis morgen. Jetzt muss ich erst einmal eine ganz andere Scheiße aufräumen.«

Er lief aus dem Haus, sprang in sein Auto und fuhr mit quietschenden Reifen an. Fast hätte er das Tor gestreift, das sich nicht von seiner Hektik anstecken ließ und nur gemächlich den Weg freigab. Der große schwarze Wagen schoss auf die Elbchaussee hinaus.

Der Vampir, der draußen im nächtlichen Garten wieder seine menschliche Gestalt annahm, huschte zu seinem Motorrad und nahm die Verfolgung auf.

»Was für eine ereignisreiche Nacht«, schnurrte er und lächelte zufrieden.

Kapitel 3

Eine Einladung zur Dinnerparty

Am nächsten Morgen auf dem Weg ins Präsidium klingelte Sabines Handy. Nach ihrem nächtlichen Ausflug war sie alles andere als ausgeschlafen und gähnte erst einmal herzhaft, ehe sie sich räusperte und sich meldete.

»Berner. Ja?«

»Hallo, liebste aller Schwägerinnen«, flötete eine Stimme in ihr Ohr, die sie zum Lächeln brachte.

»Ulf, was für eine Überraschung. Ich hoffe, du rufst mich nicht dienstlich an.«

»Um dir einen spektakulären Leichenfund zu melden?« Er kicherte. »Nein, damit kann ich nicht dienen, warum? Habt ihr im Moment zu wenig Morde?«

»Nein, so etwas würde ich nie sagen«, gab Sabine ebenfalls kichernd zurück. »Was gibt es? Ich habe nicht oft das Vergnügen, von dir angerufen zu werden.«

»Und wenn, dann weil ich dich um einen Gefallen bitten will«, beendete Ulf den Satz. »Ja, du hast recht, ich bin ein schrecklicher Exschwager, und dennoch hege ich die Hoffnung, dass du mir aus einer schrecklichen Klemme hilfst.«

»Was ist denn los?«, erkundigte sich die Kommissarin und hoffte, dass er wirklich nicht ihren beruflichen Beistand benötigte.

»Mein herzallerliebster Bruder ist heute Abend auf eine Party geladen. Schreckliche Leute, sage ich dir, aber – wie das im Leben eben so ist – mit viel Geld. Er will mich ihnen vorstellen und so ins strahlende Licht rücken, dass seine Klienten gar nicht anders können, als mir einen Auftrag zu erteilen.«

»Als Architekt oder als Maler?«

»Vielleicht beides«, gab er leichthin zurück.

Sabine runzelte die Stirn. »Und was willst du von mir? Soll ich die Leute überprüfen lassen?«

»Nein, nein«, wehrte Ulf ab. »Dass solche Leute irgendwie Dreck am Stecken haben, wissen wir doch auch so. Dies ist eine Dinnerparty, bei der all die wichtigen Männer ihre Frauen dabeihaben, und Jens hat mir befohlen, anständig gekleidet – was auch immer man darunter zu verstehen hat – und mit einer präsentablen Partnerin aufzutauchen. Und natürlich soll ich mich benehmen und nichts sagen, was ihn in Verlegenheit bringt.«

Sabine schwieg verblüfft und musste erst darüber nachdenken, ob sie ihn auch richtig verstanden hatte.

»Was ist? Tust du mir den Gefallen und kommst mit?«, hakte Ulf nach.

Sabine brach in schallendes Gelächter aus. Tränen traten ihr in die Augen. »Das ist nicht dein Ernst!« Sie sah Ulf vor sich. Ein attraktiver, ja geradezu schöner Mann, aber eben schwul, was er auch nicht zu verbergen suchte. Warum auch? Heutzutage in Hamburg und gerade in seiner Branche war das fast schon chic.

»Es ist mir überaus ernst«, gab Ulf würdevoll zurück.

»Eine präsentable Partnerin«, wiederholte Sabine kichernd. »Und da denkst du ausgerechnet an mich?«

»Wieso? Denkst du etwa, du seist nicht präsentabel?«, erkundigte sich Ulf.

»Nein, doch, ich meine, was denkst du, was Jens für ein Gesicht macht, wenn du unter allen Hamburger Frauen ausgerechnet seine Exfrau wählst?«

»Ja, darauf freue ich mich am meisten«, gluckste Ulf. »Wobei du das jetzt nicht falsch verstehen darfst. Du weißt, dass ich dich sehr schätze und gern mit dir ausgehe.«

»Ich verstehe schon, aber wenn dein Bruder so spießig ist, dir zu verbieten, deinen Freund mitzubringen, dann kannst du nicht widerstehen, ihm eins auszuwischen.«

»Und? Kommst du mit?«

Sabine fuhr in die Tiefgarage und schaltete den Motor ab. Sie holte tief Luft. »Ja«, sagte sie schließlich, auch wenn sie nicht ganz sicher war, ob das eine gute Idee war. Sie würde sich am Riemen reißen müssen, um nicht sofort mit Jens die Klingen zu kreuzen. Sie konnte es sich nicht leisten, mit ihm Krieg zu führen! Um Julias willen. Er saß mit seinen Anwaltskollegen einfach am längeren Hebel. Außerdem war sie es leid. Dieser ewige Zank war so zermürbend.

»Ich freue mich. Du bist ein Schatz«, flötete Ulf ins Telefon und hauchte ihr einen Kuss ins Ohr. »Ich hole dich um halb acht ab.«

Den ganzen Tag über versuchten die Ermittler der vierten Mordkommission, der Toten einen Namen zu geben, doch es gelang ihnen nicht, ihre Identität zu ermitteln. Während Sabine und ihre Kollegen in Zweierteams und mit Fotos in den Händen über den Kiez tingelten, um Clubbetreiber und Prostituierte zu befragen, suchten die Leute von der Kriminaltechnik nach verwertbaren Spuren und ließen Fingerabdrücke und das Foto der Toten durch verschiedene Datenbanken laufen, doch auch sie fanden nichts, was ihnen weiterhalf. Bis sie die DNA der Spermaspuren so weit aufbereitet haben würden, dass sie mit gespeicherten Daten verglichen werden konnten, würden noch ein paar Tage vergehen.

Dafür stießen Sabine und Sönke auf jemanden, der im Umfeld des Kiezes ebenfalls jede Menge Fragen stellte. Sabine hielt inne, kniff die Augen zusammen und heftete ihren Blick auf den Mann, der vor dem Dollhaus eine junge Frau ansprach und ihr ein Aufnahmegerät unter die Nase hielt. Offenbar war sie nicht gewillt, mit ihm zu sprechen und seine Fragen zu beantworten – zumindest nicht hier und jetzt. Man konnte aus ihrer Gestik herauslesen, dass sie ihm eine rüde Abfuhr erteilte. Resignierend steckte er das kleine Aufnahmegerät wieder ein.

Moment mal, den Kerl kannte sie doch! Die Kommissarin ging mit großen Schritten auf ihn zu, als er sich umdrehte. Einen Augenblick sah er sie fragend an, dann hellte sich seine Miene auf.

»Kommissarin Berner!«, rief er und trat auf sie zu. »Was für eine angenehme Überraschung.«

»Oberkommissarin«, korrigierte Sönke und hob fragend die Brauen. »Und wer sind Sie?«

»Felix Leonhard, Journalist«, stellte er sich vor und erntete einen abschätzigen Blick.

»Journalist, soso«, wiederholte Sönke und musterte ihn misstrauisch. »Und was tun Sie hier? Mischen Sie sich etwa in die laufenden Ermittlungen des LKA ein?«

»Sie meinen die tote Frau im Botanischen Garten? Hat damit nichts zu tun.« Felix Leonhard seufzte. »Ich versuche, die Frauen zu einem Interview zu überreden, doch sehr viel Glück hatte ich heute noch nicht. Sie haben keine Lust, mit mir zu reden, oder Angst.«

Während Sabine wissend nickte, schnaubte Sönke nur. »Angst vor Ihnen?«

Der Journalist lächelte. »Wohl kaum. Eher Angst vor den Folgen, wenn sie dabei gesehen werden. Die meisten Zuhälter mögen es nicht besonders, wenn man mit ihren Frauen spricht – oder soll ich sie Eigentümer nennen? Sklavenhalter?«

Sönke protestierte. »Na, na, das ist dann doch etwas übertrieben!«

»Finden Sie? Nur weil man bei diesem Wort an Baumwollplantagen in Amerika denkt, auf denen schwarze Sklaven bis zum Umfallen schufteten? Denken Sie, das ist ein Problem längst vergangener Zeiten, mit dem wir uns nicht mehr beschäftigen müssen?«

Sönke brummte nur. Sabine spürte, dass ihm die Unterhaltung unangenehm war. Er wollte weiter, seinen Job erledigen und dann heim zu seiner Frau, doch der Journalist ließ nicht locker.

»Was würden Sie sagen, wenn ich behaupten würde, dass es heutzutage mehr Sklaven gibt als im achtzehnten oder neunzehnten Jahrhundert?«

»Blödsinn, würde ich sagen«, konterte Sönke, doch Sabine sah den Journalisten interessiert an.

»So viele? Sind Sie sicher? Solche Zahlen sind nicht einfach zu erheben, vieles spielt sich im Verborgenen ab. Das können allenfalls Schätzungen sein.«

»Ja, das ist schon richtig, dennoch darf man das Problem nicht kleinreden. Ich kann Ihnen gern meine Unterlagen zeigen, wenn es Sie interessiert. Darf ich Sie zu einem Kaffee einladen? Oder zu einem Bier nach Feierabend?«

Das ging dem Kriminalobermeister dann doch zu weit. »Nein, danke«, sagte er bestimmt und griff nach Sabines Ellbogen.

»Kollegin Berner und ich müssen jetzt unsere Arbeit tun.« Und damit zog er sie weiter. Sabine protestierte nicht. Sie war sich selbst nicht sicher, ob sie sich mit dem Journalisten treffen wollte. Presseleute waren nicht ungefährlich, und ein zu enger Kontakt mit ihnen konnte einen in Teufels Küche bringen. Dennoch drehte sie sich noch einmal um und rief »Tschüss«.

Er hob die Hand zum Gruß und wirkte sichtlich enttäuscht, dann wandte er sich ab und ging in die andere Richtung davon.

Sabine dachte noch immer an Felix Leonhard, als sie zu Hause ankam und sich rasch unter die Dusche stellte, um sich für die Dinnerparty herzurichten. Ausnahmsweise war sie ihm heute dankbar, dass er die übliche Viertelstunde zu spät kam. Dennoch schien er nicht in Eile, als er fröhlich pfeifend die Treppe erklomm.

»Wow!«, war das Einzige, was er herausbekam, als er seine Schwägerin im Türrahmen stehen sah.

»Bin ich präsentabel genug?«, erkundigte sie sich mit einem neckischen Knicks und drehte sich einmal um die eigene Achse.

Ulf trat auf sie zu und küsste ihr galant die Hand. »Hinreißend, liebste Sabine. Ich wusste gar nicht, dass du solche Kostbarkeiten dein Eigen nennst.«

Sie verzichtete darauf, ihm zu verraten, dass ein befreundeter Vampir ihr die Kleidungsstücke und den Halsschmuck verehrt hatte.

Mit einem anerkennenden Nicken ließ Ulf den Blick von ihrem scheinbar nachlässig mit einer Silberspange hochgesteckten, Haar über ihre nackten Schultern und das weinrote Seidenkleid herabwandern, das schimmernd bis zu ihren Knöcheln floss. Ihre Füße steckten in ebenfalls roten, klassischen Pumps, deren silberne dünne Absätze zehn Zentimeter maßen – gefühlte fünfzehn, dachte Sabine, der die Füße jetzt schon wehtaten. Doch um nichts in der Welt hätte sie zu diesem Kleid bequeme Schuhe mit niedrigen Absätzen getragen!

»Du siehst auch sehr elegant aus«, gab sie das Kompliment mit einem Schmunzeln zurück. Allein die blondierten Haare, zum Kunstwerk gegelt, würden seinem Bruder Brechreiz bescheren, vermutete Sabine. Immerhin trug Ulf heute einen Anzug in Anthrazit, sein kräftig lilafarbenes Hemd dagegen würde vor den Augen seines Bruders keine Gnade finden. Und nichts konnte Ulf dazu bringen, eine Krawatte zu tragen! Dafür hatte er sich einen weißen Seidenschal um den Hals geschlungen.

Die Tür nebenan klappte.

»Sabine, ich …«

Sie erfuhr nicht, was ihr Nachbar hatte sagen wollen. Lars verstummte und starrte sie aus weit aufgerissenen Augen an.

»Du gehst aus«, stellte er das Offensichtliche fest und warf dann ihrem Begleiter einen feindseligen Blick zu.

»Ja, ich gehe aus«, bestätigte sie. »Du kennst meinen Ex-Schwager Ulf Thorne nicht?«

»Lars Hansen, Schriftsteller«, sagte der junge blonde Mann aus der Nachbarwohnung und reichte Ulf die Hand. Das Zauberwort »Ex-Schwager« hatte die Spannung gelöst. Aber was ging ihn das überhaupt an?, dachte Sabine verärgert und wünschte ihm fast ein wenig barsch eine gute Nacht.

»Wow«, sagte Ulf noch einmal, als sich Lars wieder in seine Wohnung zurückgezogen hatte. »Du siehst richtig toll aus! Ich wusste ja, dass es eine ganz wunderbare Idee war, dich zu fragen. Jens wird von deinem Anblick begeistert sein.«

Sabine kicherte. »Oh ja, und er wird sich an seiner Vorspeise verschlucken und vielleicht daran ersticken, wenn wir weiterhin so trödeln!«

Ihr Schwager ließ sich nicht irremachen. Gemächlich trat er in den Flur, griff nach ihrem Mantel und half ihr hinein.

»Wie du weißt, kommen Künstler und die wirklich wichtigen Leute immer zum Schluss.«

»Und in welche Kategorie ordnest du dich ein?«, erkundigte sie sich, als sie sich bei ihm unterhakte und sich zu seinem schicken Ford Thunderbird aus den späten Fünfzigerjahren führen ließ. Ulf liebte Oldtimer.

»In beide, mein Schatz, oder bist du da anderer Meinung?«

Sabine ließ sich lachend in die dunkelroten Ledersitze sinken. »Nein, wie könnte ich?«

»Welch angenehme Überraschung!«

Sabine versuchte gerade, aus dem Auto auszusteigen, ohne sich ihre hohen Absätze in den Ritzen des kunstvoll verlegten Pflasters zu ruinieren, als eine Stimme sie herumfahren ließ. Sie gehörte nicht ihrem Exmann Jens Thorne – der es auch ganz sicher nicht als angenehme Überraschung bezeichnen würde, sie hier anzutreffen!

»Guten Abend, Peter«, sagte sie ein wenig bedrückt und fügte dann hastig hinzu: »Das ist mein Schwager Ulf, der mich gebeten hat, ihn heute Abend zu begleiten.«

Der Vampir schmunzelte und raunte ihr zu: »Willst du mir damit zu verstehen geben, dass er keine Gefahr darstellt und meiner Aufmerksamkeit nicht würdig ist?«

Sie warf ihm nur einen zornigen Blick zu.

»Ich denke, du hast recht«, sagte er nach einem zweiten Blick auf ihren Begleiter. »Er ist dem weiblichen Geschlecht rein platonisch zugeneigt.«

Vielleicht war es Unsinn, doch in diesem Augenblick war Sabine froh, dass Ulf schwul war. So würde er hoffentlich nicht ins Visier des Vampirs geraten.

»Bitte entschuldige uns nun, wir sind schon spät dran und wollen nicht das ganze Dinner durcheinanderbringen. Wir sehen uns später.«

Sabine hakte sich bei Ulf unter, um ihre Worte zu bekräftigen und um unbeschadet in ihren hohen Schuhen über das Kopfsteinpflaster bis zur Haustür zu gelangen.

»So, eine Dinnerparty«, wiederholte der Vampir gedehnt und ließ den Blick von ihrer Abendfrisur bis zu den Pumps herabwandern, die er ihr ebenfalls geschenkt hatte. »Nun, es wäre auch nicht die rechte Aufmachung, um einen Tatort zu besichtigen.« Er neigte den Kopf und war so unvermittelt in der Dunkelheit verschwunden, dass sich Ulf verwundert umsah.

»Wo ist er denn hin? Ist er ein Freund von dir?«

Sabine dirigierte ihn in Richtung Haustür. »Nun komm schon,

wir haben das akademische Viertel schon deutlich überschritten!«

Aber so leicht ließ sich Ulf nicht ablenken. »Er ist ein wenig merkwürdig, liebe Schwägerin. Ich weiß nicht, ob der Kerl der richtige Umgang für dich ist«, fügte er in gespielter Strenge hinzu, sodass sie beide lachen mussten.

Zum Glück unterband die Gastgeberin jede weitere Frage. »Oh, Herr Thorne, da sind Sie ja«, rief sie freudig. Falls sie verärgert über Ulfs Zuspätkommen war, ließ sie es sich zumindest nicht anmerken. Frau von Ilsenbrick war eine große, schlanke Frau, die sich ihre Figur vermutlich mit zäher Disziplin erhielt. Ihr blondes Haar war kunstvoll aufgesteckt und ihr blau schimmerndes Kleid hatte sicher mehr gekostet, als Sabine in zwei Monaten verdiente. Frau von Ilsenbrick reichte Ulf die Hand und warf dann einen fragenden Blick auf seine Begleiterin.

»Sabine Berner, Oberkommissarin Sabine Berner«, stellte er sie vor. Sabine stieß ihm unauffällig in die Rippen. Das musste er ja nicht jedem gleich auf die Nase binden. Viele Leute schätzten es nicht besonders, die Polizei im Haus zu haben, selbst wenn sie privat unterwegs war.

»Und das ist unsere Gastgeberin Frau von Ilsenbrick«, fuhr Ulf unbekümmert fort, und die Damen reichten sich die Hände. Sabine hatte den Eindruck, das Lächeln sei nun ein wenig gequält und die Fröhlichkeit zur Maske gefroren. Ihre Stimme hatte die Gastgeberin jedenfalls im Griff, und sie bat sie freundlich herein. Sie nahm ihr den Mantel ab und hängte ihn in die Garderobe, in der er zwischen all den edlen Pelzen und Lederjacken ein wenig kläglich wirkte.

Frau von Ilsenbrick führte die späten Gäste in den Salon. Mit lauter Stimme verkündete sie ihre Namen und forderte die Anwesenden auf, sich zu Tisch zu begeben.

Sabine hatte ihren Exmann sofort gesehen. Er stand mit zwei

anderen Männern, die ebenfalls wie Anwälte wirkten, in einer Ecke, während seine Neue, Angelika, sich mit einer anderen genauso künstlich Blonden auf ein Sofa zurückgezogen hatte und ein wenig gelangweilt an ihrem Champagnerglas nippte. Als Frau von Ilsenbrick ihren Namen verkündete, fuhr Jens herum und starrte sie aus weit aufgerissenen Augen an. Als dem gewieften Anwalt die Gesichtszüge entgleisten, entschlüpfte Sabine ein Kichern. Fast wäre ihm sein Glas aus den Händen geglitten, doch da fing er sich wieder, setzte ein gezwungenes Lächeln auf und wandte sich wieder seinen Gesprächspartnern zu. Aus den Augenwinkeln sah Sabine, wie Frau von Ilsenbrick hastig auf einen wichtig aussehenden Mann mit recht ordentlichem Leibesumfang einredete, dessen Miene sich zunehmend verfinsterte.

»Wer ist das?«, erkundigte sich Sabine leise bei Ulf.

»Unser Gastgeber, Johann von Ilsenbrick.«

Die Kommissarin nickte und sah, wie Gerlinde von Ilsenbrick davonhastete, so schnell ihre hohen Hacken es zuließen, während er auf ein junges Mädchen zuging, das gelangweilt in der Ecke stand.

»Was?«, rief die vielleicht Sechzehnjährige empört, nachdem ihr Vater ihr ein paar Worte zugeraunt hatte. »Das könnt ihr nicht von mir verlangen!«

»Sandra!« Er zischte und forderte sie wohl auf, leiser zu sprechen, doch ihre Miene sprach Bände. Wenn sie ein paar Jahre jünger gewesen wäre, hätte sie vielleicht trotzig die Arme vor der Brust verschränkt und mit dem Fuß aufgestampft. Sabine fragte sich noch, wer von den beiden sich durchsetzen werde, als Frau von Ilsenbrick mit hektisch roten Flecken auf den Wangen zurückkehrte und mit übertriebener Begeisterung noch einmal zu Tisch lud. Die Gäste setzten sich in Bewegung. Ulf hakte sich wieder bei Sabine ein und führte sie zur Tür, als sich ihnen Jens Thorne in den Weg stellte. Seine Verblüffung war inzwischen blankem Zorn gewichen, und er funkelte seinen Bruder und seine Exfrau wütend an.

»Findest du das vielleicht lustig?«, zischte er seinen Bruder an. »Habe ich dir nicht ausdrücklich gesagt, wie wichtig dieser Termin ist? Hier geht es um viel Geld für mich und auch für dich!«

Ulf ließ sich nicht aus der Ruhe bringen. »Doch, das hast du deutlich gesagt, und habe ich mich nicht an deine Wünsche gehalten? Hier bin ich, ganz seriös mit einer präsentablen Partnerin!«

Jens schnaubte. »Und da hast du dir ausgerechnet Sabine ausgesucht? Wirklich, eine ganz fantastische Wahl!«

»Überlege dir, was du sagst!«, gab sein Bruder nun ebenfalls in scharfem Ton zurück. »Ich kann es nicht erlauben, dass du meine Begleiterin beleidigst, die übrigens hinreißend aussieht, was du bemerken würdest, wenn du nicht in deinen albernen Rosenkrieg zurückfallen würdest.«

Jens ließ den Blick über seine Exfrau schweifen und brummte gnädig: »Ich habe ja auch nichts gegen ihr Aussehen …«

Sabine wusste nicht, ob sie lachen oder sich aufregen sollte. Jens beugte sich vor und senkte seine Stimme.

»Du wirst hier nicht rumschnüffeln und niemanden durch deine peinlichen Fragen oder Bemerkungen in Verlegenheit bringen, ist das klar? Benimm dich ausnahmsweise einmal wie ein zivilisierter Mensch!«

Das Lachen jedenfalls war ihr vergangen. Sie hätte ihn vor Wut ohrfeigen können. Wie wagte er es, so mit ihr zu sprechen? War sie ein ungezogenes Kind, das er maßregeln durfte? Doch Sabine beherrschte sich, um einen Eklat zu vermeiden. Stattdessen hob sie nur die Augenbrauen und sah ihn kalt an. Dann wandte sie sich Ulf zu.

»Du darfst mich zu Tisch führen!«

Ulf grinste und deutete eine Verbeugung an. »Mit dem größten Vergnügen, liebste Schwägerin.«

Jens schnaubte wie ein Stier, machte dann aber auf dem Absatz kehrt und zerrte Angelika nicht gerade höflich ins Speisezimmer.

Die Gäste setzten sich, und sofort begann die Tochter des Hauses zusammen mit einer Servicekraft die Vorspeise zu servieren. Auf jedem Teller war ein kleines Kunstwerk angerichtet, das vermutlich ein Partyservice fertig geliefert oder hier im Haus angerichtet hatte. Frau von Ilsenbrick hatte jedenfalls nicht den ganzen Tag in der Küche gestanden, um nun vor ihren zwölf Gästen mit ihrem allerfeinsten Mehrgängemenü zu punkten. Unauffällig schob Sabine das Stück Gänsestopfleber unter ein Salatblatt. Nein, so etwas würde sie nicht essen, auch wenn sie Ulf zuliebe schweren Herzens darauf verzichtete, bei ihren Tischnachbarn die tierquälerische Methode an den Pranger zu stellen, mit der die Leberpastete gewonnen wurde. Es wunderte sie auch nicht, dass bei den nächsten Gängen sowohl Hummer als auch Kaviar aufgetischt wurden. Immerhin gab es keine Froschschenkel, ansonsten wäre es mit ihrer Zurückhaltung wohl vorbei gewesen. Stumm löffelte Sabine ihre Hummercremesuppe und ließ die Gesprächsfetzen an sich vorbeiziehen.

Als sie Angelikas Stimme heraushörte, sträubten sich ihr die Nackenhaare.

»Wo ist denn nun Ihre Haushaltsperle, von der uns Nadine so vorgeschwärmt hat?«, flötete sie und lächelte die Gastgeberin auf ihre falsche Art an, die Sabine stets Brechreiz verursachte. Nein, sie würde sich niemals an diese Frau gewöhnen, die – zumindest offiziell – die Mutterrolle für Julia übernommen hatte. In Wirklichkeit war sie viel zu sehr mit Friseurterminen, Maniküre oder Kaffeeklatschrunden mit ihren ebenso aufgebrezelten Freundinnen beschäftigt, um sich um ein Kind zu kümmern. Meist wurde Julia deshalb von der Haushaltshilfe beaufsichtigt. Sabine fühlte, wie ihr die Galle hochkam. Nein, es war nicht gut, sich schon wieder in dieses leidvolle Thema hineinzusteigern. Sie zwang sich, einen Schluck Wein zu trinken, und beobachtete Frau von Ilsenbrick, die ebenfalls nicht glücklich dreinschaute. Sie wirkte angespannt. Ihr Blick huschte immer wieder zu ihrem Mann, während sie Angelika ein mechanisches Lächeln schenkte.

»Ach ja, das ist unsere Dorina wirklich, aber leider hat sie sich diesen wichtigen Tag ausgesucht, um sich eine Magen-Darm-Grippe zuzulegen. Ich habe sie zu Bett geschickt. So kann ich sie nicht in die Nähe meiner Gäste lassen!«

Angelika lachte genauso künstlich wie Frau von Ilsenbrick. »Ja, da haben Sie recht. Nicht auszudenken, wenn wir uns anstecken würden! Wie lieb von Ihrer Tochter, dass sie für Ihr Mädchen einspringt.«

Gerlinde von Ilsenbrick nickte und beobachtete ihre Tochter Sandra, deren Miene man entnahm, was sie davon hielt. Sie sah genauso wütend drein wie Jens, der noch immer giftige Pfeile auf seine Exfrau abschoss, sobald er den Blick hob und über den Tisch hinweg zu ihr hinübersah. Ulf tat so, als würde er das nicht bemerken, und unterhielt sich betont fröhlich mit seinen Tischnachbarinnen. Der Unterschied zwischen den beiden Brüdern hätte nicht krasser sein können. Langsam begann Sabine die Sache Spaß zu machen, und sie kicherte lautlos in sich hinein. Der Wein war daran sicher nicht ganz unschuldig. Ihr wurde ganz warm und ein wenig schwindelig, und als man sich zu Tee, Cognac und Petit Fours in den Salon zurückzog, merkte sie, wie ihre Gedanken immer wieder davonglitten.

Sie dachte an den Vampir. War er ihr wieder einmal gefolgt? Hatte er vor dem Haus auf sie gewartet und dann ihre Spur bis nach Harvestehude verfolgt?

Seltsam. Nicht, dass er ihr folgte. Aber warum war er nicht in ihre Wohnung gekommen, wenn er sich schon in St. Georg herumtrieb? Er wartete doch sonst nicht auf eine Einladung. Außerdem schien er überrascht gewesen zu sein, sie vor dem Haus der von

Ilsenbricks anzutreffen. Und was hatte er Merkwürdiges gesagt, als er sie hatte stehen lassen? Irgendetwas von einem Tatort.

Sabine runzelte die Stirn. Ein Tatort? Hier? Was konnte er damit gemeint haben? Ein seltsames Gefühl stieg in ihr auf, und sie spürte, wie ihr Herz schneller schlug. Trotz des Alkohols, der in ihrem Blut kreiste, war sie plötzlich hellwach und sehr konzentriert. Sie sah sich um. Alle anderen Gäste schienen in verschiedenen Gruppen in ein Gespräch vertieft zu sein. Es war warm hier drin, und die Gastgeberin hatte die Terrassentür einen Spalt geöffnet.

Sabine erhob sich und schlenderte möglichst unauffällig zur Tür. Sie sah sich noch einmal nach Ulf um, der mit seinem Bruder und Herrn von Ilsenbrick nahe dem Durchgang zum Esszimmer stand, dann schlüpfte sie hinaus auf die Terrasse. Ein kühler Wind erfasste den Seidenstoff und blähte ihr Kleid.

»Peter?«, wisperte sie. »Peter, bist du noch hier?«

Mit ein wenig schwankenden Schritten balancierte sie bis zum Ende der von Rosenbeeten eingefassten Terrasse. »Peter?«, rief sie noch ein wenig lauter und versuchte, mit ihrem Blick die Finsternis zu durchdringen. Bewegte sich dort nicht etwas zwischen den Büschen? Raschelte es nicht auf der anderen Seite unter den Bäumen?

»Ja, meine Liebste?«

Fast hätte sie einen Schrei ausgestoßen, als der kühle Lufthauch, der seine Worte begleitete, ihr Ohr streifte.

Sabine fuhr herum und starrte in seine roten Augen. »Musst du mich immer so erschrecken?«

Er sah sie verwundert an. »Wieso erschrecken? Du hast doch nach mir gerufen!«

»Ja, schon, aber deshalb musst du dich doch nicht immer so von hinten anschleichen.«

»Ich schleiche nicht. Ich bewege mich ganz normal wie immer«, korrigierte er.

»Ja, schnell und lautlos«, ergänzte Sabine mit einem Kopfschütteln, doch dann fiel ihr wieder ein, was sie ihn hatte fragen wollen. »Was hast du vorhin eigentlich mit Tatort gemeint?«

Der Vampir schien zu überlegen. »Ein Ort des Verbrechens, an dem ein Mensch auf unnatürliche Weise zu Tode kam?«

»Ich weiß selbst, was ein Tatort ist«, raunzte ihn die Kommissarin an. »Ich will wissen, wie du auf den Einfall kommst, ich könnte hier einen Tatort suchen.«

»Weil er direkt dort drüben hinter der Hecke zu finden ist?«, schlug Peter von Borgo vor.

Sabine sog scharf die Luft ein. »Willst du sagen, dass im Nachbarhaus der von Ilsenbricks jemand ermordet worden ist?«

Er nickte. »Aber ja, habe ich mich denn nicht klar ausgedrückt?«

Sabine schluckte. Das musste sie erst einmal verdauen. Für einen Moment überlegte sie, ob sie vielleicht einfach nur betrunken war und sich etwas zusammenfantasierte.

»Wann?«, stieß sie hervor. »Wann ist dieser Mord geschehen?«

Peter von Borgo wiegte den Kopf hin und her.

»Ich würde sagen, irgendwann gestern Nacht.«

Sabine wurde es schon wieder schwindelig. Sie holte tief Luft, um ihre Sinne zu klären. »Du behauptest also, dort drüben im Nachbarhaus liege eine Leiche.«

Der Vampir schüttelte den Kopf. »Das habe ich nicht gesagt.«

»Was dann?«, unterbrach sie ihn ärgerlich. »Sagtest du nicht eben, jemand wurde dort drüben ermordet?« Anklagend wies ihr Finger auf die Hecke, die das Grundstück der von Ilsenbricks von dem ihrer Nachbarn trennte.

»Das schon, doch die Leiche wurde weggebracht.«

»Was?«

»Gestern in den frühen Morgenstunden.«

Sabine schnappte nach Luft. »Bist du sicher?«

»Aber ja, und die Eigentümer des Hauses haben sich den ganzen Tag alle Mühe gegeben, die Spuren zu beseitigen. Willst du es sehen?«, erkundigte sich Peter von Borgo höflich.

»Ja, natürlich, aber wie soll ich bloß an einen Durchsuchungsbeschluss kommen? Es braucht einen begründeten Verdacht, und ich kann ja schlecht sagen, mein Freund der Vampir hat mir davon erzählt!«

»Nein, das wäre nicht klug«, stimmte er ihr zu. »Aber das kannst du dir immer noch überlegen, wenn du den Tatort erst einmal in Augenschein genommen hast.«

Er machte eine einladende Handbewegung.

»Was? Jetzt?«

»Warum nicht? Wenn wir schon einmal hier sind. Die Spur wird nicht frischer, und die Reißenbergers sind nach der ganzen Plackerei erst einmal ausgegangen.«

Sabine zögerte und sah von ihrem Seidenkleid zu ihren Schuhen hinunter. »Nicht gerade das optimale Outfit.«

Sie erwog gerade, ihre Pumps auszuziehen und strümpfig über den Rasen zu gehen, da beugte sich der Vampir vor und hob sie in seine Arme.

»Du gestattest, dass ich dich hinübertrage?«

Und schon hatte er den Garten durchquert und schlüpfte durch eine Lücke zwischen den Büschen auf die andere Seite.

Sabine hätte vielleicht protestiert, doch dies war vermutlich die einzige Möglichkeit, zum Haus der Reißenbergers zu gelangen, ohne selbst Spuren zu hinterlassen oder nachher mit schmutzigen Nylons zur Party zurückkehren zu müssen.

Peter von Borgo setzte sie vor der Hintertür ab, verwandelte sich in Nebel und kroch durch die Ritze zwischen Tür und Schwelle. Sabine hatte seine Verwandlung zwar schon ein paar Mal beobachtet, doch es faszinierte sie immer wieder. Nur einen Wimpernschlag später öffnete er ihr die Tür und forderte sie mit einer Verbeugung auf, einzutreten.

Die Kommissarin schlüpfte aus ihren Pumps und begann ihren Rundgang durch das dunkle Haus. Von der erleuchteten Auffahrt drang so viel Licht durch die Fenster, dass sie Möbel, Teppiche und vermutlich teure Kunstgegenstände erkennen konnte. Auf den ersten Blick wirkte alles sauber und aufgeräumt. Nicht ungewöhnlich für solch ein Haus. Nur der scharfe Geruch, der ihr in die Nase stieg, passte nicht ganz dazu. Sie warf einen Blick in die blitzblanke Küche und durchquerte den großzügigen Wohn- und Essbereich mit dem offenen Kamin. Auch die Diele mit dem Windfang war ungewöhnlich groß und luftig angelegt und erinnerte mit der breiten Treppe, die in einem kühnen Schwung nach oben führte, ein wenig an die Pracht der alten Hamburger Kaufmannshäuser.

Bedächtig stieg sie die Treppe hinauf. Ihre Augen hatten sich inzwischen so gut an die Dunkelheit gewöhnt, dass sie immer mehr Details wahrnahm. Sie sah in das Schlafzimmer und das luxuriöse Bad der Reißenbergers, an das ein Zimmer anschloss, das als begehbarer Kleiderschrank genutzt wurde. Außerdem gab es noch ein Arbeitszimmer und ein zweites, kleineres Schlafzimmer mit Bad. Am Ende des Flurs führte hinter einer schmalen Tür eine Treppe zum Dachboden hinauf. Der größte Teil war offen und enthielt, wie vermutlich die meisten Dachböden, alte Möbel und Kisten mit allerlei Kram, den man weder brauchte noch endgültig wegwerfen wollte. Am Westgiebel gab es noch eine kleine Kammer. Sabine schloss die Tür auf und warf einen Blick hinein: ein einfaches Feldbett mit einer Decke, eine Kiste, ein wassergefüllter Eimer, ein Kleiderständer mit alten Kittelschürzen. Nichts Besonderes.

Die Kommissarin drehte sich zu Peter von Borgo um, der ihr stumm durch das ganze Haus gefolgt war.

»Wo ist der Mord geschehen?«

»Unten in der Küche.«

Er stieg mit der Kommissarin wieder die Treppe hinunter. Je näher sie der Küche kamen, desto stärker wurde der Geruch von scharfem Essigreiniger und Bleiche.

»Hier lag sie auf dem Boden«, sagte der Vampir. »Es ist viel Blut geflossen. Kannst du es riechen?«

Sabine schüttelte den Kopf. »Ich rieche nur die Reiniger, die sie verwendet haben, um das Blut zu beseitigen.« Sie ging in die Knie und ließ den Blick aufmerksam über den gefliesten Boden wandern.

»Die haben wirklich ganze Arbeit geleistet.« Die Kommissarin seufzte. »Ich bräuchte Luminol, doch leider gehört das nicht zu den Dingen, die ich auf eine Party mitnehme!«

»Luminol? Was ist das?«, erkundigte sich der Vampir.

»Das ist eine Substanz, die wir in der Spurensuche verwenden. Es wird in Natronlauge gelöst und dann, kurz bevor es zum Einsatz kommt, mit Wasserstoffperoxid vermischt. Trifft diese Mischung noch auf winzigste Spuren von Hämoglobin, wirken die Eisenionen als Katalysator für eine chemische Reaktion, bei der bläuliches Licht ausgestrahlt wird. Man nennt das Chemolumineszenz.«

»Klingt kompliziert«, kommentierte der Vampir trocken. »Ich brauche nur meine Nase, um dir zu sagen, wo die Blutlachen waren. Dort hat sie gelegen, als ihr das Blut zu beiden Seiten aus der aufgeschlitzten Kehle rann.«

»Wie hat sie ausgesehen?«, fragte die Kommissarin leise.

Während der Vampir sie zur Party nebenan zurückbrachte, beschrieb er die Tote, auf die er einen kurzen Blick hatte werfen können, ehe man sie in einen Teppich gewickelt und fortgeschafft hatte.

Auf der Terrasse angekommen, schlüpfte Sabine wieder in ihre Pumps. Als sie wieder aufrecht stand, umfing er sie mit seinen Armen und presste sie an sich. Sie spürte, wie sein keuchender

Atem eisig ihren Hals entlangstrich. Hatte die Erinnerung an das Blut der Toten ihn so erregt? Seine Lippen glitten über ihre Haut.

»Peter, nicht!«, hauchte sie, obgleich sie spürte, wie seine Erregung auf sie übersprang. Er fühlte, dass sie schwach wurde. Ihr Widerstand schmolz schneller als Eis in der Sonne. Nur einen Kuss, was konnte dabei schon passieren?

Alles!

Ihr Körper bebte, als würde sie unter Strom stehen. Es war nicht nur das Gefühl von seinen Lippen auf den ihren, seiner Zunge, seinen spitzen Zähnen. Seine Kälte setzte ihren Körper in Flammen. Seine unerbittliche Leidenschaft verbrannte sie. Sie würde mit ihm gehen und nichts und niemand würde sie jemals wieder trennen.

Da hörte sie, wie die Terrassentür aufgezogen wurde. Seine Lippen und seine Arme lösten sich von ihr, und nur ein kalter Windhauch blieb zurück.

»Ach, hier bist du. Ich habe mich schon gefragt, wo du abgeblieben bist«, erklang Ulfs Stimme.

Sabine zuckte zusammen. Es war ihr, als würde sie aus einer anderen Welt auftauchen. Sie musste sich räuspern, ehe sie einen Ton herausbrachte, und auch dann klang ihre Stimme fremd in ihren eigenen Ohren.

»Es war so heiß drinnen. Ich wollte nur ein wenig frische Luft schnappen.«

Ulf sah sich fröstelnd um. Er nickte zwar, schien aber nicht recht überzeugt. »Apropos Luft. Die Luft ist jetzt wieder rein. Angelika hat Kopfschmerzen, und ein ziemlich angesäuerter Jens verabschiedet sich gerade von unseren Gastgebern.«

Sabine verzog die Lippen. »Oh, muss ich jetzt sagen, dass mir das leidtut?«

Ulf erwiderte das Grinsen. »Nein, ich möchte dich nicht zu einer Lüge verführen.«

Er brachte sie zu den anderen Gästen zurück, doch auch er hatte keine Lust, länger zu bleiben, und so brachte er sie kurz nach Mitternacht nach Hause.

Die ganze Nacht zerbrach sich Sabine den Kopf, wie sie die Aufmerksamkeit der Polizei auf den Tatort im Haus der Reißenbergers lenken könnte. Dass jemand die junge Frau als vermisst melden würde, war unwahrscheinlich. Vielleicht sollte sie sich morgen Nacht zusammen mit dem Vampir auf die Suche nach der Leiche machen? Sie spürte, wie eine leichte Übelkeit in ihr aufstieg.

Sie schüttelte das Gefühl ab. Solche Empfindlichkeiten konnte sie sich nicht leisten. Schließlich war sie Kommissarin, und es war ihre Aufgabe, Verbrechen aufzuklären.

Da fiel ihr ein, dass er ihr gar nicht gesagt hatte, wohin man die Tote geschafft hatte. Sie würde ihn fragen, sobald sie ihn wieder zu Gesicht bekam. Mit einem Lächeln auf den Lippen fiel die Kommissarin in einen unruhigen Schlummer.

Kapitel 4

Tote gehören auf den Friedhof

Als Sabine am nächsten Morgen im Präsidium ankam, rief sie als Erstes beim Jugendamt an und erkundigte sich nach dem Findelkind, doch leider gab es keine neuen Erkenntnisse. Dann telefonierte sie mit der Kriminaltechnik, die die Kleider und die wenigen Habseligkeiten untersuchten, die das Mordopfer im Botanischen Garten bei sich gehabt hatte.

»Irgendwelche verwertbaren Fingerabdrücke?«

»Keine, die wir zuordnen konnten«, verkündete der Kollege. Sabine fühlte, wie sie in sich zusammensackte.

»Nur einer.«

»Ja? Ich bin ganz Ohr.«

»Wir haben hier auf ihrer Puderdose einen Fingerabdruck von einem Dr. Gerd Jaspar.«

»Und wie kommen seine Fingerabdrücke in unsere Datei?«, hakte die Kommissarin nach.

Es folgte eine Pause, während der sie das Klacken einer Tastatur hörte. »Eine Anklage wegen Steuerhinterziehung. Er bekam fünfzehn Monate auf Bewährung. Oh!«, stieß der Kollege am anderen Ende aus.

»Was? Bernd, nun spann mich nicht auf die Folter.«

»Sein Anwalt war Jens Thorne. Ist aber schon sechs Jahre her.«

»Wie schön«, kommentierte Sabine. »Ich sehe mir die Akte an, und dann werden wir dem Herrn mal einen Besuch abstatten.«

Den ganzen Morgen brütete Sabine über der Akte des Finanz-

und Steuerberaters, der offensichtlich nicht nur das Vermögen seiner Kunden sehr kreativ verwaltet hatte. Es war ihm auch gelungen, seine eigene Steuerschuld in beneidenswerte Tiefen zu drücken – bis dann doch jemand genauer nachgesehen und ein Ermittlungsverfahren eingeleitet hatte.

Sabine überflog die Unterlagen über seine Finanztransaktionen nur, doch sie konnte nicht umhin zu bemerken, dass ihr Ex ganze Arbeit geleistet haben musste, um seinen Mandanten mit einer Bewährungsstrafe davonkommen zu lassen. Zwar hatte er einen Batzen Steuern nachzahlen müssen, doch sie vermutete, dass seine Vermögenswerte, die er unbemerkt ins Ausland geschafft hatte, um ein Vielfaches höher waren. Und nun hatte er anscheinend als einer der letzten Menschen mit dem Mordopfer Kontakt gehabt. Mal sehen, wie ihm eine Befragung zu diesem Thema schmeckte.

Die Kommissarin trank ihren Tee aus, den Sönke ihr zubereitet hatte.

»Was is?«, erkundigte sich Sönke, der von dem Aktenordner auf seinem Schreibtisch aufsah.

»Was sollte denn sein?«

Der alte Kriminalobermeister wiegte den Kopf hin und her. »Ich weiß nicht recht, du hast wieder dieses gewisse Glitzern in den Augen.«

»Das was bedeutet?«, wollte Sabine wissen.

»Ich weiß nicht recht«, wiederholte ihr Kollege, »aber erfahrungsgemäß taucht es auf, ehe du unangenehm wirst, und es bedeutet immer Ärger für irgendjemanden.«

Sabine lachte. »Schon möglich, aber keine Sorge, nicht für dich.«

»Wen hast du denn auf'm Kieker?«

»Den Finanz- und Steuerberater Dr. Gerd Jaspar«, teilte ihm die Kommissarin mit.

»Und was hat er deiner Meinung nach ausgefressen?«, fragte Sönke träge mit einem Gähnen.

»Seinen Fingerabdruck auf der Puderdose unserer unbekannten Toten im Park zurückzulassen.«

Der Kriminalobermeister erhob sich. »Jau, das war dann wohl mal ein Fehler. Fühlen wir dem Kerl mal auf den Zahn und schaun nach, wo's wehtut.«

Sabine verstaute bereits Notizbuch und Aufnahmegerät in ihrer Tasche. »Du sprichst mir aus der Seele, verehrter Kollege!«

Zusammen fuhren sie zu der Adresse der Kanzlei in der Steinstraße, die – welch Ironie – nur wenige Hundert Schritte vom Finanzamt entfernt lag.

Eine brünette Dame um die Fünfzig empfing die beiden Kripoleute. Sie war stark geschminkt, wodurch sie vielleicht älter wirkte, als sie war. Für eine Sekretärin war sie zudem außergewöhnlich gut gekleidet, soweit die Kommissarin dies beurteilen konnte.

Die Dame hinter dem Empfangstresen nahm ihre Lesebrille ab und sah die Besucher mit gerunzelter Stirn an. »Sie wünschen?«

»Wir möchten Dr. Jaspar sprechen«, sagte Sönke.

»Dann müssen Sie erst einen Termin machen«, tadelte ihn die Dame, schob ihre Brille wieder auf die Nase und warf einen Blick in den Terminkalender. »Mittwoch gegen elf?«

»Nein, wir wollen Dr. Jaspar *sofort* sprechen, wenn er im Haus ist«, gab Sabine zurück und zog Ausweis und Dienstmarke aus der Tasche.

»Kriminalpolizei, mein Name ist Berner, und das ist Kommissar Lodering.«

Sönke brummte etwas vor sich hin, doch Sabine beachtete ihn nicht. »Und dürfte ich Sie um Ihren Namen bitten?«

»Jaspar«, sagte die Dame mit fester Stimme und sah der Kommissarin fast ein wenig trotzig in die Augen. »Ich will nachsehen, ob mein Mann Sie empfangen kann. Worum geht es?«

»Das sagen wir ihm dann selbst«, wehrte Sabine ab, die auf alle

Fälle seinen Gesichtsausdruck beobachten wollte, wenn sie die Tote erwähnte.

Betont würdevoll erhob sich Frau Jaspar und stöckelte davon. Sie klopfte an die letzte Tür im Korridor und trat dann ein. Die beiden Kripobeamten konnten hören, wie sie sich für die Störung entschuldigte und atemlos hervorstieß, die Kripo wäre im Haus und wolle ihn sprechen. Sabine konnte die unausgesprochene Frage aus ihrer Stimme heraushören. Frau Jaspar schien keine Ahnung zu haben, worum es sich handeln könnte. Sabine trat schnell einige Schritte in den Gang, um seine Antwort nicht zu verpassen. Sie war so leise, dass sie seine Worte nicht verstehen konnte, doch es hörte sich verdächtig nach einem Fluch an.

»Was wollen die?«, knurrte die Männerstimme dann.

»Ich weiß es nicht. Haben sie nicht gesagt«, gab seine Frau zurück. »Kannst du dir vorstellen, worum es geht? Sind wir wieder in Schwierigkeiten?«

Ihre Stimme kletterte einige Töne höher. Sabine konnte die aufkeimende Panik darin spüren. Frau Jaspar hatte den Prozess offensichtlich noch deutlich in Erinnerung. Es war vermutlich auch für sie keine angenehme Zeit gewesen, dachte Sabine.

»Quatsch!«, gab ihr Mann vielleicht ein wenig zu überzeugt zurück. Sabine hörte Papiere rascheln. Eine Schublade wurde aufgezogen und wieder geschlossen.

»Sag ihnen, sie können hereinkommen«, wies er seine Frau an.

Sabine winkte Sönke und ging dann rasch auf die Tür zu, sodass sie fast mit Frau Jaspar zusammenstieß, die erschreckt zurückfuhr, dann aber den Kripoleuten die Tür aufhielt.

»Mein Mann lässt bitten.«

Sabine und Sönke traten in das großzügig geschnittene Büro, dessen teure Einrichtung sicher dazu dienen sollte, die Kundschaft zu beeindrucken. Hier residiert ein erfolgreicher Mann, der weiß, was er tut, schienen die schweren Ledersessel und der überdimensionierte Schreibtisch zu sagen. Und auch die Kleidung und das Styling des Finanzberaters schienen zu signalisieren: Lassen Sie Ihr Geld beruhigt in diesen erfahrenen Händen! Sabine kräuselte die Lippen. Der Kerl war ihr vom Fleck weg unsympathisch und das nicht nur wegen seiner Vorliebe für bezahlten Sex.

Dr. Jaspar stand am Schrank rechts der üppigen Fensterfront und schlug fast ein wenig hastig die glänzende Schleiflacktür zu, die nun durch den feuchten Abdruck seiner Hand verunziert wurde. Sein Schreibtisch sah ein wenig zu aufgeräumt aus. Zu gern hätte die Kommissarin gewusst, was er so schnell in Schrank und Schublade verstaut hatte, doch dazu hätte sie einen Durchsuchungsbeschluss benötigt. Nein, heute würden sie nur mal ein wenig auf den Busch klopfen und sehen, wie er reagierte.

Dr. Jaspar setzte ein sicher sorgfältig geübtes Lächeln auf, das für einen Besuch der Kripo eindeutig zu strahlend ausfiel. Er schüttelte Sabine und Sönke kräftig die Hand und bat sie, in den Sesseln der Sitzgruppe Platz zu nehmen.

»Möchten Sie etwas trinken?«

»Danke, nein!«, wehrte Sönke mit einem Gesichtsausdruck ab, der Sabine zeigte, dass er den Kerl ebenfalls nicht leiden konnte.

Auch Sabine lehnte das Angebot ab und verzichtete darauf, in einem der Sessel Platz zu nehmen. Dafür strebte Frau Jaspar auf die Sitzgruppe zu.

»Wir würden Ihren Mann gern allein sprechen«, versuchte sie der Kriminalobermeister aufzuhalten, doch Frau Jaspar war hartnäckig und versank in einem der Sessel.

Sabine und Sönke warfen sich einen Blick zu. Gar nicht gut! Vor seiner Frau würde er wohl kaum zugeben, dass er Kontakt zu Prostituierten hatte, doch die beiden Jaspars verharrten auf ihren Plätzen und sahen die Kripobeamten erwartungsvoll an: Dr. Jaspar noch immer mit seinem falschen Lächeln, seine Frau sichtlich angespannt.

Sabine seufzte innerlich und holte dann das Foto heraus, das die Rechtsmedizinerin nach der Autopsie von der Toten gemacht hatte. Man sah nur ihr blasses Gesicht, das nun vom Blut gesäubert war, und ihr langes, rötlich gefärbtes Haar. Die Kommissarin trat auf den Finanzberater zu und hielt ihm das Foto unter die Nase.

»Kennen Sie diese Frau?«

Ein kurzes Zögern, in dem sich sein Lächeln verlor, dann schüttelte er bestimmt den Kopf. »Nein! War's das?«

Sabine schenkte ihm ein grimmiges Lächeln. »Nein, das war es noch lange nicht. Wollen Sie sich nicht doch lieber mit uns allein unterhalten?«

Dr. Jaspar sprang von seinem Sessel auf und trat ein wenig unruhig von einem Fuß auf den anderen.

»Nun ja, wenn Sie darauf bestehen. Liebling, geh doch bitte in die Küche und mach mir einen Cappuccino. Wir sind hier sicher bald fertig.«

Mit zusammengepressten Lippen verließ Frau Jaspar das Büro, nicht ohne die Tür ein wenig heftiger zu schließen, als nötig gewesen wäre. Sabine hielt Dr. Jaspar das Foto noch einmal unter die Nase.

»Nun? Ist Ihre Erinnerung inzwischen zurückgekehrt? Bitte sagen Sie uns: Wer ist diese Frau?«

»Ich kenne sie nicht!«, behauptete der Finanzberater noch einmal, ohne Sönke und Sabine zu überzeugen. Sie schwiegen beide, während die Kommissarin ihm unerbittlich das Bild von der Leiche hinhielt. Die Stille dehnte sich unangenehm aus. Sabine sah, wie er trocken schluckte und den Blick abwandte.

»Sie ist tot, die Frau auf dem Bild, nicht wahr?«, sagte er leise.

Das war unschwer zu erkennen, auch wenn man die klaffende Halswunde auf dem Foto nicht sehen konnte.

Sabine nickte. »Ja, sie wurde getötet und dann wie ein Stück Abfall weggeworfen. Aber das wissen Sie ja schon, oder?«

»Ich? Woher sollte ich das wissen? Ach so«, fügte er mit sichtbarer Erleichterung hinzu, als Sönke auf die Zeitung deutete, die mit dem Mordfall aufmachte.

»Die Frau, die man in Planten un Blomen gefunden hat?«

»Die Frau, auf deren Puderdose die Kriminaltechnik Ihre Fingerabdrücke gefunden hat«, fügte Sabine trügerisch sanft hinzu.

Wieder schluckte der Finanzberater, und auf seiner Stirn bildeten sich Schweißperlen, dennoch sagte er trotzig: »Ich habe keine Ahnung, wie die dort hingekommen sind. Vielleicht hat sie meine Frau bestohlen, und die Dose gehört ihr?«

Sönke schnaubte abfällig. »Ja, bestimmt, und wenn wir uns Ihren Wagen vornehmen, dann werden wir auch gar keine Spuren dieser Frau finden, die Sie angeblich nicht kennen. Es genügt ein einziger Anruf, und die Kollegen von der Spurensicherung machen sich sofort auf den Weg! Oder wir warten einfach ab, bis die DNA-Analyse der Spermaspuren fertig ist, die wir an der Leiche sichergestellt haben.«

Der Schuss traf! Dr. Jaspar wurde abwechselnd rot und blass.

»Wie oft haben Sie sich mit ihr getroffen?«, schoss Sabine gleich hinterher.

»Nein, ich …«, rief er empört, aber dann brach sein Widerstand zusammen. Er ließ sich auf das Sofa sinken, zog ein Taschentuch heraus und wischte sich über die schweißnasse Stirn.

»Bitte, Sie dürfen meiner Frau nichts davon sagen. Sie würde bestimmt die Scheidung einreichen, wenn sie davon erführe.«

»Dass Sie Sex mit einer Prostituierten hatten oder dass Sie sie ermordet haben?«, fragte Sönke trocken.

»Oh Gott, nein, ich habe niemanden ermordet«, stieß der Mann hervor und verbarg den Kopf in den Händen. »Ich hatte doch nur Sex mit ihr, drei- oder viermal.«

Sönke und Sabine tauschten erneut einen Blick. Gut, jetzt war er mürbe. Mal sehen, was sie alles aus ihm herausholen konnten.

»Leider war es nicht allzu viel«, berichteten sie Hauptkommissar Thomas Ohlendorf später, als sie ins Präsidium zurückkehrten. »Er sagt, sie habe sich Ileana genannt. Ihren richtigen Namen wisse er nicht. Sie habe nur sehr wenig Deutsch gesprochen. Er hielt sie für eine Russin. Sie habe ihn das erste Mal vor dem Docks am Spielbudenplatz angesprochen. Das war vor einem Monat. An den genauen Tag kann er sich angeblich nicht mehr erinnern. Einen Zuhälter, der sie überwacht hat, will er nicht bemerkt haben. Dann hat er sich noch dreimal mit ihr getroffen. Zweimal hatte er Sex mit ihr in seinem Wagen, zweimal hat er sich ein Zimmer genommen. Wir werden morgen mit ihrem Foto in das Stundenhotel gehen. Vielleicht erfahren wir dort mehr über sie.«

»Ist nicht viel, aber immerhin etwas. Glaubt ihr, er hat etwas mit der Tat zu tun?«, erkundigte sich der Hauptkommissar.

»Nein, er hat ein Alibi. Er war in der Nacht auf einer Party. Wir überprüfen aber noch, ob er sich nicht, nachdem er seine Frau heimgefahren hat, mit Ileana getroffen und sie umgebracht haben kann.«

»Gut, ihr beiden, dann macht mal Schluss für heute«, sagte der Hauptkommissar, der selbst keinerlei Anstalten machte, nach Hause zu gehen. Sönke strahlte und murmelte etwas von »Filet in Senfsauce«, als er seine Tasche packte.

»Also bis morgen, mien Deern«, schmetterte er und eilte davon. Sabine dagegen ging noch einmal ins Büro ihres Gruppenleiters zurück und fragte, ob sie ihm noch bei irgendetwas helfen könne.

Thomas Ohlendorf lächelte sie warm an. »Das ist nett von dir, und ich nehme deinen Arbeitseifer wohlwollend zur Kenntnis, aber du solltest jetzt heimgehen. Nutze deinen Feierabend, solange der Fall dir noch die Möglichkeit dazu gibt. Übertreib es nicht!«

»Du meinst, damit ich nicht gleich wieder zusammenbreche und Halluzinationen bekomme?«, gab sie schärfer zurück, als sie vorgehabt hatte.

»Nein, das wollte ich nicht sagen«, widersprach der Hauptkommissar. »Das ist abgehakt. Du bist wieder da, und wir erledigen die Arbeit so, wie sie es erfordert. Also mach, dass du nach Hause kommst!«

»Danke«, sagte sie kleinlaut, rührte sich aber nicht von der Stelle.

»Was ist noch?«

»Dieser Journalist, der bei dir war, Felix Leonhard. Was hältst du von ihm und seinem Projekt? Wir haben ihn auf dem Kiez getroffen, und er sagte, er würde für sein Buch Interviews mit den Prostituierten führen.«

»Und, du glaubst ihm nicht?«, wollte Thomas Ohlendorf wissen.

Sabine hob die Schultern. »Ich weiß nicht. Vielleicht bin ich Journalisten gegenüber einfach zu misstrauisch. Also sag, was für einen Eindruck hat er auf dich gemacht?«

Der Hauptkommissar lehnte sich in seinem Schreibtischstuhl zurück, verschränkte die Arme vor der Brust und überlegte. Sabine sah ihn unverwandt an. Sie versuchte, aus seinem Mienenspiel zu lesen. Thomas Ohlendorf war klug und handelte stets überlegt. Er war ein strenger Chef, der von seinen Mitarbeitern viel verlangte. Ungenauigkeiten und Nachlässigkeiten waren ihm ein Gräuel, und er sparte nicht mit Kritik, doch er war auch gerecht und registrierte, wenn seine Leute alles gaben, um einen Fall zu lösen. Dann ließ er sie auch seine Anerkennung spüren, oder er baute die wieder auf, die an den manchmal unlösbar erscheinenden Rätseln zu verzweifeln glaubten. Er war ein guter Teamleiter. Sabine vertraute ihm und gab viel auf sein Urteilsvermögen.

Thomas Ohlendorf erwiderte ihren Blick. »Ich halte ihn für einen guten Journalisten, der sauber arbeitet und die Fakten lieber einmal zu oft prüft als zu wenig. Und das Thema liegt ihm sehr am Herzen. Wenn man ihm etwas vorwerfen kann, dann vielleicht, dass er zu leidenschaftlich an die Sache rangeht und sich zu sehr hineinsteigert. Es könnte sein, dass ihm irgendwann der nötige Abstand verloren geht.«

Sabine nickte. »Danke für deine Einschätzung und schönen Feierabend.«

Schon als sie den Schlüssel ins Schloss ihrer Wohnungstür steckte, wusste sie, dass er bereits da war und auf sie wartete. Sie trat ein und schob die Tür hinter sich zu. Ohne Licht zu machen, stand sie bewegungslos im Flur und versuchte zu erahnen, wo er sich befand. Sabine konnte ihn nicht sehen, doch sie fühlte seine Gegenwart. Vor ihrem inneren Auge formte sich seine Gestalt, wie sie lässig aus dem Wohnzimmer trat. Sie spürte, wie er näher kam. Seine Kälte umschmeichelte sie. Sein Begehren glitt über ihren Körper. Langsam streckte sie die Hand aus und berührte seine Brust mit ihren Fingerspitzen. Auch er hob die Hand und legte sie an ihre Wange. Wie kühl. Wie vertraut.

So standen sie einige Augenblicke einfach nur schweigend da, bis er die Stille brach.

»Auch wenn du es nicht willst, du wirst immer mehr zu einem Wesen der Nacht. Deine Sinne schärfen sich für das Wesentliche, und dein Geist lernt, nicht nur deinen Augen zu vertrauen.«

Sabine schob seine Hand zur Seite und schüttelte die Beklommenheit ab, die sie ergriffen hatte. Es gab noch viel zu tun. Diese Nacht war nicht zu ihrem Vergnügen da. Sie mussten verhindern, dass ein Mord vertuscht wurde und ein Mensch für immer verschwand und vergessen wurde. Mit einer energischen Bewegung schaltete sie das Licht ein. Für einen Moment brach die Enttäuschung durch sein gleichmütiges Mienenspiel.

»Warte kurz, ich ziehe mich um, dann können wir losfahren.«

Er sagte nichts und folgte ihr auch nicht ins Schlafzimmer.

Gut so, dachte sie ein wenig enttäuscht.

Er musste nicht lange warten, bis sie wieder vor ihm stand und erwartungsvoll zu ihm aufsah.

»Und, wohin fahren wir?«

»Um den Toten einen Besuch abzustatten?« Ein leichtes Lächeln kräuselte seine Lippen. »Zum Friedhof nach Ohlsdorf, wohin sonst? Ist das nicht die Stadt der Toten?«

Er lief vor ihr die Treppe hinunter. Sabine gelang es nicht, mit ihm Schritt zu halten.

»He, was soll das? Wir haben etwas Wichtigeres vor!«, rief sie empört, als sie sich hinter ihm auf das Motorrad schwang.

»Wie? Du willst deinem Vater keinen Besuch abstatten? Die Blumen, die du ihm letztes Mal gebracht hast, sind verwelkt. Es wäre eine schöne Geste, ihm einen frischen Strauß zu bringen.«

»Ja, natürlich«, lenkte sie ein, »aber wir müssen doch das Mordopfer suchen, oder weißt du etwa nicht, wo es hingebracht wurde?«

»Alles zu seiner Zeit«, beschwichtigte der Vampir und startete den Motor. »Jetzt legen wir dem alten Seemann erst einmal ein paar Blumen auf sein Grab.«

Sie besorgten unterwegs einen Strauß und fuhren dann am Friedhof entlang bis zum Eingang Hoheneichen, der dem Prökelmoorteich am nächsten lag, in dessen Nähe das Grab von Sabines Vater zu finden war. Nach einem kurzen Fußmarsch waren sie an ihrem Ziel angelangt.

Sabine nahm die verblühten Rosen aus der Vase und steckte den neuen Strauß hinein. Sie kam oft und gern zum Grab ihres Vaters. Hier fühlte sie sich ihm näher als anderswo. Hier ließ sie ihren Gedanken freien Lauf, beleuchtete im Zwiegespräch mit dem Toten alle Seiten eines Problems und traf folgenreiche Entscheidungen. Hier fand sie Ruhe, wenn sie von ihren eigenen Gedanken gehetzt wurde. Doch heute trat sie nervös von einem Fuß auf den anderen.

»Was jetzt? Weißt du nun, wohin sie das Opfer geschafft haben, oder nicht?«

Peter von Borgo lächelte. »Ah, die Kommissarin in dir kommt wieder zum Vorschein. Sei beruhigt, ja, ich weiß, wo sie ihr Opfer bestattet haben.«

Sabine trat vom Grab zurück. »Dann lass uns gehen!«

»Nun gut, wenn du es so eilig hast.« Er bot ihr den Arm, doch der Kommissarin war heute nicht danach, mit ihm zwischen Gräbern dahinzuschlendern und den Geschichten der Opfer von Krankheit, Krieg und Not zu lauschen.

Moment!

Sie riss die Augen auf. »Sie ist hier, nicht wahr? Die Tote ist hier auf dem Friedhof!«

Der Vampir nickte mit einem anerkennenden Lächeln. »Gewiss. Die Toten gehören auf den Friedhof, um dort ihre ewige Ruhe zu finden.«

Sabine zog eine Grimasse. »Oder ruhelos umherzuspuken, weil das Verbrechen an ihnen nicht gesühnt wurde.«

Er schmunzelte. »Wenn du es so melodramatisch willst, vielleicht auch das.«

Noch einmal bot er ihr den Arm, und dieses Mal schob sie ihre Hand in seine Armbeuge und ließ sich von ihm einen schmalen Pfad zwischen alten Bäumen entlangführen, die düster und regenschwer über ihnen aufragten.

»Ich hoffe, du weißt, welches Grab es ist, sonst finden wir die Tote nie. Ich habe mal gelesen, dass es hier in Ohlsdorf fast eineinhalb Millionen Beisetzungen gab. Für so viele Gräber reicht nicht mal ein ganzes Vampirleben.«

»Wir werden es nicht auf einen Versuch ankommen lassen müssen«, wehrte Peter von Borgo ab. Er schlug einen Haken und folgte nun einem breiteren Weg, der im rechten Winkel zu dem ersten verlief. Noch zweimal bog er ab und führte die Kommissarin in einen Abschnitt mit Familiengräbern. Verwitterte Skulpturen, halb unter Efeu verborgen, starrten sie aus toten Augen an. Engel mit moosgrünen Wangen, die Hände tröstend ausgestreckt oder zum Gebet erhoben. Ein Schauder erfasste Sabine. Der modrige Geruch, die kühle Feuchte des Herbstes, ja, hier war der Tod zu Hause. Nicht nur der sanfte Tod, der die Ruhe der Verstorbenen bewacht und den Überlebenden einen Ort der Trauer gibt. Auch der gewaltsame Tod war hier eingedrungen und hatte den Frieden zerstört.

Sabine sah das Grab bereits von Weitem. Welke Blumengebinde bedeckten den flachen Hügel der frischen Grabstätte, in der erst vor wenigen Tagen eine ältere Dame zu den Gebeinen ihres Mannes gebettet worden war, der hier bereits seit zwanzig Jahren auf sie wartete. Sabine trat heran und entzifferte die Daten auf dem provisorischen Holzkreuz, das schief neben dem Grabstein in der Erde steckte. Auch die Blumen wirkten irgendwie lieblos auf die schlammige Erde geworfen. Viele der Blüten waren abgeknickt. Hier hatte sich jemand zu schaffen gemacht!

Die Kommissarin beugte sich tiefer herab und ließ den Blick über das Kreuz wandern. *Marianne Wandenbrink*. Stolze dreiundneunzig Jahre alt war sie geworden, während ihr Gatte bereits mit sechsundsiebzig geholt worden war. Nun also hatte der Tod sie wieder vereint, doch statt ihre Zweisamkeit hier in der Ruhe des Friedhofs genießen zu können, war ihr Frieden vor zwei Nächten jäh gestört worden.

Während Sabine noch ihren Gedanken nachhing, verschwand der Vampir und kehrte kurz darauf mit einer Schaufel in den Händen zurück. Sabine streckte ihre Hand nach dem Holzstiel aus, doch Peter von Borgo ignorierte sie.

»Du kannst die Blumen vom Grab nehmen«, schlug er vor und begann, an einer Ecke zu graben.

Sabine bückte sich und legte Kränze, Gebinde und Blumensträuße zur Seite. »Geliebte Mutter« stand auf einer der Schleifen. »Unserer lieben Großmutter« auf einer anderen.

Die Schaufel stieß in den Boden. Erde und Sand wirbelten durch die Luft. Obwohl sich der Vampir nicht besonders anzustrengen schien, sah es so aus, als würde der Boden zu beiden Seiten davonfließen. Seine flinken Bewegungen waren lässig, kein Schweißtropfen glänzte auf seiner Stirn.

Plötzlich hielt der Vampir inne. Sabine drehte sich zu ihm um, den letzten Rosenstrauß in den Händen.

»Hast du etwas entdeckt?«

Die Nasenflügel des Vampirs bebten. »Kannst du den Tod riechen?«

Er deutete nach unten, wo Sabine einen schweren Stoff erahnen konnte. Ein Teppich?

Peter von Borgo bestätigte ihre Vermutung. »Ja, sie haben die Tote in einen Teppich gewickelt und sie dann hier neben dem Sarg von Frau Wandenbrink vergraben.«

Er nahm seine Arbeit wieder auf, und mit einer Mischung aus Faszination und Grauen sah Sabine, wie er eine schmutzige Teppichrolle freilegte, aus deren Ende zwei nackte Füße ragten.

Plötzlich ließ der Vampir die Schaufel sinken und witterte nach rechts. »Still! Wir bekommen Besuch.«

Es dauerte einen Moment, bis auch Sabine ein leises Knirschen auf dem sandigen Weg hören konnte. Das Licht einer Taschenlampe tanzte zwischen den Blättern einer Blutbuche. Die Kommissarin erstarrte. So standen sie stumm und bewegungslos neben dem halb geöffneten Grab und warteten, ob der späte Besucher oder wer immer um diese Zeit noch auf dem Friedhof unterwegs war, vorübergehen würde.

Behutsam legte der Vampir die Schaufel nieder. »Er kommt direkt hier vorbei«, sagte er und streckte seine Hand aus. »Komm, es wird Zeit zu gehen.«

»Nein, woher willst du das wissen? Wir müssen sie ganz ausgraben«, beharrte Sabine störrisch. Sie bückte sich und schlug den Teppich am oberen Ende auseinander. Tote Augen starrten sie aus einem bleichen Gesicht an.

Doch wie so oft behielt der Vampir recht. Die Schritte hielten weiter auf sie zu, und dann glitt der Lichtschein um die Ecke, strich über den Weg und verharrte auf dem geschändeten Grab.

»Komm!«, forderte der Vampir die Kommissarin noch einmal auf. »Unsere Arbeit hier ist getan.« Dieses Mal folgte sie seiner Aufforderung. Sie ließ den Teppich wieder über das tote Gesicht fallen und griff nach Peters Hand. Der Vampir zog sie davon, während ihnen die aufgeregten Schreie des Friedhofsaufsehers folgten. »Vandalen!«, brüllte er. »Ich kriege euch!«

Doch sie flogen schon zwischen den Bäumen und Büschen dahin. Ihre Füße berührten nur flüchtig Sandwege und feuchtes Gras. Der Wind sang in ihren Ohren und rauschte durch ihren Körper, oder war das ihr eigenes Blut?

Irgendwann brach der Vampir ihre Flucht ab. Sabine blieb keuchend neben ihm stehen. Sie wusste nicht, wo sie waren. Noch immer auf dem Friedhof, so viel war klar, doch die Rufe des erzürnten Aufsehers waren verklungen.

Als sie wieder zu Atem gekommen war, sah sie sich um und begriff, wohin er sie geführt hatte. Sabine befreite ihre Hand aus der des Vampirs und schritt auf das Grab zu, an dem sie den Sommer über häufig gestanden hatte. Das einfache Holzkreuz war inzwischen verschwunden. An seiner Stelle lag ein flacher Stein, auf dem ein Engel kniete, die Flügel ausgebreitet, das ernste Gesicht und die offenen Hände dem Himmel entgegengereckt.

»Liebe ist stärker als der Tod« stand in goldenen Lettern darunter und ihr Name: »Aletta Reichmann«.

Vierundzwanzig Jahre alt war sie gewesen, als sie beschlossen hatte, ihrem Leben ein Ende zu setzen. Noch immer grollte

Sabine Peter ein wenig, dass er ihr dabei geholfen hatte. Sie war in seinen Armen gestorben. Friedlich. Sabine hatte ihr Gesicht gesehen. Sie konnte kaum glauben, dass Aletta tot war, so frei und glücklich hatte sie ausgesehen, als würde sie nur schlafen und in einem wundervollen Traum davonschweben.

»Sie war eine mutige und entschlossene junge Frau«, sagte der Vampir, dessen Gedanken offensichtlich ähnliche Wege gingen.

»Sie hat sich für ihre Freundinnen geopfert«, sagte Sabine, die sich noch immer nicht sicher war, was sie davon halten sollte.

»Und ihnen damit eine zweite Chance auf ein selbstbestimmtes Leben geschenkt, nachdem ihre Peiniger tot waren.«

Sabine seufzte. »Findest du das richtig?«

Peter von Borgo hob die Schultern. »Es war ihre Entscheidung, und ich akzeptiere sie. Ist ein Liebesopfer nicht etwas Wundervolles? Kann es ein größeres Geschenk geben?«

Sabine überlegte. »Vielleicht ist es ein zu großes Geschenk.«

»Das Meike und Carmen nicht verdient haben?«

Sie zuckte nur mit den Schultern. »Es ist nicht an mir, das zu beurteilen«, sagte sie und fühlte sich dabei wieder so hilflos.

»Jedenfalls sind sie sich der Größe ihrer Tat wohl bewusst«, sagte er sanft. »Sie kommen beinahe jeden Abend an ihr Grab, um ihrer zu gedenken und die Erinnerung an ihre Freundin wachzuhalten.«

Sabine sah auf die frischen Blumen auf dem Grab herab und nickte.

Schritte näherten sich, und dann konnte sie Stimmen hören. Zwei Frauen, die sich leise unterhielten. Sabine erkannte sie sofort. Es war, als hätte ihr Gespräch die beiden Mädchen heraufbeschworen. Für einen Moment erwog sie, sich zurückzuziehen. Die beiden waren ihr nicht immer wohlgesonnen gewesen, und auch ihre eigenen Gefühle waren kompliziert. Einerseits empfand sie Mitleid mit den Mädchen, deren Seelen von einer Clique

Halbwüchsiger fast zerstört worden waren. Anderseits hatten sie gemeinsam Selbstjustiz geübt und Aletta die Schuld allein tragen lassen.

Konnte eine Schuld eine andere aufwiegen?

Die beiden Frauen kamen näher. Ihre Stimmen verstummten. Dann erkannten sie, wer da vor Alettas Grab stand.

»Oh, hallo, Frau Berner«, sagte Carmen leise und streckte ihr zögernd die Hand entgegen.

Der Mond trat hinter den Wolken hervor und tauchte die beiden Frauen in sein silbernes Licht. Sie hätten unterschiedlicher nicht sein können: Carmen Gerstner, knochig, blass, mit halblangem, dünnem Haar, und Maike Stoever, dick, ja geradezu massig, den dunkel gefärbten Schopf kurz geschnitten. Dennoch sah Sabine die Veränderung. Maikes Haar war nicht mehr blau und schien frisch gewaschen. Und hatte sie nicht abgenommen? Und Carmen sah nicht mehr ganz so elend aus, wie sie sie in Erinnerung hatte. Sie war beim Friseur gewesen und hatte sich blonde Strähnchen machen lassen.

Auch Maike reichte ihr die Hand. »Was tun Sie denn hier?«, fragte sie, eher müde als aggressiv.

»Vermutlich das Gleiche wie Sie«, antwortete die Kommissarin. »Ich habe erst meinem Vater Blumen gebracht und bin nun hier, um an Aletta zu denken. Sagt man nicht, ein Mensch stirbt erst dann, wenn ihn die Welt vergisst?«

Carmen beugte sich herab und steckte ein paar Blumen in eine der schmalen, grünen Plastikvasen.

»Da haben Sie recht. Sie wird in unseren Gedanken immer weiterleben!«

Das sollte sie auch, nach dem, was sie für Sie beide getan hat, dachte die Kommissarin, sagte aber laut: »Wie geht es Ihnen? Sie sehen besser aus. Und, Maike, schöner Haarschnitt! Haben Sie abgenommen?«

Maike wirkte ein wenig verlegen. »Ja, schon zwölf Kilo, und ich bleibe weiter dran. Wir machen beide eine Therapie, und ich denke, dass Carmen es auch irgendwann schafft, die Bulimie zu besiegen.«

Carmen nickte. »Ja, ich arbeite daran, doch es ist nicht einfach. Die alten Gewohnheiten halt. Mein Körper ist so oft stärker als mein Wille.« Verzweiflung klang in ihrer Stimme.

Sabine legte ihr die Hand auf den Arm. »Sie schaffen das. Wenn Sie es wirklich wollen.«

Maike nickte. »Ja, das werden wir. Wir nehmen unser Leben in die eigenen Hände und lassen uns von nichts und niemandem mehr aufhalten. Ich werde nächstes Jahr meinen Schulabschluss nachholen und mir anschließend eine Ausbildungsstelle suchen.«

Sabine lächelte. »Das ist gut. Sie klingen so entschlossen, dass Sie es ganz sicher schaffen. Ich wünsche es Ihnen!«

Maike sagte ernst: »Wir müssen. Das sind wir Aletta schuldig. Ihr Opfer soll nicht umsonst gewesen sein!«

Vielleicht haben sie es ja doch verdient, dachte Sabine. Sie spürte, wie sich ein Gefühl des Friedens in ihr ausbreitete. Sie verabschiedete sich von den beiden Frauen und machte sich auf den Rückweg. Nach ein paar Schritten trat der Vampir, der sich bei der Ankunft der Frauen zurückgezogen hatte, wieder an ihre Seite.

»Es ist gut, so wie es ist«, sagte er sanft.

»Ich weiß nicht«, seufzte die Kommissarin. »Vielleicht hast du recht.«

Kapitel 5

Yum-yum?

Nein, es wunderte Sabine nicht, dass kaum eine halbe Stunde später Thomas Ohlendorfs Name auf dem Display ihres Handys erschien. Zum Glück hatte ihre Gruppe in dieser Nacht Bereitschaft. Sie war viel zu neugierig, was es mit dieser Toten auf sich hatte, als dass sie die Ermittlung gern an eine andere Gruppe abgetreten hätte.

»Hallo, Thomas, was gibt es?«, meldete sie sich beinahe beschwingt und deutete dem Vampir an ihrer Seite mit dem Finger auf den Lippen an, sich ruhig zu verhalten.

»Das Ende deines Feierabends«, verkündete er.

»Das dachte ich mir schon, als ich deinen Namen gesehen habe«, erwiderte sie heiter. »Du rufst selten an, um mit mir auszugehen.«

Es war ihr, als könne sie ihn lächeln sehen. »Da hast du recht. Wir haben einen Todesfall in Ohlsdorf auf dem Friedhof!«

»Eine Tote auf dem Friedhof, nein, wie ungewöhnlich«, scherzte die Kommissarin. Sie bemerkte ihren Fehler erst, als es schon passiert war. Für einen Moment hoffte sie, der Hauptkommissar hätte nicht so genau hingehört, doch er war nicht umsonst der Leiter der vierten Mordbereitschaft.

»Ja, es scheint sich tatsächlich um eine Frau zu handeln. Woher weißt du das?«

Sabine warf dem Vampir einen gequälten Blick zu, doch der konnte ihr auch nicht helfen.

»Ich weiß es ja gar nicht. Vielleicht hatte ich noch zu sehr das Bild von der Toten im Park vor mir.«

Er ließ es zum Glück dabei bewenden, doch nun kam die nächste Frage, die sie ins Schleudern brachte.

»Sollen wir dich einsammeln? Wo bist du im Moment?«

»Nein, ich komme selbst her«, sagte sie schnell. »Ich bin hier ganz in der Nähe.«

»Du bist auf dem Friedhof?«, hakte der Hauptkommissar nach. Eine gewisse Schärfe schwang in seiner Stimme.

Das hatte sie nicht gesagt, doch Thomas konnte man nicht so leicht etwas vormachen. Sabine sah an ihren schlammbespritzten Hosenbeinen hinunter auf ihre noch schmutzigeren Schuhe.

»Ja, ich war gerade am Grab meines Vaters«, sagte sie so unschuldig wie möglich.

»Sabine, hast du die Leiche gefunden?«, wollte der Hauptkommissar wissen.

»Nein!« Streng genommen war das keine Lüge. Sie hatte sie nicht gefunden. Peter hatte sie ihr *gezeigt.*

Thomas Ohlendorf schwieg einen Moment, dann nannte er ihr den Ort, wo der Friedhofsaufseher die Leiche entdeckt hatte, und beschrieb ihr den Weg. »Es ist in Richtung der Sturmflutopfer nördlich der Straße«, fügte er noch hinzu.

»Hm«, sagte sie nur.

»Der Aufseher wartet dort auf uns. Geh schon mal hin und pass auf, dass keine Beweise vernichtet werden. Wir beeilen uns. Ich habe die Spurensicherung schon angefordert, und ich denke, wir werden auch ein paar Lichtmasten brauchen.«

»Das ist zu vermuten. Ich erwarte euch dann dort«, murmelte sie und legte auf.

»Also geht es zurück zum Ort des Geschehens«, kommentierte der Vampir geradezu vergnügt und reichte ihr den Arm. Grübelnd schritt die Kommissarin neben ihm her.

»Was ist?«, erkundigte er sich. »Der Fall kommt ins Rollen. Die Leiche gehört dir. Ist es nicht das, was du wolltest?«

Sabine nickte. »Ja, schon, ich frage mich nur, wie wir die Verbindung zu den Reißenbergers herstellen können. Die Zeit läuft uns davon. Sie haben schon viel zu viele Beweise beseitigt.«

»Lass den Dingen einfach ihren Lauf«, schlug der Vampir vor. »Hab Vertrauen in die Rechtsmedizin und in eure Technik. Ihr werdet die Fährte schon finden.«

Die Kommissarin schnaubte ein wenig abfällig. »Schön, dass du solch ein großes Vertrauen in die Kripo hast, aber auch bei uns arbeiten nur Menschen, und sie können lediglich die Spuren finden, die es gibt. Ich kann mir nicht vorstellen, dass jemand hier auf dem Friedhof seine Visitenkarte hinterlassen hat.«

Der Vampir verzichtete auf eine Antwort. Sie hatten ihr Ziel fast erreicht, und er zog sich wieder in die Schatten zurück, um als stummer Betrachter den Fortgang der Ermittlungen zu beobachten.

»Halt, wer da?«, durchbrach eine Männerstimme die Stille des Friedhofs. Der Schein einer Taschenlampe huschte auf und ab.

»Kriminalpolizei, Oberkommissarin Berner«, meldete sich Sabine und fischte ihren Ausweis und die Dienstmarke aus der Tasche. Der Lichtstrahl richtete sich auf ihren Ausweis und blendete ihr dann ins Gesicht. Ein wenig ärgerlich hob sie die Hand.

»Nehmen Sie die Lampe runter, Mann!«

»Entschuldigung, ich bin ein wenig nervös. Wissen Sie, ich habe die beiden Übeltäter auf frischer Tat ertappt. Vielleicht waren es ja die Mörder. Hermann Schieder mein Name«, stieß der Aufseher ein wenig atemlos hervor und leuchtete in die halb geöffnete Grube mit dem in einen Teppich gewickelten Körper. »Es ist eine Frau«, sagte er.

Sabine trat an die Grube und sah hinein. Sie konnte die Füße erkennen, die aus der Teppichrolle ragten.

»Haben Sie etwas angefasst?«, fragte sie den Aufseher streng.

»Ich hab nur das obere Ende des Teppichs auseinandergeklappt, um zu sehen, ob sie vielleicht noch lebt«, verteidigte er sich.

Sabine konnte die Abdrücke seiner Stiefel in der lockeren Erde sehen, die der Vampir weggeschaufelt hatte, und ihre eigene Spur daneben. Außerdem sah man ihre Abdrücke auf der anderen Seite des Grabes, wo sie die Blumen weggeräumt hatte. Das würde dem Hauptkommissar gar nicht gefallen! Doch wenigstens musste sie sich nur Nachlässigkeit im Umgang mit dem Tatort vorwerfen lassen und nicht erklären, wie ihre Spuren überhaupt hierhergekommen waren. Wie gut, dass sie nun vor den Kollegen hier war.

Sie erwog, zumindest ein paar der Spuren zu tilgen, was sie allerdings schlecht vor dem Aufseher machen konnte. Sollte sie ihn wegschicken? Immerhin konnte sie keinen einzigen Fußabdruck des Vampirs entdecken. Und wo war die Schaufel? Es wäre besser, wenn es keine Fingerabdrücke auf dem Stiel gäbe.

»Haben Sie noch eine stärkere Lampe? Das könnte mir bei der ersten Untersuchung hier helfen«, improvisierte die Kommissarin. Bereitwillig überließ ihr der Friedhofsaufseher seine Taschenlampe und eilte davon, um aus dem nächsten Gerätelager eine der großen Lampen zu holen, die die Totengräber aufstellten, wenn sie bei Dunkelheit ein Grab ausheben mussten.

Als der Rest ihrer Mordbereitschaft und die Gerichtsmedizinerin eintrafen, konnte Sabine sie mit gleichmütiger Miene begrüßen und ihnen in wenigen Sätzen zusammenfassen, was sie bereits in Erfahrung gebracht hatte.

Es war eine lange Nacht gewesen, und Sabine war erst nach drei heimgekommen. Dennoch war sie kurz nach neun schon wieder im Präsidium, wo sie auf dem Flur fast mit Thomas Ohlendorf zusammenstieß.

»Schon irgendwelche neuen Erkenntnisse?«, fragte sie ihn.

Er schüttelte ein wenig müde den Kopf. »Ist noch zu früh. Die Autopsie hat noch nicht einmal begonnen, und die Jungs von der Technik fangen gerade erst an, ihre Kleider und den Teppich zu untersuchen.«

Das war nicht anders zu erwarten gewesen, dennoch war Sabine alles andere als zufrieden mit der Antwort.

»Das heißt, wir wissen noch nicht, wer die Tote war«, meinte sie.

»Du kannst ja schon mal die Vermisstendatei durchgehen«, schlug der Hauptkommissar vor, und sie machte sich sogleich an die Arbeit. Als Sönke eine halbe Stunde später gähnend ins Büro geschlurft kam, war bereits klar, dass die junge Frau nicht als vermisst gemeldet worden war, obgleich sie bereits seit zwei Tagen tot war. Die Rechtsmedizinerin Dr. Renate Lichtenberg, die die Leiche vor Ort untersucht hatte und am späten Vormittag auch die Obduktion vornehmen würde, hatte den Todeszeitraum auf die Nacht vom ersten auf den zweiten September eingegrenzt, was bedeutete, dass sie noch nicht sehr lange tot gewesen sein konnte, als man sie in den Teppich gewickelt und nach Ohlsdorf gebracht hatte. Der Vampir hatte gesagt, der Anruf der Reißenbergers, den er mit angehört hatte, sei gegen ein Uhr erfolgt. Es behagte Sabine gar nicht, dass sie dieses Wissen nicht verwenden konnte. Nein, sie musste hoffen, dass es der Rechtsmedizinerin gelang, den Todeszeitpunkt genauer zu bestimmen und vor allem Spuren zu finden, an denen sie mit ihren Ermittlungen ansetzen konnten.

»Und, was gefunden?«, erkundigte sich Sönke, der mit dem Wasserkocher hantierte. Sabine rieb sich die Augen und schüttelte den Kopf.

»Noch eine unbekannte Frau Mitte zwanzig mit einer durchgeschnittenen Kehle.«

»Und was machen wir jetzt?«, erkundigte sich Sönke und ließ sich auf seinen Schreibtischstuhl fallen.

»Du brauchst dich hier gar nicht so gemütlich einzurichten.

Pack deine Sachen! Wir fahren auf den Kiez und fühlen dem Besitzer dieses Stundenhotels mal auf den Zahn. Und danach will ich bei Dr. Lichtenberg vorbeischauen.«

Bei der Erwähnung der Rechtsmedizinerin zog Sönke eine Grimasse. Nicht, dass er die junge Ärztin nicht schätzte. Sie war kompetent, besaß eine rasche Auffassungsgabe und nahm kein Blatt vor den Mund. Mit ihrer sportlichen Figur und dem dichten kastanienbraunen Haar war sie sogar eine Augenweide. Dennoch traf der Kriminalobermeister sie lieber außerhalb des Sektionssaales. Sönke hatte sich trotz seiner vielen Jahre bei der Kripo noch immer nicht daran gewöhnt, dabei zuzusehen, wie Menschen aufgeschnitten, in Stücke zerlegt und dann wieder zusammengepackt und zugenäht wurden. Anderseits, wer gewöhnte sich schon je wirklich daran? Sabine kam es jedes Mal wie ein zweiter Akt der Gewalt vor, der den Opfern angetan wurde, dennoch überwog ihre Wissbegierde und der Drang, alles zu tun, um die Täter zu überführen. Wenn man die Tat schon nicht wiedergutmachen konnte, wollte sie den Opfern wenigstens Gerechtigkeit widerfahren lassen. Nein, der Tod ließ sich nicht rückgängig machen.

Maulend ließ Sönke seinen noch fast vollen Teebecher zurück und folgte Sabine in die Tiefgarage.

Sönke überließ der Kollegin gern das Steuer, die mit einem der unauffälligen Dienstwagen nach St. Pauli fuhr. Wie so vieles im Umfeld der berühmten Reeperbahn machte auch dieses Haus bei Tageslicht einen schäbigen Eindruck. Hier in den Gassen ein wenig abseits der Reeperbahn war alles noch heruntergekommener als in der bunten Lichterwelt, die von den normalen Touristen besucht wurde. In den stillen Hinterstraßen war auch in der Nacht kein Glamour und kein Glanz zu finden, nur das Elend der Frauen, die hier Nacht für Nacht versuchten, ihren Körper meistbietend an den Mann zu bringen.

Sabine stieg aus dem Wagen und ließ den Blick das schmale Haus emporwandern, dessen schmutzig graue Fassade an mehreren Stellen abblätterte. Selbst zwei der gelben Leuchtbuchstaben, die verkündeten, dass dies ein Hotel sein sollte, waren zerbrochen.

»Sehr einladend«, kommentierte Sönke, der ihrem Blick gefolgt war.

Sabine nickte. »Ja, man kann sich gut vorstellen, wie die hygienischen Verhältnisse dort drinnen sind!« Es schüttelte sie unwillkürlich. »Werd ich mein Leben lang nicht verstehen.«

»Was?«, erkundigte sich ihr Kollege.

»Wie Männer wie dieser Dr. Jaspar, die ein Heidengeld verdienen und in der guten Gesellschaft verkehren, mit einer Prostituierten in solch ein Hotel gehen können, um ein wenig schnellen Sex zu haben. Ich könnte ja noch verstehen, wenn er seine Frau betrügt, weil in der Ehe nichts mehr läuft, und ja, vielleicht auch gekauften Sex mit einer attraktiven Frau in einem schönen Ambiente, aber das hier? Was gibt das den Männern? Bauen sie ihren Frust ab, indem sie sich einen billigen Körper kaufen? Suhlen sie sich ein wenig im Schmutz, bevor sie wieder in ihre saubere, wohlgeordnete Welt zurückkehren? Oder ist der Trieb so stark, dass sie das ganze Elend nicht einmal wahrnehmen? Was hat das mit Sexualität zu tun? Ich begreife es einfach nicht.«

Sönke hob abwehrend die Hände. »Das musst du nicht mich fragen. Ich kann dir das nicht beantworten, und sag nun nicht, ich wäre schließlich auch ein Mann. Ich hatte bisher weder eine Nutte auf dem Rücksitz meines Autos noch war ich je anders außer dienstlich in solch einer Absteige.«

»Hab ich ja auch gar nicht angenommen«, sagte die Kommissarin ein wenig zerknirscht.

»Das will ich dir auch geraten haben«, knurrte ihr Kollege. Er schob die Tür auf, und sie betraten einen düsteren Flur. Ein Stück weiter vorn befand sich so etwas wie die Rezeption: ein Tresen mit einem angegliederten Schreibtisch, auf dem einige Schlüssel lagen. Dahinter war eine geschlossene Tür.

»Hallo!«, rief Sönke. »Ist jemand da? Wir hätten einige Fragen.«

Sabine entdeckte eine Klingel und drückte sie energisch.

Aus dem Hinterzimmer ertönten Geräusche, dann öffnete sich die Tür, und ein Mann trat hinter den Tresen. Er war klein und dick und hatte sich in den vergangenen Tagen vermutlich weder rasiert noch gewaschen, zumindest roch er so. Seine Hosen waren fleckig und sein bis über die Ellbogen hochgekrempeltes Hemd vorn so weit geöffnet, dass man ein sicher ebenso lange nicht gewaschenes Unterhemd sehen konnte. *Passt zum Ambiente*, dachte Sabine schaudernd.

»Wollt ihr ein Zimmer?«, fragte der Mann mit einem unterdrückten Gähnen. »Wie lange? Der Mindestpreis ist für eine Stunde. Kostet zwanzig Euro. Jede weitere Stunde fünf extra, vierzig die Nacht.« Er schenkte den beiden einen anzüglichen Blick.

Sönke zückte Ausweis und Dienstmarke. »Kriminalpolizei, wir haben einige Fragen an Sie.«

Der Mann seufzte. »Ich habe ja gleich geahnt, dass das zu dieser Stunde nichts Rechtes sein kann.«

»Wie heißen Sie? Sind Sie der Besitzer dieses Hotels?«

Der Mann kratzte sich die Bartstoppeln. »Ja, ich hab den Laden hier gepachtet. Und hier läuft alles streng nach Vorschrift.«

»Danach habe ich nicht gefragt«, konterte Sönke, »aber wenn Sie es wünschen, können wir das gern überprüfen.« Er zückte sein Notizbuch. »Name!«

»Niedermeier, Wolfram«, brummte der Mann, dessen Laune sich zunehmend verschlechterte.

»Kann ich Ihren Ausweis sehen?«

»Wenn's denn sein muss.« Er kramte in einer Schublade und legte dann seinen Ausweis auf den Tresen. Sönke notierte sich die Daten, während Sabine das Foto hervorzog.

»Kennen Sie diese Frau?«

Sein Nein kam, noch ehe er sich das Bild richtig angesehen hatte.

»Sie war nachweislich in den vergangenen Wochen mindestens zweimal mit einem Mann hier in Ihrem Hotel«, gab Sabine zurück.

»Kann schon sein. Glauben Sie, ich kann mir jeden merken, der hier mal eine Stunde eincheckt? Was denken Sie, wie es hier in der Nacht zugeht?«

»Führen Sie Buch, an wen Sie Ihre Zimmer vermieten? Es gibt doch so etwas wie Meldepflichten.«

Diese Frage war ihm sichtlich unangenehm. »Klar nehmen wir die Personalien unserer Gäste auf, wenn sie eine Übernachtung buchen«, sagte er.

»Aber nicht, wenn sie nur ein oder zwei Stunden bleiben«, ergänzte die Kommissarin.

»Wie stellen Sie sich das vor?«, ereiferte sich der Hotelbetreiber. »Wer würde denn solch einen Papierkrieg betreiben?«

»Und welcher Freier möchte schon gern Namen und Adresse angeben«, sagte Sabine, die es überrascht hätte, wenn es hier anders gelaufen wäre.

Sie schob ihm noch einmal das Foto hin. »Wie viele Zimmer haben Sie?«, fragte sie. »Und wie hoch ist Ihre Auslastung? Ich vermute mal, von den Frauen kommen immer wieder dieselben mit ihren Kunden her. Also sagen Sie uns, wer diese Frau auf dem Foto ist. Ich gebe Ihnen noch einen Tipp. Für ihre Kunden hieß sie Ileana.«

Er vertiefte sich in das Foto und runzelte die Stirn. »Ach die«, sagte er und gab es der Kommissarin zurück. »Schlechte Aufnahme. So kann man sie wirklich kaum erkennen.«

»Tja, ein Autopsiesaal ist kein Modestudio«, warf Sönke ein.

Der Hotelbetreiber nickte langsam. »Dann sind die Gerüchte

als wahr. Das war die Nutte, der man vor ein paar Nächten im Planten un Blomen die Kehle aufgeschlitzt hat.«

»Fast richtig. Sie wurde dort gefunden, getötet hat man sie aber woanders. Vielleicht in Ihrem Hotel?«, improvisierte Sabine und sah ihn scharf an.

Seine erste Reaktion war Verblüffung, dann Zorn. Beide schienen echt. Sie konnte kein Zucken, keine Furcht erkennen. Wenn die Behauptung wahr sein sollte, dann wusste er jedenfalls nichts davon.

»Hätten Sie was dagegen, wenn wir die Zimmer daraufhin überprüfen?«

»Machen Sie doch, was Sie wollen«, schimpfte er. Wieder war da nur Ärger zu spüren.

»Zuerst hätten wir gern noch ein paar Informationen über Ileana. Wie hieß sie mit Nachnamen? Woher kam sie, und wo wohnte sie? Hat sie für einen Zuhälter gearbeitet?«

Nun wurde seine Miene spöttisch. »Und Sie denken tatsächlich, dass ich auch nur eine dieser Fragen beantworten kann? Ich war nicht ihr Lude, und daher weiß ich auch nur, dass sie eine Nutte war, die Ileana hieß, und dass sie nur schlecht Deutsch konnte. Ich tippe auf irgendwas Russisches, aber mehr weiß ich nicht. Sie können sich ja mal mit Tanja unterhalten. Die ist gerade mit einem Kerl oben, müsste aber bald runterkommen. Ich hab die beiden Bräute ein paar Mal zusammen gesehen. Vielleicht hat sie ihr was erzählt.«

Mehr war nicht aus ihm rauszubekommen, und so blieb ihnen nichts anderes übrig, als auf Tanja zu warten.

Es war gegen eins, als sie sich vom Kiez in Richtung Eppendorf aufmachten. Das Gespräch mit Tanja hatte sie wenigstens einen kleinen Schritt weitergebracht. Sie hatte ihnen sagen können, dass Ileana einundzwanzig Jahre alt gewesen war und seit mehr als drei Jahren in Hamburg anschaffte. Sie stammte aus der Republik Moldawien. Ihren Nachnamen und eine Adresse wusste Tanja allerdings auch nicht. Und auch auf die Frage nach ihrem Zuhälter konnte sie nur mit Vermutungen dienen.

»Da war auf alle Fälle ein Kerl«, hatte Tanja gesagt. »Einer, vor dem sie ziemlich Schiss hatte. Sie hatte überhaupt riesig Angst. Ich hab sie einmal darauf angesprochen, aber sie wollte nicht darüber reden. Ich denke, er ist nicht gerade zart mit ihr umgesprungen und hat ihr wohl auch verboten, überhaupt mit jemandem zu reden. Wobei sie eh sehr schlecht Deutsch gesprochen hat.«

»Und, gehen wir jetzt essen?«, drängte Sönke, doch Sabine wollte zuerst die Gerichtsmedizinerin besuchen.

»Pass auf«, schlug sie vor. »Wie wäre es, wenn du Mittag essen gehst und ich derweil bei der Obduktion zusehe?«

Sönke wand sich. »Das wäre nicht sehr fair.«

»Wir müssen nicht beide dabei sein. Lass es dir ruhig schmecken. Ich habe sowieso keinen Hunger.«

Der Kriminalobermeister beugte sich zu ihr hinüber und hauchte einen Kuss auf ihre Wange. »Du bist schon ein Pfundskerl, mien Deern! Dank dir. Soll ich dir ein Heringsbrötchen oder so was mitbringen?«

»Nein, danke. Leichen und Heringsbrötchen passen, glaube ich, nicht so gut zusammen.«

»Das ist Geschmacksache und kommt auf die Reihenfolge an«, gab Sönke mit einem Grinsen zurück. Sabine knuffte ihn in den Arm.

»Mach, dass du fortkommst! Ich ruf dich an, wenn du gefahrlos wieder herkommen kannst.«

»Lass dir Zeit«, meinte Sönke und fuhr davon, während Sabine die Stufen zur Rechtsmedizin hinaufstieg und sich am Empfang meldete.

»Hat Dr. Lichtenberg schon mit der Sektion der weiblichen

Leiche begonnen, die gestern Nacht auf dem Friedhof Ohlsdorf gefunden wurde?«

Die Empfangsdame sah auf das Blatt, das auf ihrem Klemmbrett befestigt war, und schüttelte dann den Kopf. »Sie ist erst um drei dran. Es hat sich heute alles verschoben. Dr. Lichtenberg wurde zu einem tödlichen Verkehrsunfall mit mehreren Opfern gerufen.« Sie hob entschuldigend die Schultern. »Möchten Sie warten? Soll ich Ihnen einen Kaffee bringen?«

Sabine lehnte ab. Was sollte sie in den zwei Stunden tun? Zum Präsidium zurückzufahren, lohnte sich nicht. Was dann? Sie dachte an das kleine Mädchen, das der Vampir nachts auf der Elbchaussee gefunden hatte. Vielleicht sollte sie mal nachsehen, wie es der Kleinen ging?

Ja, das war nicht ihr Fall und ging sie nichts mehr an, doch wer konnte schon sagen, mit was für einem Verbrechen die Sache zusammenhing. Normal war es jedenfalls nicht, dass ein so kleines Kind verloren ging und niemand es als vermisst meldete.

Sabine rief Sönke an. »Na, beim wievielten Hering bist du?«

»Ich habe erst ein Krabbenbrötchen gegessen«, beschwerte er sich. »Du bist doch nicht etwa schon fertig?«

»Verschoben auf drei Uhr«, sagte sie.

»Schiete«, fluchte Sönke, der sicher fürchtete, sich nicht noch einmal drücken zu können.

»Dann iss du mal noch ein Brötchen und bring mir auch eins mit«, sagte Sabine. »Und dann komm wieder her, wir fahren nach Altona.«

»Warum?«

»Weil ich dort ein kleines Mädchen besuchen möchte.«

Sönke brummte etwas mit vollem Mund und legte auf.

Beim Kinderschutzhaus in Altona öffnete ihnen die Kinderpsychologin, mit der Sabine schon einmal telefoniert hatte, die Tür und brachte sie in ein Spielzimmer, in dem die Kleine allein an einem Kindertisch saß und auf eine unberührte Schale mit Pudding starrte.

»Hat sie inzwischen gesprochen?«, erkundigte sich die Kommissarin. »Oder ist das Kind vielleicht stumm?«

Die Psychologin schüttelte den Kopf. »Nein, nur traumatisiert. Wir glauben, dass ihr Name Lan ist. Die wenigen Brocken, die sie gesprochen hat, waren Vietnamesisch. Doch meist schweigt sie und sitzt nur teilnahmslos herum. Wenn man sie allerdings ruft, reagiert sie sofort. Sie scheint es jedem recht machen zu wollen«, fügte die Psychologin bedrückt hinzu. Die Blicke der beiden Frauen wanderten zu dem Mädchen, das noch immer vor seinem Schokoladenpudding saß.

»Wurde sie missbraucht?«, erkundigte sich die Kommissarin.

»Unsere Ärztin hat sie untersucht. Sie wurde nicht vergewaltigt, was natürlich nicht bedeutet, dass sie nicht auf andere Weise sexuell missbraucht wurde.«

»Armes Ding«, sagte Sönke und trat auf das Kind zu. Er tätschelte ihr das Haar.

»Sei ein braves Mädchen und iss deinen Pudding«, sagte er freundlich.

Schon bei seinen ersten Worten ruckte Lans Kopf, und sie starrte den fremden Mann mit einem seltsam starren Ausdruck an. Dann schob sie ihren Kinderstuhl zurück und erhob sich. Zielstrebig trat sie auf den Kriminalobermeister zu. Das Mädchen sagte etwas, das Sabine nicht verstand. Ein gequältes Lächeln verzerrte sein Gesicht.

Sönke sah fragend zu den beiden Frauen hinüber. »Was will sie? Ich verstehe sie nicht.«

Das Mädchen wiederholte die beiden Worte. »*Yum-yum*?« Dann griff es an Sönkes Hose, zog an seinem Reißverschluss und versuchte, den Knopf zu öffnen. Mit einem Aufschrei sprang der Kripobeamte zurück. Das Mädchen starrte ihn erschrocken an, dann kauerte es sich auf den Boden und legte die Arme schützend über seinen Kopf. Die drei Erwachsenen waren für einen Moment sprachlos.

Sönke zog sich hektisch seinen Reißverschluss wieder zu, während die Psychologin zu Lan ging, sich neben sie auf den Boden hockte und beruhigend auf sie einsprach. Langsam entspannte sich das Kind.

»Schiete«, sagte Sönke leise. »Wollte sie eben das machen, was ich vermute?«

Die Psychologin nickte. »Ich fürchte schon. Irgendwie haben Ihre Gesten oder Ihre Worte etwas in ihr ausgelöst, einen Mechanismus, den man ihr beigebracht hat.«

»Sie ist ein braves Mädchen, wenn sie den Kunden oral befriedigt. Und wenn sie sich weigert oder es nicht richtig macht, setzt es Schläge«, vermutete Sabine betroffen.

Die Psychologin nickte. »Ja, so in der Art. Ich habe letztens das Buch von Lydia Cacho über Kinderprostitution in Kambodscha und Thailand gelesen. Viele der Kinder aus Vietnam oder von den Philippinen werden von ihren Eltern an Menschenhändler verkauft, die sie dann an die Sexindustrie weiterreichen. Allein in Kambodscha werden an die fünfzigtausend Kinder gezwungen, täglich mit zehn bis zwanzig Europäern – wie sie es nennen – *yum-yum* zu machen. Ein Milliardengeschäft.«

»Schiete«, sagte Sönke wieder und schüttelte den Kopf, als wolle er sich von einer Beklemmung befreien.

»Kannst du laut sagen«, meinte Sabine. »Und wir wollen nicht wahrhaben, dass es in unserer modernen Welt so etwas gibt.«

»Und dann auch noch hier direkt vor unserer Haustür«, ergänzte die Psychologin. »Ich hab schon viel gesehen, doch so was zieht mich immer noch runter. Das ist ein Fall für die Kripo. Finden Sie diese Verbrecher, die einem Kind so etwas antun!«

Sabine seufzte. »Ich wünschte, es wär so einfach. Aber bei dieser

Art von Delikten tappen wir zu oft im Dunkeln und kommen nicht an die Täter ran. Es sind so viele! Ein Netzwerk an Schleppern, Menschenhändlern, Bordellbesitzern, Zuhältern und vor allem auch Freiern, die diese ganze Industrie erst lukrativ machen. Wie soll man dieser Hydra beikommen?«

Die Psychologin reichte ihr zum Abschied die Hand und sah sie ernst an. »Indem man niemals aufgibt und hartnäckig dranbleibt, um ihr einen Kopf nach dem anderen abzuschlagen.«

»War die Hydra nicht das Vieh, bei dem die Köpfe immer wieder nachwachsen, wenn man einen abschlägt?«, erkundigte sich Sönke, als sie das Kinderschutzhaus verließen.

Sabine seufzte. »Ja, und so ähnlich ist es hier wohl auch.«

Niedergeschlagen fuhren sie nach Eppendorf zurück.

»Du kannst auch zum Präsidium weiterfahren«, schlug Sabine vor. »Ich seh mir noch die Autopsie an und mach dann Feierabend.«

»Und wie kommst du dann heim?«

»Mit der Bahn. Ich hab mein Auto heute eh nicht dabei.«

»Danke«, stieß Sönke, aus tiefstem Herzen dankbar, aus. »Hab ein schönes Wochenende!«

»Du auch, Sönke«, gab sie zurück und winkte ihm nach.

Kapitel 6

Felix Leonhard

»Mama, Mama«, kreischte das junge Mädchen.

»Was ist denn, mein Liebling?«, rief Gerlinde von Ilsenbrick.

Ihre Tochter Sandra stürmte ins Wohnzimmer, wo ihre Mutter mit einer Zeitschrift in den Händen vor einem Teetablett mit frischem Butterkuchen saß. Sie war so groß wie ihre Mutter und schlank. Ihr blondes Haar hatte sie erst vor Kurzem mit einigen roten Strähnchen verschönert.

»Siehst du das?«, schrie Sandra in höchster Empörung und hielt ein kurzes Oberteil in die Höhe, das eingelaufen war und einen leichten Rosastich aufwies.

»Diese dumme Schlampe hat mein neues Top versaut!«

»Ich möchte nicht, dass du so redest«, rügte die Mutter sanft. Ihre Tochter stampfte mit dem Fuß auf und rannte hinaus.

»Dorina!«, schrie sie. »Wo bist du? Komm sofort her!«

Leichte, eilige Schritte.

»Bitte?«, sagte sie nur, senkte den Kopf und schlug die Augen nieder. Sie war viel kleiner als Sandra und nicht mehr nur schlank, sondern regelrecht mager. Ihr nachlässig geschnittenes Haar war dunkel wie ihre Augen, die nun auf den Boden vor Sandras Füße starrten.

»Sieh her, du blöde Kuh, was du gemacht hast«, schimpfte Sandra und klatschte Dorina das Top ins Gesicht.

Ängstlich hob Dorina den Kopf. »Nicht Absicht«, sagte sie. »Entschuldigung!«

»Das ist alles, was dir dazu einfällt?«, wütete Sandra. Sie hob ihre Rechte und gab ihr eine schallende Ohrfeige. Dorina blinzelte nur, obgleich einer von Sandras Ringen eine Abschürfung auf ihrer Wange zurückließ.

»Ach, das macht dir nicht einmal was aus?«, kreischte Sandra. »Ich werde dir deinen Hochmut austreiben, du blöde, ungeschickte Schlampe. Vermutlich hast du das absichtlich getan. Dir werd ich's zeigen!«

Sie griff nach dem nächstbesten Gegenstand – eine lange, dünne afrikanische Holzskulptur – und begann, auf Dorina einzuprügeln. Mit einem Schmerzensschrei fiel die junge Frau auf die Knie. Sie war fünfundzwanzig Jahre alt und wirkte älter, aber in diesem Moment war sie nur ein verängstigtes Kind, dem Gewalt angetan wurde.

»Du wirst in Zukunft besser auf meine Sachen aufpassen«, brüllte Sandra im Stakkato ihrer Schläge, die auf den Körper der zusammengekauerten Gestalt zu ihren Füßen niedergingen.

Mit einem Seufzer erhob sich Frau von Ilsenbrick und kam nach nebenan ins Esszimmer.

»Es ist genug!«, sagte sie beherrscht, doch in einem Ton, der ihre Tochter sofort innehalten ließ. Sie trat näher und nahm Sandra die Skulptur aus der Hand, mit der sie auf Dorina eingeprügelt hatte. Die junge Frau blieb bewegungslos auf dem Boden liegen. Blutspritzer sprenkelten das Parkett.

»Steh auf«, befahl Frau von Ilsenbrick. Dorina gehorchte. Blut rann ihr aus der Nase und aus einem Riss an der Schläfe.

Frau von Ilsenbrick gab ihr ein Papiertaschentuch. »Pass auf, dass kein Blut auf den Teppich tropft! Hol dir ein Pflaster aus dem Bad und geh dann auf dein Zimmer, bis es aufgehört hat zu bluten. Dann kommst du wieder und machst hier sauber, ehe du mit deiner normalen Arbeit weitermachst. Du musst heute noch die Waschküche wischen und den Herd sauber machen. Du gehst erst ins Bett, wenn du alles erledigt hast. Hast du mich verstanden?«

Das Papiertaschentuch fest an die Nase gedrückt, nickte Dorina und humpelte hinaus.

Frau von Ilsenbrick sah auf die Skulptur in ihren Händen herab. Sie ging zu dem antiken Buffet und zog ein weiches Tuch aus der Schublade, mit dem sie fast zärtlich über den Frauenkörper in ihrer Hand strich. Sie polierte die Figur, bis auch der letzte Rest von Blut verschwunden war, und betrachtete sie dann aufmerksam von allen Seiten. Nein, sie hatte keinen Schaden genommen. Behutsam stellte sie die Figur an ihren Platz zurück, dann wandte sie sich an ihre Tochter.

»Sandra, du musst lernen, dein Temperament zu zügeln. Unbeherrschte Wut kann Folgen haben, die du hinterher bereust.«

»Ich bereue gar nichts!«, gab sie trotzig zurück.

Ihre Mutter presste die Lippen zusammen. »Es geht hier nicht um Reue, sondern um Beherrschung. Diese Skulptur ist viel wert! Du hast Glück, dass sie keinen Schaden genommen hat.«

»Und was ist mit meinem Top?«, gab die Tochter zurück. »Ich wollte es heute Abend anziehen.«

Frau von Ilsenbrick holte ihre Handtasche vom Buffet, öffnete ihren Geldbeutel und zog drei Hunderter heraus. »Dann kauf dir halt ein neues«, sagte sie, »und nun will ich nichts mehr hören. Ich bekomme Migräne bei so viel Trubel.«

Sandra steckte die Geldscheine in ihre Hosentasche, während Frau von Ilsenbrick zu Tee, Kuchen und ihrer Zeitschrift ins Wohnzimmer zurückkehrte.

Sabine machte sich auf den Weg zu Dr. Lichtenberg. Die Pathologin erwartete sie bereits in ihrem Büro und kam ihr mit ausgestreckter Hand entgegen.

»Da sind Sie ja. Dann können wir jetzt anfangen. Entschuldigen

Sie, dass der Zeitplan etwas durcheinandergeraten ist. Es ist heute viel los.«

»Kann ich mir denken«, erwiderte Sabine mit einem Lächeln.

Die junge Frau war der Kommissarin von Anfang an sympathisch gewesen. Sie sah gut aus, war intelligent und wissbegierig, und obgleich sie ihre Arbeit routiniert abwickelte, fehlte es ihr nicht an Respekt im Umgang mit den Toten.

Heute schien sie es eilig zu haben. Sie lief die Treppe hinunter und ging zielstrebig auf die Schleuse zu. Ein Sektionsassistent reichte ihnen zwei grüne Kittel, die sich die Frauen gegenseitig auf dem Rücken zubanden. Die Rechtsmedizinerin führte Sabine in den großen Sektionssaal, in dem ein Kollege von Renate Lichtenberg gerade eines der Unfallopfer von diesem Morgen obduzierte. Auf einem anderen Tisch lag die Frau vom Ohlsdorfer Friedhof unter einem Leintuch. Der Raum nebenan mit der großen Abzugshaube, durch eine Scheibe vom Hauptsektionssaal getrennt, war leer. Hier wurden Tote obduziert, die schon stark verwest waren oder deren Körper mit Pilzsporen oder gefährlichen Keimen belastet waren.

Dr. Lichtenberg trat an den ersten Metalltisch heran und schlug das Tuch zurück. Man hatte die Leiche bereits gewaschen und für die Sektion vorbereitet. Zum ersten Mal sah die Kommissarin das Opfer im Licht der hellen Deckenlampen, die schonungslos den brutalen Schnitt an ihrer Kehle enthüllten. Die Ähnlichkeit mit Ileanas tödlicher Verletzung war unübersehbar. Gehörten diese Morde zusammen? Noch war es zu früh, um sich festzulegen, doch Sabine hatte wieder dieses seltsame Gefühl, diese Ahnung, über die ihre Kollegen zuweilen spotteten und die ihr sagte, dass dies erst der Anfang war und es noch sehr viel hässlicher werden würde!

Dr. Lichtenberg unterbrach ihre düsteren Gedanken.

»Den Teppich und ihre Kleider haben wir bereits in die Kriminaltechnik geschickt. Doch ich habe etwas gefunden, das Sie bestimmt interessieren wird.« Sie zog eine kleine Plastiktüte aus der Tasche, in der ein Stück Papier war.

Sabine griff danach und hielt den Zettel ins Licht. Ein Name und ein Stadtteil standen in klar lesbaren Buchstaben darauf.

Richard Reißenberger, Harvestehude

Die Kommissarin zog scharf die Luft ein.

»Ist das nicht seltsam?«, meinte die Rechtsmedizinerin und schüttelte den Kopf. »Wenn es neuerdings üblich wird, dass die Mörder ihre Visitenkarte bei ihrem Opfer hinterlassen, dann wird die Kripo bald viel Personal einsparen können.«

»Ich fürchte, so einfach wird es nicht werden, dennoch gebe ich Ihnen recht: So etwas kommt normalerweise nicht vor.«

»Ich lass es ins Labor schicken.« Dr. Lichtenberg streckte die Hand wieder nach dem Zettel aus, doch Sabine zog ihn zurück.

»Ich werde ihn selbst mit ins Präsidium nehmen. Wo genau haben Sie ihn gefunden?«

»Er fiel heraus, als wir den Teppich hier im Institut abwickelten. Vor Ort haben wir ihn ja nur so weit zurückgeschlagen, dass wir die notwendigen Untersuchungen durchführen konnten.«

Sabine nickte. Ihre Gedanken überschlugen sich. Nun hatte sie die gewünschte Verbindung zum Haus der Reißenbergers, die ihr gestattete, den Tatort zu untersuchen. Aber ganz wohl war ihr nicht dabei. Da vermutlich weder der Täter noch das Opfer den Zettel geschrieben hatte, blieb nur einer, der von den Zusammenhängen wusste und der ihr damit einen Gefallen erweisen wollte. Sabine konnte nur hoffen, dass sich Peter damit nicht selbst in Schwierigkeiten brachte. Es wäre nicht das erste Mal, dass der Vampir bei den Ermittlungen des LKA in die Schusslinie geriete.

Aus der er sich jedes Mal unversehrt wieder hatte herausziehen können, erinnerte sie sich. *Naja, nicht gerade unversehrt, aber doch ohne dauerhaften Schaden zu erleiden,* korrigierte sie sich.

»Können wir?«

Die Kommissarin nickte und konzentrierte sich auf die Sektion. Dr. Lichtenberg winkte den Sektionsassistenten heran. Jetzt kam der, wie Sabine fand, unangenehmste Teil. Das grässliche Geräusch, das beim Aufsägen der Schädeldecke entstand, jagte ihr jedes Mal einen Schauder über den Rücken.

Während Sabine stumm im Hintergrund stand und beobachtete, kommentierte die Pathologin für das Aufnahmegerät jeden ihrer Handgriffe, um alles später fürs Protokoll wieder abrufen zu können.

Als sie nach knapp zwei Stunden die Organe an ihren Platz zurückgelegt und den langen y-förmigen Schnitt wieder zugenäht hatte, wandte sie sich zu der Kommissarin um, die noch immer jeden Schritt der Rechtsmedizinerin beobachtete.

»Was denken Sie?«, erkundigte sich Sabine, obwohl es längst klar war. »Haben wir es in beiden Fällen mit einem Täter zu tun?«

»Ich würde sagen: Ja. Der Täter hat mit großer Kraft und Entschlossenheit ein scharfes Messer mit glatter Schneide eingesetzt. In beiden Fällen gab es nur einen einzigen Schnitt, der alles bis zu den Wirbeln durchtrennte und eine Riefe im Knochen hinterlassen hat.«

»Dann müssen wir die Leiche so schnell wie möglich identifizieren und eine Verbindung zu Ileana herstellen, von der wir leider auch erst herzlich wenig wissen.«

Die Pathologin nickte, zog das weiße Tuch wieder über die Tote und rollte sie in den Vorraum, wo sie neben all den anderen Leichen in einem der Kühlfächer verstaut wurde. Sabine folgte Dr. Lichtenberg. Nachdenklich kaute sie auf ihrer Unterlippe.

»Sie sagten vorhin, dass die Tote – anders als Ileana – kurz vor ihrer Ermordung keinen Geschlechtsverkehr hatte. Wie sieht es mit sonstigen Spuren sexueller Gewalt aus?«

»Schwer zu sagen. Sie hatte eine vernarbte Verletzung in der Gebärmutter, die von einer unsachgemäß durchgeführten Abtreibung stammen könnte. Ansonsten hatte sie lediglich ein paar blaue Flecke und eine Schürfwunde am Arm. Sie war ein wenig dünn, ansonsten aber gesund.«

»Glauben Sie, dass sie wie Ileana eine Prostituierte war? Vielleicht auch eine Illegale aus dem Osten?«

»Ob sie illegal hier war, kann ich nicht beurteilen. Von ihren Zügen her könnte sie durchaus aus dem Osten stammen. Vielleicht eine Russin. Dass sie Prostituierte war, halte ich eher für unwahrscheinlich – was nichts mit den körperlichen Befunden zu tun hat. Sehen Sie sich ihre Kleidung an – vor allem ihre Unterwäsche! Billiges, altes Zeug. Ein Kleid, das wie die Kittelschürze meiner Großmutter aussieht. Sie war ungeschminkt, das Haar vermutlich selbst geschnitten. Nein, ich kann sie mir nicht als Prostituierte vorstellen.«

»Weil sie ungepflegt war? Na dann sollten Sie sich mal die Frauen ansehen, die sich auf dem Hansaplatz anbieten! Da schüttelt es einen, und man fragt sich, warum zum Teufel Männer mit solch sichtbar kranken Frauen Sex haben wollen.«

»Das ist was anderes. Diese Frauen sind drogenabhängig. Damit geht eine ganz eigene Verwahrlosung einher. Diese Frau wirkt auf mich, als habe sie körperlich schwer gearbeitet. Allein die Schwielen an ihren Händen, ihr Gesicht, die Haut! Sie sieht älter aus, als sie war.«

Sabine nickte. »Gut, dann war sie keine Prostituierte. Aber wieso hat der Mörder sich diese beiden Frauen ausgesucht?«

Sie verabschiedete sich und fuhr fast ein wenig unzufrieden ins Wochenende. Zwei Tage Pause, ehe sie sich diesen Dr. Reißenberger vorknöpfen konnte. Das schmeckte ihr gar nicht. Konnte sie allein auf Grundlage des Zettels begründen, dass eine Hausdurchsuchung noch am Wochenende stattfinden sollte? Sie musste sich was einfallen lassen!

Die U-Bahn ratterte dahin, während die Kommissarin ihren Gedanken nachhing und Pläne schmiedete. Ihr Blick schweifte ziellos über die anderen Fahrgäste, bis er an einem Mann hängen blieb, der einige Plätze weiter vorn saß und etwas in sein Notebook tippte.

War das nicht wieder dieser Journalist, den sie bereits im Präsidium und in St. Pauli getroffen hatte? Aber ja. Felix Leonhard.

Die Bahn näherte sich dem Hauptbahnhof, und sie strebten auf dieselbe Tür zu.

»Entschuldigung!« Der Journalist wich zurück und ließ der Kommissarin den Vortritt.

»Danke.« Sie wusste nicht recht, ob sie darauf hoffen sollte, dass er sie nicht erkannte.

»Ach, Sie sind das, Frau Berner. Noch immer dienstlich unterwegs?« Er freute sich sichtlich, sie zu sehen. Unwillkürlich musste sie lächeln.

»Nein, auf dem Heimweg, aber Sie arbeiten noch, wie ich sehe?«

Der Journalist nickte. »Ja, vermutlich wird es eine lange Nacht, mal sehen. Es ist so schwierig, die Betroffenen dazu zu bewegen, mit einem zu reden. Selbst wenn sie anonym bleiben.«

Gemeinsam verließen sie den Bahnhof auf der Ostseite und überquerten die Kirchenallee.

»Wo wohnen Sie?«, erkundigte sich der Journalist.

»In St. Georg, und Sie, wie ich vermute, auch.«

Er nickte und schien ein wenig überrascht. »Oh, das hätte ich nicht gedacht«, gab er zu.

»Es gibt hier nicht nur einen schmutzigen Straßenstrich«, verteidigte Sabine ihren Wohnort. »St. Georg hat auch seine schönen Seiten. Es leben viele Künstler hier.«

»Und Schwule«, ergänzte Felix Leonhard.

»Ja, auch Schwule, gegen die ich rein gar nichts einzuwenden habe«, gab die Kommissarin scharf zurück. »Mein Lieblingscafé ist das Gnosa! Nirgendwo sonst wird man so freundlich behandelt.«

Felix Leonhard lachte und hob entschuldigend die Hände. »Das wollte ich damit gar nicht sagen. Ich versichere Ihnen, dass auch ich rein gar nichts gegen Schwule und Lesben habe. Ich habe nur etwas gegen Leute, die Unschuldige ausbeuten oder sich in einem Akt sexueller Gewalt ihre Körper aneignen!«

»Womit wir wieder beim Thema wären«, murmelte Sabine.

Der Journalist nickte ernst. »Ja, so ist es. Nennen Sie mich besessen. Vielleicht bin ich es. Es ist für mich zu einer Lebensaufgabe geworden, dieses Buch zu schreiben.«

Er grinste ein wenig schief, während sie nebeneinander in die Lange Reihe einbogen. Einige Schritte schwiegen sie, dann sagte er: »Aber ich bin nicht nur besessen, sondern auch hungrig. Wenn Sie hier in der Nähe wohnen, können Sie mir doch sicher einen Tipp geben, wo ich hier gut essen kann, ehe ich mich wieder in finstere Abgründe stürze.«

»Im Casa di Roma, dort vorn«, antwortete die Kommissarin spontan. »Das ist mein Lieblingsitaliener. Da können Sie nichts falsch machen.«

»Danke, und haben Sie Lust, mir Gesellschaft zu leisten? Ich würde Sie gern einladen, und wenn Sie mögen, erzähle ich Ihnen ein wenig von meinen Recherchen.«

Sabine zögerte. Hatte sie Lust, mit diesem Journalisten essen zu gehen? Daheim erwarteten sie nur eine leere Wohnung und ein spärlich bestückter Kühlschrank. Er versuchte nicht, sie über eine laufende Ermittlung auszuquetschen. Außerdem war er ihr sympathisch. Warum also nicht?

»Ja«, sagte sie, und seine angespannte Miene löste sich in ein Lächeln auf.

»Fein!«, gab er zurück und hielt ihr die Tür auf.

Der Besitzer des Restaurants kam ihnen mit ausgebreiteten Armen entgegen. »Sabine, wie schön, Sie zu sehen. *Buonasera*, und wer ist Ihr Begleiter?«

»Felix Leonhard«, stellte sie ihn vor. »*Buonasera*, Paolo, wir nehmen den Ecktisch.«

»*Con piacere*!« Beflissen eilte Paolo voran, zündete die Kerze auf dem Tisch an und rückte die Stoffservietten zurecht.

»*Un aperitivo*?«

Sabine lächelte. »Paolo, das hier ist kein Date! Wir sind geschäftlich hier.«

Der Wirt winkte ab. »Geschäftlich oder nicht, kann ein Glas Prosecco schaden? Es ist Freitag, *fine settimana*!«

Sabine gab nach, und so tranken sie zusammen Prosecco und bestellten sich zwei von Paolos Pastakreationen.

»Sie sind also auf der Spur moderner Sklavenhalter«, begann die Kommissarin.

Felix Leonhard nickte. »Ja, aber ich höre an Ihrem Ton, dass Sie das Wort Sklavenhalter in Anführungszeichen setzen. Das müssen Sie nicht. In vielen Ländern der Erde wird nicht einmal der Versuch unternommen, Sklaverei zu verstecken, da die Behörden sie mehr oder weniger offiziell dulden.«

»Sklaverei ist international verboten!«, widersprach Sabine.

»Oh ja, nicht nur Artikel 4 der Europäischen Menschenrechtskonvention verbietet Sklaverei. Sie ist – anders als zum Beispiel Menschenhandel – als ein Verbrechen gegen die Menschlichkeit eingestuft, was aber nicht heißt, dass sie nicht dennoch vielerorts existiert, mal ganz offen, mal mehr im Verborgenen. Auch in Europa, vor Ihren Augen ganz in der Nähe.«

Sabine wand sich. »Ich glaube Ihnen ja, dass es das gibt.«

»Aber? Sie meinen, das passiert nur vereinzelt irgendwo weit weg in ein paar archaischen Gesellschaften, die sich in Bürgerkriegen aufreiben? Ich muss Sie enttäuschen. Nach seriösen Schätzungen gibt es heutzutage weltweit siebenundzwanzig Millionen Sklaven!«

Sabine schwieg verblüfft und überlegte, wie ernst diese Zahlen zu nehmen waren. Es waren nur Schätzungen, ganz klar. Man konnte nicht zu irgendwelchen Plantagenbesitzern gehen und notieren, wie viele Sklaven er besaß.

»Wie definieren Sie Sklaven?«, fragte sie stattdessen.

»Menschen, die unter Androhung von Gewalt und ohne Bezahlung zur Arbeit gezwungen werden«, antwortete der Journalist beinahe sanft. »Sie sind häufig Opfer von Menschenhändlern. Sie werden geraubt, verschleppt, verkauft, misshandelt, bis ihr Wille gebrochen ist und sie sich in ihr Schicksal fügen. Frauen, Männer, Kinder. Viele Kinder – vor allem in Südostasien oder in Mittel- und Südamerika – werden von den eigenen Eltern verkauft.«

Die Kommissarin dachte an das kleine Mädchen, das Peter nachts allein auf der Straße aufgegriffen hatte und dem jemand beigebracht hatte, Männer zu befriedigen.

»Oder die Abertausenden jungen Frauen, die auf der Suche nach Arbeit und einem besseren Leben auf falsche Versprechungen hereinfallen und dann irgendwo als Sexsklavinnen landen. Auch hier in Hamburg!«, sprach der Journalist weiter.

Paolo unterbrach sie und brachte ihre Pasta, die verführerisch duftete. Eine Weile beschäftigten sie sich nur mit ihrem Essen, bis die Kommissarin das Thema wieder aufgriff.

»Und diese Sexsklavinnen wollen Sie hier in St. Georg aufspüren?«

»So, wie Sie das sagen, glauben Sie, ich würde eine Nadel im Heuhaufen suchen. Ich sage Ihnen, von allen Prostituierten – ob in Hamburg oder im Rest der Welt – ist der Teil, der diesem Job freiwillig und selbstbestimmt nachgeht, der kleinere! Die meisten werden unter Zwang und Androhung von Gewalt in die Bordelle und auf die Straße geschickt. Sie sind hilflos und haben Angst, oft sind sie illegal hier und fürchten die Abschiebung. All das macht sie zu leichten Opfern der Zuhälter.«

»Das Gewerbe gibt es in allen Schattierungen«, gab Sabine zu, doch obwohl sie sich oft schon ähnliche Gedanken gemacht hatte, widersprach sie dem Journalisten. »Ja, die meisten Frauen müssen einen Teil ihres Verdienstes an Zuhälter abdrücken, aber das heißt nicht, dass sie Sklavinnen sind, die in Ketten gefangen gehalten werden.«

»Nein? Ketten müssen nicht aus Eisen sein«, entgegnete der Journalist. »Wie einfach ist es denn für eine Prostituierte – selbst hier in Hamburg in unserem ach so zivilisierten Deutschland –, aus der Prostitution auszusteigen? Warum gibt es denn so viele Frauenrechtsorganisationen, die Sisyphosarbeit leisten müssen, um wenigstens ein paar Frauen den Ausstieg zu ermöglichen? Müssen sie sich nicht vor der Gewalt ihrer Zuhälter und oft gar um ihr Leben fürchten?«

Sabine erinnerte sich an die unzähligen Gespräche mit ihrer Freundin Ingrid, die im Ragazza arbeitete, einem Haus für drogensüchtige Prostituierte hier in St. Georg. Deren größtes Problem waren meist die Drogen und nicht die Zuhälter, die an diesen körperlichen Wracks kein Interesse mehr hatten. Doch sie hatte auch von den Revierkämpfen unter den Zuhältern gehört. Schweigend aß sie weiter und dachte über seine Worte nach.

»Vielleicht haben Sie recht«, räumte Sabine nach einer Weile ein. »Aber hier in Deutschland ist Prostitution wenigstens legal. Die Frauen, die aus wirtschaftlicher Not, um ihre Sucht zu finanzieren oder aus anderen Gründen ihren Körper verkaufen, müssen nicht auch noch rechtliche Folgen fürchten. Sie können die angebotenen Hilfsprogramme wahrnehmen, wenn sie sich zu einem anderen Leben entschließen, oder auch nur medizinische Hilfe, ohne Angst haben zu müssen, der Polizei ausgeliefert zu werden.«

Der Journalist presste die Lippen aufeinander. War er über ihre Antwort verärgert?

»Sie halten es also für einen Vorteil, Prostitution zu legalisieren?«

Sabine zögerte. Bisher hatte sie das so aufgefasst. »Ja«, sagte sie langsam. »Es ist auch eine Frage der Selbstbestimmung.«

»Sie stimmen also den Argumenten mancher Feministinnen zu und sehen das als ein Stück sexuelle Befreiung? Als ein Stück freie Berufswahl?«

Sabine nickte. »Ja, wenn es ohne Zwang ausgeübt wird. Kein Zuhälter, kein Druck, keine Gewalt! Die Frau hat jederzeit die Möglichkeit, auszusteigen und etwas anderes zu tun, wenn sie es möchte.«

Felix Leonhard lehnte sich in seinem Stuhl zurück und nickte. »Das ist eine schöne Vision, doch leider hat sie nur in den wenigsten Fällen etwas mit der Realität zu tun. Man geht davon aus, dass zwischen siebzig und achtzig Prozent der Prostituierten unter Zwang arbeiten und den größten Teil ihres Verdienstes an ihren Zuhälter abgeben müssen. Er überwacht sie, er sagt ihr, wann und wie lange sie arbeiten muss und welche Praktiken sie anzubieten hat. Sie darf keinen Freier ablehnen und muss oft bis zur totalen Erschöpfung schuften. Es gibt keine Pausen, egal wie sie sich fühlt, ob sie ihre Periode oder sich mit irgendetwas infiziert hat. Ein Arztbesuch? Wozu? Das kostet und könnte unangenehme Fragen aufwerfen. Und wenn sie schwanger wird? Dann organisiert ihr Zuhälter eine Abtreibung und das sicher nicht in einer anständigen Klinik. Es gibt nicht wenige Frauen, die im Laufe ihres Berufslebens zehn, fünfzehn Abtreibungen über sich ergehen lassen müssen. Das hat mit freiwillig und selbstbestimmt nichts zu tun.«

»Das ist alles richtig«, sagte Sabine schroffer, als sie es vielleicht beabsichtigte. »Aber nur wenn sich die Prostitution in legalen

Bordellen abspielt, hat die Polizei auch die Chance, denen zu helfen, die eben nicht freiwillig dabei sind. Nur dann können die Häuser, in denen gegen das Gesetz verstoßen wird, auch geschlossen werden.«

Sabine ärgerte sich selbst über ihre Argumente, die so fernab jeder Realität waren. Felix Leonhard dachte wohl ähnlich. Das sah sie an seinen zusammengepressten Lippen, doch er sagte nichts.

Es war eben nur schnöde Theorie. Die Frauen mussten reden, und genau das hatten ihnen die Zuhälter von vornherein abgewöhnt. Ob mit körperlicher Gewalt oder mit psychischem Druck, das machte keinen Unterschied. Sie hatten Angst, um sich oder ihre Familien. Und wenn die Polizei auftauchte, dann beteuerten sie, alles sei in bester Ordnung, oder hielten einfach nur den Mund.

Sie aßen schweigend weiter. Erst als Paolo die leeren Teller abgeräumt hatte, kam der Journalist auf das Thema zurück.

»Sie sagen, es ist ein Vorteil für die Frauen, dass die Prostitution bei uns legalisiert wurde. Ich bin mir nicht so sicher, ob das stimmt. Sehen Sie, selbst wenn die Frau selbst entscheidet, sich zu prostituieren, und das Geld dafür auch behält, übersehen die Befürworter dieser Freiheit eines: nämlich die Männer. Mag die Frau es als einen normalen Job ansehen, einem Freier ihren Körper für Sex anzubieten, so als würde sie ihm ein Bier oder ein Fischbrötchen verkaufen, für den Mann ist das anders. Denn was lernt er daraus? Dass alles käuflich ist, sogar das Recht, über den Körper eines anderen zu verfügen. Die Frau unterwirft sich dem Mann für ein paar Euro. Glauben Sie nicht, dass das im Bewusstsein der heranwachsenden Generation junger Männer seine Spuren hinterlässt, wenn an jeder Ecke die Ware Frau billig zu haben ist? Warum sollten sie eine Frau umwerben, sie achten und eine Beziehung aufbauen, wenn es so viel einfacher ist, sich eine zu kaufen? Gerade in Ländern, in denen die Frau in den Augen der Männer traditionell weniger wert ist und ihm gehorchen muss, steht das jeder Emanzipationsbewegung im Weg.«

Sie wehrte sich vergeblich gegen seine Worte und gegen die Kälte, die sie in ihr auslösten.

»Und Sie glauben, Prostitution zu verbieten, macht es besser? Ist das nicht ein wenig zu einfach gedacht? Klar, dann verschwinden die Bordelle ins Verborgene, was alles nur noch schlimmer macht.«

Der Journalist nickte. »Da haben Sie recht. Gerade in vielen Ländern, in denen die Prostitution verboten ist, blüht sie besonders, bestens geschützt durch korrupte Beamte. Aber ich halte das Modell, das Schweden versucht, für vielversprechend. Prostitution ist verboten, aber nicht die Frauen werden kriminalisiert, sondern die Freier! Die Prostituierte wird nicht belangt, daher sinkt die Hemmschwelle, sich der Polizei anzuvertrauen oder auch einfach auszusteigen. Die Männer dagegen, die sich Sex kaufen, machen sich strafbar und werden zum Umdenken gezwungen. Vielleicht führt das auf lange Sicht gesehen bei der nächsten Generation zu einer anderen Sichtweise und zu einem anderen Frauenbild.«

Sabine wiegte den Kopf hin und her. »Vielleicht. Das Hauptübel sind jedoch die äußeren Umstände, die Frauen dazu zwingen. Es wird sich nichts ändern, solange in vielen Ländern der Erde Frauen so arm sind, dass sie ihren Körper oder ihre Kinder verkaufen müssen, um zu überleben«, sagte sie leise. »Mag die Prostitution nun verboten sein oder nicht. Das spielt in diesem Fall keine Rolle.«

Der Journalist nickte. »Das ist wohl das Grundübel unserer Welt.«

Sie schwiegen wieder und tranken noch ein Glas Wein zusammen. Dann bezahlte Felix Leonhard – trotz Sabines Protest – die Rechnung und sicherte sich damit zumindest das Wohlwollen des Italieners.

»Ich muss los«, sagte er zum Abschied. »Die finsteren Schatten der Nacht erwarten mich.«

Sabine sah ihm nach, bis er zwischen den abendlichen Passanten verschwand. Das Gespräch hatte sie mehr aufgewühlt, als sie gedacht hätte. Er schien sich eingehend mit der Materie befasst zu haben, dennoch weigerte sich etwas in ihr, die Sache so dramatisch zu sehen, wie er sie dargestellt hatte.

Warum? Wollte sie sich die Illusion einer Welt bewahren, in der es so etwas wie Hoffnung auf ein gutes Leben und Gerechtigkeit für alle gab? Wie lange war sie schon bei der Kripo?

Verärgert schüttelte sie den Kopf. Nein, diese Verleugnung der Realität passte nicht zu einer Kripobeamtin, und dennoch ängstigte sie die Kälte, die ihre Gedanken in ihr heraufbeschworen. Vielleicht war es gesünder, manchmal nicht zu wissen, was die Schatten der Nacht so gnädig verbargen.

Kapitel 7

Duyen

Es trieb ihn wieder in die Elbchaussee zum Haus der Familie Wolf, in dem das kleine Mädchen gelebt hatte. Peter von Borgo stellte das Motorrad ab und schlüpfte zwischen den Zweigen zweier Büsche in den Garten. Das Haus war hell erleuchtet. Er konnte die Stimme der Hausherrin hören. Lautlos trat der Vampir näher, bis er durch die großen Terrassentüren das Wohnzimmer und einen Teil des Essbereichs überblicken konnte.

»Du wirst die Treppe wischen und wachsen und die Küche putzen. Ich will keinen Fleck mehr sehen, wenn ich zurückkomme. Und dann nimm dir bitte noch den Bügelkorb vor. Hast du verstanden?«

Sie starrte die kleine, dünne Frau an, die mit gesenktem Kopf vor ihr stand. Man hätte sie für ein Kind halten können, wären da nicht die müden Gesichtszüge und die Augen gewesen, die schon viel zu viel gesehen haben mussten. Ihre Haut hatte den gelblich braunen Ton, der den Menschen in Vietnam und den umliegenden Ländern zu eigen ist. Das Haar war schwarz wie ihre traurigen Augen. Sie nickte, ohne den Kopf zu heben.

»Hast du mich verstanden, Duyen?«, wiederholte Frau Wolf eine Spur schärfer.

»Ja, Frau Wolf«, antwortete sie leise, hob aber noch immer nicht den Blick.

»Gut. Herr Wolf und ich werden ausgehen. Die Kinder sitzen noch vor dem Fernseher. In einer halben Stunde machst du ihnen ihr Abendessen und bringst sie dann ins Bett. Falls es klingelt, wirst du nicht öffnen. Wir schließen die Haustür und das Tor ab.«

Das schien Duyen nicht zu überraschen. Wieder nickte sie und ging dann mit gebeugtem Rücken davon.

Der Vampir wartete, bis die Wolfs losgefahren waren, ehe er in das Haus eindrang und sich neugierig umsah. Die Familie war wohlhabend, kein Zweifel, doch als reich würde man sie nicht bezeichnen. Und besonders guten Geschmack besaßen sie auch nicht, dachte der Vampir, der von Zimmer zu Zimmer ging, bis er in eine ärmliche Kammer spähte, die offensichtlich Duyen zugedacht war. Außer einem alten Bett mit einer zerschlissenen Steppdecke, zwei harten, kratzigen Handtüchern und einigen verwaschenen Kleidungsstücken gab es nichts von Interesse. Außer …

Der Vampir glitt ins Zimmer und hob die Bettdecke hoch. Was war das? Er nahm das alte Plüschtier in die Hand. Die Nähte drohten bereits aufzuplatzen, und so recht war nicht zu erkennen, was für ein Tier es darstellen sollte. Vielleicht einen Panda? Behutsam setzte er das Tier zurück. Vielleicht war der Panda das Einzige, was Duyen an ihre Tochter erinnerte. Die Entscheidung, ihr Kind in einem fremden Land nachts einfach auf die Straße zu schicken, war ihr sicher nicht leichtgefallen, doch die Alternative musste ihr schlimmer erschienen sein.

Peter von Borgo war neugierig und beschloss, der Frage nachzugehen. Inzwischen hatte Duyen das Abendessen gerichtet und die Kinder unter Protestgeschrei vom Fernseher weggeholt. Eine Weile war es in der Küche recht turbulent zugegangen, dann hatte sich die Schlacht ins Badezimmer verlegt und von dort in die beiden Kinderzimmer. Nun jedoch war Ruhe eingekehrt und Duyen machte sich wieder an ihre Arbeit.

Peter von Borgo folgte dem Flur und setzte sich auf die oberste Treppenstufe. Eine Weile sah er Duyen zu, die auf den Knien lag und mit einem seltsam riechenden Mittel und einem weichen Lappen Stufe für Stufe bearbeitete, bis das Holz einen warmen, weichen Schimmer erhielt.

Der Vampir räusperte sich. »Guten Abend, Duyen.«

Die Frau stieß einen Schrei aus und ließ den Lappen fallen. Aus weit aufgerissenen Augen starrte sie ihn an.

»Wer sind Sie? Woher? Herr und Frau Wolf nicht da«, stieß sie in gebrochenem Deutsch hervor. Sie sprach in einem weichen, typisch asiatischen Singsang.

»Ich heiße Peter«, stellte er sich vor, »und Sie müssen sich nicht fürchten.«

Es waren weniger seine Worte als eher sein hypnotischer Blick, der ihr Zittern verebben ließ.

»Duyen«, wiederholte er und ließ den Namen klingen. »Anmut, was für ein schöner Name.«

Die Frau warf die Lippen auf. Als sie zu ihm aufsah, waren ihre Augen feucht.

»Keine Anmut mehr«, sagte sie leise.

Ganz unrecht hatte sie nicht. Von dem einst schönen, anmutigen Mädchen war nichts geblieben. Er fragte sich, was sie in den Jahren erlebt hatte, seit es sie aus ihrer Heimat nach Deutschland verschlagen hatte. Oder hatte ihre Leidensgeschichte schon früher begonnen, schon in ihrem Heimatland?

»Orchidee ist auch ein schöner Name«, fügte er sanft hinzu. Der Lappen entglitt zum zweiten Mal ihren Händen.

»Wo ist Lan?«, fragte sie angstvoll.

»Ich habe deine Nachricht gelesen. Es ist alles gut«, beschwichtigte der Vampir. »Sie ist in guten Händen in einem Haus mit anderen Kindern. Es wird ihr nichts geschehen. Niemand wird ihr wehtun.«

Sie sah ihn lange an, dann nickte sie. »Danke.« Es war nur ein Hauch.

»Warum hast du deine Tochter fortgeschickt?«, fragte der Vampir.

Duyen legte den Lappen beiseite und setzte sich auf die Treppenstufe.

»Herr und Frau Wolf haben Lan nicht gemocht. Wollten kein fremdes Kind im Haus. Sie haben Mann angerufen, der uns hergebracht hat, und ihm gesagt, das Kind muss weg. Erst wollte er Lan nicht wiedernehmen, aber dann kam er und sagte, dass er sie gebrauchen kann. Er hat Kunden. Einen Kunden, der Kinder gern hat!« Sie schnaubte verächtlich.

»Wir sind aus Vietnam weggegangen, um nicht mehr diese Sachen machen zu müssen. Und für Lan. Die Männer haben gesagt, sie bringen mich nach Deutschland, dort kann ich nähen und Geld verdienen für mich und Lan, und hier kann Lan in die Schule gehen und etwas lernen.«

»Und dann haben sie euch doch wieder nur an Männer verkauft«, ergänzte der Vampir. Duyen nickte.

»Später hat mich der Mann hierher gebracht. Ist besser hier, aber sie dürfen Lan nicht bekommen!«

»Das werden sie auch nicht«, versprach der Vampir. »Und, möchtest nicht auch du fort von hier?«

Duyen hob die Schultern. »Ich kann nicht weggehen. Der Mann sagt, ich muss ins Gefängnis und dann zurück nach Vietnam, wenn die Polizei mich findet. Kein Pass, keine Papiere. Ich kann nirgends hingehen. Ich will nie mehr zurück, zu den vielen Männern!«

Peter von Borgo erhob sich. »Dann will ich dich nicht länger stören. Wie ich gehört habe, hast du heute noch viel Arbeit.«

Er verbeugte sich und verschwand, sodass sich Duyen verwirrt die Augen rieb. Sie sah sich um, doch als sie keinen mehr entdecken konnte, nahm sie wieder ihre Arbeit auf. Auf ihren Knien polierte sie Stufe für Stufe.

Nachdem sich Felix verabschiedet hatte, eilte Sabine in ihre Wohnung. Mit zitternden Fingern schob sie den Schlüssel ins Schloss und stieß dann ungeduldig die Tür auf.

»Peter, bist du da?«

Sie stand einige Augenblicke bewegungslos da und lauschte ihren Empfindungen. Er war nicht da, stellte sie enttäuscht fest. Warum nicht? Wo war er? Hatte er sie mit Felix im Casa di Roma sitzen sehen und war schon wieder eifersüchtig? Es durchfuhr sie heiß und kalt. Er war doch nicht etwa dort draußen unterwegs, um dem Journalisten aufzulauern?

Nein, das konnte nicht sein. Sie hatte nur mit ihm gesprochen, Informationen ausgetauscht. Es war kaum anders, als wenn sie sich mit einem Zeugen oder Informanten getroffen hätte – zumindest redete sie sich das ein. Aber ob der Vampir das genauso sah?

Sabine wurde von einer Unruhe erfasst, die es ihr unmöglich erlaubte, sich einfach nur auf ihr Sofa zu setzen und zu warten. Sie musste ihn sehen! Aber wo konnte sie ihn finden? In seinem Versteck in der Speicherstadt? In seiner Villa in Blankenese? Unwahrscheinlich. Egal, an welchem seiner Zufluchtsorte er den Tag in seiner totenähnlichen Starre verbracht hatte, nach Sonnenuntergang war er aufgebrochen, um seinen Durst zu stillen.

Sabine griff nach ihrem Wagenschlüssel und zog die Wohnungstür wieder hinter sich zu. Im gleichen Moment öffnete sich die Tür zur Wohnung nebenan und Lars streckte seinen ziemlich zerzausten Blondschopf heraus.

»Ah, Sabine, gut, dass du endlich kommst. Ich habe schon auf dich gewartet. Hast du heute so lange gearbeitet?«

Sie überlegte, ob sie ihm darauf eine Antwort geben sollte. Sie war ihrem Nachbarn keine Erklärung schuldig, doch er wartete gar nicht ab, sondern sprach gleich weiter.

»Du, ich komme mit meinem Krimi seit Tagen nicht recht voran.

Können wir die letzten Kapitel noch mal zusammen durchgehen? Das hilft mir immer ungemein.«

Er sah sie mit einem Blick aus seinen blauen Augen an, der sie verdammt an einen Dackel erinnerte – nur dass deren Augen nicht blau waren.

»Tut mir leid, Lars, aber ich bin schon wieder auf dem Sprung. Vielleicht morgen, wenn ich keine Überstunden schieben muss. Es ist gerade viel los, weißt du.«

Seine Augen leuchteten. »Ein großer Fall? Sag, an was arbeitest du? Die Planten-un-Blomen-Leiche? Steckt mehr dahinter, als man aus der Presse erfährt?«

»Darüber kann ich leider nicht mit dir reden«, wehrte die Kommissarin ab.

»Hey, ich bin dein Nachbar und Freund, und ich nehme es ja nur als Hintergrundinformation zu meinen Recherchen. Bitte! Erzähl mir davon. Jetzt war ich so froh, dass du endlich wieder im Dienst bist …«

»Und dann vernachlässige ich dich und gebe dir keine Infos«, ergänzte Sabine mit einem entwaffnenden Lächeln. »Sorry, Lars, aber ich muss jetzt wirklich los.«

Sie ließ ihn stehen und eilte die Treppe hinunter, schwang sich in ihren Passat und fuhr los.

Wohin?

Sie fühlte sich so aufgewühlt. Da war ihr, als könne sie die beruhigende Stimme ihres Vaters hören. Ach, wie sehr vermisste sie ihn! Er war nicht immer für sie da gewesen. Die Jahre, nachdem er sie und ihre Mutter verlassen hatte, waren schwer für sie gewesen, doch nachdem sie ihm nach Hamburg gefolgt war, wurde ihr Verhältnis immer enger, und bald schon hatte sie es sich zur Gewohnheit gemacht, alles mit ihm durchzusprechen, was sie bewegte. Er war ein guter Zuhörer und antwortete stets überlegt. Nie hatte er versucht, sie in eine bestimmte Richtung zu drängen.

Er hatte ihr lediglich geholfen, klarer zu sehen, um die richtige Entscheidung treffen zu können.

Und dann hatte das Schicksal zugeschlagen und ihn von ihrer Seite gerissen. Einfach so. Ein Herzinfarkt während einer Segeltour, bei der sie ihn hätte begleiten sollen!

Nein, sie konnte und wollte sich nicht damit abfinden. Nun nahte bereits sein vierter Todestag, doch es gelang ihr nicht, ihn loszulassen. So war Sabine nicht überrascht, als sie merkte, dass sie den Weg zum Friedhof eingeschlagen hatte. Ein Blick auf ihre Uhr zeigte, dass sie noch vor dem Schließen der Tore dort eintreffen würde. Ja, sie würde alles mit ihrem Vater besprechen, und vielleicht wüsste sie dann auch, was sie als Nächstes tun sollte.

Mit strammen Schritten eilte Sabine zu den Gräbern am Prökelmoorteich. Still und verlassen lagen sie in der nächtlichen Dunkelheit. Selbst die Sumpfhühner hatten sich irgendwo an der Uferböschung versteckt und schliefen vermutlich schon. Kein Laut war zu hören. Der Wind war eingeschlafen, und es zeigten sich die ersten Sterne am Himmel. Reglos stand Sabine vor dem Grab und hielt stumme Zwiesprache mit ihrem Vater, doch heute schien nicht einmal er Antworten auf ihre Fragen zu haben. Müde und fast ein wenig enttäuscht wandte sie sich ab.

Sie schlug noch einen Bogen zu dem fremden Grab, in dem sie die Leiche der ermordeten jungen Frau gefunden hatte, die nun in einer der Schubladen im Institut für Rechtsmedizin lag. Nichts verriet mehr, dass die Ruhestätte der Wandenbrinks entweiht worden war. Nachdem die Polizei den Tatort freigegeben hatte, waren das Grab wieder zugeschaufelt und die Kränze ordentlich darauf arrangiert worden. Nein, hier gab es auch keine Antworten.

Sabine beschloss, sich auf den Heimweg zu machen, doch etwas zog sie zu einem dritten Grab. Ihre Augen hatten sich an die Dunkelheit gewöhnt, und so schritt sie weit aus und sog die kühle Nachtluft in ihre Lungen.

Sie sah ihn schon von Weitem. Zuerst war ihr, als sitze eine Statue am Fuß des Grabes, so weiß schimmerte seine Haut im Sternenlicht, so bewegungslos saß er da. Sie fühlte ihr Herz schneller schlagen und hörte ihr eigenes Blut in den Ohren rauschen – oder hatte der Wind wieder aufgefrischt? Narrten die wispernden Blätter ihr Ohr?

Er rührte sich nicht und schwieg, als sie neben ihn trat und sich zu ihm ins Gras setzte. Gemeinsam starrten sie auf den Stein mit dem Namen »Aletta« und auf den kleinen steinernen Engel. Lange Zeit sagte er nichts. Er schien sie überhaupt nicht zu bemerken. Es war fast ein wenig unheimlich. Sabine hielt die Stille nicht länger aus.

»Du denkst noch viel an sie, nicht wahr?«

Er nickte. »Ja, ich komme oft hierher und denke nach. Viele Dinge begreift man erst hinterher.«

»Vermisst du sie?«

Er ließ sich mit seiner Antwort Zeit. »Die warme, lebendige Aletta? Nein«, sagte er schließlich. »Sie war auch nur ein Mensch. Ein interessanterer Mensch als die meisten, aber ebenso vergänglich. Die einen welken und vergehen früher, die anderen später, doch irgendwann gehören sie alle dem Tod, ihre Seelen verwehen und ihre Körper verwesen. Ich habe mich daran gewöhnt.«

Eigentlich wollte sie das gar nicht sagen, doch es rutschte ihr unwillkürlich heraus:

»Wirst du mich auch nicht vermissen, wenn ich sterbe, weil ich nur ein Mensch bin?«

Nun wandte er sich ihr zu und ergriff ihre Hände. Nacheinander hauchte er einen Kuss auf ihre Handrücken. Seine Berührungen ließen sie erbeben. Ein Lächeln erhellte seine Miene.

»Ich hoffe doch nicht, dass es so weit kommt«, sagte er. »Ich möchte dich nicht vermissen! Es wäre eine schmerzliche Erfahrung.«

»Du vergisst mich schon vorher. Wenn ich alt werde und verwelke, lange bevor ich sterbe«, vermutete Sabine mit einem Seufzer. Sie hätte nicht gedacht, dass dieser Gedanke so schmerzlich sein könnte. Hatte sie ihn nicht wieder und wieder weggeschickt und genau das von ihm verlangt? Sie in Ruhe zu lassen, damit sie ihr Leben leben könnte?

Er lachte leise. »Und diese Vorstellung behagt dir nicht? Kann ich daraus schließen, dass doch noch Hoffnung für mich besteht?« Er zog sie an sich und küsste sie. Ihr wurde schwindelig.

»Hast du ein solch schlechtes Gedächtnis, oder hältst du mich für wankelmütig? Ich habe dir gesagt, dass ich dich erwählt habe, weil ich in vielen Hundert Jahren keiner Sterblichen begegnet bin, die mich so berührt hat. Ich werde dich nie vergessen und will dich nicht verlieren! Das weißt du. Es genügt ein einziges Wort von dir, und ich zeige dir meine Welt, in der du jung und schön bleiben wirst. In der deine Kräfte mit jedem Jahr wachsen und in der du auf alle Ewigkeit an meiner Seite den Zauber der Nacht genießen kannst.«

Es war so verlockend, und ihr wurde heiß und kalt bei der Erinnerung an seinen Biss. Es kostete sie alle Kraft, Julias Bild zu beschwören und sich aus den Armen des Vampirs zu lösen.

»Nein, ich kann nicht. Ich habe es dir erklärt.«

»Ja, ich erinnere mich, auch wenn ich dich nicht verstehe. Aber noch haben wir Zeit«, sagte er, erhob sich und zog sie mit hoch. »Ich sage nicht, dass es mir leichtfällt, doch ich weiß, dass es sich lohnt, mich in Geduld zu üben.«

Gemeinsam schlenderten sie zum inzwischen verschlossenen Ausgang zurück.

»Und, wonach steht dir der Sinn, wenn es nicht eine Nacht im Blutrausch werden soll?«, erkundigte er sich leichthin. »Wollen wir einen Ausflug aufs Land machen oder möchte die Kommissarin noch ein wenig schnüffeln gehen? Die Nacht ist noch jung, und es gibt so viel zu entdecken.« Der Vampir hob sie in seine Arme und sprang mit einem riesigen Satz über die Friedhofsmauer.

Es war erst neun Uhr am Morgen, doch Sabine konnte nicht mehr einschlafen. Dabei hatte sie sich vorgenommen, bis mittags im Bett zu bleiben, nachdem sie fast die ganze Nacht mit dem Vampir verbracht hatte.

Sabine dachte wieder einmal an Aletta. Warum nur konnte sie diesen Fall für sich selbst nicht zu den Akten legen? Aletta war freiwillig aus dem Leben geschieden. Es war ihre eigene Entscheidung gewesen. So freiwillig, wie die Frauen auf dem Kiez und in St. Georg ihre Sexdienste anboten?

Es war ihr, als könnte sie Felix Leonhards Stimme hören. Sie hatte einen angenehmen Klang. Tief und voll. Er sprach langsam, wohlüberlegt und voller Überzeugung. Vielleicht war er ein wenig fanatisch, doch ihr waren die Leidenschaftlichen allemal lieber als die Gleichgültigen.

Leidenschaft.

Aletta war eine leidenschaftliche Frau gewesen, die mit ihren beiden Freundinnen fünf Männer getötet hatte. Zumindest vermutete Sabine, dass Aletta die treibende Kraft hinter den Morden gewesen war. Insofern war es nicht ganz falsch, dass sie die Schuld am Ende auf sich genommen hatte. Und dennoch haderte Sabine mit ihrem Selbstmord.

Sabine schlug die Decke zurück und sprang aus dem Bett. Sie lief vor ihren Gefühlen davon, das war ihr klar, doch im Augenblick fiel ihr keine bessere Lösung ein. Sie musste sich mit irgendetwas beschäftigen – bis es Abend wurde und Peter zu ihr kam.

Der Gedanke an Peter befreite sie für einige Augenblicke von ihren Grübeleien. Sie spürte nur das Kribbeln in ihrem Körper und die Lust, die sie beinahe aufstöhnen ließ. Wie lange würde sie noch die Kraft haben, sich ihm zu entziehen? Sie sehnte sich nach seinen Armen, sie verlangte nach seinem Körper, sie wollte diese Lust wieder und wieder spüren.

Doch alles im Leben hatte seinen Preis. Den seinen kannte sie.

Es war ein Spiel mit ihrem Leben. War es deshalb so prickelnd? War sie eine Spielerin? Russisch Roulette? Wie viele Kugeln waren im Magazin, und wann würde sich die tödliche in die Kammer schieben?

Sabine duschte, zog sich an und leerte stehend in der Küche eine Schale Müsli. Also, was sollte sie mit diesem Samstag anfangen?

Noch ehe die Klingel ertönte, hatte sie sich bereits entschieden, im Präsidium vorbeizufahren. Sie musste schließlich noch das Beweisstück abgeben, das ihr Dr. Lichtenberg gegeben hatte. Sabine schlüpfte in ihre Jacke und öffnete. Sie hatte es geahnt! Vor ihrer Tür stand ihr Nachbar Lars mit einem Stapel eng beschriebener Seiten.

»Guten Morgen, Sabine. Können wir dann …« Er hielt inne, als er bemerkte, dass sie bereits Jacke und Schuhe trug.

»Oh, du musst weg?«, sagte er enttäuscht und setzte diesen Hundeblick auf, bei dem sie nicht wusste, ob sie ihm lieber tröstend über das Haar streichen oder ihm eine Ohrfeige verpassen sollte.

»Ja, tut mir leid, ich muss ins Präsidium. Die Arbeit ruft. Vielleicht morgen.«

Sie flüchtete die Treppe hinunter und schwang sich in ihren Wagen. Mit aufheulendem Motor machte sie sich auf den Weg zum Präsidium.

Ihre Gruppe hatte heute keine Bereitschaft, dennoch wunderte es Sabine nicht, dass zumindest eine Bürotür offen stand.

»Guten Morgen, Thomas, hast du denn gar kein Zuhause?«

Der Hauptkommissar sah von seinen Unterlagen auf.

»Moin, Sabine, das Gleiche könnte ich dich auch fragen. Ich

kann mich nicht erinnern, dich herbestellt zu haben. Es ist Samstag, falls dir das entfallen sein sollte.«

Sie hob die Schultern. »Kein Mann daheim, kein Kind, kein Hund, also was soll's. Nein, kein Mitleid! Julia kommt morgen zu Besuch, und ich darf mir noch etwas ausdenken, um den Tag zu einem unvergesslichen Highlight zu machen. So läuft das doch, wenn man seine Kinder nur ab und zu gnädigerweise zu sehen bekommt.«

»Ach, du meinst, um den Tag bei Mami so schön zu machen, dass sie dem Papa – der ja nie Zeit für so was hat – ordentlich die Hölle heiß macht.«

Sabine grinste. »Wie kannst du mir solch niedere Beweggründe unterstellen? Nein, über diese Dinge bin ich erhaben!«

»Seit wann?«, scherzte der Hauptkommissar. »Das wäre mir neu.«

Sabine versuchte sich an einem strafenden Blick, musste aber lachen. Sie wechselte das Thema. »Ich bin gekommen, um ein Beweisstück in die Technik zu bringen.«

Thomas Ohlendorf runzelte die Stirn. »Was für ein Beweisstück?«

Sabine griff in ihre Tasche und holte das in eine Tüte verpackte Stück Papier hervor. »Das hat Dr. Lichtenberg bei unserer Toten vom Friedhof gefunden.«

Der Hauptkommissar streckte die Hand aus und las mit gerunzelter Stirn den Zettel.

»Ach, ist es neuerdings üblich, seine Visitenkarte zu hinterlassen, wenn man heimlich eine Leiche entsorgt? Wirklich sehr zuvorkommend!«

Sabine versuchte sich an einer unschuldigen Miene. »Du hast recht. Seltsam ist es schon, das Papier muss unabsichtlich in den Teppich gekommen sein. Oder jemand will diesen Dr. Reißenberger in die Pfanne hauen und den Verdacht auf ihn lenken. Aber selbst dann muss es ein Motiv dafür geben, eine Verbindung zum Opfer und zum wahren Täter.«

Der Hauptkommissar überlegte einen Moment. »Ja, das stimmt, und daher lohnt es sich auf alle Fälle, der Spur nachzugehen. Bring es in die Technik und lass das Papier auf Fingerabdrücke untersuchen.«

Die Kommissarin nickte, obwohl sie sich sicher war, dass man sich diese Untersuchung sparen konnte. Peter von Borgo war nicht so leichtsinnig, seine Fingerabdrücke zurückzulassen!

»Außerdem brauchen wir eine Kopie, um einen Vergleich der Handschrift durchführen zu können«, fuhr Thomas Ohlendorf fort.

Nachdem sie den Zettel in die Kriminaltechnik gebracht hatte, wo auch diesen Samstag einige Mitarbeiter mit diversen Analysen beschäftigt waren, kehrte sie zum Büro ihres Gruppenleiters zurück.

»Und, was hast du jetzt vor?«, erkundigte er sich, ohne von seinen Unterlagen aufzusehen. Als sie schwieg, hob er den Blick.

»Oh nein, diesen Ausdruck kenne ich. Du willst sofort zum Haus dieses Dr. Reißenbergers stürmen und ihn in die Mangel nehmen. Am besten mit einer ganzen Armee von Spurensicherungsleuten, die sein Haus auf den Kopf stellen.«

Sabine nickte. »Warum nicht? Zumindest können wir ihn mal fragen, was ein Zettel mit seinem Namen bei einer heimlich entsorgten Leiche zu suchen hat.«

»Du meinst, so ein wenig auf den Busch klopfen?«, sagte er mit einem Grinsen.

Die Kommissarin ließ sich nicht durcheinanderbringen. »Genau, und am besten in Anwesenheit seiner Frau, damit wir ihre Reaktion auch gleich testen können.«

Der Hauptkommissar seufzte. »Und das muss gleich heute am Samstag sein?«

Sabine sah ihn mit einem unschuldigen Augenaufschlag an. »Die Spuren werden mit jedem Tag kälter. Wollen wir warten, bis der nächsten Frau die Kehle durchgeschnitten wird? Und außerdem haben wir an einem Samstag mit solchem Schmuddelwetter vielleicht das Glück, den werten Herrn und seine Gattin daheim anzutreffen.«

Der Hauptkommissar schüttelte lachend den Kopf. »Deiner Argumentation kann man sich nicht entziehen, also hol deine Sachen, wir treffen uns in zehn Minuten in der Tiefgarage.« Er warf ihr die Schlüssel seines Dienstwagens zu.

Kapitel 8

Geschäfte

Es klingelte. Der Mann erhob sich von seinem Schreibtisch, ging zur Tür und warf einen Blick durch den Spion. Draußen stand ein Paar, vermutlich verheiratet, dem die gutbürgerliche Herkunft geradezu aus jedem Knopfloch ihrer Kleidung sprang. Auch den Haarschnitt des Mannes, der bereits ergraut war, und die blondierte Dauerwelle der Frau konnte man einfach nur als bieder bezeichnen.

Tariq runzelte die Stirn. Waren das die Leute, die er erwartete?

Er öffnete die Tür. Seine Stimme klang abweisend. »Ja? Was wollen Sie?«

»Diemann«, stieß die Frau atemlos hervor. »Wir haben mit Ihnen telefoniert. Sie sind doch Herr Kabaschi?«

Er nickte und ließ die beiden eintreten. Tariq führte sie durch den düsteren, engen Flur in das größte Zimmer seines extra für diese Zwecke eingerichteten Büros. Ansonsten benutzte er die Wohnung nur in Ausnahmefällen. Sie war auf den Namen eines Bekannten gemietet, der im Ausland lebte. Man konnte gar nicht vorsichtig genug sein.

»Über wen haben Sie meine Nummer bekommen?«, hakte er nach, als er dem Paar die beiden Stühle vor dem Schreibtisch anbot.

»Herrn Roderer, Dr. Roderer«, antwortete wieder die Frau und schob eine Visitenkarte über den Tisch, auf deren Rückseite er damals eigenhändig seine Handynummer geschrieben hatte.

Roderer. Ja, er erinnerte sich an den Mann, dem er erst vor

ein paar Monaten seine Wünsche erfüllt hatte. Seine ganz besonderen Wünsche. Das war sein Job. Ein überaus lohnenswerter Job. Wenn man vorsichtig zu Werke ging, mit Bedacht, und seinen Kunden genau auf den Zahn fühlte, ehe man sich auf etwas einließ, das einen den Kopf kosten konnte.

»Und um was geht es?«, erkundigte sich Tariq. Er nahm in dem billigen Kunstledersessel Platz und faltete seine Hände auf der zerkratzten Schreibtischplatte.

»Wir hatten vor einiger Zeit ein Au-pair-Mädchen. Für die Kinder, wissen Sie. Sie sind zwei und viereinhalb. Zuerst war dieses Mädchen ja ganz nett und hilfsbereit, aber dann wurde sie immer frecher und stellte Forderungen. Sie wollte ständig ausgehen und mehr Geld. Da haben wir sie wieder nach Hause geschickt«, begann die Frau, und die Empörung stand ihr ins Gesicht geschrieben. »Dann hatten wir noch jemanden für den Haushalt, eine faule Person, die den Stundenlohn eines Klempners aus uns herausgepresst hat. Und immer, wenn ich was für sie zu tun hatte, hatte sie gerade Feierabend oder war im Urlaub.«

Nun endlich öffnete der Mann den Mund. »Meine Frau hat sich mit Frau Dr. Roderer darüber unterhalten, und sie sagte uns, es gebe eine Lösung für unser Problem.« Er machte eine Pause, legte die Handflächen gegeneinander und sah seinem Gegenüber in die Augen. »*Sie* hätten eine Lösung für unser Problem!«

Tariq nickte langsam. »Schon möglich. Lassen Sie mich Ihre Wünsche zusammenfassen: Sie möchten jemanden, der auf Ihre Kinder aufpasst, der Ihren Haushalt führt, der immer bereit ist, wenn Sie ihn brauchen, und der Sie nicht mit unangemessenen Lohnforderungen erpresst?«

Die beiden nickten, und ein Lächeln erhellte das schon ein wenig schlaffe Gesicht der Frau.

»Ja, das wäre wunderbar. Wenn Sie uns so jemanden vermitteln könnten.«

Tariq ließ einige Momente der Stille verstreichen, ehe er erklärte: »Aber ja, das kann ich, wobei Dr. Roderer Ihnen vermutlich gesagt hat, dass dafür eine … Vermittlungsgebühr fällig wäre.«

Der Besucher zog eine Grimasse. »Ja, er hat mich schon gewarnt, dass das nicht billig werden würde, aber es wäre ja nur eine einmalige Investition, nicht wahr?«

Tariq nickte. »Gewiss.«

»Und wie hoch ist die Gebühr nun?« Er zog misstrauisch die Brauen hoch.

»Das kommt darauf an, was Ihnen wichtig ist«, erwiderte Tariq beinahe sanft. »Alle Frauen, die ich vermittle, sind fleißig und gehorsam und stellen keine Ansprüche.«

»Das ist doch das Wichtigste«, unterbrach ihn die Frau schnell.

»Ja, sicher«, gab Tariq zu, »doch es gibt Kunden, die lieber ein junges, hübsches Mädchen um sich haben als, sagen wir, eine Frau, die das harte Leben bereits gezeichnet hat. Das Leben in ihren Heimatländern ist kein Zuckerschlecken.«

»Ja, ja«, bestätigte die Frau und nickte heftig mit dem Kopf. »Davon habe ich gelesen. Man fühlt sich geradezu verpflichtet, solch armen Geschöpfen Zuflucht zu gewähren.«

Tariq merkte, wie ihm die Kinnlade herunterklappte. Meinte sie das etwa ernst? Sie sah ihn geradezu unschuldig aus ihren wässrig blauen Augen an. Er fasste sich rasch und nickte zustimmend.

»Was wäre denn die Untergrenze?«, meldete sich der Mann wieder zu Wort.

Tariq überlegte und musterte die beiden. Die Kunst war es, die Schmerzgrenze seines Handelspartners zu erahnen. Man durfte sie nicht verschrecken, doch natürlich hatte er nichts zu verschenken.

»Dreitausend«, sagte er nach kurzem Zögern.

»Was?«, rief der Mann und sprang von seinem Stuhl auf, doch seine Frau fasste ihn am Arm und zog ihn wieder auf seinen Platz.

»Und was wäre das für eine Frau?«

»Sie stammt aus Rumänien und spricht kaum deutsch, aber das wird kein Problem sein. Sie wird Ihre Anweisungen schon verstehen.«

»Ist sie tüchtig?«, bohrte die Frau weiter.

»Und absolut zuverlässig«, versicherte Tariq.

»Dreitausend!«, wiederholte der Mann, doch Tariq schwieg und sah die Frau an, hinter deren Stirn es arbeitete. Er war sich seines Sieges bereits sicher.

»Bedenken Sie, was Sie an laufenden Kosten einsparen. Diese Frauen sind sehr genügsam«, sagte er leise, und nun erhellte sich auch die Miene des Besuchers.

»Das ist richtig«, sagte er und streckte seine Hand aus, um das Geschäft zu besiegeln.

»Sie heißt Mirona«, sagte Tariq. »Ich werde sie Ihnen morgen Abend vorbeibringen. Wenn Sie bis dahin bitte das Geld besorgen könnten?«

Herr und Frau Diemann nickten, schenkten ihm noch ein Lächeln und verließen dann die kleine Wohnung.

Tariq wartete ein paar Minuten, bevor er nach Jacke und Wagenschlüssel griff und hinauseilte. Er hatte heute noch einen zweiten Termin, der ihm ebenfalls ein paar Tausender einbringen würde.

Nicht einmal eine Stunde später parkte Kommissar Ohlendorf vor Dr. Reißenbergers Haus in Harvestehude. Eine Mauer, über die eine dauergrüne Hecke ragte, versperrte ihnen die Sicht auf Garten und Haus, und auch das Tor war zu hoch, um darübersehen zu können. Sabine besah sich das Tor genauer. Die beiden Flügel zur Zufahrt wurden elektrisch bedient und konnten nicht einfach aufgeschoben werden. Die schmale Tür daneben konnte dagegen auch mit einem Schlüssel geöffnet werden. Ehe der

Hauptkommissar protestieren konnte, hatte sie eine Plastikkarte seitlich durch den Schlitz gezogen und das einfache Schloss des Tors entriegelt.

»Sabine, was machst du denn?«, schimpfte Thomas Ohlendorf leise.

»Ich möchte uns ungern durch die Sprechanlage anmelden. Je weniger Zeit sie haben, sich Gedanken über unseren Besuch zu machen, desto aufschlussreicher wird ihre Reaktion.«

Dem konnte ihr Vorgesetzter nicht widersprechen, dennoch fühlte er sich verpflichtet, ihre ungesetzliche Vorgehensweise zu rügen.

»Das ist Hausfriedensbruch!«

»Aber die Tür war doch nur angelehnt«, widersprach Sabine mit einem unschuldigen Ausdruck.

»Ich glaube, ich sollte mir merken, wie skrupellos du lügen kannst«, knirschte er. »Wer weiß, was du mir schon alles aufgetischt hast.«

»Ich belüge doch meinen Chef nicht«, widersprach Sabine mit dem gleichen Ausdruck.

Er stieß ein kurzes Lachen aus. »Also dann los!« Sie gingen hinein, und Thomas ließ die Tür hinter sich zufallen.

Die beiden Kripobeamten folgten der Auffahrt, an deren Ende ein schwarzes Auto parkte. Es war ein aufgemotzter 7er-BMW, allerdings nicht der neusten Serie, wie der Hauptkommissar bemerkte.

Sabine betrachtete das Haus, das sie zum ersten Mal bei Tageslicht sah. Dies hier war eine teure Wohngegend, dennoch zeichnete sich das Einfamilienhaus nicht durch irgendwelche architektonischen Besonderheiten aus. Es war recht groß, aber vom Stil her eher unauffällig. Daneben schloss sich eine Doppelgarage an, deren Tor herabgelassen war. Zu beiden Seiten der Auffahrt lagen gepflegte Blumenbeete. Rechter Hand war das Wohnzimmer mit der Terrasse auf der Südseite, die auf den Rasen hinausführte. Auf der Rückseite befand sich, wie Sabine bereits von ihrem ersten Besuch her wusste, die Küche, aus der eine Hintertür zum Garten führte.

Sie drückte auf die Klingel und hoffte, dass man ihnen gleich öffnen und nicht erst über eine Sprechanlage nach ihrem Anliegen fragen würde. Zumindest war jemand zu Hause. Sie konnten Schritte auf einem Steinfußboden hören, dann knackte etwas und eine männliche Stimme fragte: »Ja, bitte? Wer ist da?«

Sie konnten das Echo der Frage vom Tor her hören. Sabine klopfte mit den Fingerknöcheln gegen das Milchglas.

»Dr. Reißenberger?«, rief sie. »Kriminalpolizei. Wir würden gerne kurz mit Ihnen sprechen.«

Drinnen war es für einen Moment still. Überlegte er, was er jetzt tun sollte? Offenbar entschloss er sich zu öffnen, nicht jedoch ohne all sein Missfallen in seine Stimme zu legen.

»Wer sind Sie und was wollen Sie? Und wie kommen Sie hier herein?«

»Entschuldigen Sie, das Tor war nur angelehnt«, behauptete Sabine dreist. »Mein Name ist Berner, Oberkommissarin Berner vom LKA, und das ist Hauptkommissar Ohlendorf. Dürfen wir reinkommen?«

»Kommissare vom LKA«, wiederholte der Mann ein wenig zu laut für Sabines Geschmack. »Was wollen Sie hier? Worum geht es?«

»Es geht um eine Mordermittlung«, fügte Thomas Ohlendorf mit seiner finsteren Miene hinzu, die beinahe jeden einschüchterte.

»Was hat das mit uns zu tun?«, beharrte der Hausherr, noch immer nicht bereit, sie hereinzulassen.

»Das erklären wir Ihnen am besten in aller Ruhe«, mischte sich Sabine wieder ein und registrierte im Stillen, dass er nicht fragte, wer ermordet worden sei. Vermutlich, weil er sehr genau wusste, wem vor wenigen Tagen in seiner Küche die Kehle durchgeschnitten worden war.

Nun erklang das klackernde Geräusch von Stöckelschuhen. Frau Reißenberger kam in Sicht. Sabine hätte nicht sagen können, was für eine Art Frau sie erwartet hatte, jedenfalls war die Dame trotz ihrer Schminke eher unscheinbar, klein und ein wenig untersetzt. Sie hatte braunes Haar, das bereits von grauen Strähnen durchsetzt war. Den Doktor konnte man dagegen mit seiner großen, breitschultrigen Gestalt und dem kurzen angegrauten Haar durchaus als stattlich bezeichnen.

»Habe ich richtig gehört? Kriminalpolizei?«, fragte die kleine Frau, deren Stimme erstaunlich energisch klang.

Ihr Mann nickte. Sie tauschten einen Blick, den Sabine nicht recht deuten konnte.

»Dann bitte die Herrschaften doch herein«, schlug Frau Reißenberger vor und bat, ihre Ausweise sehen zu dürfen. Hatte hier die Frau die Hosen an?

Sie führte die beiden Kripobeamten ins Wohnzimmer und bat sie, Platz zu nehmen. »Darf ich Ihnen einen Kaffee anbieten?«

Hauptkommissar Ohlendorf nahm dankend an und deutete auf die beiden halbvollen Tassen auf dem Tisch. »Wir haben Sie bei Ihrem Kaffee gestört?«

Frau Reißenberger winkte mit einem etwas gekünstelten Lachen ab. »Aber das macht doch nichts.«

Sie eilte davon, ohne zu fragen, weshalb die Kripo sie an einem Samstagmittag in ihrem Haus aufsuchte. Herr Reißenberger nahm auf einem Sessel Platz und verschränkte die Hände in seinem Schoß. »Nun, worum geht es?«

Sabine überließ es ihrem Vorgesetzten zu antworten und sah sich stattdessen im Wohnzimmer um. Es wirkte nicht mehr so sauber und ordentlich wie in der Nacht ihres ersten Besuchs.

Außer den beiden Kaffeetassen stand auch noch ein leeres Glas auf einem Beistelltisch, daneben eine Teetasse, die bis auf einen dunklen Rest ebenfalls leer war.

»Es geht um eine Morduntersuchung«, begann der Hauptkommissar.

»Was für ein Mord?«, hakte Dr. Reißenberger nach, und Sabine hatte das Gefühl, seine Tonlage habe sich ein wenig erhöht.

»Einer Frau wurde die Kehle durchgeschnitten«, fügte Thomas Ohlendorf hinzu, den Blick eindringlich auf sein Gegenüber gerichtet.

Was war das in seiner Miene? Verschiedene Gefühle huschten vorüber, ohne dass sie sie deuten konnte. War er überrascht gewesen? Dann plötzlich nickte Dr. Reißenberger.

»Die Frau, die man im Park gefunden hat? Aber was hat das mit uns zu tun?«

Gut pariert, dachte Sabine.

Frau Reißenberger kehrte mit zwei gefüllten Kaffeetassen zurück und stellte sie vor den beiden Kripobeamten auf den Tisch. Thomas Ohlendorf nippte an dem Gebräu und wiederholte das Spiel.

»Eine ermordete Frau?«, wiederholte Frau Reißenberger, und Sabine glaubte, Ärger in ihrem Gesicht erkennen zu können. Ärger worüber?

Und dann wiederholte sie die Worte ihres Mannes. »Was hat das mit uns zu tun?«

Warum glitt ihr Blick dabei so unstet umher? War es ihr unangenehm, dem Hauptkommissar in die Augen zu blicken, oder suchte sie etwas?

Sabine erhob sich und schlenderte unauffällig zu der nur angelehnten Tür, während Thomas Ohlendorf die Kopie des Zettels aus der Tasche zog.

»Kennen Sie diesen Zettel?«

Beide sahen sich das Papier an und schüttelten den Kopf. »Das ist weder meine Schrift noch die meiner Frau«, sagte der Doktor und sah den Kripomann verständnislos an.

Der Hauptkommissar schien ihnen zu glauben. »Dieser Zettel wurde bei der ermordeten Frau gefunden«, sagte er mit Bedacht. »In einem alten Teppich, in den man die Leiche gewickelt hat.«

Während sich die Miene von Frau Reißenberger verhärtete, stieß ihr Mann einen Ausruf des Erstaunens aus.

»Wie ist so was möglich? Wer kann sich so einen seltsamen Scherz erlauben?«, rief er, und auch seine Stimme klang nun ärgerlich.

»Wir haben gehofft, Sie könnten uns das erklären«, sagte der Hauptkommissar beinahe sanft. Nun war es an der Zeit, die beiden in die Mangel zu nehmen. Sabine murmelte eine Entschuldigung und behauptete, die Toilette aufsuchen zu müssen. Rasch schlüpfte sie hinaus und hoffte, Thomas würde die beiden eine Weile so in Atem halten, dass sie sich keine Gedanken über den Verbleib seiner Kollegin machten.

Sabine zog die Wohnzimmertür hinter sich zu und blieb lauschend im Flur stehen. Außer den nun gedämpften Stimme hinter der Tür konnte sie nichts hören. War noch jemand im Haus? Vielleicht. Sie drehte eine Runde durch das Erdgeschoss und öffnete sämtliche Türen, fand aber nichts Besonderes. In der Küche sah es dieses Mal recht chaotisch aus. Frau Reißenberger schien Hausarbeit nicht sonderlich zu mögen. Vielleicht war ihre Putzfrau im Urlaub? Sabine ging weiter, bis sie auf eine Tür stieß, die sich nicht öffnen ließ. Abgeschlossen! Entweder fehlte der Schlüssel oder er steckte drinnen. Sie versuchte sich zu erinnern, was für ein Zimmer dahinterlag. Ein kleines Arbeitszimmer. Sie klopfte, doch niemand rührte sich. Dennoch hatte sie das Gefühl, als stünde jemand auf der anderen Seite, atemlos wartend, dass sie endlich weiterging.

Zu schade, dass sie nicht über die Fähigkeiten des Vampirs verfügte und sich als Nebel einfach unter der Tür hindurchschieben konnte. Und sie hatten auch keinen Durchsuchungsbeschluss, der ihnen das Recht dazu gab, das Öffnen der Tür zu verlangen.

Sabine ließ mit Bedauern davon ab und eilte lautlos in den oberen Stock. Auch hier fiel ihr auf, dass alles ein wenig unordentlich und verstaubt wirkte. Vor allem das Bad musste mal wieder geputzt werden! Alle möglichen Fläschchen und Cremedosen standen herum und hatten Ringe auf den dunklen Natursteinablagen hinterlassen. Sabine schritt bis zum Ende des Flurs, wo die schmale Stiege nach oben führte. Lohnte es sich, noch auf den Dachboden zu steigen, oder sollte sie lieber ins Wohnzimmer zurückkehren, ehe sie vermisst wurde?

Ihr Instinkt trieb sie nach oben, doch zu ihrer Enttäuschung konnte sie auf dem Dachboden nichts entdecken, das sich seit ihrem ersten Besuch verändert hätte. Sie wollte gerade die Treppe wieder hinuntersteigen, als ein Impuls sie die Tür zu der kleinen Kammer am Westgiebel öffnen ließ.

Verblüfft blieb Sabine stehen. Der Raum war leer. Vollkommen leer! Es fehlten nicht nur das Bett, die Kiste und der Kleiderständer mit den Kittelschürzen. Der Raum war, im Gegensatz zum Rest des Hauses, nahezu klinisch rein gescheuert! Der scharfe Geruch der Putzmittel stieg ihr in die Nase.

Das war seltsam. Die Reißenbergers hatten sich nicht die Mühe gemacht, ihr Badezimmer oder die Küche in den letzten Tagen zu putzen, aber diesen kleinen Raum hatten sie gescheuert, dass man kein Stäubchen mehr finden konnte? Was wollten sie damit verbergen?

Sabine eilte zurück ins Erdgeschoss und stieß fast mit Frau Reißenberger zusammen, die sie aus zusammengekniffenen Augen musterte.

»Ich habe mich schon gefragt, ob Sie sich verlaufen haben.«

Sabine lächelte. »Aber nein. Sie haben ein schönes Haus, das muss ich schon sagen.«

Doch so leicht ließ sich die Dame des Hauses nicht besänftigen. »Ich glaube nicht, dass Sie das ohne Durchsuchungsbefehl dürfen«, beharrte sie.

Sabine lächelte noch immer. »Ich habe mich doch nur umgesehen. Das ist ja keine Durchsuchung. Glauben Sie mir, eine Durchsuchung sieht anders aus. Da wird jede Schublade und jeder Schrank geöffnet.«

Sie fasste die Frau fest ins Auge, die jedoch nicht besonders eingeschüchtert schien. Sie war sich offenbar sehr sicher, alle Spuren beseitigt zu haben. Wenn sie sich da mal nur nicht täuschte!

Obwohl sich Frau Reißenberger alle Mühe gab, Sabines Schritte in Richtung Wohnzimmer zu lenken, betrat die Kommissarin noch einmal die Küche.

»Eine schöne Küche haben Sie«, sagte sie im Plauderton und ließ den Blick über die mit schmutzigem Geschirr vollgestellte Anrichte schweifen. Der Herd war von Essensresten verklebt, doch Sabines Augenmerk richtete sich auf den Boden. Sie versuchte, sich an die genaue Stelle zu erinnern, die Peter ihr gezeigt hatte.

»Was ist denn das hier?«, rief sie und ging in die Hocke, obgleich auf dem Boden nichts zu erkennen war.

»Was?«, rief Frau Reißenberger ärgerlich.

»Könnte das Blut sein?«

»Blut?« Nun wurde ihre Stimme deutlich höher, beinahe schrill. »Ich kann nichts sehen. Wie kommen Sie darauf? Nein, nein, sicher hat mein Mann nur irgendwas verschüttet.«

»Doch! Ich bin mir ganz sicher«, beharrte Sabine und zog ein Fläschchen Luminol und eine kleine UV-Lampe aus der Tasche, die sie genau zu diesem Zweck im Präsidium eingepackt hatte.

Hoffentlich hatten sie nicht zu gründlich gescheuert!

Sabine sprühte unter dem entsetzten Blick der Frau den Boden ein und ließ dann das Licht der Lampe darübergleiten.

Ein bläulicher Schimmer erschien. »Blut! Sehr viel Blut, Frau Reißenberger. Wie erklären Sie sich das? Und nun sagen Sie bitte nicht, Ihr Mann habe hier in der Küche ein Kaninchen geschlachtet oder so etwas. Es ist sehr einfach, menschliches von tierischem Blut zu unterscheiden!«

Frau Reißenberger war außer sich und wusste nicht, was sie sagen sollte. In ihrer Not rief sie panisch nach ihrem Mann, der zusammen mit dem Hauptkommissar in die Küche gestürzt kam.

»Richard, sie hat hier irgendetwas auf den Boden gesprüht und behauptet, da wäre Blut. Das darf sie doch gar nicht! Das wird unser Anwalt ihr sagen, nicht wahr?«

Ihr Mann suchte nach Worten, und auch der Hauptkommissar starrte Sabine an, nur dass man ihm seine Verblüffung nicht so sehr ansah.

»Ja, ich habe den Boden mit Luminol besprüht«, bestätigte die Kommissarin, »da ich etwas gesehen habe, das ich für Blut hielt. Und wie Sie im Licht der Lampe alle sehen können, ist hier sehr viel Blut geflossen!«

Sie ließ die Rollläden herunter und schaltete noch einmal die Speziallampe an, in deren Licht die blaue Chemolumineszenz deutlich zu sehen war. An den Rändern der Lache stärker als in der Mitte, vermutlich, weil die Reißenbergers diesen Bereich nicht so stark mit Bleiche und anderen Putzmitteln bearbeitet hatten.

»Das dürfen Sie nicht«, stieß nun auch Herr Reißenberger aus. »Nicht ohne Durchsuchungsbefehl! Ich rufe meinen Anwalt an.«

»Tun Sie das«, sagte Hauptkommissar Ohlendorf kühl. »Das wird Ihnen nichts nützen. Sie haben uns freiwillig hereingebeten, und meine Kollegin hat das Luminol aufgrund eines dringenden Verdachts eingesetzt. Das reicht, um mit der Spurensicherung wiederzukommen und Ihr Haus gründlich auf den Kopf zu stellen. Es wird unseren Ermittlern keine Probleme bereiten, die DNA in diesem Blut zu bestimmen und es dem Opfer zuzuordnen«, behauptete der Hauptkommissar, obwohl er vermutlich wie Sabine seine Zweifel hatte, ob nach der Putzorgie, die hier offensichtlich stattgefunden hatte, noch genug für eine Analyse zu finden war. Aber Hauptsache, die Reißenbergers glaubten es!

»Was werden wir noch finden? Das Messer, mit dem Sie dem Opfer die Kehle durchgeschnitten haben?«

»Nein!«, schrie Frau Reißenberger auf. »Sie können uns gar nichts beweisen. Wir haben nichts damit zu tun!«

Der Hauptkommissar trat drohend näher. »Ach nein? Einer jungen Frau wurde in Ihrer Küche die Kehle durchgeschnitten und die Leiche dann weggebracht und versteckt. Und Sie haben nichts damit zu tun?«

»Nein, das haben wir nicht!«, beharrte die Frau, Sie sich wieder gefasst hatte und den Blick des Kommissars trotzig erwiderte.

»Das wird sich zeigen, wenn wir Sie mit aufs Präsidium nehmen und dort verhören«, konterte Thomas Ohlendorf nun mit klirrend eisiger Stimme. Sabine wunderte sich nicht, dass es der Doktor war, der einknickte.

»Ja, die Frau wurde hier ermordet, das stimmt, aber wir haben dennoch nichts damit zu tun. Wir waren aus, und als wir zurückkamen, lag sie hier in der Küche und war tot. Wir haben Panik bekommen. Und unüberlegt gehandelt. Mit dem Verbrechen selbst haben wir jedoch nichts zu tun.«

Er sah zu seiner Frau, die ihm leicht zunickte.

»So einfach kommen Sie nicht davon. Die Vertuschung einer Straftat und die Beseitigung einer Leiche, das reicht schon für eine saftige Strafe«, behauptete Sabine, obgleich sie es besser wusste. Aber das musste sie den Reißenbergers ja nicht sagen.

»Und vielleicht haben Sie ja doch etwas mit dem Mord zu tun?«

»Nein!«, sagte sie bestimmt. »Wir haben ein Alibi für den Abend. Wir waren bei Freunden zum Essen eingeladen und kamen erst nach Mitternacht zurück, als sie schon tot war.«

»Und wer sagt, dass die Frau vor Mitternacht gestorben ist?«

»Den genauen Todeszeitpunkt müssen Ihre Leute doch feststellen können. Werden die Leichen nicht dazu seziert?«, rief Frau Reißenberger.

»Sie schauen zu viele Krimiserien im Fernsehen. In der Realität kann man den Zeitraum höchstens eingrenzen – und die Ungenauigkeit wird größer, je mehr Zeit verstrichen ist. Ihr Pech, dass Sie den Mord nicht gleich gemeldet haben. In der Mordnacht hätte man den Todeszeitpunkt noch recht genau bestimmen können.«

Darüber mussten die Reißenbergers erst ein wenig nachdenken.

»Wer war die Tote?«, fragte Sabine in die Stille hinein.

»Woher sollen wir das wissen?«, rief Frau Reißenberger, ehe ihr Mann überhaupt den Mund aufmachen konnte.

»Sie wurde in Ihrem Haus ermordet!«

»Ja und? Wir kennen die Frau jedenfalls nicht und haben sie vorher noch nie gesehen! Ich denke, sie war eine Einbrecherin.«

»Die sich in Ihrer Küche die Kehle durchgeschnitten und das Messer verschwinden lassen hat?«, rief Sabine erbost. Es war unfassbar, wie dreist diese Leute waren.

»Nein! Sie hatte natürlich einen Komplizen, mit dem sie sich gestritten hat, und dann hat er sie im Streit getötet.«

Dieser Einfall schien Frau Reißenberger sichtlich zu gefallen, denn sie strahlte plötzlich. Vermutlich hoffte sie, sich so aus der Affäre gezogen zu haben.

»Dann haben Sie den Einbruch sicher gemeldet?«, hakte Hauptkommissar Ohlendorf nach. »Was wurde Ihnen gestohlen?«

Frau Reißenberger wand sich, während ihr Mann weiterhin schwieg. Er hatte sich offensichtlich dazu entschlossen, die weiteren Lügen seiner Frau zu überlassen, die in dieser Beziehung offensichtlich erfinderischer war.

»Nein, eine Anzeige haben wir nicht erstattet. Es fehlt lediglich Bargeld, das wir in einer Dose in der Küche aufbewahrt haben«, improvisierte die Frau, doch so leicht ließ sich der Kommissar nicht abschütteln.

»Gut, dann geben Sie mir die Dose, damit unsere Techniker sie nach Fingerabdrücken untersuchen können. Außerdem schicke ich Ihnen ein Team, das nach den Einbruchspuren sucht. Wo sind die Einbrecher denn eingedrungen? An der Vorder- oder an der Hintertür?«

Das gefiel ihr gar nicht. Sie musste einige Augenblicke nachdenken, wie sie darauf reagieren sollte. Sabine sah, wie es hinter ihrer Stirn arbeitete.

»Ich denke, die Einbrecher hatten einen Schlüssel. Ich habe meinen vor zwei Wochen verloren, oder er wurde mir gestohlen. So kamen die Täter ins Haus.«

»Interessant!«, kommentierte Thomas Ohlendorf. »Dann haben Sie sicher gleich nach dem Einbruch Ihre Schlösser austauschen lassen, nicht wahr? Nicht dass der Einbrecher noch einmal zurückkommt und womöglich noch jemanden in Ihrem Haus ermordet.«

Sie hatte zumindest den Anstand, zu erröten. »Nein, wir sind bisher noch nicht dazu gekommen.«

Es gab nichts mehr zu sagen. Thomas Ohlendorf ging hinaus, um einen der Staatsanwälte auf seinem privaten Handy anzurufen. Dann bestellte er die Spurensicherung, die, wie angekündigt, das Haus vom Dach bis zum Keller und selbst den Garten durchsuchte.

Es wurde ein langer Samstag, doch am Ende des Tages konnten sie noch immer nicht sagen, wer die Tote war und in welcher Beziehung sie zu den Reißenbergers gestanden hatte. Beide beharrten darauf, sie noch nie gesehen zu haben. Es war schon lange dunkel, als Sabine mit einem Gefühl der Enttäuschung nach Hause fuhr. Sie waren keinen Schritt weitergekommen! Es gab augenscheinlich nichts, was die Tote mit dem Haushalt der Reißenbergers in Verbindung brachte – außer dass sie tot in ihrer Küche gelegen hatte!

Und was war mit der Kammer unter dem Dach? Warum war sie leer geräumt und geputzt worden? Was konnte das anderes bedeuten, als dass sich das Opfer vorher dort aufgehalten hatte?

Plötzlich fiel ihr etwas ein. Der schwarze BMW! Er war nicht mehr da gewesen, als die Spurensicherung eintraf. Wann war er weggefahren, und warum hatten sie es nicht bemerkt? Verflucht! Es war also doch noch jemand im Haus gewesen, der sich unbemerkt aus dem Staub gemacht hatte.

Kapitel 9

Yulia

Es war gegen Mitternacht, als es bei den Diemanns klingelte. Tariq hatte seinen schwarzen 7er-BMW auf der Straße direkt vor dem Tor geparkt. Er war stolz auf seinen Wagen. Nun gut, es war nicht die neuste Serie, dafür war es ein Schnäppchen gewesen, und er hatte den Wagen mit ein paar schönen Extras aufpeppen lassen. Allerdings nicht zu auffällig. Das war immer eine Gratwanderung in seiner Branche. Man musste zeigen, wer man war, und sich Respekt verschaffen, allerdings durfte man nicht zu viel Aufmerksamkeit auf sich ziehen.

Die Diemanns erschienen in der Tür und durchquerten den schmalen Vorgarten. Auf dem Gesicht der Frau spiegelte sich nervöse Anspannung, als Tariq die hintere Tür öffnete, die er mit einer Kindersicherung ausgestattet hatte, auch wenn das in diesem Fall eine unnötige Vorsichtsmaßnahme war.

»Steig aus«, sagte er barsch. Die Frau gehorchte. Mit gesenktem Blick tappte sie hinter ihm her. Sie blieb am Fuß der Treppe stehen, während Tariq die Diemanns begrüßte.

»Das ist Mirona«, stellte er die Frau vor.

»Sie ist schon recht alt«, stellte Herr Diemann ein wenig enttäuscht fest. Tariq wusste, dass er damit verbraucht meinte und unansehnlich, doch was dachte er für dreitausend zu bekommen? Tariq spürte Ärger in sich aufsteigen.

»Sie sagten doch, Ihnen läge vor allem daran, eine tüchtige Hilfe für den Haushalt zu bekommen. Wenn Sie gern etwas Jüngeres möchten, ist das kein Problem, aber unter achttausend kommen wir da dann nicht zurecht.«

»Nein, nein, das ist schon gut«, lenkte Frau Diemann ein. »Komm herein, Mirona. Ich zeige dir erst dein Zimmer, dann sage ich dir, was du hier im Haus zu tun hast.«

»Sie müssen streng mit ihr sein und konsequent!«, sagte Tariq. »Sie hat gelernt zu gehorchen, und sie weiß, dass sie bestraft wird, wenn sie etwas falsch macht. Sie wird Ihnen keine Probleme bereiten, dennoch muss man wachsam bleiben und jeden Widerstand im Keim ersticken, wenn Sie nicht irgendwann in Schwierigkeiten geraten wollen.«

Frau Diemann nickte und führte Mirona in den Keller hinunter, wo sie zwischen Waschküche und Heizungskeller in einer kleinen Kammer ein Feldbett aufgestellt hatte. Die Tür war wie die anderen Kellertüren aus Stahl, der Schlüssel steckte außen. Als die Dame des Hauses mit Mirona zurückkehrte, zog Tariq sie am Arm grob zu sich. Er sagte einige Sätze auf Rumänisch. Mirona traten Tränen in die Augen, und sie nickte. Dann, ganz plötzlich, schlug er ihr hart ins Gesicht und überschüttete sie noch einmal mit einem Schwall von Drohungen. Mirona kniete vor ihm nieder und drückte ihre Wange an sein Knie.

So unvermittelt, wie er sie geschlagen hatte, wandelte sich seine drohende Miene in ein versöhnliches Lächeln, und er tätschelte der Frau, deren Alter schwer zu schätzen war, das ungepflegte Haar.

Die Diemanns wirkten verunsichert. Die Szene stieß sie ab und faszinierte sie gleichermaßen. Tariq wusste, der Same war gelegt. Wenn die Menschen begannen, über einen anderen Kontrolle auszuüben, und zum ersten Mal den Rausch absoluter Macht verspürten, war das wie eine Droge, der man sich nicht mehr entziehen konnte. Dies war seine Versicherung. Schließlich konnte es nicht in seinem Interesse sein, dass seine Handelsware bald schon in einer Polizeidienststelle oder bei einer der Hilfsorganisationen auftauchte.

»Was haben Sie zu ihr gesagt?«, erkundigte sich Frau Diemann fast ein wenig schüchtern.

»Ich habe sie nur daran erinnert, dass ich weiß, wo ihre kleine Schwester wohnt, und dass ich nur meinen Bruder anrufen muss, sollte ich Ersatz für sie brauchen.«

Dann verabschiedete sich Tariq und fuhr mit seinem BMW davon, in der Hoffnung, nie wieder von den Diemanns oder von Mirona zu hören – zumindest nicht so wie im Fall der Wolfs oder, noch schlimmer, der Reißenbergers! Ein einziger Albtraum, und wer musste es ausbaden und alles wieder richten? Er, Tariq, der Retter, der Unerschrockene, der Erfüller aller Wünsche.

Bei diesem Gedanken stahl sich ein Lächeln auf sein Gesicht. Ja, in dieser Rolle gefiel er sich. Er hatte alles im Griff, und die Geschäfte konnten gar nicht besser laufen. Dabei fiel ihm ein, dass der Zwischenfall bei den Reißenbergers zumindest einen Vorteil hatte: Sie waren tatsächlich bereit, ein zweites Mal eine ordentliche Summe Geld in die Hand zu nehmen. Und das kurz nachdem sie ihr erstes Mädchen vom Küchenboden gekratzt hatten. *Was für coole Säue*, dachte Tariq amüsiert. Er war immer wieder überrascht, wie schwarz die Herzen dieser scheinbar so sauberen Bürger doch waren. Offenbar hatten sie die Vorteile seiner Arrangements genossen und konnten in Zukunft nicht mehr darauf verzichten. Die Kripo würde ihnen nichts anhaben können – hoffte er zumindest. Keine Leiche, keine Ermittlungen, keine Schwierigkeiten, die das Geschäft störten. Doch etwas nagte an ihm.

Erst Ileana, dann Yulia. Beide mit durchgeschnittener Kehle. Hingen die Morde miteinander zusammen? Hatte es etwa jemand auf ihn abgesehen?

Das konnte nicht sein. Mit Ileana hatte der Mörder ihm zwar

geschadet – er musste sich Ersatz für sie besorgen –, doch bei Yulia lag die Sache anders. Sie hatte ihm gar nicht mehr gehört. Nein, es musste ein Zufall sein, der keinen weiteren Gedanken lohnte, und damit basta!

Er lächelte in sich hinein, als er in die Barmbeker Straße einbog. Das schwere Motorrad, das ihm entgegenkam, beachtete er nicht. Er bemerkte auch nicht, dass der Fahrer kaum ein paar Meter weiter die Maschine herumriss, um sich an seine Fersen zu heften. Das Zweirad blieb unauffällig ein paar Wagen hinter dem BMW, bis dieser vor einem heruntergekommenen Haus anhielt.

Der Sonntag neigte sich dem Ende zu. Es war einer der wenigen sonnigen Herbsttage in Hamburg gewesen, ohne eisigen Wind und ohne einen einzigen Regenschauer, und Sabine war dafür – wem auch immer – dankbar, denn nichts konnte einen Tag mit einem lebhaften Kind und einem noch lebhafteren Setter anstrengender machen als schlechtes Wetter. So waren sie am Ufer der Außenalster entlangspaziert, hatten die grauen Gänse und Schwäne mit Toastbrot gefüttert, bis Julia fürchtete, das Übergewicht würde sie untergehen lassen. Sie waren um die Wette gelaufen, hatten Hüpfspiele gemacht und sich mit anderen Hundebesitzern angelegt, die meinten, ihre Vierbeiner sollten nicht mit dem fremden Hund spielen. Unterwegs hatte es Crêpes mit Nussnougatcreme gegeben und ein paar Hundekekse für Leila. Am Nachmittag waren sie – auf Julias ausdrücklichen Wunsch – zum Hafen gefahren und hatten die Fähre nach Blankenese genommen. Das Mädchen liebte es, mit dem Schiff zu fahren, und war die ganze Zeit aufgeregt von einer Reling zur anderen gelaufen.

In Blankenese angekommen, wollten sie gerade im Strandhotel einen Kakao trinken gehen, als ihnen Rosa Maschek entgegenkam. Die alte Dame strahlte übers ganze Gesicht, als sie Julia und Leila wiedererkannte. Sie umarmte zuerst Julia, kraulte der aufgeregt winselnden Leila die Ohren und wandte sich dann der Kommissarin zu.

»Sabine, wie schön, Sie zu sehen. Ich habe mich schon gefragt, wie es Ihnen geht. Ganz prächtig, offenbar!«

Sabine spürte einen Hauch von schlechtem Gewissen. Sie hatte es sich den Sommer über angewöhnt, die alte Dame regelmäßig zu besuchen, doch seit sie ins Präsidium zurückgekehrt war, hatte sie das Gefühl, nicht einmal mehr zum Luftholen zu kommen.

»Ja, danke, es geht mir gut. Ich wollte mich schon seit Tagen bei Ihnen melden …«

Die alte Dame unterbrach sie mit einer wegwerfenden Handbewegung. »Aber Sie haben jetzt wieder viel zu tun, nicht wahr? Man sieht es Ihnen an, Ihre Arbeit scheint Ihnen gut zu bekommen.«

Die Kommissarin nickte. »Ja, es ist schön, wieder dazuzugehören und gebraucht zu werden.«

Rosa Maschek lächelte. »Das glaube ich gern. Die Zeit scheint plötzlich schneller zu fließen. Wie zäh kann sie auf der anderen Seite werden, wenn man sich langweilt und nichts mit ihr anzufangen weiß.«

Sabine fragte sich, ob sie von sich selbst sprach. Sie war nun schon so viele Jahre allein, und ihre einzige Aufgabe war, die Villa am Baurs Park sauber zu halten, die der Vampir in seinen Besitz gebracht hatte – wie, wollte Sabine gar nicht so genau wissen.

Rosa Maschek beugte sich wieder zu Julia herab. »Ich glaube, ich habe geahnt, dass ich euch heute treffe, denn ich habe heute Morgen Kuchen gebacken. Was hältst du von einem Stück Schokoladenkuchen mit viel Sahne?«

Weder Julia noch Leila hatten irgendetwas gegen ungesunde Leckereien einzuwenden, und so machten sie sich auf den Weg zu dem kleinen Häuschen, um sich von Frau Maschek verwöhnen zu lassen.

Sabine hätte zu gern über die beiden Fälle mit ihr gesprochen. Die alte Dame verfügte über einen wachen Geist und eine ungewöhnliche Fähigkeit, sich in Menschen hineinzuversetzen. Vielleicht hätte sie der Kommissarin einen frischen Denkanstoß geben können. Doch sie verzichtete nicht zuletzt wegen Julia darauf und sagte: »Ich habe vor einigen Tagen Meike und Carmen getroffen. Sie haben Alettas Grab besucht.«

Rosa Maschek nickte. »Ich sehe sie regelmäßig. Sie wohnen noch immer nebenan bei Meikes Großmutter. Es ist eine Freude, ihre Entwicklung zu beobachten. Es ist Ihnen doch auch aufgefallen, nicht wahr?«

Sabine nickte.

»Und ich meine nicht nur die Äußerlichkeiten, dass Meike sich ihr Haar nicht mehr so scheußlich blau färbt und einige Kilo abgenommen hat. Beide nehmen nun ihr Leben entschlossen in die eigenen Hände, und ich glaube, sie werden es schaffen. Das haben sie Ihnen zu verdanken!« Rosa Maschek beugte sich über den Tisch und ergriff Sabines Hände.

Sabine spürte, wie sie rot wurde. »Nein, da liegen Sie falsch. Es ist ganz sicher nicht mein Verdienst.«

Die alte Dame sah sie aufmerksam an. »Sie geben sich die Schuld an Alettas Tod? Das sollten Sie nicht. Nicht Sie sind für Alettas Tod verantwortlich oder für den von Iris. Es liegt nicht in unserer Macht, die ganze Welt zu retten. Wir müssen schon dankbar sein, wenn es uns gelingt, einen kleinen Stein ins Rollen zu bringen, der den Lauf des Schicksals verändert. Und das haben Sie getan! Sie haben Meikes und Carmens Leben eine neue Richtung gegeben. Eine gute Richtung! Darüber sollten Sie sich freuen.«

Sabine sah in die gütigen Augen der alten Frau, und sie fühlte sich plötzlich so geborgen. Es war, als könne sie ihr Absolution erteilen, sodass sie sich auch selbst verzeihen konnte.

»Und Aletta?«, stieß sie hervor.

»Auch Aletta hat einen Stein ins Rollen gebracht«, sagte Rosa Maschek sanft. »Einen großen Stein, der ein großes Opfer von ihr verlangte. Sie hat es aus Liebe zu ihren Freundinnen gegeben, und so ist es nicht an uns, zu zweifeln oder zu verurteilen.«

»Sie sind eine sehr weise Frau, und ich bin froh, Sie kennengelernt zu haben!«, sagte Sabine bewegt.

Rosa Maschek lachte. »Aber nein, ich sage nur, was ich denke. Und das Kompliment kann ich nur zurückgeben: Auch ich bin froh, Sie kennengelernt zu haben, denn Sie bereichern mein Leben, meine Liebe, und Sie bringen ab und zu ein wenig Aufregung hinein. Die rechte Würze, die ich viele Jahre vermissen musste!«, fügte sie mit einem Zwinkern hinzu.

Müde und zufrieden kehrten sie nach Einbruch der Dunkelheit nach Hause zurück, wo Sabine die obligatorischen Spaghetti kochte, während Leila unter dem Tisch schlief und Julia ihre neuen Malstifte ausprobierte.

Es hätte eigentlich ein Abend zum Genießen sein können, doch dieses Mal gelang es weder dem Kind noch dem Hund, die Kommissarin von ihren stetig kreisenden Gedanken zu erlösen. So war sie fast erleichtert, als es gegen neun klingelte und Jens vor der Tür stand, um Kind und Hund abzuholen. Er war heute noch mürrischer als sonst.

»Was ist denn los?«, erkundigte sich Sabine, obwohl sie das eigentlich nicht wirklich interessierte.

»Ich hatte heute einen ganz tollen Tag«, schnaubte er.

»Du hast dich mit Angelika gestritten?«

»Nein, mach dir keine falschen Hoffnungen.«

Sabine wich mit erhobenen Händen zurück. »Entschuldige, dass ich gefragt habe.«

Er brummte nur und ließ sich in einen der abgewetzten Sessel fallen. »Du könntest dir mal neue Möbel kaufen. Bezahlen die dich bei der Kripo so schlecht?«

Sabine kannte diese Ausweichmanöver und sagte daher nichts. Sie setzte sich ihm gegenüber und wartete. Es dauerte nicht lange, bis das, was ihn beschäftigte, aus ihm herausbrach.

»Zwei meiner Mandanten haben mich heute fast um den Verstand gebracht. Und das am Sonntag! Ich war den ganzen Tag unterwegs.«

Aha, daher die schlechte Laune. Er hatte sich sein Wochenende anders vorgestellt. Sabines Mitgefühl hielt sich in Grenzen. Sie musste auch oft Überstunden schieben oder am Wochenende arbeiten und bekam nicht annähernd den Stundenlohn, den der Herr Anwalt seinen Mandanten berechnete. Seine nächsten Worte ließen sie allerdings aufhorchen.

»Du erinnerst dich doch noch an die von Ilsenbricks, auf deren Dinnerparty du dich eingeschlichen hast?«

Sie ignorierte den zweiten Teil. »Ja, was ist mit denen?«

»Angefangen hat es mit ihrem Nachbarn, einem Dr. Reißenberger, für den ich vor Jahren mal was gemacht habe. Er hat mir am Samstag drei Mal auf den Anrufbeantworter gesprochen! Die von Ilsenbricks kamen dann zur Krönung noch hinterher.«

Sabine biss sich auf die Lippen, um nichts zu sagen. Sie konnte sich gut vorstellen, warum der gute Doktor so dringend einen Anwalt sprechen wollte, doch musste er sich ausgerechnet an ihren Ex wenden? Das roch geradezu nach Ärger.

»Ich hätte ihn ja am Montag zurückgerufen, aber er hat sich dann von den Ilsenbricks meine Handynummer besorgt und mich heute Morgen während des Frühstücks angerufen.« Empörung klang in seiner Stimme.

Sabine musste sich ein Grinsen verkneifen. »Und, was gab es so Wichtiges, das nicht bis morgen warten kann?«, erkundigte sie sich so neutral wie möglich.

Ihr Exmann schenkte ihr einen misstrauischen Blick. »Das müsstest du doch eigentlich wissen, oder nicht? Ihr Kripoleute seid doch gestern bei ihm aufgetaucht, um ihn mit so einer Räuberpistole zu bedrängen.«

»Über laufende Ermittlungen darf ich nicht sprechen«, wehrte Sabine ab.

»Warst du da etwa mit dabei?«, rief er. Die Idee schien ihm erst jetzt zu kommen.

»Ja, ich war da«, gab sie widerstrebend zu.

»Und was soll das ganze Gerede von wegen Mordverdacht? Das ist doch absurd. Völlig aus der Luft gegriffen!«

»Ich versichere dir, das Opfer ist sehr real und tot. Und über den Tatort gibt es nicht den geringsten Zweifel.«

Jens Thorne seufzte. »Aber ihr habt im Haus doch gar keine Leiche gefunden.«

»Haben dir die Reißenbergers das gesagt? Und vielleicht auch, dass sie die Tote weggeschafft haben, um den Mord zu vertuschen?«, brauste die Kommissarin auf.

»Das behauptet ihr. Die Reißenbergers werden das niemals zugeben, und ihr könnt es nicht beweisen. Was habt Ihr schon? Ein wenig Blut, mehr nicht. Nichts, was die Tote mit meinen Mandanten in Verbindung bringt.«

Sabine winkte ab. »Ach, sie haben schon so einiges zugegeben. Da kommen sie nicht mehr raus. Zu dumm, dass sie am Samstag nur deinen Anrufbeantworter erreicht haben«, fügte sie ein wenig rachsüchtig hinzu. »So konnte unser Hauptkommissar schon eine recht interessante Aussage aufnehmen.«

Der Anwalt starrte sie entsetzt an. »Was haben sie gesagt?«

»Darf ich dir nicht verraten«, gab sie zurück. »Frag doch deine sauberen Mandanten!«

Er stöhnte. »Du weißt aber, dass das Entfernen einer Leiche vom Tatort allein noch keine Straftat ist?«

Sabine hob nur die Schultern. Stattdessen fragte sie: »Und was wollten die von Ilsenbricks von dir?«

»Sie machen sich Sorgen, inwieweit auch sie belästigt werden, wenn die Kripo in der Nachbarschaft herumschnüffelt und ihre Nase überall hineinsteckt.«

Sabine runzelte die Stirn. »Ach, und da befürchten sie, dass wir auch bei ihnen etwas finden, das sie lieber vor uns verbergen möchten? Was das wohl sein könnte?«

»Blödsinn!« Er sprang auf und stemmte die Hände in die Hüften. »Sie wollen nur ihre Privatsphäre wahren, und ich werde ihnen dabei helfen!«

Sabine erhob sich ebenfalls und erwiderte seinen kriegerischen Blick. »Dann pass nur auf, dass du nicht in die Schusslinie gerätst. Es geht um Mord, und da versteht die Kripo keinen Spaß.«

»Danke für die Warnung, doch mit euch nehme ich es jederzeit auf. Es ist meine Aufgabe, meine Klienten vor den ungerechtfertigten Übergriffen der Polizei zu schützen, und genau das werde ich tun.«

Er stürmte aus dem Wohnzimmer. »Julia, hol deine Sachen, wir gehen!«

Und schon waren sie weg. Sabine starrte ihnen nach und versuchte, das miese Gefühl zu unterdrücken, das sie beschlich. Das war nicht gut. Warum musste ausgerechnet ihr Exmann diese Leute vertreten? Tief im Innern wusste sie, dass sie logen. Das Mordopfer war nicht irgendeine Einbrecherin. Die Reißenbergers steckten bis zum Hals mit drin, und sie würde nicht zulassen, dass ihr Ex sie da rausholte.

Ihr Ärger hielt an, bis kaum eine Stunde später ein kalter Schatten in ihre Wohnung schlüpfte.

»Du bist erzürnt?«, erkundigte sich der Vampir, der wie immer in ihren Stimmungen las wie in einem offenen Buch.

»Eine lange Geschichte«, sagte sie mit einem Seufzer. »Man kann einem Jens Thorne einfach nicht entgehen. Kaum ist die Scheidung über die Bühne, kommt er mir als Anwalt in die Quere.«

»Du hast ihn einst geliebt, oder warum hast du ihn geheiratet?«

»Verblendung!«, behauptete Sabine abfällig. »Er sah gut aus, war gebildet, eloquent und sogar charmant, und ich habe ihn angehimmelt. Ist die Naivität der Jugend Entschuldigung genug?«

»Wir müssen nicht darüber reden, wenn es dir unangenehm ist«, lenkte der Vampir ein. Er trat hinter sie und ließ seine kalten Lippen über ihren Nacken wandern. »Die Nacht ist jung und hält so viel Schönes bereit. Wenn du erlaubst, dann würde es mir eine große Freude sein, dich auf andere Gedanken zu bringen.«

»Ja, tu das, mein Freund«, hauchte Sabine und schloss die Augen. Der Ärger über ihren Exmann war vergessen. Sie fühlte nur noch seinen Atem über ihre Haut streichen und das heiße Verlangen, das in ihr aufstieg.

»Und was hast du jetzt vor?«, erkundigte sich Sönke, nachdem ihn seine Kollegin informiert hatte, was am Wochenende alles vorgefallen war. Den Streit mit ihrem Exmann ließ sie allerdings aus. Sönke würde noch früh genug erfahren, welcher Anwalt sich für diese Leute in die Bresche warf.

»Ich fahre noch einmal zu den Reißenbergers raus. Ich muss etwas finden, das beweist, dass sie die Frau kannten.« Ihr kam das Zimmer auf dem Dachboden in den Sinn, das bei ihrem ersten Besuch bewohnt, bei ihrem zweiten wie leer gefegt war. »Ich bin sogar überzeugt, dass sie bei ihnen im Haus gelebt hat.«

»Vielleicht eine Haushaltshilfe, die sie schwarz beschäftigt hatten? Oder die illegal in Deutschland war?«, schlug Sönke vor.

»Ja, so was in der Art«, stimmte ihm Sabine zu. »Jedenfalls haben sie keine Putzfrau angemeldet, das habe ich schon überprüft, und ich sage dir, diese Frau Reißenberger putzt garantiert nicht selbst.«

Fast wäre ihr herausgerutscht, dass das Haus bei ihrem ersten

Besuch blitzsauber gewesen war und sich nun schon nach wenigen Tagen in einem desolaten Zustand befand. Aber das konnte sie offiziell ja nicht wissen. Sabine fluchte innerlich.

»Lass uns fahren«, schlug sie mit einem Seufzer vor. Sönke hatte nichts dagegen einzuwenden.

Sie parkten den Wagen in der Nähe des Tores. Sabine sah sich aufmerksam um. Von hier draußen konnte man nicht sehen, was im Garten hinter Tor und Hecke vor sich ging, und schon gar nicht, was sich im Haus abspielte. Wenn jemand etwas mitbekommen hatte, dann höchstens die Nachbarn, deren Gärten rechts und links an den der Reißenbergers grenzten.

»Fangen wir doch mit unseren Freunden, den von Ilsenbricks, an«, schlug die Kommissarin mit grimmiger Miene vor.

Weder Herr von Ilsenbrick noch die Tochter waren daheim. Frau von Ilsenbrick, die ihnen öffnete, erkannte Sabine wieder, wirkte aber nicht gerade erfreut.

»Sie sind das, Frau Berner. Ich nehme an, Sie sind nicht privat hier?« Sie deutete auf Sönke, dieser nickte.

»Ja, das ist richtig. Dürfen wir hereinkommen und Ihnen ein paar Fragen stellen?«

Frau von Ilsenbrick hob die Schultern. »Es nützt ja sicher nichts, wenn ich Nein sage.«

Sie führte die beiden Kripoleute in den Salon und forderte sie auf, Platz zu nehmen.

»Darf ich Ihnen etwas zu trinken anbieten?«

»Ja, gern«, rief Sabine fast ein wenig schnell. »Wenn ein Kaffee nicht zu große Umstände machen würde?«

Sönke sah sie interessiert an, denn er wusste, dass seine Kollegin solche Angebote normalerweise ablehnte. Außerdem hatten sie gerade erst im Präsidium Tee zusammen getrunken.

»Für mich auch«, schloss sich Sönke an. »Mit viel Milch und Zucker bitte.«

Frau von Ilsenbrick neigte den Kopf und ging dann hinaus. Sie zog die Tür hinter sich zu. Sabine meinte, sie mit jemandem sprechen zu hören, dann kehrten ihre Schritte zurück. Zufrieden nickte sie, worauf Sönke fragend die Stirn krauszog.

»Das Hausmädchen«, raunte ihm Sabine zu, als sich die Tür bereits wieder öffnete. Elegant ließ sich die Dame des Hauses auf dem Sofa nieder und schlug die Beine übereinander. Im Gegensatz zu Frau Reißenberger war sie eine gut aussehende Frau, die auffiel, eine Dame – zumindest wollte sie eine sein.

»Der Kaffee wird gleich fertig sein. Was wünschen Sie zu wissen?«

Sabine befragte sie zu der Nacht vor ihrer Dinnerparty, ob sie etwas Ungewöhnliches gehört oder gesehen habe. Frau von Ilsenbrick tat, als würde sie überlegen, dann schüttelte sie mit einer Miene übertriebenen Bedauerns den Kopf.

»Nein, ich kann mich an gar nichts mehr erinnern. Es war ein normaler Abend. Ich war daheim, mein Mann kam gegen elf nach Hause und unsere Tochter, glaube ich, um Mitternacht.«

»Wer wohnte alles im Haus der Reißenbergers?«, fuhr die Kommissarin fort.

»Nur Herr und Frau Reißenberger«, gab sie ein wenig ungeduldig zurück.

»Keine Kinder?«

»Ein Sohn, aber der studiert seit einem Jahr in Berlin. Soviel ich weiß, war er nicht da.«

»Haben die Reißenbergers eine Haushaltshilfe, die im Haus lebt?«

»Nicht dass ich wüsste.«

»Aber sie hatten doch jemand, der für sie putzte, nicht wahr?«, drängte Sabine, die merkte, dass sie mit der Frage einen Nerv getroffen hatte.

»Vielleicht, ich weiß es nicht. Wir haben nie darüber gesprochen. Wir haben überhaupt nur sehr selten miteinander gesprochen. Und die Gärten sind so dicht bewachsen, dass man kaum Einsicht hat. Zum Glück! Man will ja seine Privatsphäre.«

Sie erhob sich und ging hinaus. Wieder zog sie die Tür bis auf einen Spalt zu. Kaum eine Minute später kehrte sie mit einem Tablett zurück, auf dem drei große Kaffeetassen standen, ein Teller mit Keksen und eine Zuckerschale.

»Mit geschäumter Milch«, freute sich Sönke, der nur selten Kaffee trank. »Danke!«

»Keine Ursache«, sagte Frau von Ilsenbrick und schenkte ihm ein Lächeln, als sie ihm seine Tasse reichte. Der Silberlöffel war frisch poliert und glänzte.

»Wo waren wir stehen geblieben?«, erkundigte sie sich, als sie Sabine ihren Kaffee gab.

»Bei den Hausmädchen!«, sagte sie prompt und brachte das freundliche Lächeln zum Erlöschen. »Sie haben eine Haushaltshilfe. Ich habe ihre Stimme gehört.« Das war keine Frage. »Dann geht es ihr wieder gut? Sie war doch am Abend Ihrer Dinnerparty krank. Sagten Sie nicht, Sie hätten sie ins Bett geschickt? Das heißt, sie wohnt bei Ihnen im Haus?«

Frau von Ilsenbrick nickte widerstrebend.

»Gut«, rief Sabine erfreut, trank einen Schluck Kaffee, stellte die Tasse wieder ab und sprang auf. »Dann können wir sie ja fragen, ob ihr an jenem Abend etwas aufgefallen ist.«

Das war eindeutig nicht in Frau von Ilsenbricks Sinn, was die Kommissarin nur noch entschlossener machte. Sie war schon durch die Tür, als die Frau des Hauses ihr hinterherlief.

»Dorina spricht nicht gut deutsch.«

»Das macht nichts. Wir werden uns schon verstehen, und wenn nicht, dann können wir sie ja mit aufs Präsidium nehmen. Dort haben wir einen Übersetzer. Was spricht sie?«

»Rumänisch«, knirschte Frau von Ilsenbrick, der es nicht mehr gelang, ihren Unmut auch nur mit einem Hauch von Höflichkeit zu kaschieren.

Sabine fand die rumänische Haushaltshilfe in der Küche. Mit verschränkten Händen stand sie da.

»Sind Sie Dorina?«

Sabine streckte ihr die Hand entgegen, die sie nur zögernd kurz berührte.

»Ja«, sagte sie leise, ohne sie anzusehen.

Die Frau aus Rumänien war Mitte zwanzig, vielleicht auch ein wenig älter. Sie war klein, hatte dunkle Augen und dunkles, zu einem Zopf zusammengebundenes Haar. Dünn war sie, das sah man trotz des weiten Haushaltskittels, den sie trug. Unter ihrem rechten Auge hatte sie eine alte Narbe, die Schwellung an der linken Seite und der kaum verkrustete Riss waren allerdings neu.

»Was ist denn mit Ihnen passiert?«, rief Sabine aus.

Dorina starrte sie einen Augenblick an, dann deutete sie in die Diele hinaus.

»Treppe«, sagte sie. »Hingefallen.«

»Ja, sie ist ausgerutscht und die Treppe hinuntergefallen«, bestätigte Frau von Ilsenbrick. Die Kommissarin tat nicht einmal so, als würde sie ihr glauben. Stattdessen versuchte sie, mehr aus der verschüchterten Rumänin herauszubekommen. Doch sie wollte weder am fraglichen Abend etwas gehört oder gesehen haben, noch wollte sie bestätigen, dass die Reißenbergers ein Hausmädchen beschäftigt hatten. Frustriert gab Sabine auf. Vorläufig zumindest.

»Jemand hat sie verprügelt«, vermutete Sabine, als sie mit Sönke zur Straße zurückkehrte.

»Du meinst Frau von Ilsenbrick?«, hakte Sönke zweifelnd nach. »Kann ich mir nicht vorstellen.«

»Nein«, gab Sabine zu. »Ich auch nicht, und ihr Mann macht mir einen sehr zurückhaltenden Eindruck.«

»Ich denke, eher ein Freund«, fügte Sönke hinzu.

»Du meinst, irgend so einer von den Rumänen, denen eh leichter die Hand ausrutscht?« Ihr wilder Blick ließ ihn zurückweichen.

»He, du musst mich nicht gleich auffressen. Ich habe ja nicht gesagt, dass ich das gut finde, aber es ist nicht von der Hand zu weisen, dass in diesen Ländern Prügel für Kind und Frau noch üblich sind und es keinen schert.«

»Hast ja recht«, gab sie mit einem Seufzer zu. »Und vermutlich geht uns das nichts an, aber mir kommt dennoch die Galle hoch, wenn ich so etwas sehe!«

Sie machten sich auf den Weg zu den Nachbarn auf der anderen Seite. Eine Frau, Ende zwanzig, öffnete ihnen. Sie stellte sich als Frau Hauptmann vor und bat sie herein. Sie wohnte hier mit ihrem Mann, einem Kinderarzt, der im Moment in der Klinik war – im Kinderkrankenhaus Altona, wo er in der Neurochirurgie arbeitete –, und mit ihrer gemeinsamen Tochter Annalena, die gerade erst ihren siebten Geburtstag gefeiert hatte.

Die Frage nach einer Haushaltshilfe beantwortete sie bereitwillig. »Ja, dienstags und donnerstags kommt Frau Wedel, um einmal durchzuwischen und die Bäder zu putzen. Sie nimmt auch die Bügelwäsche mit. Ich kann Ihnen ihre Adresse geben, wenn Sie mit ihr sprechen wollen.«

Das Haus war geschmackvoll und teuer eingerichtet, doch es strahlte, anders als die beiden Nachbarhäuser, eine Wärme aus, in der man sich sofort wohlfühlte. Frau Hauptmann führte sie ins Wohnzimmer, wo sie auch Annalena antrafen, die mit zwei Barbiepuppen und einer ganzen Kiste voller Kleidungsstücke spielte.

Das Kind grüßte höflich und vertiefte sich dann wieder in ihre schwierigen Modeentscheidungen, während Sabine ihrer Mutter Fragen stellte. Zwar beantwortete Frau Hauptmann alle spontan und mit offenem Blick, doch weiterhelfen konnte sie ihnen nicht.

»Nein, ich glaube, außer Herrn und Frau Reißenberger wohnt –

seit ihr Sohn ausgezogen ist – niemand in ihrem Haus«, sagte sie gerade, als das Kind den Kopf hob.

»Doch, die Yulia wohnt noch dort«, sagte das Mädchen bestimmt.

Sabine hockte sich zu Annalena auf den Boden. »Die Yulia? Wer ist das? Eine Freundin von dir?«

Das Mädchen hob die Schultern. »Ich weiß nicht.«

»Ist sie so alt wie du?«

Annalena lachte. »Nein, sie ist schon viel älter. Eine Frau, wie Mama.«

»Wie sieht Yulia denn aus?«

Das Kind überlegte. »Sie ist so groß wie Mama und hat auch lange braune Haare, und sie winkt mir immer. Ich kann sie von meinem Kinderzimmer aus sehen, und wenn sie am Fenster ist, dann winke ich, und sie winkt zurück. Ich habe ihr immer meine Spielsachen gezeigt, dann hat sie gelacht. Aber meistens ist sie traurig und weint.«

Frau Hauptmann starrte ihre Tochter an. »Ich verstehe das nicht. Ich habe diese Yulia nie gesehen.«

»Woher weißt du denn, dass sie Yulia heißt?«, bohrte Sabine nach.

»Ich bin einmal durch die Büsche gekrochen, weil ich meinen Ball gesucht habe, und da hat sie Wäsche aufgehängt. Ich dachte erst, sie sei böse, weil sie so geguckt hat, doch dann ist sie zu mir gekommen und hat mir gesagt, dass sie Yulia heißt. Sie hat auch noch andere Sachen gesagt, aber das habe ich nicht verstanden, weil das in einer ganz komischen Sprache war.«

»Ist das die Frau, die ermordet wurde?«, fragte Frau Hauptmann leise.

»Das können wir nur vermuten. Noch haben wir sie nicht identifiziert«, gab Sabine ebenso leise zurück, während sich Annalena wieder mit ihren Barbies beschäftigte.

»Ich hatte keine Ahnung«, sagte Frau Hauptmann und wirkte geschockt. »Warum habe ich sie nie gesehen?«

»Vielleicht, weil sie von Ihnen nicht gesehen werden sollte? Oder weil wir uns den ganzen Tag über mit so vielen wichtigen Dingen beschäftigen, dass uns so manches entgeht?«

»Ja, vielleicht«, sagte Frau Hauptmann, und es schwang Bedauern in ihrer Stimme mit.

Mehr erfuhren sie nicht, doch nun hatten sie zumindest einen ersten Hinweis, der ihnen im Verhör von Nutzen sein würde. Yulia. Die traurige Yulia, die in der Dachkammer gehaust und im Garten Wäsche aufgehängt hatte. Ja, danach sollten sie die Herrschaften fragen. Sabine wurde es bei dem Gedanken ein wenig mulmig, dass bei ihrem nächsten Gespräch sicher ihr Anwalt zugegen sein würde. Jens Thorne, ihr verehrter Exmann. Na, das konnte heiter werden. Vielleicht sollte sie das Verhör lieber den Kollegen überlassen? Sie ahnte, dass ihre Anwesenheit der Sache nicht gerade förderlich sein würde. Vielleicht wäre es besser, das Verhör von der anderen Seite des Spiegels aus zu beobachten. Sonst könnte es womöglich passieren, dass sie und der Anwalt sich gegenseitig an die Kehle gingen. Das wäre nicht das erste Mal, dachte sie frustriert.

Kapitel 10

Fjodora

»Wie ist es gelaufen?« Tariqs Frau schloss auf sein Klopfzeichen hin die Tür auf und ließ ihn eintreten. Melanie Schmitz war um die vierzig, mittelgroß, mit dem typisch farblosen Haar, weder richtig blond noch braun, das sie zu einem Zopf zusammengebunden trug. Melanie hatte sich kaum geschminkt und war wie immer in Jeans und Pullover gekleidet. Sie war eher unauffällig zu nennen, doch Tariq war das egal. Sie hatte andere Qualitäten. Zuallererst war Melanie Deutsche, und er hatte durch seine Ehe mit ihr innerhalb von nur drei Jahren einen deutschen Pass ergattert. Zum Zweiten verstand sie etwas vom Geschäft, hatte ein gutes Auge für Qualität, und er konnte sich darauf verlassen, dass hier im Haus alles gut lief, wenn er – wie so oft – anderweitig beschäftigt war.

Es war ein kleines Netzwerk, ein Familienunternehmen. Er wurde von seinen beiden Brüdern unterstützt, von denen der eine in Istanbul lebte und der andere zwischen Moskau und den Balkanstaaten umherreiste, natürlich ständig im Kontakt mit den Verwandten, die in Albanien geblieben waren und die ihnen mit ihren »sicheren Häusern« – wo man die Ware in Ruhe zwischenlagern, vorbereiten oder austauschen konnte – wertvolle Dienste erwiesen.

»Wie war es?«, fragte Melanie noch einmal.

Tariq hob die Schultern und folgte ihr in die Küche, wo sie ihm einen starken Mokka aufbrühte.

»Keine Probleme. Warum auch? Mirona hat in den vergangenen sechs Jahren nie Probleme gemacht. Sie ist fast jede Nacht für uns gelaufen und hat uns gutes Geld gebracht. Und jetzt, wo sie verbraucht ist und kein Freier mehr anständig für sie zahlen will, hat sie uns zum Abschluss noch einmal dreitausend eingebracht, was will man mehr?«

Er zog den Stapel Hunderter aus der Tasche, die Herr Diemann ihm gegeben hatte.

Melanie strich über das Geldbündel. »Ja, das war ein gutes Geschäft. Sie hat nie versucht, uns zu hintergehen oder wegzulaufen, und wenn die Diemanns nichts falsch machen, wird das auch so bleiben.«

Tariq nickte und nippte an dem heißen, starken Gebräu, das nach Orient schmeckte. Nicht wie diese Brühe, die man in Deutschland als Kaffee bezeichnete.

»Du siehst, es ist, wie ich stets sage: Alles hängt von der richtigen Vorbereitung ab! Du musst dir die Richtigen aussuchen und sie entsprechend vorbereiten, dann läuft alles ohne Probleme.«

Melanie wusste genau, wovon er sprach.

»Es war ein genialer Einfall«, sagte sie. »Du hattest den richtigen Riecher.«

Tariq nickte. »Jeder hat dasselbe Problem mit seinen Nutten. Die Kunden wollen junges, unverbrauchtes Fleisch und immer wieder was Neues. Klar schickt man die Mädchen zwischen den verschiedenen Bordellen oder Wohnungen hin und her, damit sie nirgends zu lange bleiben, oder tauscht sie irgendwann aus, doch das löst nicht das Hauptproblem.«

»Sie werden alt«, ergänzte seine Frau. »Und bald will keiner mehr einen ordentlichen Preis für sie bezahlen.«

»Und dann? Wohin mit ihnen? Manche werden weggeschickt, manche hauen ab und schlagen sich in ihre Heimat durch, andere finden einen Trottel, der sie heiratet.«

»Und du hast eine Möglichkeit gefunden, sie auf elegante Weise loszuwerden und zum Abschluss noch einmal Geld mit ihnen zu verdienen!«, frohlockte seine Frau.

»Ja, ich hätte es selbst nicht geglaubt«, gab Tariq mit Staunen in der Stimme zu, »wie schnell sich ein wohlanständiger Bürger daran gewöhnt, einen Sklaven zu besitzen, mit dem er einfach alles machen kann! Und wie wenig die Umgebung daran interessiert ist, das Offensichtliche zu sehen. Was es nicht geben darf, das gibt es nicht, denn wenn man sich einmischt, bedeutet das nur Ärger.«

Melanie nickte. »Ja, auf die Gleichgültigkeit der Menschen ist Verlass. Vielleicht nur darauf«, sagte sie, und ihre Stimme klang bitter.

Peter von Borgo erwachte in seinem Sarg. Die Sonne war gerade untergegangen, die letzten Strahlen erloschen. Er konnte es spüren. Eine neue Nacht mit all ihren Verlockungen und süßen Versprechen stieg herauf. Er klappte den Deckel auf und überließ sich für einen Moment der Vorfreude. Ja, er freute sich auf diese Nacht, wie auf die Nächte zuvor. Das war nicht immer so gewesen. Jahrzehnte, nein, Jahrhunderte hatte er sich der Verzweiflung und Langeweile ergeben. War wie ein räudiger Wolf durch die Nacht gestrichen, um sich seine Opfer zu reißen, teilnahmslos, lustlos, ruhelos.

Und nun? Seine Existenz hatte sich gewandelt. War von ihr verwandelt worden. Von ihrem Duft, ihrem Blut, aber auch ihrem Eigensinn, der ihn manches Mal fast in den Wahnsinn getrieben hätte. Warum nur ließ er sich das gefallen? Warum ließ er sich locken und wieder wegstoßen? Warum gab er sich der Hoffnung hin und zügelte seine Triebe in eiserner Selbstbeherrschung?

Weil er sie wollte! Weil er seit seiner Wandlung nichts mehr so sehr begehrt hatte wie diese Frau an seiner Seite. Als Gefährtin der Nacht für alle Ewigkeit!

Ein Hauch von Besorgnis schob sich in seine Züge, und er runzelte die Stirn. Da war etwas, das ihm ganz und gar nicht gefiel. Eine Gefahr, die sich am Horizont erhob. Er hatte gedacht, auf dieser Welt würde es nichts mehr geben, das ihm Furcht bereiten könnte, doch er hatte sich geirrt. Er fürchtete sich, sie wieder zu verlieren.

Tief in seine Grübelei versunken verließ er das verborgene Kellergemach und stieg hinauf in den Salon, um die Flügeltüren zu öffnen und die frische Nachtluft hereinzulassen. Ein Hauch von verblassendem Rosa färbte die Wolken über ihm noch für einige Augenblicke, dann übernahmen die düsteren Farben der Nacht.

Peter von Borgo setzte sich an den Flügel und spielte ein wenig Beethoven und Chopin, doch die Musik befreite ihn nicht wie sonst. Die Anspannung wich nicht, und nach zwei Stücken gab er es auf, klappte den Deckel zu und schloss die Türen wieder. Wie jede Nacht verspürte er Blutdurst, und obgleich er wusste, dass in dieser Nacht kein Blut der Welt ihm seine Ruhe zurückgeben konnte, folgte er seiner Natur und machte sich auf die Suche nach einem geeigneten Opfer.

Der Vampir durchquerte den Park und strich an den Gärten der Wohlhabenden vorbei, die sich hier hinter Mauern und Hecken zurückzogen, um sich die Mühsal und die hässlichen Seiten der Welt zu vom Leib zu halten.

»Nein! Oh bitte nein!«

Eine weibliche Stimme klang an sein Ohr. Es war nicht mehr als ein unterdrücktes Flüstern, doch es klang so viel Verzweiflung in der von Tränen fast erstickten Stimme, dass der Vampir stehen blieb.

»Jetzt stell dich nicht so an«, raunte eine männliche Stimme bemüht leise, doch für die Ohren des Vampirs deutlich zu hören. Peter von Borgo drückte sich zwischen dem dichten Buschwerk in den kleinen Garten und ließ den Blick zu einem Fenster oben im Giebel wandern. Das Zimmer war dunkel, doch das Fenster stand einen Spalt weit offen. Und durch diesen Spalt wehten nun das leise Stöhnen und ein unterdrücktes Schluchzen zu ihm herab. Er konnte die beiden Menschen wittern. Da war der Schweiß der Erregung, der animalischen Lust, die dem offenbar noch jungen Mann aus allen Poren drang. Und der Schweiß der Frau, der nach harter Arbeit roch, nach Erschöpfung und Abscheu. Er witterte Verzweiflung, aber keine Angst. Eher Resignation.

»Nun mach schon«, hörte er den jungen Mann raunen. Ein Deckbett rauschte. Die Federn einer alten Matratze quietschten. Wieder stöhnte die Frau leise. Es dauerte nur einen Wimpernschlag, dann war der Vampir verschwunden. Ein Hauch von grünlichem Nebel floss die Hauswand empor und durch den Fensterspalt in das Zimmer, das fast unnatürlich sauber wirkte, so als würden die wenigen Möbel, der Boden, ja selbst die Wände täglich abgeschrubbt.

Den größten Teil des Zimmers, eigentlich war es eher eine Kammer, nahm ein Bett ein. Und auf diesem Bett drückte ein etwa Siebzehnjähriger eine Frau von vielleicht dreißig Jahren in die Kissen. Sie wehrte sich nur halbherzig, als er ihr das zerschlissene Nachthemd hochschob und sich zwischen ihre Knie drängte.

»Nein, lass mich los«, stöhnte sie, und der Vampir konnte den Widerwillen in ihren Augen sehen. Dies war ganz sicher nicht das erste Mal.

»Nun stell dich nicht immer so an«, gab der Junge zurück. »Du bist eine Hure, du hast das schon tausendmal gemacht!«

»Ich bin keine Hure mehr«, wimmerte sie.

»Ist doch egal!«

Vielleicht wollte sie etwas erwidern, aber da erfasste ihr Blick die schattenhafte Gestalt, die sie aus roten Augen betrachtete. Ihr Mund blieb offen stehen, doch es kam kein Ton heraus. Angst zuckte durch ihre Glieder. Ihr Widerstand erlahmte. Ihre Knie fielen zur Seite. Doch ehe der Junge in sie eindringen konnte, packte ihn eine eiserne Hand am Hals und zog ihn mit einem Ruck vom Bett.

Dann hing er zappelnd im Griff des Vampirs, nur mit seinem kurzen T-Shirt bekleidet. Seine noch vor einem Augenblick stolz emporgereckte Männlichkeit schnurrte zu einem Nichts zusammen. Mit weit aufgerissenen Augen starrte er den Vampir tonlos an.

Was für ein widerliches Würstchen! Es war eher ein Gefühl von Abscheu denn von Lust, als er ihm in den Hals biss und sein Blut in seinen Mund sprudeln ließ. Er trank, bis er merkte, wie sein Opfer erschlaffte, dann öffnete er die Tür und warf den Jungen achtlos auf den Flur hinaus. Der weiche Teppich dämpfte den Aufprall. Sollte er selbst sehen, wie er den Weg in sein Zimmer fand.

Leise schloss der Vampir die Tür und wandte sich der Frau zu, die ihn noch immer stumm ansah.

»Wer sind Sie?«, hauchte sie mit einem starken russischen Akzent. Hastig zog sie sich das Nachthemd über ihre Blöße.

Vielleicht war sie einmal hübsch gewesen. Sie war groß und hatte lange Beine. Mit ihrem hellen Haar und dem schlanken Körper konnte er sich gut vorstellen, wie ihr die begehrlichen Männerblicke gefolgt waren. Früher, vor etlichen Jahren. Heute würde ihr keiner mehr hinterhersehen.

»Mein Name ist Peter von Borgo, und wer sind Sie?«

»Fjodora«, sagte sie leise. »Ich komme aus Weißrussland, aber das ist schon sehr lange her. Wo kommen Sie her, und was machen Sie hier?«

Der Vampir lachte leise. »Ich komme aus Rumänien«, sagte er, obwohl er wusste, dass sie ihre Frage nicht so gemeint hatte. »Aber das ist noch viel länger her. Ich kam zufällig vorbei, und mir schien, Sie könnten meine Hilfe gebrauchen.«

Die Frau in ihrem verwaschenen Nachthemd schüttelte den

Kopf. »Ich glaube nicht, dass man mir noch helfen kann. Früher vielleicht einmal …«

»Von Weißrussland ist es ein langer Weg hierher«, sagte er.

Sie überlegte. »Nein, eigentlich nicht. Ein einziger falscher Schritt genügt, und schon gibt es kein Zurück. Ich war vierzehn und sehr dumm, als ich mich in einen Jungen verliebte. Eines Tages ging ich mit ihm nach Hause. Sein älterer Bruder war auch dort und mit ihm drei seiner Freunde. Ich war damals schon groß, mein langes Haar war mein ganzer Stolz, und ich genoss die begehrlichen Blicke der Männer.«

Sie schwieg, und der Vampir spürte, wie sie zurück in die Vergangenheit glitt. Vielleicht hatte sie noch nie über ihr Schicksal gesprochen. Doch jetzt, im Schutz der Dunkelheit und unter dem Einfluss seiner Magie, brach der Damm.

»So naiv!«, sagte sie leise. »Sie schickten Andrej hinaus. Dann fielen sie über mich her. Einer nach dem anderen. Jegor sagte danach, ich würde etwas taugen. Sie schlossen mich ein, bis es dunkel war, dann brachten sie mich zu einem Auto und fuhren mich zu einer fremden Wohnung, wo es noch mehr junge Mädchen gab, denen es ähnlich ergangen war wie mir. Am nächsten Tag wurden einige von uns nach Moskau gebracht. Wieder eine Wohnung, wieder andere Mädchen und fremde Männer, denen wir uns fast nackt zeigen mussten, dass sie uns von allen Seiten ansehen und anfassen konnten. Sie haben mich und zwei andere gekauft. Dann nahmen sie uns mit. Ich habe in vielen Bordellen und versteckten Wohnungen gearbeitet. Dreimal wurde ich weiterverkauft, bis ich dann zu Tariq nach Deutschland kam. Für ihn und seine Frau Melanie habe ich sieben Jahre lang gearbeitet. Ein Mädchen hat mir gesagt, die Wohnung wäre nur einen Steinwurf von der berühmten Reeperbahn entfernt, doch ich habe sie nicht gesehen. Ich habe die Wohnung nie verlassen. Selbst als ich schwanger wurde und mein Kind abtreiben lassen musste, brachten sie den

Arzt in die Wohnung, und zwei Tage später musste ich schon wieder arbeiten. Ich war sechsmal schwanger!« Wieder schwieg sie eine Weile, ehe sie die Kraft fand, weiterzusprechen.

»Melanie empfing die Männer und teilte sie uns zu. Sie sagte, was wir mit ihnen machen sollten, und kassierte das Geld. Einen Lohn haben wir nie bekommen. Selbst die, die freiwillig mitgekommen sind, weil ihnen eine Arbeit in einem Restaurant oder als Kindermädchen versprochen worden ist. Wir alle mussten unseren Kaufpreis abarbeiten oder die Kosten für Schleuser, für einen Pass, für das Visum und die Reise. Dazu kamen Miete, Essen, Kleider. Es blieb nie etwas für uns, und wenn wir etwas brauchten, besorgte Melanie es und schrieb einen Preis dafür in ihr Buch. Ich wusste, dass ich nie frei sein würde.«

Sie zog sich die Decke bis an den Hals, doch der Vampir ahnte, dass es nicht die Kühle der Nachtluft war, die sie frösteln ließ.

»Wie sind Sie hierhergekommen?«, fragte Peter von Borgo nach einer Weile.

»Sieben Jahre war ich bei Tariq. Innerlich war ich längst gestorben, doch mein Körper funktionierte noch und bot sich Nacht für Nacht den Männern an, die kamen, ihre Lust an ihm abreagierten und wieder fortgingen. Wir haben täglich geduscht, doch die vielen Männer lassen Spuren zurück, erst in der Seele, dann in unseren Gesichtern und auf unserem ganzen Körper. Es hat lange gedauert, doch irgendwann war ich nicht mehr gefragt. Die Freier bevorzugten die jungen Mädchen, die noch nicht so lange da waren. Sie waren hübscher und vielleicht gaben sie sich auch mehr Mühe. Es gibt viele Männer, die wollen Sex, als wäre man ihre Freundin daheim, mit küssen und streicheln und ohne Kondom. Man muss sie überzeugen, dass man sie begehrt und sie toll findet. Ich konnte das nicht mehr. Jedenfalls sank mein Preis, das hat Melanie mir bald jede Nacht vorgeworfen, und ich bekam nur noch die, denen es nicht wichtig ist, dass die Hure so tut, als würde es ihr Spaß machen. Es gibt auch viele Männer, die wollen dich leiden sehen, die macht es erst richtig an, wenn sie Angst, Hass oder Leid in deinen Augen erkennen. Sie sind grob oder auch richtig gewalttätig. Vielleicht haben die ständigen Schmerzen den Rest von mir getötet. Doch wenn die Seele tot ist, dann verdirbt auch der Körper. Ich war schön, damals, jetzt bin ich eine alte Frau. Und doch erst sechsundzwanzig Jahre alt. Für so jemanden wie mich war in Tariqs Haus kein Platz mehr. Er hat sich ein neues Mädchen aus Bulgarien kommen lassen und mich dafür hierhergebracht. Ich sollte den Haushalt führen und auf das Kind aufpassen.«

Einen Moment leuchteten ihre Augen. »Anja ist jetzt vier. Manchmal ist es, als hätte ich ein eigenes Kind. Ich mache alles hier im Haus, denn Frau Fichtner wollte so schnell wie möglich wieder arbeiten gehen. Sie wollte die Kleine gar nicht mehr, nachdem Bent schon dreizehn war, als sie auf die Welt kam.« Der Gedanke an den Jungen, der jetzt nachts in ihr Bett kam, um sie zu missbrauchen, ließ sie schlucken.

»Ich will das nicht mehr«, stieß sie hervor. »Ich arbeite den ganzen Tag. Ich schrubbe das Haus vom Dach bis zum Keller, mache Gartenarbeit und passe auf Anja auf. Das mache ich alles, aber nachts will ich ihnen nicht auch noch zur Verfügung stehen!« Tränen standen in ihren Augen.

»Ihnen? Der Vater auch?«

Sie nickte. »Wenn seine Frau auf Geschäftsreise ist. Sie arbeitet bei irgendeiner großen Firma und ist oft mehrere Tage weg. Dann holt sich Herr Fichtner, was ihm seiner Meinung nach zusteht. Schließlich hat er mich gekauft.«

»Warum gehen Sie nicht einfach weg?«, erkundigte sich der Vampir. »Sie sind hier nicht eingeschlossen. Die Familie ist tagsüber nicht da. Was hält Sie auf?«

Fjodora starrte ihn an, als habe er den Verstand verloren.

»Wohin sollte ich denn gehen? Ich habe nichts und niemanden, der mir helfen könnte. Ich habe nicht einmal einen Pass. Ich bin illegal hier!«

»Dennoch könnten Sie zur Polizei gehen. Sklavenhaltung ist schon seit vielen Jahren verboten, soweit ich informiert bin.«

»Wen kümmert das? Die Polizei schützt die Frauenhändler und Zuhälter. Sie lassen sich bezahlen oder sind selbst Kunden in den Bordellen. Was glauben Sie, wie viele Polizisten ich in meinem Leben schon gesehen habe? Ich habe sie bedient, wie alle anderen Freier auch. Ich habe welche erlebt, die entflohene Mädchen zurückbrachten und sich von den Bordellbesitzern dafür haben bezahlen lassen. Ich sah welche, die Mädchen verprügelt haben, und ich habe gehört, wie es in den Gefängnissen zugeht. Schlimmer als im schrecklichsten Hinterhausbordell!«

Peter von Borgo dachte an die Länder des Balkans, die er schon bereist hatte. Ja, das konnte er sich lebhaft vorstellen, aber hier in Deutschland? Sicher gab es auch hier das eine oder andere schwarze Schaf, doch die Polizei als Ganzes war nicht korrupt und bestechlich.

»Ich kenne selbst einige Beamte der Kriminalpolizei. Sie sind vertrauenswürdig«, versicherte er ihr.

»Und wie erklären Sie es sich dann, dass jedes Mal, wenn eines von Tariqs Mädchen zu fliehen versucht, zwei Polizisten in Uniform kommen und sie vor aller Augen schlagen und vergewaltigen? Ich habe es mehr als einmal erlebt! Sie arbeiten für Tariq. Man kann ihm nicht entkommen. Und selbst wenn. Wohin sollte ich gehen? Nach Weißrussland? Ich habe keine Heimat mehr, keine Familie. Für sie bin ich längst tot, und das ist besser, als wenn sie von meiner Schande wüssten. Es gibt keinen Ort, an den ich zurückkehren könnte.«

Peter von Borgo erhob sich.

»Überlegen Sie es sich. Gibt es denn gar nichts mehr, das Sie sich wünschen?«

»Schlaf«, hauchte Fjodora. »Ich möchte schlafen, ganz tief und ohne die schrecklichen Träume, die mich Nacht für Nacht quälen.«

»So soll es sein.« Der Vampir beugte sich vor. Ihr Blick verschleierte sich. Sanft bog er ihren Kopf zurück, dass sie ihm ihre pulsierende Lebensader bot. Er konnte es nicht abstreiten. Die Angst und Verzweiflung erregten ihn, und es drängte ihn, ihr Blut zu kosten. Doch er wusste um ihre Schwäche und würde sich zurückhalten, um ihr nicht auch noch zu schaden. Nur wenige Schlucke, dann ließ er sie zurücksinken und bettete sie zur Ruhe. Sie würde schlafen, tief und traumlos. Und dennoch würde es kein erfrischtes Erwachen geben, musste er mit Bedauern zugeben. Zumindest würde der Junge noch viel schwächer sein und sie viele Tage nicht mehr belästigen können!

Was war das?

Ein Geruch stieg ihm in die Nase, der ihn die Stirn runzeln ließ. Gefühle überschwemmten ihn und brachten sein Blut in Wallung.

Der Vampir war noch ein wenig durch das nächtliche Blankenese gezogen und hatte über diese seltsame Begegnung nachgedacht, als sein Schritt ihn wieder in die Nähe seiner Villa am Baurs Park zog. Langsam ging er weiter, aufmerksam witternd. Er schob das Gittertor auf und umrundete das Haus.

Was hatte das zu bedeuten? Musste er sich Sorgen machen? Sollte er der Sache nachgehen oder lieber abwarten?

Er trat noch ein Stück näher, als ihm *ihr* Geruch in die Nase stieg. Sabine? Sie war heute hier gewesen? Er beugte sich zu ihrer Fährte herab, die ihm süß und verlockend in die Nase stieg.

Nein, sie war gekommen, aber nicht wieder gegangen. Peter von Borgo stieß die Tür auf und eilte in die Halle. Im Haus war es dunkel und still, und doch musste sie irgendwo hier in der Nähe sein. Er konnte sie nicht nur wittern, er spürte sie mit jeder Faser seines zitternden Körpers. Drei Stufen auf einmal nehmend stürzte er die Treppe hinauf. Ihre Spur führte in eines der Schlafzimmer. Fast zaghaft öffnete er die Tür.

Da lag sie in dem großen Himmelbett und schlief. Er konnte die Umrisse ihres warm leuchtenden Körpers sehen. Ihre Brust, die sich bei jedem Atemzug hob und senkte. Das Verlangen, das ihn überfiel, war so groß, dass es ihn am ganzen Körper schüttelte, dennoch ging er gemessenen Schrittes zum Bett hinüber und setzte sich neben sie. Er legte ihr seine Hand an die Wange und spürte, wie sie erschauderte. Ein wohliger Seufzer entrann ihren halb geöffneten Lippen, dann schlug sie die Augen auf.

»Peter«, hauchte sie und lächelte. »Ich habe von dir geträumt. Es war ein schöner Traum.«

Sie gähnte und richtete sich halb auf. Langsam wurde sie wach.

»Wie spät ist es? Ich wollte dich besuchen, aber du warst schon weg, und irgendwann bin ich dann müde geworden.«

»Die Nacht ist längst noch nicht vorüber«, versicherte er ihr. »Ich bin untröstlich, dass ich dich warten ließ, doch ich hatte eine interessante Begegnung gleich hier in der Nachbarschaft. Seltsame Dinge gehen vor, ohne dass ich davon wusste. Und dabei hätte ich schwören können, dass ich ein guter Beobachter bin, dem so leicht nichts entgeht.« Er schüttelte den Kopf. »Nein, vielleicht würde ich doch keinen guten Kommissar abgeben, wenn mir so etwas so lange verborgen blieb.«

Sabine setzte sich auf und schlang die nackten Arme um ihre Knie. Sie trug nur ihren BH und ein dünnes Spitzenhemdchen, dessen einer Träger verführerisch über die Schulter gerutscht war.

»Ich wusste gar nicht, dass du dich bei uns bewerben wolltest«, scherzte sie, doch der Vampir schüttelte mit ernster Miene den Kopf.

»Nein, das nicht, aber wenn dich ein bewegtes Frauenschicksal interessiert, dann würde ich dir einen Besuch bei den Fichtners am Mühlenberg empfehlen.«

»Was erwartet mich dort?«, wollte die Kommissarin wissen, doch Peter von Borgo war nicht bereit, mehr zu verraten.

»Lass dich überraschen und vertraue deinen Instinkten. Dann berichte mir, was du von der Sache hältst.«

Damit war das Thema für ihn erledigt. Und da er Sabine nun in seine Arme zog und ihren Nacken küsste, drängte sie ihn nicht weiter, sondern überließ sich nur allzu bereit seinem Verlangen. Sie schlang ihre Arme um ihn und erwiderte seine erst zärtlichen, dann leidenschaftlichen Küsse.

»Du wirst nichts Unüberlegtes tun?«, stieß sie zwischen einem Stöhnen und einem Seufzer der Lust hervor.

»Unüberlegt? Oh nein!«, knurrte er. »Ich denke seit mehr als einem Jahr an nichts anderes!«

Sabine versuchte, ihn mit einem Ausruf der Entrüstung von sich zu stoßen. »Nein! Ich muss erst diese Fälle lösen, und ich habe eine Tochter. Ich werde Julia nicht im Stich lassen!«

»Die Reihenfolge ist interessant«, spottete der Vampir mit einem unterdrückten Seufzer, ehe er sie wieder küsste. Er streifte ihr Hemdchen und den BH ab und ließ seine Lippen über ihre Brüste wandern.

»Nein«, hauchte sie noch einmal und krallte ihre Finger in sein Haar. Sie wusste, dass er mit ihr spielte und sie sich gar nicht wehren konnte, und dennoch war seine Macht auch ein Teil des Reizes dieses Spiels – wenn es denn noch eines war.

»Bitte«, flehte sie zwischen zwei Küssen, die ihr den Verstand zu rauben drohten.

»Keine Angst, meine Liebste«, hauchte er in die Kuhle zwischen ihren Hüftknochen und dem straffen Bauch. »Du wirst nicht endgültig sterben. Nicht heute Nacht. Es ist nur ein winziger Tod, der uns Erlösung von der Qual der Lust bringt. Ich verspreche dir, ich werde mich zügeln.«

Sabine wusste, dass er ihr Blut begehrte, vielleicht noch mehr, als sie seinen Körper. Sie wollte ihn auf sich, um sich und tief in sich spüren. Seine Haut, seine Lippen, seine Hände und noch mehr! Er war nicht nur ein Vampir, er war ein Mann, und sie konnte sein aufgerichtetes Geschlecht deutlich spüren.

Sie spreizte die Beine und zog ihn zu sich. Es war wie Feuer und Eis in einem, als er in sie drang. Er wusste, was sie begehrte, und schürte ihre Lust, bis sie zur Qual wurde, die nach Erlösung schrie. Vermutlich litt er viel mehr als sie, doch er zögerte den Moment immer weiter hinaus, bis sie fordernd mit den Fäusten auf seinen Rücken trommelte. Im Moment der Ekstase ritzte er ihr die Haut, sodass ihm ein paar Blutstropfen über die Lippen perlten.

Nein, das war zu wenig. Viel zu wenig! Seine Zähne fuhren in ihren Hals. Ihr Blut schoss ihm in den Mund. Wie herrlich! Wie unvergleichlich! Viel zu lange hatte er sich diesen Genuss versagt.

Sabine öffnete die Augen und sah ihn an.

Er hatte ihr versprochen, sich zurückzuhalten, bis sie ihm das Geschenk freiwillig bot. Sie musste es aus eigenem Willen tun, oder er würde alles verlieren! Es kostete ihn fast den Verstand, doch sein eiserner Wille war stärker als die Lust. Vorsichtig löste er seine Zähne aus ihrem Hals. Ein letzter köstlicher Tropfen rann warm über ihre weiße Haut.

»Schlaf jetzt, mein Lieb«, hauchte er und küsste ihre Lippen. Ihre Lider sanken herab. Die ganze Nacht hielt er sie in den Armen und wachte über ihren Schlaf. Erst als die Sonne sich dem Horizont näherte, bettete er sie unter die warme Decke und zog sich in sein Kellerversteck zurück.

Kapitel 11

Ein drittes Opfer

Sabine räkelte sich, noch halb in ihren Träumen gefangen, wohlig in dem breiten Himmelbett. Die ersten Sonnenstrahlen tauchten das Schlafzimmer in goldenes Licht. Sie tastete nicht nach dem Mann an ihrer Seite. Sie wusste, dass er sich bereits zurückgezogen hatte, um in seinem einsamen, finsteren Sarg den Tag zu überdauern.

Was war das für ein Leben, immer nur in der Dunkelheit der Nacht? Würde sie selbst sich damit abfinden können? Einem Dasein ohne Sonne, Wärme und Farben? Konnte man das überhaupt Leben nennen? Sie wusste, dass der Vampir auf ihre Entscheidung wartete – auf sie wartete, um seine Ewigkeit mit ihr zu teilen, doch sie war noch nicht dazu bereit.

Würde sie es je sein?

Wann? Wenn sie alt geworden war und das Leben ihr nichts mehr zu bieten hatte? Doch würde er sie dann noch wollen? Ihren Körper noch begehren?

Sabine schob die Gedanken beiseite. Heute gab es andere wichtige Dinge, die ihre Aufmerksamkeit verlangten. Sie musste ins Präsidium und diesem Dr. Reißenberger noch einmal zu Leibe rücken. Und im Fall Ileana waren sie auch noch nicht weitergekommen.

Da fiel ihr ein, dass Peter sie gebeten hatte, bei dieser Adresse in Blankenese vorbeizusehen. Das konnte sie gleich heute Morgen machen, ehe sie ins Präsidium fuhr. Wie spät war es überhaupt?

Mit einem mulmigen Gefühl nahm sie die Sonnenstrahlen wahr, die das Zimmer hell erleuchteten. Sabine angelte nach ihrer Armbanduhr. Es war schon nach acht. Verflucht!

Mit einem Satz war sie aus dem Bett und musste sich gleich an dem Pfosten festhalten, der den Betthimmel trug. Schwindel erfasste sie, und ihre Knie fühlten sich unnatürlich schwammig an. Natürlich, der Blutverlust. Sie konnte sich einfach nicht daran gewöhnen, dass sie jede Liebesnacht mit ein paar Tagen Schwäche bezahlen musste. Was hatte sie sich nur dabei gedacht, ihn in seinem Bett zu empfangen?

Sabine blinzelte heftig und konzentrierte sich auf ihre Beine. Sie musste los! Frühstücken konnte sie unterwegs. Zwei warme Rosinenbrötchen vom Bäcker und ein Tee Marke Sönke spezial würden sie schon wieder auf die Beine bringen.

Sabine schlüpfte in ihre Sachen vom Vortag, wusch sich das Gesicht kalt ab und strich sich mit der Bürste durchs Haar. Und schon war sie auf dem Weg zu der Adresse, die der Vampir ihr genannt hatte. Sie brauchte sich ja nur ganz kurz dort umzusehen. Wenn ihr etwas seltsam vorkommen sollte, könnte sie sich später darum kümmern. Von unterwegs würde sie die Kollegen anrufen und sagen, dass es etwas später werden würde. Mit Ausnahme von Thomas zählten ihre Kollegen auch nicht gerade zu den Frühaufstehern, und Uwe kam regelmäßig erst um halb zehn – womit er sich regelmäßig eine Rüge des Hauptkommissars einhandelte.

Sabine fuhr den Baurs Weg entlang und bog in die Elbchaussee ein. Sie hatte den Mühlenberg gerade erreicht, als ihr Handy klingelte.

Thomas, verriet ihr das Display, natürlich. Er wollte wissen, wo sie blieb.

»Sorry«, meldete sie sich. »Ich muss noch was erledigen, doch dann bin ich bald da. Was? Wo soll das sein?« Sie hielt den Wagen an, den Blick auf das Straßenschild gerichtet.

»Mühlenberg«, wiederholte sie, und sie wusste den Namen, noch ehe der Hauptkommissar ihn aussprach.

»Fichtner«, murmelte sie. »Ja, ich kann direkt dorthin kommen. Bin sowieso gerade in Blankenese.«

Sie legte auf und suchte sich einen Parkplatz in der Nähe des Hauses. Wütend sprang sie aus dem Wagen und schlug die Tür mit einem Knall hinter sich zu. Was hatte er zu ihr gesagt? Irgendetwas von einem Frauenschicksal, das sie interessieren könnte. Schönes Schicksal! Dass sie hier eine Leiche finden würde, hatte er ihr verschwiegen.

Die Gartentür war nur angelehnt. Sabine stieß sie auf und strebte auf die Haustür zu, hielt dann jedoch inne. Links von ihr stand eine Frau unter einem alten Apfelbaum, dessen Blätter sich bereits gelb zu verfärben begannen. Sie trug einen Mantel, den sie eng um sich geschlungen hielt, doch die Kommissarin vermutete, dass es nicht die Kühle des Herbstmorgens war, die sie frösteln ließ. Mit einem Ausdruck des Entsetzens starrte sie auf eine zweite Frauengestalt herab, die zu ihren Füßen lag. Die verrenkten Glieder machten unzweideutig klar, dass sie tot sein musste. Langsam kam die Kommissarin näher, wobei sie den Blick aufmerksam schweifen ließ. Nichts durfte jetzt ihrer Aufmerksamkeit entgehen.

Die Frau im Mantel hatte sie entdeckt und wandte sich ihr mit einem abweisenden Ausdruck zu. »Wer sind Sie und was wollen Sie?«

Sabine kramte in ihrer Jackentasche nach Ausweis und Marke. »Kriminalpolizei, mein Name ist Berner.«

Die Frau sah sie verwundert an. »Sie sind aber schnell.«

Sabine nickte knapp. »Ich war in der Nähe, die Kollegen und die Spurensicherung sind auf dem Weg. Wenn Sie bitte zurücktreten und mir sagen würden, wer Sie sind?«

»Fichtner, Angelika Fichtner, ich wohne hier mit meinem Mann und unseren beiden Kindern. Ich habe die Polizei verständigt. Als ich die Zeitung holen wollte, habe ich sie gefunden.« Sie nickte in Richtung der Toten, wandte den Blick aber gleich wieder mit einem Schaudern ab.

Die Kommissarin trat näher, um sich davon zu überzeugen, dass die Frau im Gras wirklich tot war, doch sie hielt mitten in der Bewegung inne, als ihr Blick auf die aufgeschlitzte Kehle fiel. Und ob sie tot war! Diese Handschrift hatte sie schon zwei Mal gesehen. Ein Serienmörder, also doch. Sie hatte so etwas bereits geahnt, es aber nicht wahrhaben wollen. Auch jetzt dachte sie lieber nicht daran, wie kurz die Abstände zwischen den Morden waren. Nein, das war nicht gut. Denn dieser Killer würde wieder zuschlagen. Bald schon. Gewöhnlich wurden die Intervalle zwischen den Morden eher kürzer als länger.

»Können Sie mir sagen, wer die Tote ist?«

Für einen Moment hatte Sabine den Eindruck, Frau Fichtner wolle das verneinen. Dann würde sie sich freilich die Frage gefallen lassen müssen, was die Frau nur mit einem Nachthemd bekleidet in ihrem Garten zu suchen hatte.

Frau Fichtner schluckte, dann nickte sie. »Sie heißt, ich meine, sie hieß Fjodora Pawlowa. Sie hat uns den Haushalt geführt und auf unsere Tochter aufgepasst, wenn ich arbeiten war.«

»Hat sie bei Ihnen im Haus gewohnt?«

Frau Fichtner nickte und deutete zu einem Fenster hoch. »Ja, dort oben ist ihr Zimmer.«

»Wann haben Sie sie zuletzt gesehen?«

Frau Fichtner überlegte. »Es muss gegen elf gewesen sein. Sie hat noch die Küche aufgeräumt, als ich ins Bett ging.«

»Und dann haben Sie sie heute Morgen so gefunden?«

Sie nickte. »Ja, als ich die Zeitung hereinholen wollte.«

Sie schwiegen beide und sahen auf die Tote herab.

»Wollen Sie denn gar nichts tun?«, erkundigte sich Frau Fichtner dann mit schriller Stimme.

»Sie ist tot und die Ursache ist nicht natürlich«, gab die Kommissarin ruhig zurück. »Mehr muss ich im Augenblick nicht wissen. Erst muss ein Gerichtsmediziner die Leiche untersuchen.«

Da fiel ihr etwas ins Auge. Täuschte sie sich? Entgegen ihrer Aussage trat sie an den Kopf der Toten heran und ließ sich in die Hocke sinken. Was zum Teufel war das? Sie sah den tiefen und glatten Schnitt, der nur am Rand etwas ausgefranst war. Doch seitlich über der Wunde waren zwei Punkte zu sehen, die ihr sehr bekannt vorkamen.

Verdammt! Sie wusste keine Flüche, die deftig genug waren, um das auszudrücken, was sie empfand. Gestorben war die Frau sicher an der brutal durchschnittenen Kehle, doch davor hatten sich die Zähne eines Vampirs in ihren Hals gebohrt und ihr das Blut ausgesaugt. Sabine spürte etwas wie Schmerz. Der Vampir war heute Nacht hier bei der Toten gewesen, das hatte er ihr zu verstehen gegeben. Deshalb hatte er sie ja hierhergeschickt. Wann aber hatte er sie gebissen und ihr Blut getrunken? Ganz sicher nicht, nachdem ihr die Kehle durchgeschnitten worden war! Aber wenn er vorher hier gewesen war, wie konnte er dann von dem Mord wissen? Hatte er ihn gar beobachtet und war nicht eingeschritten?

Ein noch schlimmerer Verdacht drängte sich ihr auf, doch sie weigerte sich, den Gedanken weiterzudenken. Das Motorengeräusch vor der Hecke schreckte sie auf. Zwei Fahrzeuge hielten, Türen wurden geöffnet und wieder zugeschlagen. Sie erkannte die Stimmen von Hauptkommissar Ohlendorf und von Klaus Gerret – ach nein, Robert Gerret. Er hatte sie gebeten, ihn Robert zu nennen, weil er fand, sein zweiter Vorname würde ernsthafter klingen und besser zu einem Kommissar passen. Sabine begrüßte die Kollegen lächelnd. Die Rechtsmedizinerin war ebenfalls eingetroffen und reichte ihr die Hand.

»Na, dann lassen Sie mich mal sehen.« Dr. Lichtenberg trat

näher und ließ den Blick über das Opfer schweifen. Sie zog sich ein paar Handschuhe an und ließ sich in die Hocke sinken.

»Es kommt mir so vor, als hätte ich das alles schon mehr als einmal gesehen.«

Sabine nickte. Das Lächeln war einer grimmigen Miene gewichen.

Dr. Lichtenberg besah sich die Wunde. »Sie ist nicht hier ermordet worden. Es ist kein Blut im Gras zu sehen.«

Sie schob das Nachthemd hoch und hob die Tote ein wenig an. »Den Totenflecken nach zu urteilen, ist sie nicht allzu lange nach ihrem Tod hierher gebracht worden.« Sie drückte erst schwach, dann immer kräftiger auf die lila verfärbten Flecken an Schenkel und Rücken. »Die Totenflecken sind noch recht leicht wegdrückbar. Außerdem ist die Totenstarre noch nicht vollständig eingetreten. Ich würde sagen, sie ist noch keine zehn Stunden tot.«

Sabine sah auf die Uhr. Jetzt war es kurz nach neun. Was hatte Peter von Borgo vor zehn Stunden getan? Sie war bei ihm in seiner Villa nur ein paar Minuten entfernt von hier gewesen, und er?

Nachdem die Rechtsmedizinerin die Temperatur der Toten gemessen hatte, grenzte sie den Todeszeitraum weiter ein: Zwischen zwei und vier Uhr nachts ist der Tod eingetreten.

»Nein, Herr Gerret, genauer kann ich es im Augenblick nicht sagen«, blockte sie die Frage des jüngeren Kollegen ab.

»Und, war es dieselbe Waffe?«, bohrte er stattdessen nach.

»Dieselbe Waffe in derselben Hand?«, ergänzte sie und schüttelte mit einer strafenden Miene den Kopf. »Sie wissen, dass ich Ihnen diese Frage nicht vor der Sektion beantworten kann. Wozu müssen wir sonst Autopsien durchführen?«

»Aber es sieht doch so aus«, quengelte Robert.

»Ja, es sieht so aus«, stimmte ihm die Ärztin zu, »aber zu mehr lasse ich mich hier vor Ort nicht verleiten.«

Kurz darauf zog sie das Nachthemd wieder über die Blöße der Toten und erhob sich. »Ich wäre fürs Erste fertig. Sie können sie mir nach Eppendorf bringen lassen. Wissen Sie denn dieses Mal, wer das Opfer ist?«

Die Kommissarin nickte. »Ihr Name war Fjodora Pawlowa. Sie stammte aus Weißrussland, sagt Frau Fichtner, und lebte hier als eine Art Haus- und Kindermädchen mit der Familie zusammen. Mehr weiß ich noch nicht.«

»Außer, dass das Zimmer der Toten wohl der Tatort war«, fügte Thomas Ohlendorf hinzu, der gerade mit Frau Fichtner aus dem Haus trat. »Jedenfalls ist dort einiges an Blut zu finden.«

»Und dann wurde sie hier herausgetragen?«, wunderte sich die Kommissarin. »Warum?«

Ihr Vorgesetzter zuckte mit den Schultern. »Noch kann ich dir darauf keine Antwort geben.«

Er schickte die Männer der Spurensicherung, die bereits in ihren weißen Overalls auf ihren Einsatz warteten, ins Haus.

»Robert, führ sie rein und bleib dann bei Frau Fichtner.«

Der junge Kommissar schmollte. »Kann das nicht Sabine machen?« Man sah ihm an, was ihm durch den Kopf ging. Er wollte nicht das Kindermädchen spielen, während die anderen den Tatort untersuchten.

Statt einer Antwort fixierte ihn der Hauptkommissar nur mit seinem berühmten Blick, der schon ganz andere eingeschüchtert hatte.

Leise vor sich hin maulend, ging Robert zu Frau Fichtner, die etwas verloren auf einer Gartenbank saß. Sabine folgte mit etwas Abstand. Robert führte sie ins Wohnzimmer und nötigte sie dazu, einen Tee zu trinken und ihm ganz genau zu erzählen, was am Abend und in der Nacht vorgefallen war. Er erfuhr auch, dass Herr Fichtner seit gestern Morgen auf einer Geschäftsreise war und die kleine Tochter Anja bei ihrer Großmutter in Wedel übernachtet hatte. Nur Frau Fichtner und der siebzehnjährige Bent waren außer Fjodora im Haus gewesen.

»Wo ist Ihr Sohn jetzt?«

»In der Schule, denke ich. Ich war noch nicht auf, als er gegangen ist.«

»Und da hat er die Leiche nicht bemerkt?«, hakte der junge Kommissar nach.

Frau Fichtner stutzte. »Nein, offensichtlich nicht. Ich denke, es war noch zu dunkel. Ja, so muss es gewesen sein.«

Robert Gerret ließ es erst einmal dabei bewenden und notierte sich, dass er den Sohn darauf ansprechen musste.

Er warf seiner Kollegin, die noch in der Wohnzimmertür stand, einen Blick zu. Sie nickte und wandte sich ab. Robert hatte die Sache hier im Griff, daher begleitete sie Dr. Lichtenberg in das Zimmer des Opfers hinauf. Sie hatten die oberste Stufe der Treppe gerade erreicht, als sich eine Tür öffnete und ein junger Mann von vielleicht siebzehn Jahren – nur mit T-Shirt und Schlafanzughose bekleidet – herausgewankt kam. Das dunkelblonde Haar stand ihm wirr vom Kopf ab. Er hatte Mühe, die Augen offen zu halten.

»Was ist denn hier los?«, fragte er undeutlich und torkelte auf die beiden Frauen zu. »Wer sind Sie?

»Dr. Lichtenberg von der Rechtsmedizin und Oberkommissarin Berner, LKA, Fachdirektion Tötungsdelikte.«

»Was?« Er starrte sie an. Sein Gehirn arbeitete anscheinend noch nicht sehr schnell. Langsam veränderten sich seine Züge von Verwirrung in Entsetzen. »Ist jemand tot?«

»Gut kombiniert«, sagte die Rechtsmedizinerin trocken. »Und wer sind Sie?«

»Ich schätze einmal, wir haben es mit Bent Fichtner zu tun«, antwortete die Kommissarin an seiner statt.

»Wer ist denn tot?«

»Ihr Haus- oder Kindermädchen Fjodora«, informierte ihn die

Kommissarin. »Sie wurde ermordet.« Gespannt beobachtete sie seine Reaktion.

Der junge Mann riss seine blauen Augen weit auf. »Das kann nicht sein. Gestern war noch alles in Ordnung!«, rief er fast empört und jagte offenbar wieder einigen Erinnerungsfetzen nach. Als er nur noch vor sich hin starrte, fragte die Kommissarin: »Warum sind Sie heute nicht in der Schule? Ihre Mutter war der Meinung, Sie sind dort.«

»Schule? Ach ja, heute ist Schule. Hab ich ganz vergessen. Mir geht es nicht gut. Ich bin so müde.«

Er wankte und musste sich am Treppengeländer festhalten.

Die beiden Frauen tauschten Blicke.

»Ist er auf Drogen?«, raunte Sabine der Ärztin zu.

»Könnte man fast vermuten.« Sie trat auf ihn zu und leuchtete ihm mit einer kleinen Taschenlampe in die Augen.

»Hm, die Reflexe sind normal. Der Puls ist ein wenig schwach. Wenn er was genommen hat, dann ist es vermutlich schon eine Weile her.«

»Was quatschen Sie da? Ich nehm keine Drogen. Ich war gestern nicht mal weg! Glaube ich wenigstens«, setzte er mit einem verwirrten Ausdruck hinzu. »Ich bekomm sicher die Grippe. Mir ist schwindlig, und ich fühl mich so schwach.« Und wirklich schienen seine Beine wie auf Kommando nachzugeben.

Sabine griff beherzt zu und führte ihn in sein Zimmer zurück. Hier herrschte ziemliches Chaos, und sonderlich sauber war es auch nicht: Gebrauchte Kleider lagen herum, Essensreste und schmutzige Gläser zwischen Heften und Büchern auf dem Schreibtisch. Völlig normal für das Zimmer eines Siebzehnjährigen.

Sabine verfrachtete ihn zurück in sein zerwühltes Bett.

Da sah sie es.

Sie unterdrückte ein Aufstöhnen. Möglichst unauffällig beugte sie sich vor und sah sich die Stelle an seinem Hals näher an. Kein

Zweifel! Ja, sie konnte sich gut vorstellen, wie schwach und verwirrt er sich fühlte. Das war völlig normal, wenn einem ein Vampir eine größere Menge Blut geraubt hatte.

»Soll ich ihn mir näher ansehen?«, erkundigte sich Dr. Lichtenberg.

Sabine wehrte ab. »Ich denke, das können wir seinem Hausarzt überlassen. Ich schicke Robert nachher noch zu ihm rauf, doch ich fürchte, er wird nicht viel aus ihm rauskriegen. Sehen wir uns lieber den Tatort an.«

Fjodoras Zimmer war klein und mit alten Möbeln ausgestattet, aber – bis auf das blutige Bett – sehr sauber. In einem Schrank fanden sie einige altmodische Kleidungsstücke. Sie sahen aus, als stammten sie vom Wühltisch eines Kaufhauses.

Unterdessen untersuchte die Pathologin das Bett. Als Sabine sich vom Schrank abwandte, stand Dr. Lichtenberg mit in die Seite gestemmten Händen da und starrte zum Fenster.

»Was ist? Glauben Sie, unser Opfer wurde hier ermordet?«, erkundigte sich Sabine.

Sie musste die Frage wiederholen, so tief war die Ärztin in Gedanken versunken. »Was? Ach so, ja, ich bin mir sicher, dass sie hier in ihrem Bett überfallen wurde und auch hier gestorben ist, aber danach wird es seltsam.«

Die Kommissarin trat neben sie und versuchte, die Gedanken nachzuvollziehen, die Dr. Lichtenberg durcheinanderbrachten. Sie betrachtete das Bett und ließ dann den Blick erst zur Tür und dann zum Fenster wandern. Plötzlich wusste sie, was die Pathologin verwirrte.

»Wenn sie kurz nach ihrer Ermordung durch die Tür getragen worden wäre, müsste irgendwo Blut zu finden sein.«

Dr. Lichtenberg nickte mit grimmiger Miene. »Das ist richtig, doch es ist nichts zu sehen, weder hier auf dem Weg zur Tür noch draußen im Flur oder auf der Treppe.«

»Der Täter könnte es weggewischt haben. Das kann die Spurensicherung nachher feststellen.«

Dr. Lichtenberg hob die Schultern. »Ich glaube nicht, dass sie etwas finden werden. Es wäre auch absurd, nicht? Der Täter bringt sie hier um und hinterlässt eine Schweinerei, trägt sie dann nach draußen und wischt von der Tür bis zum Bett alles sauber? Warum? Und hätte ihn nicht jemand hören müssen? Frau Fichtner und Bent waren zu Hause.«

»Aber wie ist sie dann von hier in den Garten gekommen?«, sprach Sabine ihrer beider Frage aus. Mit unbehaglicher Miene ging sie zum Fenster und sah hinaus.

»Er kann sie nicht einfach dort hinuntergeworfen haben«, sagte die Rechtsmedizinerin. »Dann müsste ich irgendwelche Spuren eines solchen Sturzes an der Toten gefunden haben. Aber da ist nichts. Nicht einmal Grasflecken auf ihrem Nachthemd.«

Sie stiegen die Treppe hinunter und stellten sich unter das Fenster. Auch hier gab es auf dem Boden keinerlei Hinweise, dass ein Körper von dort oben mehrere Meter in die Tiefe gestürzt wäre.

»Es ist mir ein Rätsel«, sagte Dr. Lichtenberg und schüttelte den Kopf, dass ihr kastanienbrauner Pferdeschwanz hin- und herschwang. »Wie hat der Mörder das gemacht? Ich komme mir vor wie in einem Roman von Agatha Christie.«

»Dann sollten wir Miss Marple oder Hercule Poirot bitten, das Rätsel zu lösen«, gab die Kommissarin zurück, der es abwechselnd heiß und kalt wurde. Ihr fiel sehr wohl eine Möglichkeit ein, wie der Leichnam durch das Fenster in den Garten kommen konnte, ohne auf den Boden aufgeschlagen zu sein. Sie sah sich selbst in den Armen des Vampirs, der mehrere Meter tief in den Graben der Tiefgarage des Präsidiums hinuntersprang. So konnte es gewesen sein. So musste es gewesen sein. Sie verfluchte Peter in Gedanken. Hatte er die Frau am Abend gebissen und war dann später – nachdem er mit ihr einige Stunden in seinem Himmelbett verbracht hatte – hierher zurückgekehrt? Der Gedanke schmerzte, als würde sie erfahren, dass ihr Mann sie mit einer anderen betrüge. Warum nur?

Er war ein Vampir. Er folgte seinen Bedürfnissen, versuchte sie, sein Verhalten zu entschuldigen. Die Stunden mit ihr hatten seine Gier bloß angestachelt. Und dennoch tat es weh und kränkte sie.

Warum war er zurückgekehrt? Um Fjodora noch einmal zu beißen? Was war dann passiert? Hatte er sie tot in ihrem Zimmer gefunden und in den Garten gebracht, damit sie schnell gefunden werden konnte und nicht etwa wieder versucht werden würde, die Leiche heimlich zu entsorgen? Oder hatte sie noch gelebt, und er hatte sie erst dann gebissen? Was war schiefgegangen? Hatte er die Beherrschung verloren und sie in seiner Gier getötet? Und dann versucht, das Verbrechen zu verschleiern, um es dem Frauenmörder mit in die Schuhe zu schieben? Warum aber hatte er sie dann in den Garten gebracht?

Sabine dachte über die anderen Fälle nach, und es wurde ihr mulmig. Das passte alles nicht zusammen.

Sie sah die Rechtsmedizinerin an. »Ich komme mit Ihnen, wenn Sie nichts dagegen haben. Werden Sie Fjodora gleich obduzieren?«

Dr. Lichtenberg nickte. »Ja, diese Mordserie hat oberste Priorität.«

»Dann gehen Sie also davon aus, dass es derselbe Täter war, der auch die beiden anderen Frauen ermordet hat?«

Dr. Lichtenberg zog ein wenig die Brauen zusammen und betrachtete die Kommissarin aufmerksam. »Natürlich, Sie etwa nicht? Gibt es etwas, das mir entgangen ist?«

Sabine schüttelte den Kopf. »Sie sagten doch, dass Sie sich vor der Autopsie nicht festlegen.«

Die Rechtsmedizinerin lachte. »Touché! Jetzt haben Sie mich erwischt. Es ist gar nicht so leicht, keine voreiligen Schlüsse zu ziehen, wenn sie sich einem so aufdrängen. Gut, dann lassen Sie uns ins Institut fahren und nachsehen, ob wir mit unseren Vermutungen richtigliegen.«

Sabine suchte Thomas auf, der noch am Tatort bleiben wollte, bis die Spurensicherung fertig war. Er hatte nichts dagegen, dass sie nach Eppendorf mitfuhr. Robert versuchte noch immer, Frau Fichtner irgendetwas Neues zu entlocken. Danach würde er sich den Sohn vornehmen. Am Nachmittag wollten sie sich dann im Präsidium treffen und die bisherigen Ergebnisse besprechen. Bis dahin sollten Sönke und Uwe auch mit ihrem Verhör der Reißenbergers fertig sein, die heute nach Alsterdorf bestellt worden waren.

Dr. Lichtenberg ging ruhig und routiniert vor. Da bei staatsanwaltlich angeordneten Sektionen immer zwei Ärzte die Autopsie durchführen mussten, stand ihr heute ein jüngerer Kollege zur Seite, den die Kommissarin noch nicht kannte. Er stellte sich als Dr. Hübener vor. Sabine stand etwas abseits und beobachtete die Obduktion schweigend. Sie hörte genau zu, was Dr. Lichtenberg für das spätere Protokoll in das Mikrofon ihres Aufnahmegeräts sprach. Nur einmal, als die Ärztin von mehreren unsachgemäß ausgeführten Abtreibungen sprach, zog sie ein wenig scharf die Luft ein.

»Es gibt verschieden alte Vernarbungen, die sich überlagern. Ich denke, wir können von mindestens fünf ausgehen. Vermutlich wäre in diesem Zustand keine weitere Schwangerschaft mehr möglich gewesen.«

»Fünf Abtreibungen?«, wiederholte die Kommissarin. Die Rechtsmedizinerin sah auf.

»Mindestens, vielleicht sogar mehr. Ausgetragen hat sie keines der Kinder. Der Geburtskanal wurde nicht erweitert.«

»Wurde sie vor ihrem Tod vergewaltigt?«

Dr. Lichtenberg sah sich die Tote noch einmal genau an.

»Glaube ich nicht. An den Handgelenken gibt es zwar frische und auch ältere Hämatome, doch an der Vagina sehe ich keine Verletzungen. Es ist kein frisches Sperma vorhanden. Dennoch hatte sie in den letzten achtundvierzig Stunden Geschlechtsverkehr. Es könnte einvernehmlich gewesen sein – oder sie hat sich nicht gewehrt.«

»Ein Freund? Wir werden Frau Fichtner danach fragen.«

»Möglich, oder einer der Männer im Haus«, vermutete die Ärztin. »Das sollten wir über eine DNA-Probe abklären.«

Die Kommissarin nickte. »Ich bin mir sicher, dass unsere Leute von der Spurensicherung entsprechende Proben im Haus genommen haben.«

Sie schwiegen wieder, während Dr. Lichtenberg die inneren Organe untersuchte, eines nach dem anderen entnahm, wog und Proben für die Histologie entnahm. Dann legte sie die Organe wieder an ihren Platz. Ihr Kollege schloss mit einem schwarzen Faden den langen, y-förmigen Schnitt.

»Wie alt, schätzen Sie, ist unser Opfer geworden? Sie war doch höchstens dreißig, oder?«

Die Ärztin wiegte den Kopf hin und her. »Ich würde sagen, jünger, obgleich ihre Gesichtszüge sie ein wenig älter erscheinen lassen. Vermutlich war sie zwischen fünfundzwanzig und achtundzwanzig Jahre alt. Jedenfalls hat sie in ihrem Leben schon viel durchgemacht.«

Sabine nickte. Der Gedanke war ihr auch schon gekommen. Es entsprach ganz dem bisherigen Opferprofil.

»Und wie ist nun Ihre endgültige Beurteilung der Todesursache?«, erkundigte sich Sabine und wusste nicht recht, auf was für eine Antwort sie hoffen sollte.

»Sie meinen in Bezug auf die Tatwaffe?«

Sabine nickte. »Die Tatwaffe und die Hand, die sie geführt hat.«

Dr. Lichtenberg überlegte kurz. »Die tödlichen Halsverletzungen aller drei Frauen stimmen weitgehend überein, sodass sie wahrscheinlich vom selben Täter mit derselben Waffe ausgeführt wurden. Die Klinge ist scharf und lang, hat aber eventuell eine Kerbe oder so etwas. Zumindest ist die Wunde bei allen drei Opfern ein wenig ausgefranst. Außerdem hat das letzte Opfer noch diese beiden punktförmigen Wunden, die ein wenig wie Einstiche aussehen. Allerdings größer als Injektionen. Sie waren bei Eintritt des Todes bereits verkrustet, sodass sie einige Stunden vorher entstanden sein müssen.«

»Könnte es ein Schlangenbiss sein?«, schlug der junge Kollege vor, der bisher recht schweigsam gewesen war.

Gar nicht so weit daneben, dachte die Kommissarin, hütete sich aber, das laut auszusprechen.

»Ein Schlangenbiss?«, wiederholte Dr. Lichtenberg. »Nein, das wohl nicht. Es gibt im umgebenden Gewebe keine Spuren von Gift.«

»Und doch ist es direkt um diese Bissstelle herum unnatürlich verändert«, widersprach Dr. Hübener und sah die erfahrenere Kollegin herausfordernd an.

Die Kommissarin sagte nichts. Der junge Mann wollte sich ein wenig aufspielen und seine Grenzen testen, mehr nicht, und dennoch kam er damit der Wahrheit gefährlich nahe. Unwillkürlich schob Sabine den Kragen ihrer Bluse ein wenig höher, um die beiden Einstichlöcher zu verbergen, die denen des Opfers so verblüffend ähnelten.

»Ich würde das nicht als Bisswunde deklarieren«, widersprach Dr. Lichtenberg kühl, und Sabine war ihr für diese falsche Einschätzung dankbar.

Als Dr. Hübener die Tote mit einem Tuch bedeckte und in eines der Kühlfächer schob, verabschiedete sich Sabine von den beiden Ärzten, um ins Präsidium zurückzukehren.

Kapitel 12

Die Spur des Mörders

»Und, wie war dein Vormittag?«, erkundigte sich die Kommissarin bei ihrem Kollegen, nachdem sie Thomas Ohlendorf von der Autopsie berichtet hatte.

Sönke ließ sich mit seiner Antwort Zeit. Er kochte Tee, dabei durfte man nicht stören! Erst als er zwei Becher mit seinem starken Gebräu gefüllt und reichlich Kandis und Sahne zugegeben hatte, war er bereit, seiner Kollegin zu antworten. Er schob ihr einen der Becher hin und machte es sich dann wieder auf seinem Schreibtischstuhl bequem.

»Hatte viel Spaß mit deinem Exmann.«

Sabine zog eine Grimasse. »Höre ich da einen Hauch Sarkasmus in deiner Stimme? Der Herr Anwalt wird sich doch nicht etwa danebenbenommen haben?«

Sönke schnaubte angewidert. »Aalglatt und arrogant. Ich hätte kotzen können! Wie konntest du nur so einen Kerl heiraten?«

Sabine nippte mit versonnener Miene an ihrem Tee. »Ja, das habe ich mich auch oft gefragt. Julia ist das einzig Gute, das aus dieser Ehe hervorgegangen ist, und ich rechne ihm das nicht als seinen Verdienst an! Nur ein paar unverdorbene Gene, die rein zufällig an die Reihe kamen.«

Sönke lächelte. »Ich sehe, es brodelt noch immer ganz dicht unter der Oberfläche. Es war also doch eine weitsichtige Entscheidung unseres verehrten Gruppenchefs, dass er mir Uwe an die Seite gestellt hat.«

Sabine nickte. »Ja, ich vermute, ich wäre ihm bereits nach wenigen Minuten an die Kehle gegangen, und wir hätten nun ein paar Klagen am Hals.«

Sönke gluckste. »Nette Vorstellung, und ich gebe dir in jedem Punkt recht. Es fiel selbst mir schwer, bei seinen dreisten Lügen ruhig zu bleiben.«

»Na, dann erzähl mal«, forderte ihn die Kommissarin auf.

Der Bericht ihres Kollegen war ein wenig verworren und mit manch deftigem Kommentar versehen, wobei sie nicht alle der plattdeutschen Ausdrücke verstand. Es überraschte sie nicht im Mindesten, dass Jens mit allen anwaltlichen Schlichen versucht hatte, den Reißenbergers eine weiße Weste zu schneidern. Das war schließlich seine Aufgabe, und er verstand etwas von seinem Job. *Muss er auch, bei den Stundensätzen, die er verlangt,* dachte Sabine.

Jedenfalls hatte Jens Thorne einen Arbeitsvertrag mit der verblichenen Haushaltshilfe Yulia Siderenko aus der Tasche gezogen, von dem Sönke wohl mit Recht behauptete, die Druckerschwärze sei noch nicht einmal richtig trocken gewesen. Knapp vier Wochen sollte sie im Haushalt der Reißenbergers beschäftigt gewesen sein – mit mustergültigen Arbeits- und Gehaltsbedingungen. Bedauerlicherweise waren sie leider noch nicht dazu gekommen, sie ordnungsgemäß anzumelden, damit das mit den Steuern und den Sozialversicherungen auch seine Ordnung habe. Sie hätten noch auf ihren Pass und ihre Papiere gewartet, die jeden Tag hätten eintreffen sollen. Somit hätten seine Mandanten in gutem Glauben gehandelt, und man könne ihnen keinerlei Vorwürfe machen.

Sabine seufzte. »Wenn sich ihr Alibi nicht erschüttern lässt, kann man ihnen nicht viel anhaben. Vielleicht eine Verwarnung, dass sie Yulia nicht rechtzeitig angemeldet haben, obwohl ich jede Wette eingehe, dass sie schon wesentlich länger bei den Reißenbergers war.«

»Ich halte nicht dagegen«, wehrte Sönke ab. »Das ist alles megafaul. Warum hat sie – bis auf das Kind – nie jemand gesehen? Wo kam sie her und wann?«

»Ja, und wo sind ihre Sachen geblieben? Wir haben im ganzen Haus nichts gefunden, was auch nur einen Hinweis darauf gegeben hätte, dass sie dort gewohnt hat.«

»Das habe ich sie auch gefragt, aber die Reißenbergers – oder besser gesagt ihr Anwalt – haben auch diesen Umstand zu ihren Gunsten gewendet. Ihr sei der Koffer gestohlen worden, und nun habe sie auf ein Paket mit persönlichen Dingen aus der Heimat gewartet! So lange hätten sie Yulia eben mit dem Nötigsten ausgeholfen«, fuhr Sönke fort.

»Ach, und warum haben sie dann nach ihrer Ermordung alles in den Müll geworfen und das Zimmer geschrubbt?«, konterte Sabine, die schon wieder merkte, wie ihr die Galle hochkam.

Sönke blätterte in seinem Protokoll. »Ach, irgendwas mit Schock. Warte, hier ist es: Sie standen so unter Schock, dass sie den gewaltsamen Tod ihrer Haushaltshilfe einfach verdrängt haben.«

»Aha, und daher jede Spur von Yulia tilgten, einschließlich ihrer Leiche.«

»So ähnlich, und ich gehe jede Wette ein, dass dein Ex noch einen Psychiater anschleppt, der dieses Phänomen in einem Wust unverständlicher Begriffe erklärt und ihr Verhalten damit rechtfertigt.«

Sabine nickte. »Ja, da kommen wir nicht weiter.« Sie kaute auf ihrer Lippe. »Habt ihr den Reißenberger auch gefragt, ob er die Leiche weggeschafft hat?«

»Ja. Nachdem er eine Weile rumgedruckst hat, hat er es zugegeben.«

»Allein?«

Sönke runzelte die Stirn. »Du meinst, seine Holde hat ihm dabei geholfen? Kann ich mir nicht so recht vorstellen.«

»Stimmt schon. Aber genauso wenig kann ich mir den Herrn Doktor vorstellen, wie er die Leiche in den Teppich rollt, in seinen Wagen packt und nach Ohlsdorf rausfährt, wo er das Paket, das ja sicher mindestens sechzig Kilo gewogen haben muss, durch die Nacht schleppt und es in diesem frischen Grab verscharrt.«

Sönke hob die Schultern. »Naja, hört sich nicht sehr wahrscheinlich an, doch unter Druck machen die Leute die seltsamsten Dinge.«

Sabine konnte das nicht abstreiten, dennoch kam ihr die Vorstellung irgendwie falsch vor. »Nein, ich denke, es hat ihm jemand geholfen. Ich sehe es vor mir, wie sie heimkommen, die Leiche finden und in Panik geraten. Und jemanden anrufen, der alles wieder in Ordnung bringen soll und der auch das Entsorgen der Leiche übernimmt.«

Sönke schloss die Augen. Nach einer Weile öffnete er sie wieder und nickte. »Schon möglich, doch es wird schwer, sie dazu zu bringen, das zuzugeben. Dafür wird dein Ex schon sorgen!«

»Vielleicht ist es ihnen ganz recht, die Verantwortung abzuschieben.«

Sönke überlegte. »Dann frage ich mich, warum sie das nicht schon längst getan haben. Wäre das nicht die natürliche Reaktion?«

Sabine nickte widerstrebend. »Ja, schon, aber diese Frage können wir erst beantworten, wenn wir den geheimnisvollen Helfer gefunden haben.«

»Na, dann sollten wir mal nachprüfen, wen die Reißenbergers in dieser Nacht angerufen haben.«

»Unbedingt!«, stimmte ihm die Kommissarin zu und griff nach ihrem Telefon, um die Daten anzufordern.

»Der Name ist Reißenberger, ja, Dr. Richard und Krimhild, Harvestehude, genau. Was? Ein Festanschluss und drei Mobiltelefone? Drei? Eines geschäftlich, gut, prüfen Sie alle. Ich brauche die Anrufe vom zweiten September, sagen wir, nach dreiundzwanzig Uhr.«

Sie legte auf.

»Ich bin gespannt!«, meinte ihr Kollege.

»Und ich hoffe, dass wir mehr als die Nummer eines Handys ohne Vertrag mit so einer Prepaidkarte vom Discounter bekommen.«

»Nun sei nicht so pessimistisch. Außerdem dürfen auch Prepaidkarten nur mit Angabe der Personalien verkauft werden.«

»Theoretisch. Dass man die Dinger aber auch unter falschem Namen bekommt, weißt du genauso gut wie ich«, seufzte die Kommissarin.

»Warten wir es ab«, meinte ihr Kollege und trank seinen Becher leer.

Je näher der Abend rückte, desto mehr erfasste sie eine innere Unruhe. Das Bild des Vampirs drängte sich in ihre Gedanken. Es gab so viele Fragen, so viel zu klären. Und dann war da noch der wohlige Nachklang dieser unglaublichen Nacht, der so gar nicht zu ihrem Misstrauen passte. Sabine erwischte sich, wie sie sehnsüchtig einen Blick zum Fenster hinauswarf. Es hatte immer noch nicht begonnen zu dämmern.

Als es endlich so weit war, packte sie fast ein wenig hastig ihre Tasche und fuhr den Computer runter. Sönke hob fragend die Brauen.

»Eine wichtige Verabredung, von der du mir nichts erzählt hast?«

Sie spürte, wie sie rot wurde. »Aber nein. Das hätte ich dir doch nicht vorenthalten.« Sie sprang auf und eilte zur Tür.

»Also wenn wir bei einem Verhör wären, würde ich sagen, ich wurde soeben dreist belogen«, brummte Sönke, hob aber grüßend die Hand.

»Viel Spaß, bei was auch immer!«

»Danke«, murmelte sie und eilte hinaus.

Sie fuhr viel zu schnell! Zum Glück war recht viel Verkehr, sonst hätte sie vermutlich ernsthaft ihren Führerschein riskiert. Sabine ärgerte sich selbst über ihre Unvernunft, doch sie kam einfach nicht dagegen an. Etwas Starkes hatte in ihr die Kontrolle übernommen.

Sie erreichte den Baurs Park und parkte ihren Wagen. Sabine nahm sich nicht einmal die Zeit, ihn abzuschließen, sondern eilte auf das Tor zu. Trotz des bedeckten Himmels konnte sie spüren, dass die Sonne untergegangen war.

Wandelte sie sich etwa zum Vampir? Ihre Hand fuhr zu den beiden Wunden, die seine Zähne in ihren Hals geschlagen hatten. Es waren nicht die ersten. Kleine, vernarbte Punkte verteilten sich um die Wunde. Was ging hier vor sich? Hatte er sie belogen? Ihr die Wahl abgenommen? War es ein schleichender Prozess, der – einmal in Gang gekommen – nicht mehr aufzuhalten war?

Verwirrt schob sie das Tor auf und ging auf die Tür zu, die sich öffnete, als sie gerade die Hand nach der Klinke ausstreckte. Unvermittelt stand sie so dicht vor ihm, dass seine Aura sie einhüllte. Sabine starrte ihn an, unfähig, sich zu bewegen oder auch nur ein Wort zu sagen. Den Vampir dagegen konnte anscheinend nichts überraschen. Er verbeugte sich galant.

»Guten Abend, meine Liebe, ich hätte nicht gedacht, dich so schnell wiederzusehen. Ich hoffe, dir geht es gut?«

Er wich zurück und ließ sie eintreten, wobei sie nicht das Gefühl hatte, als würden ihre Beine ihr gehorchen. Dennoch wurde ihr Kopf langsam wieder klarer.

»Was hast du mit ihr gemacht?«, stieß Sabine hervor.

»Mit wem?«, erkundigte sich Peter von Borgo höflich.

»Fjodora, die Frau am Mühlenberg, zu der du mich geschickt hast.«

Der Vampir hob ein wenig die Brauen. »Gemacht? Nichts Besonderes, warum?«

Er führte sie in den Musiksalon und nötigte sie, auf dem Sofa Platz zu nehmen.

»Ach ja, für einen Vampir ist es ja nichts Besonderes, einen Menschen auszusaugen! Aber ihr danach die Kehle durchzuschneiden? Und warum hast du anschließend ihre Leiche in den Garten gelegt?«

Peter von Borgos rote Augen weiteten sich. »Ich muss zugeben, jetzt bin ich überrascht und ein wenig verwirrt. Wenn ich deine Aussage richtig deute, dann ist sie tot?«

Sabine nickte. Seine Überraschung wirkte echt. Hatte er wirklich nichts davon gewusst?

»Ich wollte, dass du dich mit ihr unterhältst. Ihre Geschichte hätte dich vielleicht interessiert. Und nun ist sie also tot. Ermordet, wie die anderen Frauen?«

Sabine nickte. »Du hast wirklich nichts damit zu tun?«, drängte sie. »Ich habe deinen Biss gesehen!«

Der Vampir hob die Schulter. »Natürlich habe ich von ihrem Blut gekostet, doch als ich sie verließ, war sie am Leben und nicht einmal sonderlich geschwächt.«

»Aber dem Jungen hast du ganz ordentlich zugesetzt! Er war heute Morgen sehr schwach und verwirrt.«

»Das war zu vermuten«, erwiderte der Vampir kalt. »Er kann von Glück sprechen, dass ich ihn am Leben ließ.«

Da war unterdrückter Zorn in seinen Augen.

»Was hat er dir getan?«, erkundigte sich die Kommissarin.

»Mir? Nichts! Was könnte mir so ein Jüngling anhaben? Nein, ich schätze es nur nicht, wenn Männer sich Frauen gegen ihren Willen aufdrängen.«

»Was?« Sabine schaltete sofort. »Er hat Fjodora vergewaltigt? Aber Dr. Lichtenstein hat keine Spuren einer Vergewaltigung gefunden. Nur Hämatome an ihren Handgelenken.« Sie hielt inne. »Du hast es verhindert, nicht wahr?«

»Ja, es war mir vergönnt, dem Hilferuf der Dame rechtzeitig zu folgen. Umsonst, wie mir scheint …«

»Jedenfalls ist sie jetzt tot. Meinst du, dieser Junge könnte sich nachher an ihr gerächt haben?«

Peter von Borgo schnaubte verächtlich. »Nein, das halte ich für ausgeschlossen.«

Sabine nickte. So, wie sie Bent am Morgen erlebt hatte, konnte sie sich auch nicht vorstellen, dass er in dieser Nacht überhaupt noch einmal aufgewacht war.

»Du hast also nichts mit ihrem Tod zu tun?«, versicherte sie sich noch einmal.

»Nein!«

Sie war überzeugt, dass er die Wahrheit sprach, dennoch hakte sie noch einmal nach: »Und du bist auch nicht später in der Nacht noch einmal dorthin und hast ihre Leiche vom Schlafzimmer in den Garten gebracht?«

Er schüttelte den Kopf. »Warum sollte ich so etwas tun?«

Sabine hob die Arme. »Was weiß denn ich? Damit sie gefunden wird und die Leute nicht wie die Reißenbergers versuchen, die Leiche verschwinden zu lassen.«

»Nein, das habe ich nicht!« Er erhob sich.

»Was hast du vor?«

»Mir den Ort des Geschehens ansehen«, gab er zurück.

Die Kommissarin sprang auf. »Dann komme ich mit.«

»Nein, das ist keine gute Idee. Ich werde mich dort erst einmal allein umsehen. Außerdem hast du den Tatort ja bereits mit deinen Kollegen untersucht.«

»Du schickst mich fort?« Sie konnte es nicht fassen. Die Enttäuschung überfiel sie wie eine mächtige Woge, dabei hatte sie ihm oft gesagt, sie würde mehr Freiraum und mehr Zeit für sich brauchen – und mehr Schlaf. Und dennoch passte es ihr gar nicht, dass er sie heute Nacht einfach so von sich schob.

Sabine protestierte, aber sie hätte sich denken können, dass dies den Vampir nicht sonderlich beeindruckte.

»Fahr nach Hause«, sagte er sanft. »Du brauchst heute Nacht deinen Schlaf. Du musst dich erholen.«

Ehe sie sich versah, fand sie sich an seinem Arm in der Auffahrt wieder. Er führte sie durch das Tor und blieb neben ihrem Auto stehen, bis sie den Motor gestartet hatte. Noch ein letztes Mal bäumte sich ihr Stolz auf. Sie war kein Kind, dem man einfach befehlen konnte!

Sein Lächeln ließ ahnen, dass er wusste, was in ihr vor sich ging.

»Du brauchst Schlaf, meine Liebste!«, hauchte er hypnotisch.

Ihr Widerstand fiel in sich zusammen. Langsam zockelte sie heim nach St. Georg.

Sabine musste einige Runden drehen, bis sie endlich einen Parkplatz fand. In Gedanken noch in Blankenese bei Peter und dem Mord, ging sie die Straße entlang.

»Hallo, Frau Berner – Sabine.«

Langsam drehte sie sich um. Sie brauchte einige Augenblicke, ehe sie sich von ihren Grübeleien lösen und sich auf den Mann konzentrieren konnte, der sie angesprochen hatte. Sie brauchte noch einen Wimpernschlag, ehe ihr Gehirn den Namen des Journalisten ausspuckte.

»Felix! Ich frage nicht, was Sie zu dieser Stunde hier machen.«

Er lächelte sie an und deutete auf seine Umhängetasche. »Die Arbeit ruft, aber es ist ziemlich kalt heute. Darf ich Sie auf einen Kaffee einladen? Gegen eine kleine Wärmepause hätte ich nichts einzuwenden.«

Für einen Moment erwog Sabine, ihn in ihre Wohnung zu bitten, doch dann verwarf sie den Einfall wieder. Sie konnte sich noch zu gut an das Desaster mit Michael erinnern. Was, wenn sie wieder die Eifersucht des Vampirs weckte?

So sagte sie stattdessen: »Gute Idee. Ich habe im Moment nichts vor. Gehen wir ins Gnosa?«

»Wollen Sie testen, ob ich wirklich nichts gegen Schwule und Lesben habe?«, scherzte der Journalist.

»Nein, davon darf ich doch wohl ausgehen! Ich bin einfach gern dort«, entgegnete die Kommissarin.

Aus dem einen Kaffee wurden mehrere. Außerdem erlag Sabine dem Anblick der verführerischen Torten am Buffet – nicht einmal die grausamen Geschichten ihres Gegenübers konnten ihren Genuss schmälern.

»Wissen Sie, am perfidesten ist der Handel mit Kindern«, sagte Felix, und Sabine konnte ihm nur zustimmen.

»Frauen sind oft hilflos, doch um wie viel mehr ein Kind, wenn es von der eigenen Familie verkauft wird?«

»Sie meinen die vielen Kinder, die in Südostasien pädophilen Männern angeboten werden?«

Sie dachte wieder an Lan, das kleine Mädchen, dessen Familie noch immer nicht gefunden worden war. War auch sie von ihrer eigenen Mutter verkauft worden?

»Unter anderem«, antwortete Felix Leonhard. »In den vergangenen Tagen habe ich etwas über Kinder in Haiti gelesen. Kennen Sie den Begriff *Restavèk*?«

Sabine schüttelte den Kopf.

»So heißen in Haiti die Haussklaven – Kindersklaven, die für alle schweren Arbeiten im Haushalt zuständig sind. Man kann sie für fünfzig Dollar kaufen. Wenn es Sie interessiert, dann lesen Sie mal das Buch von E. Benjamin Skinner über die moderne Sklaverei. Er sagt, Haiti ist heute das Land – außerhalb Südostasiens – mit den meisten Sklaven. Früher waren *Restavèks* nur bei der Oberschicht anzutreffen, aber heutzutage findet man sie überall in den

Städten. Sogar in den Haushalten der unteren Mittelschicht, bei Leuten, die selbst genug strampeln müssen, um über die Runden zu kommen. Da kommen ihnen die kleinen Helfer gerade recht. Man kann ihnen die Hausarbeit aufbürden und seinen Frust und seine Aggression an ihnen auslassen. Nicht wenige müssen auch für sexuelle Dienste herhalten. Es kontrolliert ja keiner. Die Regierung macht sich keinerlei Mühe, die Gesetze gegen Sklaverei auch nur ansatzweise umzusetzen. Es ist ganz normal, dass Abertausende Familien ihr *Restavèk*-Kind haben!«

Sabine schüttelte den Kopf. »Das ist schwer vorstellbar. In unserer Zeit? Man denkt unwillkürlich an das achtzehnte oder neunzehnte Jahrhundert, als die schwarzen Sklaven nach Amerika verschifft wurden.«

»Ja, und doch ist es in Haiti noch immer Alltag. Die Kinder sind meist um die zehn Jahre alt, wenn sie von ihren Familien verkauft werden, und sie arbeiten dann mehrere Jahre für ihre Käufer, bis sie langsam erwachsen werden. Mit fünfzehn oder sechzehn gehen sie dann fort, um auf eigenen Beinen zu stehen, doch mit welchen Chancen? Sie haben ja nichts gelernt, können weder lesen noch schreiben.«

»Wissen die Eltern, was sie ihren Kindern antun? Für fünfzig Dollar?«

Felix wiegte den Kopf hin und her. »So teils, teils. Sie wissen, dass ihre Kinder im Haushalt ihrer Käufer arbeiten sollen, doch meist wird versprochen, sie mit den Kindern des Hauses zur Schule zu schicken. Viele Eltern auf dem Land hoffen auf eine bessere Zukunft für ihre Kinder. Skinner geht jedoch davon aus, dass nicht einmal zwanzig Prozent der *Restavèks* zur Schule gehen. Auch etwas, das dort niemanden kümmert. So wächst eine neue Generation heran, ungebildet und arm, und der Teufelskreis geht einfach weiter.«

Noch lange dachte Sabine an diesem Abend über die Worte

des Journalisten nach. Immer wieder tauchten die Gesichter der drei ermordeten Frauen vor ihr auf, und das hässliche Wort Menschenhandel dröhnte in ihren Ohren. Was war diesen Frauen zugestoßen und warum?

Bedächtig schritt Peter von Borgo durch den nächtlichen Garten. Ein paar dürre Blätter wirbelten um seine Schuhe. Der Wind rauschte in den alten Bäumen. Er konnte ihre Spur ganz deutlich wittern. In Gedanken versunken schritt er zum Haus und sah zu dem nun dunklen Fenster auf. Der Vampir beugte sich vor und nahm die Witterung auf, dann folgte er dem Duft bis unter den Apfelbaum. Hier hatte sie gelegen, tot und starr und kalt, bis der Morgen kam und man ihren Körper entdeckte.

Peter von Borgo stand reglos da, schloss die Augen und nahm all die Gerüche wahr, die aus dem Gras zu ihm aufstiegen. Da war die Tote, aber auch die Frau des Hauses und das Team der Kripo. Er roch die Ärztin, deren Duft er aus den Autopsiesälen kannte, und natürlich Sabine. Ihren Geruch hätte er aus Tausenden herausgespürt. Aber da war noch etwas. Erregung und Triumph, Hass und Verachtung, Verzweiflung und Erlösung. Die Spur des Mörders!

Es war nicht das erste Mal, dass er sie an einem der Tatorte witterte, doch wieder ließ sie ihn schaudern. Es war noch lange nicht zu Ende. Nein, es hatte eben erst angefangen, so viel war ihm klar.

Und dennoch verstand er nicht. Wie konnte er das alles stoppen, wenn er es nicht verstand? Er würde noch tiefer graben und den anderen Spuren folgen müssen …

Und dann?

Dann würde es Zeit werden, zu handeln!

Wieder erschauderte er, denn er ahnte, dass dies nicht so einfach sein würde. Er musste eine Entscheidung treffen, die ihn vielleicht schmerzen würde.

Plötzlich hob er den Kopf und sog prüfend die Luft ein. Da lauerte ein Schatten am Rand seines Bewusstseins, der ihn beobachtete. Es wurde Zeit zu gehen.

Um neun trafen sich die Mitglieder der vierten Mordbereitschaft im kleinen Sitzungszimmer, um sich gegenseitig auf den neusten Stand der Ermittlungen zu bringen und um das weitere Vorgehen zu besprechen. Sönke und Uwe berichteten von der Befragung der Reißenbergers. Der Spur des Anrufs waren sie noch am vergangenen Tag nachgegangen, doch wie Sabine bereits befürchtet hatte, landeten sie in einer Sackgasse.

»Dr. Reißenberger hat mit seinem Handy um 22:46 Uhr einer Dagmar Holstein auf den AB gesprochen. Sie ist seine Sekretärin. Und dann wurde um 23:37 Uhr vom Festnetz des Hauses eine Handynummer angerufen. Wir haben uns die Daten der SIM-Karte besorgt, doch Name und Adresse sind offensichtlich falsch. Und auf Rat ihres Anwalts«, Uwe warf Sabine einen vielsagenden Blick zu, »wollen sie auch nicht sagen, mit wem sie telefoniert haben. Dr. Reißenberger hat irgend so einen Schwachsinn erzählt, von wegen dass er zuerst den Notruf wählen wollte und sich dabei vertippte!«

Thomas Ohlendorf nickte. »Gut, dann überprüft, ob wir dieses Handy orten können. Ruft dort an und hört, ob sich jemand meldet. Seht außerdem in den älteren Gesprächsnachweisen nach, ob die Reißenbergers dort öfters angerufen haben.«

Sein Blick wanderte zu Sabine. »Was habt ihr zum Mord an Fjodora Pawlowa herausgefunden? Gibt es schon Ergebnisse der Spurensicherung?«

Sabine fasste die Ergebnisse der Autopsie für die anderen noch einmal zusammen, während Robert aus seinem Protokoll der Befragung von Frau Fichtner und ihrem Sohn Bent vorlas.

»Frau Fichtner wirkte erschüttert, wobei ich mir nicht ganz

sicher bin, ob sie der Tod ihres Hausmädchens an sich fertigmacht oder nur die Tatsache, in eine Ermittlung reingezogen zu werden. Viel wusste sie über die Frau nicht, die wohl schon eine Weile bei ihnen wohnte. Sie hat sich ziemlich rausgewunden und behauptet, sie wisse nicht, wo ihr Mann den Anstellungsvertrag aufbewahrt. Angemeldet war sie jedenfalls nicht, das habe ich schon überprüft. Der Sohn stand noch völlig neben sich, wobei Dr. Lichtenberg meinte, dem ersten Anschein nach stünde er nicht unter Drogen. Dennoch wirkte er aufgewühlter als seine Mutter.«

Sabine nickte. »Kann ich mir gut vorstellen. Ich habe heute Morgen schon mit der Spurensicherung wegen der Bettwäsche und dem Nachthemd der Toten gesprochen. Es wurden Spermaflecken von zwei verschiedenen Männern gefunden. Der Fleck auf ihrem Nachthemd war frisch. Ich vermute mal, dass sie nicht der große Nachtschwärmer war, der sich jeden Abend einen anderen Typen mit aufs Zimmer brachte. Frau Fichtner hat betont, wie zurückgezogen Fjodora bei ihnen lebte. Sie würde nie ausgehen und habe keine Freunde.«

Robert sah in sein Notizbuch. »Ja, das hat sie gesagt.«

»Eine erste Analyse zeigt wohl, dass sich die DNA sehr ähnlich ist!«, fügte Sabine hinzu und sah in die Runde.

Sönke pfiff durch die Zähne. Es war Robert, der aussprach, was sie alle dachten: »Dann haben es wohl Vater und Sohn mit ihr getrieben. Die Frage ist: Wusste Frau Fichtner davon?«

»Nein, die Frage ist: Hat Fjodora da freiwillig mitgespielt?«, korrigierte Sabine. »Dr. Lichtenberg sagt zwar, es ließen sich keine Vergewaltigungsspuren nachweisen, doch Fjodora hatte immerhin Hämatome an den Armen – und zwar mehrere, die verschieden alt waren. Das Sperma in ihrer Vagina könnte vom Vater stammen. Der war am Tag zuvor noch da. Das frische auf dem Nachthemd ist dann vom Herrn Sohn, der an diesem Abend aus irgendeinem Grund nicht ganz zum Zug kam.«

Sabine wusste, wer ihn gestört hatte, doch das konnte sie ja schlecht sagen.

»Vielleicht hat er etwas gehört und wollte nachsehen? Oder sie ist zu laut geworden, und er hatte Angst, von seiner Mutter erwischt zu werden. Jedenfalls denke ich, dass dies kein Einzelfall war und auch nicht im Einverständnis mit der jungen Frau geschehen ist. Dass die Vergewaltigungen keine deutlichen körperlichen Spuren mehr hinterlassen haben, zeigt ja nur, dass sie sich in ihr Schicksal gefügt und nicht mehr aufbegehrt hat.«

»Was allerdings schwer nachzuweisen sein wird, selbst wenn wir die DNA-Proben der beiden Männer dem Sperma zuordnen können«, wandte Thomas Ohlendorf ein.

»Du glaubst, dass sie freiwillig mit beiden Sex hatte?«, brauste Sabine auf.

»Nein, das glaube ich nicht. Ich fürchte nur, dass wir ihnen die Vergewaltigungen nicht nachweisen können«, gab er sanft zurück. »Das Einzige, wofür wir sie drankriegen können, ist, sie illegal beschäftigt zu haben. Mit dem Mord selbst scheinen sie erst mal nichts zu tun zu haben. Wenn es ein Einzelfall wäre, ja, dann könnte es eine Beziehungstat sein, und der Sohn stünde bei mir ganz oben auf der Liste, aber so? Was sollte er mit den anderen Opfern zu tun haben? Dennoch werden wir natürlich klären, ob er oder sein Vater ab und zu die Damen auf dem Kiez beehrt haben, oder ob die Familie mit den Reißenbergers bekannt ist.«

Sönke nickte und machte sich entsprechende Notizen.

»Außerdem möchte ich, dass sich zwei von euch noch einmal auf dem Kiez umhören. Es muss doch jemand geben, der den Zuhälter von Ileana kennt! Wir sind auch in unserem ersten Fall noch keinen Schritt weiter, und wir haben schon drei Tote. Sucht nach einer Verbindung!« Er sah auf die Uhr und erhob sich. »Ich hab noch einen Termin beim Tieze.«

Die Mitglieder seines Teams tauschten Blicke. Kriminaloberrat

Karsten Tieze war ihr Chef, und meist waren Gespräche mit ihm eher in die Kategorie unangenehm bis entsetzlich einzuordnen.

»Was will er?«, wagte Robert zu fragen.

Thomas schnaubte. »Ich will was von ihm, nämlich mehr Leute, die euch einen Teil der Laufarbeit abnehmen. Was Tieze will, ist klar. Erfolge! Was sonst. Und zwar, noch ehe die Presse die Sache hochspielt und zur Jagd auf einen psychopathischen Serienmörder bläst.«

»Ist es denn kein Serienmord?«, fragte Sabine.

Der Hauptkommissar stöhnte. »Sicher, aber ganz egal, wie wir es nennen, ich will den Zusammenhang zwischen den Opfern, denn es gibt einen, ich weiß es. Er mordet nicht wahllos.«

Sönke schüttelte den Kopf. »Bisher waren es osteuropäische Frauen ohne Aufenthaltsgenehmigung und ohne Familie. Frauen, die keiner vermisst.«

»Sie waren alle jung, Mitte zwanzig«, fügte Uwe hinzu.

»Vom Aussehen aber nicht der gleiche Typ«, sagte Robert. »Wobei sie alle nicht gerade supergut aussahen. He, was denn? Sabine, du musst mich nicht so giftig ansehen. Ich meine ja nur, dass sie keine jungen, frischen Schönheitsköniginnen waren. Sie wirkten eher abgearbeitet und ausgelaugt und waren für meine Begriffe zu dünn.«

Widerstrebend musste ihm Sabine recht geben.

»Gut, tragt alles zusammen. Wir treffen uns um fünf wieder hier.«

Er packte seine Unterlagen zusammen und war auch schon verschwunden.

»Na, dann warten wir mal auf die Verstärkung, damit sie sich auf dem Kiez nach dem Zuhälter umsehen kann«, meinte Sönke zufrieden.

»Warum? Unterhältst du dich nicht gern mit Nutten?«, feixte Robert.

Sönke verdrehte die Augen. »Nutte oder nicht, das ist nicht der springende Punkt. Ich hol mir bei dem Wetter nur nicht gern nasse Füße«, gab er mit einem Nicken in Richtung Fenster zurück. Robert folgte seinem Blick. Eine Windböe ließ Regen gegen die Scheiben prasseln.

»Du hast recht. Überlassen wir den Außeneinsatz der Verstärkung. Da befasse ich mich heute doch lieber mit den Telefonlisten!« Er grinste breit und machte sich eilig davon.

»So ein Weichei«, schimpfte Sönke. »Nichts mehr los mit der heutigen Jugend.«

»Hast nicht *du* eben genau diesen Vorschlag gemacht?«, schmunzelte Sabine.

»Schon, aber als ich in seinem Alter war, da gab es so etwas wie schlechtes Wetter noch gar nicht. Wir waren voller Tatendrang, jedes Verbrechen so schnell wie möglich zu klären, und da hätte uns das bisschen Regen, ja nicht einmal ein Schneesturm zurückgehalten!«

»Aber heute steht es dir ja zu, dein Rheuma am warmen Ofen zu pflegen«, spottete Sabine.

»Ich hab gar kein Rheuma, freche Deern«, schimpfte ihr Kollege und folgte ihr in das gemeinsame Büro.

Kapitel 13

Verrat

Tariq stand mit einigen seiner Freunde an der Theke. Die Bar war so etwas wie ihr Stammlokal, in das sich kaum je ein Tourist verirrte. Sie rauchten und sprachen über Geschäfte, während einige von ihnen durch die große Frontscheibe die Frauen im Auge behielten, die sich in der Herbstkälte in ihren kurzen Kleidern die Beine in den Bauch standen und auf Kundschaft warteten.

Tariq war froh, dass diese Zeiten vorbei waren. So hatte er in jungen Jahren auch angefangen. Mit einem Mädchen, das er nach Deutschland geschmuggelt hatte und das dann Nacht für Nacht für ihn anschaffen ging und damit den Grundstock für sein heutiges Geschäft gelegt hatte. Sein Onkel Afrim hatte sie ihm überlassen, nachdem er ihm gezeigt hatte, wie man ein Mädchen gefügig machte und die Angst in ihm schürte, die es für sein ganzes Leben in unsichtbare Ketten legen würde.

Dann hatte er Melanie kennengelernt und erkannt, dass eine Ehe mit ihr von Vorteil sein würde. Von da an war es für ihn rasch bergauf gegangen, und heute konnte er mit Stolz sagen, dass er hier unter seinen Freunden und Geschäftspartnern der Erfolgreichste war. Vielleicht gerade auch, weil er sehr vorsichtig vorgegangen und nicht so sehr dem großen, schnellen Geld hinterhergerannt war. Auch hatte er immer darauf geachtet, nicht aufzufallen und keinen Ärger zu provozieren, weder mit der Konkurrenz noch mit der Polizei.

Sein Handy klingelte und zeigte auf seinem Display den Namen seiner Frau. Tariq runzelte verärgert die Stirn. Sie wusste, dass er es nicht liebte, wenn sie ihm hinterhertelefonierte. War das Weib nach so vielen Jahren immer noch nicht in der Lage, den Laden wenigstens ein paar Stunden ohne ihn zu führen?

»Was ist?«, sagte er unwirsch.

»Du solltest vorbeikommen«, sagte sie knapp. »Die Neue, die dein Bruder uns geschickt hat, macht Ärger.«

Er fragte nicht weiter nach, legte einen Geldschein auf den Tresen, hob grüßend die Hand und machte sich auf den Weg. Melanie empfing ihn an der Tür und schloss hinter ihm wieder ab.

»Wo ist sie?«

»Ich habe sie in ihrem Zimmer eingeschlossen.«

»Sind noch Kunden da?«

»Zwei, aber die sollten bald fertig sein.«

Tariq nickte und zündete sich eine Zigarette an. Er würde warten, bis die Männer das Haus verlassen hatten.

»Was hat sie getan?«, erkundigte er sich.

Schweigend reichte ihm seine Frau einen zerknüllten Zettel, auf dem in Russisch einige Wörter gekritzelt waren.

Helfen Sie mir. Ich bin gefangen.

»Sie hat den Zettel ihrem Kunden gegeben!«, sagte Melanie, in deren Stimme nun unterdrückte Wut schwang, ob auf das Mädchen oder auf seinen Bruder, der sie ihnen geschickt hatte, wusste Tariq nicht, und es war ihm auch egal. Tatsache war, dass sie sich widersetzte, und so was war gefährlich.

»Wie hast du davon erfahren?«, erkundigte er sich.

Seine Frau schnaubte verächtlich. »Der Kunde hat es mir gezeigt, weil er kein Russisch kann und es sich von mir übersetzen lassen wollte.«

Tariq spürte eine seltsame Kälte, die ihm über den Rücken kroch. Sie hatten also lediglich Glück gehabt. So etwas durfte nicht wieder vorkommen.

Eine Tür klappte. Melanie eilte davon, um den Kunden herauszulassen. Tariq rauchte noch eine zweite Zigarette, bis auch der letzte Kunde verschwunden war, dann erhob er sich, um die Sache ein für alle Mal zu bereinigen.

»Pass auf, dass du sie nicht zu hart anfasst. Narben drücken den Preis«, rief ihm Melanie nach.

»Ich werde es versuchen«, brummte er. Er schloss die Zimmertür auf, trat ein und stieß sie hinter sich zu.

Das Mädchen saß auf dem Bett und sah ängstlich zu ihm hoch. Er konnte den Trotz in ihrem Blick erkennen, den er ihr schleunigst austreiben musste. Wichtig war jetzt nur, dass sie begriff, dass ein weiterer Versuch, ihm zu entkommen, ihren Tod bedeuten würde. Sie gehörte ihm! Sie hatte ihm zu gehorchen und für ihn Geld zu verdienen. Sie war erst siebzehn Jahre alt. Er wusste nicht genau, wo sein Bruder sie herhatte, doch das interessierte auch nicht. Hübsch war sie und unverbraucht und brachte daher gute Preise, und das sollte auch noch ein paar Jahre so bleiben.

»Darja, was ist das?«, sagte er beinahe sanft auf Russisch und hielt ihr das Stück Papier hin.

Ihre hübschen, dunklen Augen weiteten sich. Sie stieß ein Wimmern aus und legte sich schützend die Arme über den Kopf, doch Tariq rührte sich nicht.

»Ich habe dir doch gesagt, dass du illegal hier in diesem Land bist, und wenn die Polizei dich findet, dann werden sie dich ins Gefängnis werfen. Meinst du, es ist hier anders als in deiner Heimat? Was, glaubst du, machen all die Polizisten mit illegalen Prostituierten in ihren Zellen, die keiner kennt und die keiner haben will? Und dann, wenn sie fertig sind, werden sie dich in deine Heimat zurückschicken. Willst du das? Könntest du dich denn bei deiner Familie wieder blicken lassen, nach all dem, was geschehen ist? Was würde dein Vater wohl mit seiner verdorbenen Tochter machen?«

Darja antwortete nicht. Sie wimmerte nur leise und wiegte sich vor und zurück, doch Tariq erwartete auch gar keine Antwort.

»Aber weißt du, wenn du so etwas noch einmal machst, dann ist die Polizei dein geringstes Problem, denn bis die hier eintrifft, bist du nicht mehr hier. Dann geht es dir so wie Ileana. Hast du von ihr gehört?«

Darja nickte. Tränen rannen ihr über die Wangen.

»Die Polizei hat sie im Park gefunden mit durchgeschnittener Kehle. Willst du die Nächste sein?«

Darja schüttelte den Kopf.

»Sieh mich an! Glaubst du, ich meine diese Drohung nicht ernst? Soll ich dir zeigen, was ich mit ungehorsamen Mädchen mache?«

Er stand auf und kam langsam näher. Darja rutschte auf dem Bett zurück, doch er beugte sich blitzschnell vor, packte sie an den Haaren und stieß sie mit dem Gesicht gegen die Wand. Das Mädchen schrie auf. Blut spritzte aus ihrer Nase.

»Das ist erst der Anfang. Du wirst in den nächsten Stunden noch viel Zeit haben, deinen Verrat zu bereuen. Und dann hoffe ich für dich, dass du nie wieder vergisst, dass du mir zu gehorchen hast!«

Tariq löste seinen Gürtel und ließ ihn ein paar Mal auf den Rücken des Mädchens niedersausen, während sich seine andere Hand noch immer in ihr Haar krallte. Erst schrie sie, dann bettelte sie, bis er den Gürtel fallen ließ. Die Situation erregte ihn. Rasch knöpfte er sich die Hose auf.

»Knie dich hin«, befahl er und schob ihren kurzen Rock hoch. Nun wimmerte sie nur noch, doch als er so kraftvoll, wie er konnte, in sie stieß, schrie sie ein letztes Mal laut auf.

Draußen auf dem Tisch klingelte sein Handy. Eines seiner Handys. Das, was er nur für bestimmte Geschäfte nutzte und nicht zu ihm zurückzuverfolgen war. Melanie ließ es eine Weile klingeln.

Die Nummer auf dem Display sagte ihr nichts. Doch der Anrufer war hartnäckig. Schließlich beschloss sie, doch abzunehmen.

»Ja?«

»Wer ist da?«, rief eine fast hysterische Frauenstimme.

»Sagen Sie mir, wer Sie sind«, konterte Melanie.

»Mein Name ist Fichtner, und ich möchte Herrn Kabaschi sprechen.«

»Er ist gerade beschäftigt. Kann ich ihm etwas ausrichten?«

»Ja, sagen Sie, er soll zurückrufen, es ist dringend.«

»Hm, ja, sag ich ihm«, erwiderte Melanie ohne Begeisterung, was ihrer Gesprächspartnerin offensichtlich nicht entging.

»Es ist wirklich wichtig«, kreischte sie fast. »Sagen Sie ihm, jemand hat Fjodora Pawlowa ermordet. Man hat ihr die Kehle durchgeschnitten und sie dann in unserem Garten zurückgelassen. Die Kriminalpolizei war da und hat alles auf den Kopf gestellt!«

In Melanies Kopf begann es zu rauschen.

»Er wird Sie zurückrufen«, sagte sie hastig. »Unternehmen Sie nichts, und verhalten Sie sich ruhig.« Sie legte auf.

Noch eine von Tariqs Frauen. Was ging hier vor? Gab es einen Konkurrenten, der sie vernichten wollte? Aber warum dann diese Frauen?

Ein anderer Gedanke fuhr ihr durch den Kopf. Steckte Tariq selbst hinter den Morden? Melanie dachte an Ileana und den Streit, den sie mit Tariq nur einen Tag vor ihrem Tod gehabt hatte. Melanie hatte zwar nicht alles verstanden, doch die beiden hatten so laut gebrüllt, dass ihr einiges gar nicht entgehen konnte. Ileana war zu selbstbewusst geworden. Das war nicht gut. Sie hatte darauf bestanden, Freier, die ihr zuwider waren, abzulehnen. So fing es an. Und dann liefen sie irgendwann weg, um auf eigene Faust zu arbeiten oder ganz auszusteigen. Tariq hatte ihr ihren Platz zeigen müssen, schon der anderen Frauen wegen.

War Ileana deshalb jetzt tot? Hatte er ihr die Kehle durchgeschnitten oder jemand beauftragt, dies zu tun? Reichte es nicht mehr, seine beiden Kumpane in Polizeiuniformen zu stecken, um den Mädchen eine Lektion zu erteilen?

Weder Yulia noch Fjodora hatten je Probleme gemacht. Melanie konnte sich kaum mehr an die beiden erinnern. Warum waren sie gestorben? Hatten sie sich ihren neuen Eigentümern widersetzt, sodass Tariq einschreiten musste? Melanie hoffte, dass sie sich irrte, denn sonst war das ein gefährliches Spiel, das sie nicht gewinnen konnten. Ein Serienmord! Die Kripo würde nicht ruhen, bis sie ihn aufgeklärt hatte.

Melanie spürte, wie ihr eiskalt wurde. War ihr schönes Leben dabei, zu Ende zu gehen? Für einen Moment überkam sie Panik, und sie überlegte, ob sie nicht einfach weggehen sollte. Nein, sie musste mit ihm reden. Ihn zur Vernunft bringen. Vielleicht würde dann doch noch alles gut werden.

Nach der Arbeit fuhr Sabine wieder nach Blankenese. Es drängte sie, mit Peter alles zu besprechen, was sie an diesem Tag in Erfahrung gebracht hatten. Der rechte Durchbruch ließ immer noch auf sich warten. Vor allem fehlte ihnen ein Motiv! Warum diese Frauen? Warum hatte der Mörder ausgerechnet sie ausgesucht? Wenn sie diese Frage beantworten konnten, dann wären sie der Lösung des Falls ein großes Stück näher gekommen.

Die Sonne war noch nicht untergegangen, daher setzte sie sich an den Flügel und versuchte sich an Bachs »Präludium«. So recht zufrieden war sie nicht mit ihrer Klimperei, doch sie war noch nicht bei der dritten Seite angekommen, als eine Stimme von der Tür her sagte: »Sehr schön!« Allein ihr Klang jagte ihr einen Stromschlag durch den ganzen Körper.

Sabine ließ die Hände sinken. »So schön wie du werde ich es nie spielen können.«

»Wenn du eine Ewigkeit zum Üben hast? Warum nicht?«

Er kam nicht näher. Er küsste sie auch nicht zur Begrüßung. Er stand nur da und kam ihr seltsam abweisend vor.

Sabine erhob sich und trat auf ihn zu. »Was ist mit dir?«

»Nichts«, sagte er, doch er wich ein wenig zurück. Verwirrt blieb Sabine stehen.

»Das glaube ich dir nicht«, sagte sie. »Irgendetwas ist geschehen. Erzähl es mir!«

Betont lässig hob er die Schultern. »Aber nein. Das ist nur das geschulte Misstrauen der Kommissarin, die überall eine Straftat zu wittern glaubt. Ich bin lediglich ein wenig in Eile und würde dich bitten, nach Hause zurückzukehren. Triff dich wieder mit deinem Journalistenfreund und geh mit ihm in irgendein Café oder so.«

Sabine runzelte die Stirn. »Du warst also gestern doch noch in St. Georg? Oder ist das jetzt eine neue hellseherische Fähigkeit?«

»Ich habe lediglich kurz nachgesehen, ob bei dir alles in Ordnung ist.«

Sabine überlegte. Etwas war anders. Es lag eine Spannung in der Luft, die sie fast greifen konnte.

»Warum sollte denn nicht alles in Ordnung sein?«

Er wiegelte ab und drängte sie geradezu zur Tür. »Bitte, fahr nach Hause. Du musst dir keine Gedanken machen, doch komm die nächsten Abende nicht wieder her.«

Er trat mit ihr auf die Einfahrt hinaus und nötigte sie, ins Auto zu steigen, doch dann war er verschwunden. Wie vom Nichts verschluckt.

Ratlos saß Sabine in ihrem Wagen. Mit jedem Augenblick, den sie nur dasaß und überlegte, steigerte sich ihre Wut. Was zum Teufel war nur in ihn gefahren? Da verbrachte er eine der wundervollsten Nächte mit ihr und war nun so abweisend? Das war doch wieder typisch Mann! Ob Vampir oder nicht. Zu viel Nähe und schon machten sie einen Rückzieher. Und dabei sprach er davon, sie zu seiner Gefährtin zu machen, um eine Ewigkeit an ihrer Seite zu bleiben.

Tolle Aussichten!

Sie würde ihr Leben aufgeben und sich zum Vampir machen lassen, und ihm würde dann einfallen, dass ihm das doch zu viel Nähe war? Und sie nach Hause schicken? Nein, nein und nochmals nein! Sie war froh, dass sie seinem Drängen noch nicht nachgegeben hatte. Es wäre ein Fehler gewesen. Ein einziger, riesengroßer Fehler!

Doch was sollte sie jetzt mit dem Abend anfangen? Es war ja noch nicht einmal richtig dunkel. Schon aus Prinzip sträubte sie sich dagegen, sofort nach St. Georg zu fahren. Nein, da fiel ihr etwas Besseres ein. Ein Lächeln wischte die Zornesfalten weg, als sie den Motor startete.

Ein warmer Schein floss vom Küchenfenster in den Garten hinaus. Er strahlte so viel Gemütlichkeit und Geborgenheit aus, dass er Sabine anzog wie eine Motte. Sie klingelte an Frau Mascheks Tür und musste nicht lange warten, bis die Schritte der alten Dame im Flur erklangen.

»Ah, Sabine, welch freudige Überraschung. Kommen Sie doch herein. Ich habe heute schon Besuch, aber wenn Sie sich uns auf einen netten Plausch anschließen möchten, sind Sie herzlich willkommen.«

Die Kommissarin wich ein Stück zurück. Das war eigentlich nicht das, was sie sich vorgestellt hatte.

»Dann will ich Sie nicht stören.«

Rosa Maschek schenkte ihr dieses warme Lächeln, dem sie nicht widerstehen konnte. Es gab ihr ein wenig von dem Gefühl zurück, das die starken Arme ihres Vaters ihr stets gegeben hatten, wenn sie sich als Kind mit ihrem Kummer zu ihm geflüchtet hatte. Das Verhältnis zu ihrer Mutter konnte man seit ihrer Scheidung nur als gespannt bezeichnen. Seinen Tiefpunkt hatte es erreicht, als Sabine nach dem Abitur beschlossen hatte, die süddeutsche Kleinstadtidylle zu fliehen und zu ihrem Vater nach Hamburg zu ziehen. Ihre Mutter hatte ihr das nie verziehen.

»Nun kommen Sie schon! In der Küche warten ein frischer Kuchen und warmer Tee auf Sie«, drängte Frau Maschek. »Und Frau Jacobson freut sich sicher auch, Sie zu sehen.«

Da war sich Sabine zwar nicht so sicher, dennoch ließ sie sich überreden und trat ein.

Heimelige Wärme umfing sie. Einige Kerzen gaben der altmodisch eingerichteten Wohnküche eine gemütliche Atmosphäre, die sie schlagartig beruhigte. Es war ihr, als habe sie den ganzen Tag die Luft angehalten und könne nun endlich erleichtert ausatmen. Sie spürte die Verspannung im Nacken und der Schulter, die nun mit jedem Atemzug nachzulassen schien. Sabine ließ sich auf die Eckbank sinken und nahm dankend Tee, Kuchen und das herzliche Lächeln entgegen.

Frau Jacobson rührte in ihrer Teetasse und nickte ihr zu.

»Es freut mich, Sie zu sehen, Kommissarin Berner«, sagte sie, auch wenn das vielleicht nicht die ganze Wahrheit war.

»Wie geht es Ihnen?«, erkundigte sich Sabine, als sie der alten Frau die Hand reichte.

Sie wiegte den Kopf hin und her. »Ach, wie es einem halt in meinem Alter so geht. Man lebt nur noch durch die Jugend um einen herum.«

Sabine nickte verständnisvoll. »Kümmern sich Maike und Carmen noch um Sie?«

»Aber ja!«, rief die Alte fast ein wenig trotzig, als habe Sabine etwas anderes behauptet. »Sie sind rührend um mich besorgt und machen sich so prächtig. Alles könnte so schön sein.« Tränen traten ihr in die Augen.

»Aber ich vermisse meine kleine Iris so sehr«, fügte sie leise hinzu. »Ja, und auch Aletta. Ich kann mir einfach nicht vorstellen, dass sie tot ist. Sie war immer so anders als ihre Freundinnen.« Sie suchte nach Worten. »So präsent. Jeder musste einfach zu ihr hinsehen, wenn sie den Raum betrat.«

Sabine wusste, was sie meinte. Auch ihr hatte sich Alettas starke Persönlichkeit ins Gedächtnis eingeprägt, und es verging kaum ein Tag, an dem sie nicht an die junge Frau dachte.

»Sie war so lebendig«, schloss Frau Jacobson. »Wenn ich an sie denke, dann lebt sie einfach weiter. Es ist schon so schlimm, dass ich neulich dachte, ich hätte sie gesehen. Ich kam am Abend nach Hause, und da lief eine junge Frau ganz in Schwarz gekleidet den Weg entlang. Ihre Haltung, die Art, sich zu bewegen – noch ehe ich darüber nachdachte, hob ich die Hand und rief ihren Namen.«

Frau Jacobson verstummte. Eine Träne rann über ihre Wange. »Ich habe in diesem Augenblick wirklich gedacht, Aletta würde vor mir stehen.«

Sabine griff nach der faltigen Hand der alten Frau. »Ich verstehe das. Unser Geist weigert sich oft sehr lange, den Tod eines geliebten Menschen zu akzeptieren. Wie viele Monate bin ich jeden Morgen aufgewacht und dachte, mein Vater würde noch leben, bis es mir dann wieder einfiel. Selbst heute erwische ich mich manches Mal noch bei dem Gedanken, dass ich ihm irgendetwas sagen möchte, weil er wie ich darüber lachen oder auch sich darüber ereifern würde, und dabei ist er nun schon fast vier Jahre tot.«

Rosa Maschek füllte ihre Teetassen noch einmal voll und setzte sich zu ihnen. »Ja, die Erinnerung kann grausam sein, doch ist es nicht auch ein Trost, dass die Menschen in unserem Gedächtnis lebendig bleiben? Wollten wir uns ihrer wirklich kalt und steif in einem Sarg erinnern? Ich rede und streite noch heute mit meinem Mann, und es ist ein angenehmer Zeitvertreib. Wenn der erste

Schmerz einmal nachlässt, dann beginnen wir, jeden Fetzen Erinnerung zu lieben, und bewahren sie sorgsam wie Schätze.«

»Doch wann wird das sein, Rosa? Wann lässt dieser Schmerz, der einem die Luft zum Atmen nimmt, endlich nach?«

Diese Frage bewegte auch die Kommissarin im Stillen.

Frau Maschek legte bekümmert den Arm um die Schultern ihrer Nachbarin. »Ich weiß es nicht, Irene, ich weiß es nicht. Je mehr wir lieben, desto mehr leiden wir auch. Doch ist das nicht das Leben? Was wäre das für ein armseliges Dasein, wenn wir nichts empfinden könnten außer stumpfem Einerlei? Wir hatten schöne Jahre, die uns glücklich machten, und nun sind eben die traurigen dran, die uns quälen. Doch irgendwann, wenn wir die Augen weiterhin offen halten und dem Leben eine Chance geben, dann beschenkt es uns auch wieder mit glücklichen Momenten.«

Über diese Worte musste Sabine noch lange nachdenken, als sie sich auf den Heimweg machte. Sie beschloss, noch einen Abstecher nach Ohlsdorf zu machen. Wenn schon der Vampir sich ihre Probleme und Sorgen nicht anhören wollte, dann musste sie sie wenigstens ihrem Vater erzählen.

So kauerte sie im Dunkeln vor seinem Grab, die Hand auf dem kühlen, rauen Stein, und berichtete ihm in Gedanken, was sie bisher herausgefunden hatten und wo sie einfach nicht weiterkamen.

»Und dass Jens diese Leute vertritt, macht die Sache nicht gerade einfacher!«, fügte sie halblaut hinzu und spürte, wie schon wieder die altvertraute Wut in ihr aufflammte.

»Warum macht er das? Warum setzt er sich für diese Menschen ein, die dort auf ihrem hohen Ross und ihrem Reichtum sitzen und meinen, Recht und Gesetz wären nur was für den Normalbürger? Vermutlich weiß er Bescheid, doch er setzt alles daran, dass sie ihrer gerechten Strafe entgehen.«

Sie schwieg und wartete, bis ihr Zorn ein wenig abklang. Tief in ihrem Innern war sie überzeugt, dass weder die Reißenbergers noch die Fichtners mit den Morden etwas zu tun hatten. Sie hatten diese Familien und das Schicksal der Frauen nur ins Licht der Aufmerksamkeit gerückt.

Sabine dachte an Fjodora, die Sex mit Vater und Sohn gehabt hatte, und an Yulia, deren Spuren von den Reißenbergers so sorgsam getilgt worden waren.

Ein Schatten huschte am Rand ihres Sinns entlang. Sabine erstarrte. Sie lauschte in die Dunkelheit. Es war nichts zu hören. Keine Stimmen, keine Schritte, nur der leichte Windhauch in den Bäumen, und dennoch wusste sie, dass sie nicht mehr allein war. Langsam richtete sie sich auf und ließ den Blick über den nächtlichen Friedhof schweifen.

Da war jemand! Sie konnte ihn nicht sehen. Es war mehr eine Ahnung. Ein Frösteln im Nacken und dann eine vertraute Kälte. War er doch noch gekommen?

»Peter?«

Nichts rührte sich.

»Komm her! Ich kann dich spüren.«

Wieder kein Laut, und doch glaubte sie, etwas hinter sich zu fühlen. Die Kommissarin fuhr herum. In den Augenwinkeln sah sie einen Schatten davonhuschen. Plötzlich war sie sich sicher, dass es nicht der Vampir war. Die Kälte breitete sich lähmend in ihrem Körper aus. Da war nichts von dem hoffnungsvollen Prickeln. Dies war kalte Angst.

Verflucht! Wer schlich hier nachts auf dem Friedhof umher? Gab es etwa wieder eine Leiche zu verstecken?

Sabine versuchte, die Angst niederzudrücken, und konzentrierte sich auf ihre Sinne. Sie zwang sich, die Augen zu schließen, in die Dunkelheit zu lauschen und ihrer Ahnung, wie sie es nannte, zu vertrauen.

Nein, sie konnte nichts hören, und dennoch nahm sie die Gestalt wahr. Sie stand dort schräg hinter ihr und beobachtete sie.

Vorsichtig schob Sabine die Hand in ihre Manteltasche und holte das Pfefferspray hervor, das sie meist bei sich trug. Ihre SIG Sauer wäre ihr in diesem Moment zwar lieber gewesen, aber sie waren hier schließlich nicht in Amerika. Nicht einmal Kripobeamte liefen in ihrer Freizeit mit Dienstwaffe herum.

Sabine nahm allen Mut zusammen und befahl ihren Beinen, sich in Bewegung zu setzen. Mit dem Pfefferspray in der Hand schritt sie langsam auf die Baumgruppe zu, in der sie den heimlichen Beobachter vermutete.

Ein Geräusch wehte an ihr Ohr. Es war wie ein Flüstern oder ein leises Lachen. Dann verwehte das Gefühl. Die Bedrohung war fort, und sie fühlte sich allein. Einsam. Verlassen.

Sabine atmete tief ein und aus, dann rannte sie los. Zurück zu ihrem Wagen. Viel zu schnell fuhr sie durch die Stadt bis nach St. Georg. Sie parkte das Auto schief am Straßenrand und lief die Treppe hinauf bis zu ihrer Wohnungstür. Schwer atmend blieb sie stehen und kramte nach ihrem Schlüssel.

Die Tür nebenan klickte, und ein zerzauster Lars stand in der Tür. »Ah, habe ich doch richtig gehört. Wie geht's? Hast du Lust auf ein Glas Wein?«

Selten war Sabine so erleichtert gewesen, ihren Nachbarn zu sehen. Sie kam sich plötzlich schrecklich albern vor. Selbst wenn dort auf dem Friedhof noch jemand unterwegs gewesen war, ja, selbst wenn er sie beobachtet hatte: So viele Mörder liefen dann auch wieder nicht durch Hamburg, dass man nachts wie ein Kaninchen auf der Flucht davonlaufen musste. Fast schämte sie sich ein wenig.

»Hallo, Lars. Ja, ein Glas Wein ist eine gute Idee. Ich vermute, du warst fleißig und willst mir etwas vorlesen?«

Der junge Schriftsteller strahlte. Es kam nicht oft vor, dass Sabine ihn hereinbat.

»Ja, willst du es hören?«

Sabine nickte. Das war besser, als den Rest des Abends allein zu verbringen. »Hast du schon gegessen?«

Lars legte die Stirn in Falten und überlegte. »Ich glaube nicht. Nein, ich habe mir heute Mittag eine Scheibe Brot geschmiert, aber ansonsten …«

Sabine lachte. »Ja, wenn einen die Muse küsst, dann ist alles andere vergessen. Soll ich uns eine Pasta mit Champignons und Shrimps machen?«

Lars' Grinsen wurde noch breiter. »Gern! Ich hol nur noch mein Manuskript. Ich bin sofort bei dir.« Er stürmte davon, während Sabine ihre Jacke aufhängte und dann in die Küche ging, um Wasser aufzusetzen und die Champignons in Scheiben zu schneiden.

Kapitel 14

Dorina

»Wie gehen wir heute weiter vor?«, erkundigte sich Sönke am nächsten Morgen, als seine Kollegin eintraf. Die Laufarbeit der beiden Teams der dritten Mordbereitschaft, die sie bei ihren Ermittlungen unterstützen sollten, hatte noch nichts ergeben, obwohl die Kollegen fast die ganze Nacht im Milieu unterwegs gewesen waren, berichtete Sönke mit einem Hauch von Schadenfreude. Oder war er nur erleichtert, dass er die regnerische Nacht gemütlich in seinem Bett verbracht hatte? Jedenfalls waren sie auf der Suche nach Ileanas Zuhälter keinen Schritt weitergekommen.

»Ich möchte noch einmal zu den Reißenbergers rausfahren«, antwortete Sabine.

Sönke hob die Brauen. »Warum denn das? Aus denen kriegst du nichts mehr raus. Die schreien nur wieder nach ihrem Anwalt. Oder hast du etwa Sehnsucht nach deinem Ex?«

Sabine zog eine Grimasse. »Gott bewahre, nein! Aber ich hab so ein Gefühl …«

Sie musste den Satz nicht beenden. Ihr Kollege kannte das bereits. Wenn Frau Kommissarin so ein Gefühl hatte, dann musste man ihm folgen. Brummend packte er seine Sachen und holte seinen Mantel aus dem Schrank.

»Was denn?«, verteidigte sie sich. »Es ist schon oft was Gutes dabei rausgekommen, wenn ich auf mein Bauchgefühl vertraut habe.«

»Deshalb komme ich ja auch mit«, sagte er. »Das Bauchgefühl

der Frauen! Das muss man schon ernst nehmen, nicht wahr? Ich meine, wenn jetzt Robert sagen würde, er hätte ein komisches Gefühl im Bauch, dann wäre mein Rat an ihn ein ganz anderer.« Er verdrehte die Augen, während er in seinen Mantel schlüpfte. »Gehen wir!«

Sie fuhren mit Sönkes weinrotem Daimler nach Harvestehude hinaus und näherten sich gerade der Einfahrt der Reißenbergers, als das Tor daneben sich öffnete und einen großen schwarzen Wagen auf die Straße entließ.

»Verdammt, das ist er!«, schrie Sabine und zeigte nach vorn. Sönke legte vor Schreck eine Vollbremsung hin.

»Was ist das für ein Auto?«, erkundigte sich Sönke. »Ein älterer 7er-BMW mit viel Plastikgelumpe drum herum, so viel konnte ich erkennen. Aber was hat der Wagen für unseren Fall zu bedeuten?«

»Ich weiß es nicht«, musste sie zugeben, während sie sich rasch das Nummernschild notierte, »doch das war genau der Wagen, der bei den Reißenbergers in der Einfahrt stand, als ich mit Thomas zum ersten Mal dort war. Sie haben damals zwar behauptet, sie seien allein im Haus, doch ich bin überzeugt, dass sich dort jemand versteckt hielt. Tja, und dann habe ich das Blut in der Küche gefunden und die Spurensicherung kam, und irgendwann war der Wagen nicht mehr da.«

»Ja habt ihr nachher nicht den Halter ermittelt?«, wunderte sich Sönke.

»Nein«, musste Sabine zerknirscht zugeben. »Das hat Thomas wohl vergessen, und ich habe auch nicht mehr an den Wagen gedacht, bis ich ihn eben aus der Zufahrt habe kommen sehen.«

»Das war aber das Haus der von Ilsenbricks, soweit ich mich erinnern kann«, meinte Sönke ein wenig verwirrt.

»Allerdings, und das finde ich sehr interessant. Ich denke, wir sollten die Herrschaften mal fragen, wer ihr Besucher war. Vielleicht bin ich ja auf dem Holzweg, doch dann frage ich dich: Warum haben die Reißenbergers ihn vor uns versteckt? Und warum hat er heimlich die Biege gemacht, als die Spurensicherung kam? Da ist doch etwas faul, und genau das werden wir jetzt herausfinden!«

Der Wagen war vor dem Haus noch nicht einmal ausgerollt, da riss Sabine bereits die Tür auf und stürmte zum Gartentor. Sie klingelte fordernd, und es dauerte nicht lange, bis sich die Stimme von Frau von Ilsenbrick meldete.

Dass Gerlinde von Ilsenbrick nicht begeistert von ihrem Besuch war, konnte man ihrer Stimme deutlich entnehmen, doch sie traute sich offensichtlich auch nicht, sie wieder wegzuschicken.

»Mein Mann ist nicht daheim. Wollen Sie nicht später wiederkommen?«, versuchte sie, Zeit zu schinden.

»Nein, wir möchten uns gern mit Ihnen unterhalten«, widersprach die Kommissarin.

»Na gut, warten Sie, ich mache Ihnen auf«, sagte sie nach einem Zögern. Es dauerte ziemlich lange, bis es endlich summte und das Tor aufsprang.

»Kommen Sie herein«, forderte sie Gerlinde von Ilsenbrick steif auf. Sabine musste sich eingestehen, dass sie innerhalb weniger Tage von einem Gast ihrer Dinnerparty zu einer *Persona non grata* deklassiert worden war. Sie lächelte bei diesem Gedanken.

»Was wollen Sie?«, erkundigte sich Frau von Ilsenbrick. Sie führte die beiden Kripobeamten zwar ins Wohnzimmer, bot ihnen aber nichts zu trinken an und bat sie auch nicht, Platz zu nehmen.

»Wir haben nur ein paar Fragen an Sie«, sagte Sabine betont liebenswürdig. »Zum Beispiel, wem der schwarze BMW gehört, der gerade aus Ihrer Auffahrt gekommen ist?«

Diese Frage hatte die Dame des Hauses ganz sicher nicht erwartet. Das Entsetzen stand ihr so deutlich ins Gesicht geschrieben, dass es schon beinahe komisch wirkte. Es dauerte einen Moment, bis sie sich wieder im Griff hatte, doch Sabine spürte, wie sie nun auf der Hut war. Der Ärger über ihre Störung wich einer konzentrierten Spannung. Wovor fürchtete sie sich?

»Ach der«, sagte sie mit einem gekünstelten Lachen. »Ein Geschäftspartner meines Mannes, wobei das vermutlich schon zu wichtig klingt. Nur ein Vertreter, der ihm ab und zu etwas verkauft hat. Ich weiß nicht einmal seinen Namen. Er kam ohne Anmeldung, und da mein Mann nicht im Haus ist, habe ich ihn wieder weggeschickt.«

Das war eindeutig eine Lüge, und dennoch ahnte Sabine, dass sie sich so nah wie möglich an der Wahrheit entlanghangelte.

»Ein Vertreter also. Gut, dann hat er Ihnen doch sicher seine Karte dagelassen?«

Für einen Moment war da wieder diese Bestürzung. Dann schüttelte sie den Kopf. »Nein, wozu auch? Mein Mann hat seine Nummer bestimmt.«

»Prima«, rief Sabine. »Dann kann er sie uns ja sicher geben.«

Zu spät bemerkte Frau von Ilsenbrick ihren Fehler. »Entschuldigen Sie mich. Ich muss kurz telefonieren.«

Sie schnappte sich das Telefon, verließ das Zimmer und schloss die Tür.

»Ruft sie jetzt diesen Kerl an, den sie gar nicht kennt?«, schimpfte Sönke leise.

Sabine huschte zur Tür und öffnete sie einen Spalt. »Nein, sie ruft ihren Mann an, und ich fürchte, der wird ihr gleich raten, den Anwalt zu rufen.«

Sie verdrehte die Augen, denn ihr war klar, was das bedeutete.

»Ich glaube, wir müssen uns mit unseren Fragen beeilen, wenn sie überhaupt noch etwas sagen soll.«

Frau Reißenberger kam zurück und legte das Telefon auf die Anrichte an der Tür. Ihre verschlossene Miene verhieß nichts Gutes.

Sabine überlegte fieberhaft. Der Mord, das Telefonat, der

Mann im BMW, illegal beschäftigte Frauen aus osteuropäischen Ländern.

Irgendetwas machte bei ihr klick.

»Ich würde gern noch einmal mit Ihrer Haushaltshilfe Dorina sprechen.«

»Was wollen Sie denn noch von ihr? Sie hat mit der ganzen Sache nichts zu tun. Und außerdem ist sie nicht da.« Sie zögerte kurz. »Sie hat ihren freien Tag.«

Sabine vermutete, dass das eine Lüge war. Sie gab Sönke einen Wink. Die beiden waren ein eingespieltes Team, und so gab er sich alle Mühe, die Dame des Hauses in ein Gespräch zu verwickeln. Auch wenn sie sich weigerte, weitere Informationen preiszugeben, so gelang es ihm wenigstens, sie im Wohnzimmer festzuhalten. Sabine griff wieder zu der Toilettenausrede und schlüpfte hinaus. Sie griff sich das Telefon und sah sich die Anrufliste der letzten Gespräche an. Ja, das war die Nummer von Herrn von Ilsenbrick. Sie hatte sie in ihrem Notizbuch vermerkt. Ach, und da war ja auch die Nummer ihres Ex. *Was für eine Überraschung*, dachte sie sarkastisch.

Die anderen Nummern sagten ihr nichts, und so kritzelte sie sie schnell in ihr Buch. Vielleicht lohnte es sich, sie zu überprüfen. Plötzlich hielt sie inne.

Volltreffer! Die Nummer, die Frau von Ilsenbrick heute vor ihrem Gespräch mit ihrem Mann gewählt hatte, war die gleiche, die die Reißenbergers angerufen hatten, nachdem sie die Leiche gefunden hatten!

Sabine legte das Telefon zurück auf das Tischchen und eilte so leise wie möglich nach oben. Sie öffnete alle Türen, spähte ins Schlafzimmer, zwei Bäder, das Zimmer der Tochter, ein Arbeitszimmer und zwei weitere Zimmer, die zu Näharbeiten oder als Lesezimmer benutzt wurden. Einen Dachboden hatte das Haus nicht, also huschte sie wieder hinunter.

Wohnte Dorina doch nicht hier im Haus? Aber hatte Frau von Ilsenbrick nicht auf der Party gesagt, sie habe sie ins Bett geschickt – nicht, sie habe sie nach Hause geschickt?

Die Kommissarin blieb an der Treppe stehen, die in den Keller hinunterführte. Konnte das sein? Dass sie ihre Haushaltshilfe im Keller unterbrachten? Zweifelnd schaltete sie das Licht an und stieg die Treppe hinunter. Sie sah in eine geräumige Waschküche, in der eine Maschine mit Wäsche und ein Trockner rumpelten. Daneben standen ein aufgeklapptes Bügelbrett und ein Korb voller Herrenhemden. Ein üppig bestückter Weinkeller, zwei große Lagerräume und der Heizungskeller schlossen sich daran an. Sabine drückte die Klinke der letzten Tür herunter. Sie war verschlossen. Es steckte kein Schlüssel. Mist. Es war ihr, als würde sie von innen ein Geräusch vernehmen. Sabine klopfte, doch niemand antwortete. Sie legte das Ohr an die Tür, doch nun war es dahinter totenstill. Es war ihr, als könne sie spüren, wie jemand von der anderen Seite ebenso atemlos lauschte.

»Hallo? Ist da jemand drin?«

Keine Antwort. Sabine drückte auf den Lichtschalter. Die Deckenlampen erloschen, und der Keller lag im Dunkeln, doch der Türspalt zu ihren Füßen war von einem Streifen gelblichen Lichts erhellt.

»Dorina? Sprechen Sie mit mir! Sind Sie da drin?«

Doch es blieb ruhig. Sabine unterdrückte ein Seufzen. Warum meldete sie sich nicht?

Dorinas verletztes Gesicht tauchte in Gedanken vor ihr auf. Nein, eine Treppe war sie vermutlich nicht heruntergefallen, und einen Freund hatte sie vermutlich auch nicht. Wie häufig kam sie wohl aus diesem Haus heraus, um ihre Freizeit zu genießen?

Wer also hatte Dorina so heftig geschlagen? Viele Möglichkeiten blieben nicht!

»Hallo? Was machen Sie denn hier unten?« Frau von Ilsenbricks Stimme klang verärgert. Das Kellerlicht flammte wieder auf, und ihre klappernden Absätze erklangen auf der Treppe. Offensichtlich war es Sönke nicht gelungen, sie noch länger abzulenken.

»Das dürfen Sie nicht!«, ereiferte sich Frau von Ilsenbrick, und so ganz unrecht hatte sie damit nicht. Sönke warf seiner Kollegin einen entschuldigenden Blick zu und winkte sie zum Rückzug, doch Sabine war nicht bereit, jetzt aufzugeben. Hier war eine Schweinerei im Gange, und sie würde dieses Haus nicht eher verlassen, bis sie wusste, was hier vor sich ging.

»Öffnen Sie diese Tür!« Ihr Finger schoss nach vorn, und ihr Blick fixierte Frau von Ilsenbrick, die unwillkürlich einen Schritt zurückwich.

»Warum? Da ist nichts. Und außerdem geht Sie das nichts an.«

»Geben Sie mir den Schlüssel, dann kann ich mich selbst überzeugen, oder sagen Sie mir, wen Sie hier eingeschlossen haben.«

Sönke hob fragend die Brauen, sagte aber nichts.

»Wie kommen Sie zu dieser Behauptung?«, rief Frau von Ilsenbrick mit hysterischer Stimme.

»Weil es so ist, nicht wahr?«, beharrte die Kommissarin und klopfte noch einmal.

»Antworten Sie mir! Hallo, hier ist die Polizei. Dorina, sind Sie dort drin?«

Doch alles blieb still. Frau von Ilsenbrick stieß hörbar die Luft aus.

»Ich werde mich über Sie beschweren. Warten Sie nur, mein Mann und unser Anwalt werden gleich hier sein.«

»Geben Sie mir den Schlüssel, sonst wird mein Kollege die Tür eintreten!«

»Sie haben keinen Durchsuchungsbefehl«, kreischte Frau von Ilsenbrick.

»Wenn Gefahr im Verzug ist, dann brauchen wir auch keinen!«, donnerte Sabine, auch wenn das in diesem Fall wohl nicht ganz der Wahrheit entsprach.

Von oben waren das Öffnen der Haustür und Schritte zu hören.

»Johann, bist du das?«, schrie Frau von Ilsenbrick.

Eilige Schritte kamen durch den Flur, dann tauchten Herr von Ilsenbrick und – in seinem Kielwasser – der Anwalt Jens Thorne auf der Kellertreppe auf. Sabine fluchte leise. Das war nicht gut.

»Was ist hier los?«

Jens Thorne lauschte Frau von Ilsenbricks unzusammenhängenden Ausführungen und sagte dann: »Sie müssen gar nichts. Wenn diese Beamten Ihren Keller sehen wollen, dann sollen sie mit einem richterlichen Durchsuchungsbeschluss wiederkommen.«

Allein seine überhebliche Miene verursachte ihr Brechreiz. Die Kommissarin musste sich zwingen, nicht die Fäuste zu ballen.

Was nun? Sie waren hier, um den Mord an Yulia aufzuklären, nicht um den von Ilsenbricks ein Verbrechen nachzuweisen. Das hatte alles nichts mit ihrem Hausmädchen zu tun. Oder etwa doch? Wurde sie langsam paranoid? Steigerte sie sich in etwas hinein? War es nicht völlig absurd anzunehmen, die von Ilsenbricks würden die junge Frau hier im Keller einsperren? Sabine sah zu Sönke hinüber, der einfach nur ratlos wirkte.

Sie war kurz davor, nachzugeben. Da sah sie wieder Dorinas verletztes Gesicht vor sich. Die Treppe hinuntergefallen? Wohl kaum! Eine unbändige Wut stieg in ihr auf. Was, wenn sie mit ihrer Ahnung recht hatte? Was würde passieren, wenn sie klein beigab? Etwas in ihr sagte ihr, dass sie die junge Frau niemals wiedersehen würden, wenn sie jetzt das Haus verließen. Doch durfte sie sich wirklich so weit aus dem Fenster lehnen? Sie konnte richtig Ärger bekommen! Und das, nachdem sie eben erst vor ein paar Tagen wieder angefangen hatte, als Kommissarin zu arbeiten.

»Wir haben den dringenden Verdacht, dass Sie Dorina gegen

ihren Willen hier festhalten!«, sagte Sabine fest und ließ den Blick über die von Ilsenbricks zu deren Anwalt schweifen.

Herr im Himmel! Was war das? Hatte sie da eben so etwas wie Schuldbewusstsein gesehen? Wusste er etwa davon und schwieg, weil sie seine Mandanten waren? Sabine konnte es nicht fassen.

»Schließen Sie sofort die Tür auf. Ansonsten rufe ich jetzt den Richter an und sage ihm, dass wir den dringenden Verdacht von Freiheitsberaubung haben. Was glauben Sie, wie schnell ich die Genehmigung bekomme, die Tür aufzubrechen?«

Sie fixierte ihren Exmann, doch der schwieg.

»Es ist nicht so, wie Sie denken«, räumte Frau von Ilsenbrick ein und reichte ihr mit zitternder Hand den Schlüssel, den sie aus ihrer Rocktasche zog. »Es war nur zu ihrem eigenen Schutz.«

Sabine schloss die Tür auf und blieb wie angewurzelt stehen. In dem fensterlosen Raum kauerte eine völlig verängstigte Frau auf einem schmalen Bett, das auf dem nackten Betonboden stand. Die Schwellungen in ihrem Gesicht waren zurückgegangen, und die Kruste begann bereits abzublättern, dafür war die Verletzung an ihrer Lippe frisch.

»Dorina, Sie brauchen keine Angst zu haben«, sagte Sabine sanft und trat langsam näher, doch die junge Frau wich vor ihr zurück und starrte sie an, als wolle sie sie schlagen.

»Erinnern Sie sich? Ich bin Kommissarin Berner, von der Polizei.«

Die junge Frau stöhnte auf. Diese Worte waren offensichtlich nicht dazu angetan gewesen, sie zu beruhigen.

»Wir tun Ihnen nichts«, versicherte sie noch einmal. »Kommen Sie zu mir. Jetzt sind Sie in Sicherheit!«

Sie legte ihr die Hand auf die Schulter. Dorina zuckte zusammen. Sönke erschien in der Tür. Seine Augen weiteten sich, als sein Blick die Szene erfasste.

»Das darf ja wohl nicht wahr sein!«

Dorina zitterte bei seinem Anblick am ganzen Leib und hob abwehrend die Arme, als würde sie Schläge von ihm erwarten.

»Bitte nicht Gefängnis«, weinte sie. »Nicht nach Hause schicken!«

Sabine spürte, wie sie selbst vor Zorn bebte, doch sie zwang sich zu einem beruhigenden Lächeln.

»Dorina, nun kommen Sie erst einmal mit, dann können wir uns in aller Ruhe unterhalten. Wenn Sie etwas von Ihren Sachen mitnehmen möchten, dann packen Sie sie jetzt. Ich helfe Ihnen gern.«

Doch Dorina hob nur die Schultern. »Hab nichts«, sagte sie. Dann aber griff sie unter die Matratze und zog einen schmutzigen, verknitterten Umschlag aus braunem Papier hervor.

»Sind das Ihre Ausweispapiere?«, erkundigte sich Sabine.

Dorina senkte den Blick. »Keine Papiere«, sagte sie leise.

Sabine streckte die Hand nach dem Umschlag aus. Dorina reichte ihn ihr ungern, doch sie wagte nicht, sich zu weigern.

Der Umschlag enthielt zwei Fotos. Sie waren verknickt und an den Rändern fleckig. Wie oft, dachte Sabine, musste Dorina sie hervorgezogen und betrachtet haben, um sich zu trösten oder Mut zu machen. Das eine zeigte ein Baby von wenigen Monaten, das andere ein Mädchen von etwa dreizehn, das Dorina ähnlich sah.

»Wer ist das?«, erkundigte sich Sabine freundlich.

»Tochter Valeria«, sagte sie und zeigte auf das Baby. »Kleine Schwester Romina.«

Hektisch streckte sie die Hand nach den Fotos aus, und Sabine gab sie ihr zurück.

»Und wo ist Ihr Pass?«

Dorina hob die Schultern. »Weggenommen«, sagte sie leise. »Schon lange her. Auf der Reise.«

Sabine sah zu Sönke hinüber, der sich wieder in den Flur zurückgezogen hatte, wo die von Ilsenbricks schweigend neben ihrem Anwalt standen.

»Haben Sie Dorinas Pass? Dann verlange ich von Ihnen, dass Sie ihn mir sofort geben!«

Herr von Ilsenbrick sah fragend zu Jens Thorne hinüber.

»Ich kann auch einen Durchsuchungsbeschluss besorgen. Dann stellen unsere Männer eben Ihr ganzes Haus auf den Kopf. Ihre Entscheidung!«, fügte Sönke mit einer Kälte hinzu, die Sabine von ihrem Kollegen gar nicht kannte.

»Ich hole ihn«, sagte Herr von Ilsenbrick heiser und stieg die Kellertreppe hinauf. Sönke folgte ihm.

»Kommen Sie, Dorina, lassen Sie uns gehen«, sagte Sabine sanft.

Die junge Frau erhob sich und schlüpfte in ein Paar ausgetretene Slipper. Mit dem ängstlichen Blick eines gehetzten Rehs trat sie auf die Kommissarin zu. Sabine ließ den Blick über das dünne Hemd und ihre zerschlissenen Hosen wandern.

»Es ist kalt draußen. Haben Sie keinen Pullover? Und eine Jacke oder einen Mantel?«

Dorina schüttelte den Kopf.

»Gehen Sie denn nie raus?«, entfuhr es der Kommissarin entsetzt.

Wieder schüttelte Dorina den Kopf. »Nein, ich nie draußen. Immer nur arbeiten hier im Haus.«

Sabine führte sie in den Flur hinaus und fixierte Gerlinde von Ilsenbrick, die ihren Blick mit hochmütiger Miene erwiderte.

»Schämen Sie sich! Wie kann ein Mensch, der in solchem Wohlstand lebt, andere so schäbig behandeln? Sie einsperren und zur Arbeit zwingen!«

»Sie fantasieren«, gab Frau von Ilsenbrick zurück. »Dorina ist unsere Haushaltshilfe, die hier freiwillig arbeitet und die froh ist, in Deutschland leben zu dürfen, statt nach Rumänien zurückzumüssen. Fragen Sie sie doch! Los, Dorina, sag es ihnen! Sag ihnen, dass du freiwillig hier arbeitest und dass du hierbleiben willst.«

Es wunderte Sabine nicht sonderlich, dass die junge Rumänin nickte.

»Ach, und weil sie so freiwillig hier ist, sperren Sie sie im Keller ein?«, erkundigte sich die Kommissarin bissig.

»Nein, das war nur, um sie vor Ihnen zu schützen«, schlug Frau von Ilsenbrick zurück. »Sie wollen sie doch nur in ihr Heimatland abschieben, wo sie außer Elend nichts erwartet.«

»Na, elender als bei Ihnen kann es für sie ja kaum werden. Alles ganz freiwillig? Dazu gehören bestimmt auch die Schläge, die Sie ihr anscheinend regelmäßig verabreichen. Oder ist sie schon wieder die Treppe hinuntergefallen?«

»Nein, sie hat sich im Dunkeln gestoßen«, widersprach Frau von Ilsenbrick. »Wir haben ihr nie etwas getan.«

Dorina nickte mechanisch. Hier in diesem Haus würde sie ganz sicher nicht gegen die von Ilsenbricks aussagen. Sabine konnte nur hoffen, dass sich das auf dem Präsidium ändern würde. Ohne die Aussage des Opfers würden sie vermutlich nicht gegen ihre Peiniger vorgehen können. Der Zorn kochte wieder in ihr hoch.

»Wir kriegen Sie!«, schleuderte sie Frau von Ilsenbrick entgegen. »Sie werden Ihre Unmenschlichkeit büßen, das verspreche ich Ihnen!«

»So kannst du nicht mit meiner Mandantin sprechen«, mischte sich Jens Thorne ein und trat schützend vor Frau von Ilsenbrick.

»Ach nein?«, zischte Sabine. »Dann spreche ich eben mit dir. Wie wäre es, wenn wir dich der Mittäterschaft anklagen? Du bist in diesem Haus ein- und ausgegangen. Du hast gewusst, was hier vor sich geht, und hast nichts unternommen. Du hast geduldet, dass eine Frau wie eine Sklavin gehalten wird. Das ist so abscheulich, dass mir die Worte fehlen! Ich rufe jetzt einen Streifenwagen, der euch alle zum Verhör ins Präsidium bringt.«

»Das wird nicht nötig sein«, entgegnete Jens Thorne steif. »Ich bringe Herrn und Frau von Ilsenbrick mit meinem Wagen zum Präsidium.«

Sabine sah ihn noch einmal scharf an, dann nickte sie. »In Ordnung, aber keine Spielchen! Ihr fahrt hinter uns her.«

»Ich spiele nicht. Ich bin Anwalt und vertrete meine Klienten.«

Sabine führte Dorina die Treppe hoch. Sie hängte ihr ihre Jacke um die Schulter und führte sie zum Wagen hinaus, dennoch fröstelte sie in ihren für diese Jahreszeit viel zu leichten Kleidern. Sönke begleitete sie, den Ausweis in der Hand.

Schweigend folgten die von Ilsenbricks zum Auto des Anwalts. Frau von Ilsenbrick in einem Pelzmantel, Herr von Ilsenbrick in einer teuren Lederjacke.

Schon auf der Fahrt rief Sabine bei der Hamburger Kontaktstelle im Kampf gegen den Frauenhandel an. Mit dem von der Stadt finanzierten Verein, der unabhängig von Regierungsstellen im bundesweiten Verbund des KOK e.V. arbeitete, hatte sie noch nicht viel zu tun gehabt, da normalerweise die Kollegen von der Sitte oder vom LKA 6 »Organisierte Kriminalität« auf Opfer von Menschenhändlern oder Zwangsprostitution stießen, die sie dann in die Hände der Mitarbeiterinnen der Frauenorganisation übergaben, um sie nach einer ersten Befragung nicht ins Untersuchungsgefängnis überstellen zu müssen. Die Organisation verfügte über mehrere sichere Wohnungen, in denen sie die Geretteten betreute, ohne dass ihre Peiniger sie aufspüren und wieder unter Druck setzen konnten.

Alle Beteiligten waren froh, dass sie die Frauen dort in guten Händen wissen konnten – zumindest vorerst. Innerhalb von drei Monaten mussten sich die Frauen entscheiden, ob sie als Zeugen gegen die Menschenhändler oder ihre Zuhälter aussagen wollten. Wenn ja, konnten sie zumindest bis zum Prozess in Deutschland bleiben. Wenn nicht, dann drohte denen ohne Pass oder Visum die Abschiebung.

»Woher stammt die Frau, die Sie aufgegriffen haben?«, erkundigte sich die Mitarbeiterin.

»Dorina ist aus Rumänien, und sie besitzt einen Personalausweis«, gab die Kommissarin Auskunft.

»Das ist schon mal gut«, erwiderte Corinna Huttner. »Könnte sogar sein, dass sie bleiben darf, weil Rumänien seit 2007 zur EU gehört. Ist nicht ganz unproblematisch, aber möglich ist es schon. Nun, wir werden sehen.« Sie versprach, sich sofort auf den Weg zum Präsidium zu machen, um Dorina nach ihrer ersten Vernehmung in ihre Obhut zu nehmen. Sie würde auch eine Dolmetscherin mitbringen, die das Verständnis auf beiden Seiten erleichtern sollte.

»Gut, dann bis gleich«, verabschiedete sich Sabine und schenkte Dorina, die sie immer noch ängstlich anstarrte, ein aufmunterndes Lächeln.

»Alles wird gut«, versprach sie, doch die Rumänin schüttelte mit düsterer Miene den Kopf.

Kapitel 15

Anelia

Tief in Gedanken machte sich Sabine auf den Heimweg. Es war schon lange dunkel, und ihre Augen brannten. Sie blinzelte. Das Licht der entgegenkommenden Autos blendete sie unangenehm. Sie hatte noch Stunden mit Corinna Huttner, der Dolmetscherin und mit Dorina zusammengesessen, doch noch war die junge Rumänin nicht bereit, über das, was sie erlebt hatte, zu sprechen. Sie traute der Polizei nicht und hatte Angst, irgendjemanden zu verraten.

Kein Wunder, wie ihr Frau Huttner später unter vier Augen berichtete. In Rumänien arbeiteten viele Polizisten mit den Menschenhändlern und Zuhältern zusammen oder duldeten sie doch zumindest. Nicht selten brachten sie entlaufene Frauen direkt wieder zu ihren Peinigern zurück, wo sie brutal bestraft wurden. Und auch nach Razzien war das oberste Gebot: Mund halten! Da die Anwerber, die die Frauen den Schleppern übergaben, nicht selten aus dem Umfeld der Opfer stammten, waren Drohungen gegen die Familie ein übliches Mittel, die Frauen zur Mitarbeit zu zwingen. Selbst wenn sich die Frauen aus Armut freiwillig in die Hände der Schleuser begaben, um nach Westeuropa zu gelangen, so doch fast immer unter der Vorspiegelung falscher Tatsachen. Man versprach ihnen, eine Arbeit zu besorgen, mit der sie gutes Geld verdienen würden. Und dann wurden sie in die Prostitution verkauft und gezwungen, das verdiente Geld ihrem Zuhälter abzuliefern.

Dass Dorina ebenfalls Prostituierte gewesen war, hatten sie schon herausbekommen. Und dass sie den Mund hielt, weil sie um das Leben ihrer Tochter und ihrer Schwester fürchtete. Dies war wohl die Drohung, die sie gefügig gemacht hatte. Die Schläge hatten das Ihrige getan. Sie war weder bereit, über ihren Zuhälter noch über die von Ilsenbricks auszusagen. Nur über ihre Arbeit im Haushalt der Familie sprach sie ein wenig und gab zu, dass es häufig die Tochter gewesen war, die ihre schlechte Laune an ihr ausgelassen hatte.

»Das ist ungewöhnlich«, kommentierte Frau Huttner den Fall. »Genauer gesagt, so etwas hatten wir noch nie. Ich habe gehört, dass Botschaftsangehörige aus arabischen oder afrikanischen Ländern ab und zu ihre Hausangestellten wie Sklaven halten, doch eine deutsche Familie hier in Hamburg? Das ist mir neu.«

Sabine nickte zustimmend. »Eine neue Facette der Menschenverachtung. Haussklaven in unserer Zeit.« Sie dachte an Felix Leonhard und an seinen Bericht über Haiti. Das Land schien ihr plötzlich gar nicht mehr so weit weg.

Sie reichte Frau Huttner die Hand. »Ich hoffe, Sie können Dorina überzeugen, dass sie sowohl gegen ihren Zuhälter als auch gegen die von Ilsenbricks aussagt. Sonst haben wir nichts in der Hand. Dass wir sie im Keller eingeschlossen vorgefunden haben und ihr Körper Spuren von Misshandlung aufweist, reicht für eine Verurteilung nicht aus. Selbst mit ihrer Aussage wird es schwer, ihnen Sklavenhaltung nachzuweisen.«

Corinna Huttner nickte. »Ich weiß. Es ist oft sehr frustrierend. Die Opfer sind verängstigt, und die Anwälte der Gegenseite unterlassen nichts, ihre Glaubwürdigkeit zu untergraben. Einer Prostituierten unterstellt man leicht, dass sie lügt. Und dann kommen diese Verbrecher wieder mit lächerlichen Strafen davon oder werden aus Mangel an Beweisen freigesprochen. Ich kann Ihnen gar nicht sagen, wie viele fassungslose Opfer nach einer Urteilsverkündung schon weinend in meinen Armen zusammengebrochen sind. Sie fragen sich, warum sie dieses Risiko auf sich genommen haben. Danach sind sie völlig auf sich allein gestellt. Je nachdem, woher sie kommen, werden sie abgeschoben, und nicht selten machen die Täter ihre Drohungen wahr und tun den Frauen selbst oder jemandem in ihrer Familie etwas an. Manche werden sogar wieder eingefangen und landen kurze Zeit später wieder auf dem Strich, in einer anderen Stadt, für einen anderen Zuhälter.«

»Es ist eine Sisyphosarbeit«, stimmte Sabine ihr zu. »Sind Sie manchmal verzweifelt?«

Corinna Huttner nickte. »Ja, es gibt schon Tage, an denen mich der Mut verlässt, weil ich mich hilflos fühle und unser System als so ungerecht empfinde. Es schützt die Täter und straft die Opfer. Und die Abertausenden von Freiern, die die Dienstleistungen der Zwangsprostituierten jeden Tag in Anspruch nehmen, verschließen die Augen vor dem Leid. Sie fühlen sich meist auch noch im Recht, weil sie ja für die Dienstleistung bezahlen.«

»Sind die Gesetze in Schweden besser, wo Prostitution verboten ist und der Freier sich strafbar macht?«, erkundigte sich Sabine.

Frau Huttner wiegte den Kopf hin und her. »Ich weiß nicht, ob das das Richtige ist. Das verschiebt die Prostitution ganz in die Illegalität, und die Polizei kommt noch schwerer an die Bordelle ran. Immerhin gibt es hier auch Freier, die sich bei der Polizei melden und ihnen Hinweise geben. Das täten sie nicht mehr, wenn sie sich als Freier strafbar machen würden. Es ist ein schwieriges Thema. Aber gut wäre, wenn sich der Freier strafbar machte, wenn er wissentlich die Dienste einer Zwangsprostituierten in Anspruch nimmt.«

»Ist das nicht heute schon so?«

»Jein. Man kann es als unterlassene Hilfeleistung auslegen, aber wie wollen Sie das beweisen? Fakt ist, jeder Mann kann schlicht behaupten, er habe nichts bemerkt, und schon ist er fein raus.«

»Aber ist es für den Kunden überhaupt zu erkennen, ob eine Frau sich freiwillig prostituiert oder unter dem Zwang eines Zuhälters steht, der ihr das Geld wieder abnimmt?«, wollte Sabine wissen.

»Davon gehen wir aus, zumindest wenn er die Augen aufmacht. In jedem Fall sollte die Beweislast umgedreht werden. Der Freier muss glaubhaft machen können, dass er nichts bemerkt haben kann.«

Darüber dachte Sabine nach, während sie ihren Wagen durch den Feierabendverkehr nach St. Georg steuerte. Sie konnte sich nicht vorstellen, dass solch eine Gesetzesänderung in absehbarer Zeit eine Mehrheit finden würde. Nein, zu viele einflussreiche Männer müssten fürchten, sich unverhofft vor einem Richter wiederzufinden, der ihnen vorwarf, wissentlich mit einem Opfer des Menschenhandels käuflichen Sex gehabt zu haben.

Sabine parkte ihren Wagen und stieg die Treppe zu ihrer Wohnung hinauf. Sie merkte, wie sie Stufe für Stufe langsamer ging und ihren Fuß so unhörbar wie möglich aufsetzte. Nein, sie wollte heute Abend nicht mit Lars über seinen neuen Szenen brüten. Sie wollte jetzt erst einmal allein sein.

Sabine schloss auf, trat in den dunklen Flur und schob die Tür mit einem Seufzer der Erleichterung hinter sich zu. Sie lehnte sich gegen die Wand und konzentrierte sich darauf, langsam ein- und auszuatmen. Sie spürte den Druck auf ihrer Brust, der nicht weichen wollte. Noch immer lief dort draußen ein Mörder herum, der drei Frauen auf dem Gewissen hatte. Wenn sie sich nicht täuschte, würde er heute Nacht wieder morden, und sie waren ihm noch immer keinen Schritt näher gekommen. Sie wussten nicht, wem das Handy gehörte, dessen Nummer sowohl die Reißenbergers als auch die von Ilsenbricks gewählt hatten. Sönke hatte es vom Präsidium aus angerufen, und es hatte sich eine männliche Stimme gemeldet. Er war vorsichtig und hatte keinen Namen genannt.

Sönke hatte versucht, ihn aus der Reserve zu locken, doch die Erwähnung der von Ilsenbricks hatte ihn so misstrauisch gemacht, dass er sofort aufgelegt hatte. Nun war die Leitung tot. Vermutlich hatte der Besitzer das Handy sofort entsorgt.

Und auch die Suche nach dem schwarzen BMW hatte noch nicht viel gebracht. Als Halterin war eine Melanie Schmitz in Barmbek eingetragen, die polizeilich noch nicht aufgefallen war. Wieder eine Sackgasse? Nun, sie würden sich ihr Umfeld genau ansehen und den Mann finden, der den Wagen gefahren hatte.

Ein kalter Lufthauch umwehte ihren Nacken und riss sie aus ihren Grübeleien. Sabine starrte den dunklen Flur entlang. Sie konnte nichts sehen, und dennoch wusste sie, dass sie nicht allein in ihrer Wohnung war. Beherzt trat sie ins Wohnzimmer.

»Ach, lässt du dich auch mal wieder sehen? Was haben deine Tatortuntersuchungen ergeben?«

Ihre Augen hatten sich bereits an die Dunkelheit gewöhnt, und so zeichnete sich matt eine menschliche Silhouette in einem der Sessel ab.

»Ich habe einiges erfahren. Danke der Nachfrage«, antwortete seine Stimme.

Sabine verzichtete darauf, das Licht einzuschalten, und setzte sich ihm gegenüber auf den anderen Sessel.

»Nun, hast du heute Nacht Zeit für mich oder gibt es wieder irgendwelche unaufschiebbaren Dinge zu erledigen?«

Er lachte leise. »Hast du mich vermisst? Höre ich gar so etwas wie Eifersucht in deiner Stimme?«

»Nein, bilde dir nur nichts ein«, gab sie schroff zurück, obgleich er die Sache gut getroffen hatte. Gerade das ärgerte sie.

»Na, dann ist es ja gut. Ich möchte nicht, dass du leiden musst, doch auch heute Nacht kann ich nicht bei dir bleiben.«

Sabine schluckte ihre Enttäuschung herunter. »Nein? Warum nicht?«

»Unaufschiebbare Dinge, die ich erledigen muss.«

Sabine hob leichthin die Schultern. »Dann halt nicht.«

Warum nur quälte sie die Sehnsucht nach seinen Küssen, nach seinem Atem, seinen Händen und vielleicht sogar nach seinem Biss so schrecklich? Wie eine Krankheit oder Droge. Hatte er sie irgendwie infiziert? Abhängig gemacht?

»Was willst du dann hier, wenn du so Dringendes zu erledigen hast?«, rief sie gereizt.

»Mich versichern, dass es dir gut geht«, erwiderte er sanft.

»Danke, ich komme zurecht!«

»Ja, das sehe ich. Du bist unversehrt daheim angekommen, und ich bitte dich, deine Wohnung heute nicht mehr zu verlassen.«

»Ich soll also hier allein herumsitzen, während du dich amüsieren gehst?«

Er stand auf und trat neben sie. »Ich habe ja nicht gesagt, dass du allein bleiben musst. Dein Nachbar Lars könnte dir Gesellschaft leisten.«

»Wie gnädig!«, fauchte sie. »Sonst noch irgendwelche Anweisungen?«

»Geh nicht zu deinem Vater!«

»Was?«

»Ich bitte dich, geh nicht mehr nach Einbruch der Dunkelheit nach Ohlsdorf«, wiederholte der Vampir. Seine Stimme klang eindringlich, und Sabine ahnte, dass er sich um ihre Sicherheit sorgte, dennoch war sie nicht bereit, sich so von ihm gängeln zu lassen.

»Ich gehe zu meinem Vater, wann und so oft es mir passt! Wenn du so um mich besorgt bist, dann musst du eben aufpassen, dass mir nichts passiert.«

Sie sah ihn nicken. »Dann werde ich das wohl tun müssen«, bestätigte er. Er hauchte ihr einen kalten Kuss auf die Wange, dann war er verschwunden. Sabine spürte, wie die Wärme in die Wohnung zurückkehrte. Er war weg. Enttäuscht blieb sie noch eine Weile in der Finsternis sitzen, ehe sie sich dazu aufraffte, in die Küche zu gehen, um zu sehen, was der Kühlschrank heute noch für ein Abendessen hergeben würde.

Er wurde verfolgt! Tariq hielt inne und tat so, als wolle er sich eine Zigarette anzünden. Dabei ließ er verstohlen den Blick schweifen, konnte aber nichts entdecken, was ihm verdächtig erschien. Langsam ging er weiter. Eigentlich hatte er vorgehabt, den Park zu durchqueren. Das war eine Abkürzung, und bislang hatte er sich noch nie Gedanken darüber gemacht, egal zu welcher Tages- oder Nachtzeit er hier unterwegs war. Heute überlegte er jedoch, ob er nicht den längeren Weg um den Park herum wählen sollte. Dort gab es Straßenlaternen, und etliche späte Passanten waren noch unterwegs.

Tariq beschleunigte seine Schritte. So ein Blödsinn! War er ein ängstliches Mädchen, das sich von einem Schatten erschrecken ließ?

»Mach dir doch ins Höschen«, murmelte er verächtlich und schritt beherzt auf den Parkeingang zu. Dennoch konnte er nicht verhindern, dass ihm Bilder von aufgeschlitzten Kehlen in den Sinn kamen. In seiner Fantasie sah er Ileana, wie sie dort im Planten un Blomen gelegen hatte, und Yulia, deren Leiche er in Ohlsdorf verscharrt hatte.

Unwillkürlich ging er schneller. Er vergrub seine Hände tiefer in der Jackentasche und umklammerte den Griff seiner Pistole. Er würde sich nicht wie eine Frau überwältigen und sich die Kehle durchschneiden lassen!

Wieder huschte ein Schatten am Rand seines Sichtfeldes vorbei, doch als er den Kopf drehte, waren nur die nächtlichen Büsche und Bäume zu sehen. In einiger Entfernung ging ein Hundebesitzer durch den Park, dessen Tier ein Stück von ihm entfernt kreuz und quer über den Weg lief. Er hörte den Mann nach dem Hund rufen, der kurz aufjaulte und dann winselnd zurück zu Herrchen lief. Dann wurden Mann und Hund von der Dunkelheit der Nacht verschlungen.

Da war es wieder. Dieses Mal glaubte er, einen Blick im Rücken zu spüren. Jemand fixierte ihn, und Tariq spürte, wie ihm kalt wurde. Es war nicht dieses normale Gefühl von Kälte. Da war mehr. Eine lähmende Angst, die sich seiner bemächtigte. Ein Hauch von Tod strich über seinen Nacken, dass er fast aufgeschrien hätte. Panik erfasste ihn, wie er es noch nicht erlebt hatte. Er riss die Pistole aus der Tasche und hielt sie hoch.

»Ich bin bewaffnet!«, rief er, dann rannte er los. Er hetzte durch den nächtlichen Park, bis der Schein der Straßenlaternen am anderen Ende ihn wieder erfasste. Keuchend blieb er stehen und sah sich um. Nichts regte sich, und auch das Gefühl von Kälte war verflogen. Er öffnete den Reißverschluss seiner Lederjacke und schob die Pistole zurück in seine Tasche. Fast ein wenig beschämt setzte er seinen Weg fort. Wie albern von ihm, so einfach davonzulaufen. Zum Glück hatte ihn niemand beobachtet. Er würde sich zum Gespött der Szene machen, wenn sich so etwas herumsprach.

Tariq reckte den Hals und pumpte die Brust ein wenig auf. Breitbeinig schlenderte er die Straße entlang. Provokativ langsam. Sollte es jemand nur wagen, ihn anzugreifen. Er war schon mit ganz anderen Dingen fertiggeworden!

Doch niemand griff ihn an. Den Schatten, der ihm nun in größerem Abstand folgte, bemerkte er nicht. Beinahe sorglos schritt er vor ihm her und führte ihn bis zu seinem Versteck, das er seit Jahren sorgsam hütete.

Peter von Borgo folgte der frischen Spur. Bald ahnte er, wohin sie ihn führen würde. Er selbst war hier vor einigen Nächten schon einmal gewesen. Vor dem Haus hielt er inne. Er umrundete es einmal und witterte in die Nacht. Nein, es war keiner mehr da. Vielleicht würde es nicht schaden, sich drinnen einmal umzusehen.

Als Nebel floss er unter dem Türspalt hindurch und glitt den Flur entlang bis zu der unauffälligen Wohnungstür. Drinnen nahm er seine menschliche Gestalt wieder an. Aufmerksam sah er sich um. Im Gegensatz zu dem ersten Versteck, das er aufgespürt hatte, das nur als eine Art Büro diente, schienen diese Zimmer wirklich bewohnt zu werden. Er strich seiner Fährte folgend durch ein Schlafzimmer, eine unaufgeräumte Küche in ein Wohn- und Esszimmer. Er warf einen Blick in das schmutzige, kleine Bad, dann betrat er das letzte Zimmer, in dem sich ein Schreibtisch mit einem Computer und einige Aktenschränke befanden. Hier war der Geruch so intensiv, dass es ihn schauderte. Offensichtlich hatte er sein Ziel erreicht. Er strich mit der Nase an den Ordnern entlang und zog die aus dem Regal, an denen die Fährte haften geblieben war. Das war alles sehr aufschlussreich, doch es brachte ihn nicht wirklich weiter. Ein wenig entmutigt schob er den letzten Ordner zurück, als sein Blick auf ein niedriges Eckschränkchen fiel. Die Tür stand offen und durch den Spalt konnte er einen Tresor erkennen. Das war interessant. Er ging in die Knie. Seine Nasenflügel bebten vor Erregung, als er sich vorbeugte. Ja, es war noch keine Stunde her, dass er von unbefugter Hand geöffnet worden war.

Das Schloss würde dem Vampir keine Schwierigkeiten bereiten. Viel mehr beschäftigte ihn die Frage, ob das, was der Eindringling vor ihm gesucht hatte, noch da war oder ob er es mitgenommen hatte. Nun, das würde er gleich wissen.

Peter von Borgo legte sein Ohr an die Tür und drehte das Rad langsam, bis er das feine Knacken hörte. Nur wenige Augenblicke später hatte er die richtige Kombination gefunden. Die schwere Tür sprang auf.

Wieder half ihm seine Nase, das zu finden, was am längsten in Händen gehalten worden war. Es war ein einfaches Blatt Papier mit einer Liste von Namen und Adressen. Er roch noch einmal daran, es roch nach …

Der Vampir sah sich im Zimmer um, bis er den Kopierer neben der Tür entdeckte. Das Blatt war kopiert und dann wieder in den Tresor zurückgelegt worden. Keine schlechte Idee.

Peter von Borgo wandte sich wieder seinem Fundstück zu. Er strich mit dem Finger die einzelnen Zeilen entlang. Er verharrte kurz an den Stellen, wo Namen durchgestrichen worden waren, und fühlte so etwas wie Traurigkeit in sich aufsteigen. Verwundert spürte er dem seltsamen Gefühl nach. Was sollte das bedeuten? Er hatte die Frauen nicht oder nur flüchtig gekannt. Sie bedeuteten ihm nichts. Und doch berührte ihn der kräftige Kulistrich, der ihre Existenz noch einmal auszulöschen schien.

Yulia und Fjodora.

Er las die beiden Adressen und die Namen der Bewohner, die er inzwischen fast zu gut kannte. Sein Blick glitt die Liste weiter hinunter. Für einen Moment verharrte sein Finger über dem Namen Duyen. Der Name Lan dahinter war ebenfalls ausgestrichen. Er dachte an sein Gespräch mit der Frau, die noch immer im Haus der Familie Wolf ihre Sklavendienste verrichtete.

Sein Finger glitt noch ein wenig tiefer und verharrte dort. Noch ein Name war durchgestrichen. Mit energischer Hand war der Kugelschreiber auf das Papier gedrückt worden und die Tinte war noch nicht einmal vollständig trocken. Sein Blick verharrte auf dem Namen: Anelia.

Er kam zu spät. Das ahnte er bereits, als er in die Straße einbog. Dennoch flog er geradezu auf das Haus zu, setzte mit einem weiten Sprung über das Tor hinweg und überwand mit wenigen großen Sätzen die Einfahrt, die vor dem geschlossenen Tor einer Doppelgarage endete. Dort hielt er kurz inne und nahm noch einmal die Witterung auf. Für einen Moment gab er sich der

Hoffnung hin, er sei noch zur rechten Zeit gekommen, doch die Gerüche, die ihm in die Nase stiegen, sagten etwas anderes, und die Witterung log nie.

Peter von Borgo umrundete das Haus und floss durch ein gekipptes Fenster ins Innere. Er folgte dem durchdringenden Geruch nach Blut ein paar Kellerstufen hinab in ein kleines Gelass. Für einen Moment blieb er in der Tür stehen und nahm das Bild der Zerstörung in sich auf. Da lag sie, Anelia, in ihrem Blut. Er versuchte, die aufsteigende Gier niederzudrücken. Sie würde ihn nur ablenken und seine Sinne trüben. Peter von Borgo kniff die Augen zusammen und konzentrierte sich wieder auf den Körper zu seinen Füßen.

Er versuchte sich vorzustellen, was geschehen war. Sie hatte bereits geschlafen und vermutlich nicht bemerkt, dass der Tod in ihre Kammer eingedrungen war. Wie bei den anderen Frauen auch war ihre Kehle mit brutaler Kraft durchgeschnitten worden. Noch immer floss Blut aus der klaffenden Wunde. Der Vampir ließ sich auf die Knie sinken und legte seine Hand auf die Brust des Opfers. Ein Flattern wie der Flügelschlag eines Schmetterlings. Das Leben war noch nicht vollständig aus ihrem Körper gewichen. Er beugte sich vor und beschwor ihren Blick mit all seinen Kräften. Aber es war zu spät. Ihr Geist war nicht mehr in der Lage, seinem Befehl zu folgen, und mit einem Zittern zog sich ihr Herz zum letzten Mal zusammen. Noch einmal quoll ein roter Schwall aus der durchgeschnittenen Blutbahn, dann versiegte der Strom des Lebens, und die Seele löste sich von ihrer sterblichen Hülle. Zumindest stellte man es sich gemeinhin so vor. Der Vampir wusste nicht, ob es stimmte. Mit Seelen kannte er sich nicht besonders gut aus. Seine eigene war schon lange von ihm gegangen. Er war nur noch ein verfluchtes Wesen der Nacht, getrieben von seiner Gier.

Peter von Borgo dachte darüber nach, während er auf dem

Boden in einer Lache warmen Blutes kniete und sanft mit den Fingerspitzen über ihre Wangen strich.

Anelia. So jung und vor wenigen Augenblicken noch voller Leben.

Peter von Borgo löste sich von den sentimentalen Gedanken und sah sich um. War der Tod für sie eine Erlösung gewesen? Sie hatte im Bett gelegen und geschlafen, und vermutlich war sie gar nicht mehr richtig wach geworden. Entsetzen und Todesangst waren ihr erspart geblieben. Dort, noch in ihrem Bett hatte es begonnen. Es war zerwühlt, die Bettdecke weggerissen. Das erste Blut war geflossen und auf ihr Kopfkissen herabgeronnen.

Und dann? Der brutale Schnitt, der ihre Schlagader durchtrennte, die Luftröhre und die Speiseröhre, bis die Schneide des Messers gegen die knöchernen Wirbel stieß. Peter von Borgo sah die Blutspritzer rund um das Bett und die Lache, die sich neben dem Kopfende am Boden gebildet hatte.

Doch warum lag die Leiche jetzt hier in der offenen Tür? Aus eigener Kraft konnte Anelia nicht dort hingekrochen sein, auch wenn noch ein Hauch von Leben in ihr gewesen war, als er sie gefunden hatte.

Jemand hatte sie aus dem Bett gehoben und bis hierhin getragen. Aber warum? Nur um sie dann auf den Boden fallen und an dieser Stelle sterben zu lassen?

Nein, das ergab keinen Sinn. Peter von Borgo dachte an Fjodora, die draußen unter dem Apfelbaum gelegen hatte. Ja, auch Anelia hätte draußen im Garten gefunden werden sollen.

Er musste den Mörder dabei gestört haben.

Noch einmal beugte er sich zu der Toten herab und legte seine Handfläche auf ihre Wange. Sie begann bereits zu erkalten. Dies war keine junge Frau mehr. Dies war nur noch ein Leichnam.

Er richtete sich wieder auf und wandte sich zum Gehen. Hier gab es für ihn nichts mehr zu tun.

»Sabine?«

Die Kommissarin schreckte aus ihren Gedanken und wandte sich dem Mann zu, der vor den Stufen zum Präsidium auf sie gewartet hatte.

»Guten Morgen, Felix. Was tun Sie hier zu so früher Stunde? Um diese Zeit müssten Sie doch noch im Bett liegen und ein wenig Schlaf nachholen.«

Felix Leonhard unterdrückte ein Gähnen und nickte. »Ja, würde ich normalerweise auch, doch da gibt es etwas, das ich Ihnen gern erzählen würde.«

Sabine wiegelte ab. »Schlechter Zeitpunkt. Ich finde Ihre Recherchen interessant, aber ich bin schon spät dran und muss mich bei meinem Chef melden. Ehrlich gesagt, wir geraten bei diesen Fällen langsam unter Druck. Können wir vielleicht heute Abend darüber reden?«

Der Journalist schüttelte den Kopf. »Es geht um die Morde. Ich habe gestern mit einer Prostituierten gesprochen, die die Tote im Park gekannt hat – und deren Zuhälter!«

Die Kommissarin starrte ihn perplex an. »Hat Sie Ihnen einen Namen genannt?«

»Nicht nur das!«

Sabine fasste ihn am Ellbogen. »Felix, kommen Sie mit rein. Ich muss Ihre Aussage aufnehmen. Vielleicht kommen wir endlich ein Stück weiter.«

Der Journalist lachte. »Ah, jetzt habe ich Ihre Aufmerksamkeit. Wenn es dann noch einen Kaffee gibt, dann fängt der Tag doch nicht ganz so schlecht an.«

»Sie kriegen so viel Kaffee, wie Sie möchten!«, rief Sabine enthusiastisch. Sie meldete ihn beim Empfang an, reichte ihm seinen Besucherausweis und lotste ihn durch die Eingangssperre in den Finger B hinüber. Er folgte der Kommissarin in ihr Büro. Sönke war noch nicht da. Sabine bat die Sekretärin, ihnen Kaffee zu bringen, und stellte das Aufnahmegerät zwischen ihnen auf den Tisch.

»So, nun erzählen Sie mir bitte alles, was Sie erfahren haben. Nehmen Sie sich Zeit.«

Felix lächelte sie an. »Es ist für mich ein wenig ungewohnt, meinem Gesprächspartner die Regie zu überlassen.«

Sabine erwiderte sein Lächeln. »Kann ich mir denken, doch heute muss ich die Fragen stellen. Also, wie hieß die Prostituierte, mit der Sie sich unterhalten haben, und wo haben Sie sie getroffen?«

»Sie heißt Janka und stammt aus Bulgarien. Sie ist neunundzwanzig Jahre alt und kam mit siebzehn nach Deutschland. Ein Freund aus ihrem Dorf hat ihr eine Stelle als Kindermädchen angeboten, und sie war so naiv, an die große Chance im goldenen Westen zu glauben.«

Sabine nickte. Die Geschichten ähnelten sich. Es war so leicht, die jungen Frauen in den Westen zu locken, wo es dann ein böses Erwachen gab.

»Der Freund hat sie an einen Albaner namens Valdin verkauft. Sie wurde in sein Haus gebracht, wo er und einige seiner Freunde Janka vergewaltigten. Dann begann eine Irrfahrt, die sie Monate später nach Hamburg führte.

Das war vor mehr als zehn Jahren, als Bulgarien noch nicht in der EU war. Ein Visum zu bekommen war sicher nicht leicht gewesen, und so hatten sich die Schlepper die abenteuerlichsten Routen ausgedacht, um ihre ›Ware‹ in den Westen zu schmuggeln. Dort wurde sie dem Bruder von Valdin ausgeliefert.«

»Einem Zuhälter?«

»Ja, er heißt Tariq und ist anscheinend mit einer Deutschen verheiratet. Jedenfalls sagte mir Janka, er habe noch einen Bruder – Shkodran – und Verwandtschaft in Albanien, in deren Häuser die Mädchen zwischengelagert werden.«

»Dann sind also Shkodran und Valdin für die Beschaffung und den Transport der Mädchen zuständig, und Tariq überwacht hier in Hamburg ihren Einsatz«, fasste die Kommissarin zusammen.

»Genau. Janka hat zuerst drei Jahre in einer Wohnung mit vier anderen jungen Frauen aus verschiedenen osteuropäischen Ländern für ihn gearbeitet und wurde anschließend auf den Straßenstrich geschickt. Die Frauen in Tariqs Wohnungsbordell wurden stets von seiner Ehefrau überwacht, während er die Frauen auf der Straße, die schon länger für ihn anschafften, im Auge behielt.«

»Und dieser Tariq war auch Ileanas Zuhälter?«

»Ja, so ist es. Sie haben ein halbes Jahr zusammen auf der Straße gestanden, dann war Janka für Tariq zu alt, und er hat sie für ein paar Euro an einen Russen verkauft.«

»Und dieser Tariq, haben Sie auch einen Nachnamen?«

»Er heißt Kabaschi. Tariq Kabaschi.«

»Gut, dann hoffen wir, dass er irgendwo gemeldet ist und wir eine Adresse finden.«

Sabine erhob sich und reichte ihm die Hand. »Ich denke, Sie haben uns sehr geholfen. Vielleicht führt uns diese Information zu unserem Mörder.«

»Ich hoffe es«, stimmte der Journalist zu. »Und ich hoffe, wir sehen uns bald wieder.«

Plötzlich fühlte sich Sabine ein wenig befangen. Das Lächeln war zu warm, zu vertraulich. So hatte es mit ihrem Kollegen Michael auch angefangen, und es hätte beinahe in einer Katastrophe geendet! Mit Schaudern dachte sie daran, wie geschwächt sie ihn aufgefunden hatte, nachdem der Vampir ihm in einem Anflug von Eifersucht einen Besuch abgestattet hatte. Nein, sie durfte nicht noch mehr Männer in Gefahr bringen.

»Ja, vielleicht«, antwortete sie ausweichend und senkte den Blick. »Wenn Sie wieder einmal in St. Georg recherchieren.«

Er verstand den Wink und trat unwillkürlich einen Schritt zurück.

»Gut, dann bis irgendwann einmal«, sagte er, und sie glaubte, Enttäuschung in seiner Stimme zu vernehmen.

Sie begleitete Felix Leonhard noch bis zum Aufzug.

»Auf Wiedersehen, Felix«, murmelte sie frustriert, als sich die Tür bereits geschlossen hatte und er sie nicht mehr hören konnte. Dann holte sie tief Luft und machte sich auf den Weg zur Morgenbesprechung.

Kapitel 16

Eine Warnung

»Ich habe einen Namen!«, verkündete Sabine, als sie verspätet in die Morgenbesprechung platzte.

»Und du meinst, das reicht als Entschuldigung?«, fragte der Hauptkommissar trocken.

»Will ich doch meinen!«, behauptete sie und begegnete fest dem Blick ihres Vorgesetzten.

»Na, dann lass mal hören«, forderte er sie auf, und auch die anderen richteten ihre Aufmerksamkeit auf ihre Kollegin. Eine Spannung hing plötzlich in der Luft, der sich keiner entziehen konnte. Alle spürten, dass es sich um etwas Wichtiges handelte. Etwas, das in ihren Fällen die ersehnte Wende bringen könnte. Sabine genoss die Aufmerksamkeit ihrer Teammitglieder und zog den Moment absichtlich in die Länge.

»Ich habe den Journalisten Felix Leonhard heute Morgen getroffen, oder besser gesagt, er hat auf mich gewartet, denn er ist bei den Recherchen für sein Buch über Menschenhandel auf eine Prostituierte gestoßen, die für denselben Zuhälter gearbeitet hat wie unser erstes Opfer Ileana.« Sie machte noch einmal eine Pause, um die Mitglieder ihres Teams einen nach dem anderen zu betrachten. Sie sahen alle gespannt zu ihr herüber, nur Sönke heuchelte Desinteresse. Er gähnte demonstrativ. Michael mied wie so oft ihren Blick. Hätte er nicht längst versetzt werden sollen? Sabine hoffte für ihn, dass er bald in einem anderen Team eine Chance bekam zu zeigen, was in ihm steckte.

»Nu komm mal auf'n Punkt, mien Deern«, brummte Sönke.

»Er ist Albaner und heißt Tariq Kabaschi«, vermeldete Sabine.

Sönkes Kopf ruckte. Nun hatte sie seine ganze Aufmerksamkeit. »Tariq Kabaschi?«, wiederholte er. »Den Namen hab ich schon mal gehört.«

Er begann hektisch in seinen Unterlagen zu kramen, bis er das Gesuchte fand.

»Ha!«, rief er triumphierend. »Da ist es: Die Halterin des schwarzen BMW, den wir überprüft haben, ist eine Melanie Schmitz.«

»Ja, und?«, wunderte sich Sabine, und auch die anderen sahen Sönke fragend an.

»Die mit einem Albaner verheiratet ist, der ...«

»Tariq Kabaschi heißt«, ergänzte Sabine mit einem Stöhnen.

»Jau, ganz genau.«

»Ein Albaner, der nichts dagegen hat, dass seine Frau nach der Hochzeit ihren deutschen Namen behält«, fügte der Hauptkommissar hinzu.

»Ja und? Was sagt uns das?«, wollte Robert wissen.

»Vielleicht, dass es ihm wichtig ist, dass sie nicht gleich mit ihm in Verbindung gebracht werden kann? Wichtiger als seine Macho-Tradition jedenfalls?«

»Interpretierst du da nicht ein wenig viel in einen Namen rein?«, widersprach Robert. »Ist doch egal, ob sie Schmitz oder Kabaschi heißt.«

»Vielleicht, jedenfalls haben wir über den Wagen eine Verbindung zu den Reißenbergers und dem Fall Yulia und zu den von Ilsenbricks. Dieser Spur müssen wir folgen.«

Hauptkommissar Ohlendorf verteilte die Aufgaben, dann erhob er sich und schickte seine Leute an die Arbeit.

»Macht euch ans Werk, ehe es eine neue Leiche gibt!«

Sabine packte ihre Sachen zusammen und folgte Sönke in ihr

gemeinsames Büro zurück. Ein ungutes Gefühl quälte sie. Wenn der Mörder sich an seine eigenen Regeln hielt, dann hatte er längst wieder zugeschlagen. Dass sie noch keinen weiteren Mord gemeldet bekommen hatten, hieß nicht, dass nicht irgendwo dort draußen wieder eine junge Frau mit durchschnittener Kehle lag.

Tariq saß an seinem Schreibtisch. Der Tresor im Schrank stand offen, und einige der Papiere, die er dort drinnen aufbewahrte, lagen vor ihm ausgebreitet. Nun starrte er auf die Liste hinab, die er erst gestern das letzte Mal in Händen gehalten und anschließend dort wieder hineingelegt hatte. Er hatte den Tresor verschlossen. Da war er sich ganz sicher. Genauso sicher war er, dass er selbst die Namen Yulia, Fjodora und Lan durchgestrichen hatte – und dass es nicht seine Hand gewesen war, die Anelias Namen ausgestrichen hatte.

Wie zum Teufel konnte so etwas sein? Und was hatte es zu bedeuten?

Die zweite Antwort war naheliegend, trieb ihm aber einen Schauder über den Rücken. Das ließ sich mit einem einzigen Anruf nachprüfen. Er zögerte. Wollte er es denn so genau wissen? Er war Geschäftsmann! Es war seine Aufgabe, Bescheid zu wissen. Nur so konnte man rechtzeitig reagieren, neue Chancen nutzen und Risiken vermeiden.

Tariq suchte die Nummer heraus und wählte. Bereits nach dem zweiten Klingeln wurde abgehoben. Es meldete sich die Stimme von Frau Roderer, und allein ihr panischer Unterton bestätigte seine schlimmsten Befürchtungen.

»Kabaschi«, meldete er sich knapp.

»Endlich! Wir versuchen schon den ganzen Morgen, Sie zu erreichen«, gellte ihre Stimme in seinem Ohr. »Das Handy mit der Nummer, die Sie uns gegeben haben, ist immer ausgeschaltet.«

»Ja, das gibt es nicht mehr«, gab er zu. »Was ist denn los?«, fuhr er fort, obgleich ihn ihre Antwort nicht mehr überraschen konnte.

»Sie ist tot!«, kreischte Frau Roderer, dass er das Telefon ein Stück von seinem Ohr weghalten musste. »Anelia, sie wurde ermordet. Jemand ist bei uns eingebrochen und hat ihr die Kehle durchgeschnitten! Sie können sich nicht vorstellen, wie schrecklich das alles ist.«

Doch, das konnte er sich sogar ziemlich gut vorstellen. Er hatte noch genau das Bild der ermordeten Yulia vor Augen.

»Wo ist sie? Wo befindet sich die Leiche jetzt?«

»Was glauben Sie denn? In ihrem Zimmer, wo sie ermordet wurde.«

»Haben Sie die Polizei gerufen?«, erkundigte sich Tariq.

»Nein! Wie könnten wir? Wir würden bestimmt Schwierigkeiten bekommen.«

»Möglich«, stimmte er ihr zu, doch das fachte ihren Zorn noch mehr an.

»Und Sie sind an allem schuld!«

»Ich?«, rief Tariq, nun ebenfalls erzürnt. »Ich habe Ihnen lediglich zu dem verholfen, was Sie wollten.«

»Sie haben uns das alles eingebrockt, als Sie uns Anelia verkauft haben!«, beharrte Frau Roderer.

»Aber ich habe sie nicht ermordet«, widersprach Tariq in eisigem Ton, der seine Wut verbarg.

Er hörte Geräusche auf der anderen Seite der Verbindung, dann erklang die Stimme von Herrn Roderer, der kaum weniger erregt war als seine Frau.

»Hören Sie, Kabaschi, Sie sorgen dafür, dass die Leiche verschwindet und keiner etwas erfährt, aber dalli! Ich warne Sie, wenn wir Ärger bekommen, dann haben Sie ein richtig großes Problem. Wir kennen Ihren Namen und Ihre Geschäftsadresse. Ich könnte mir vorstellen, dass die Kripo großes Interesse an Ihrem kleinen

Sklavenhandel hat, und dann werden Sie die nächsten Jahre im Knast verrotten. Also sehen Sie zu, dass Sie hier schleunigst auftauchen und diese Sauerei in Ordnung bringen!«

Er legte auf, während Tariq noch minutenlang das Handy in der Hand hielt, das monoton zu tuten begann.

Hatte er gerade richtig gehört? Die Roderers machten ihn nicht nur für alles verantwortlich, sie besaßen auch noch die Frechheit, ihm zu drohen? Diese Narren hatten keine Ahnung, mit wem sie sich anlegten.

Bedächtig steckte Tariq das Handy ein und starrte wieder auf die Liste hinab. Nun musste er sich der ersten der beiden Fragen stellen: Wer hatte Anelias Namen durchgestrichen? Wer hatte von dem Mord gewusst und besaß Zugang zu seinem Tresor?

Die einzige Person, die ihm einfiel, war Melanie, seine Frau. Ja, es war möglich, dass sie den Tresor öffnen konnte. Aber warum sollte sie die Liste herausnehmen und Anelias Namen durchstreichen? Hatte sie Anelia und die anderen Frauen etwa auch getötet?

Je mehr er darüber nachdachte, desto wahrscheinlicher kam ihm diese Lösung vor, vor allem, weil ihm keine andere Möglichkeit einfiel. Aber warum zum Teufel tat sie so etwas? War sie denn völlig übergeschnappt, alles, was sie sich mühsam aufgebaut hatten, in Gefahr zu bringen?

Er legte stöhnend den Kopf in die Hände. Was für ein Wahnsinn! Er musste ihr Einhalt gebieten. Er musste das beenden, ehe man sie erwischte. Vielleicht war ihr die Kripo ja schon auf den Fersen. Dann musste er zusehen, dass sie ihn da nicht mit hineinzog. Wenn sie ihren Kopf in eine Schlinge steckte, bitte, das war ihre Sache, aber er würde seinen Hals nicht auch noch mitliefern!

Doch eines nach dem anderen. Zuerst würde er sich um die Roderers kümmern. Sie hatten ihm gedroht? Das war ein Fehler gewesen. Ein sehr großer Fehler …

»Notrufzentrale, wer spricht dort?«

»Hilfe, bitte, helfen Sie uns. Die bringen uns um!«, rief eine Frauenstimme in Panik.

Die Dame am Telefon der Notrufleitstelle blieb ruhig. »Bitte nennen Sie mir zuerst Ihren Namen.«

»Roderer, Linda Roderer. Helfen Sie uns, schnell, sonst ist es zu spät.«

»Von wo rufen Sie an? Sagen Sie mir Ihre Adresse. Ich schicke Ihnen einen Einsatzwagen.«

»Wir wohnen in der Dweerblöcken 32 in Sasel.«

Ein Krachen war zu hören und dann ein Kreischen von Frau Roderer.

»Sagen Sie mir, was bei Ihnen los ist«, forderte die Frau in der Notrufleitstelle.

»Zwei Männer, die wollen uns umbringen. Mein Mann, oh Gott! Sie haben Baseballschläger. Vielleicht haben sie ihn schon getötet und jetzt versuchen sie, die Tür aufzubrechen. Ich bin im Schlafzimmer – nein!«

Die beruhigende Antwort der Dame ging im Kreischen von Linda Roderer unter.

»Wir schicken Ihnen Hilfe. Die Polizei ist in wenigen Minuten bei Ihnen.«

Die Frauen wussten, dass ihnen keine Minuten blieben.

Noch einmal polterte es. Mitten in Linda Roderers angstvollem Schrei wurde das Gespräch unterbrochen. Die Stille danach schien endgültig wie der Tod.

Die Stimme der Dame klang belegt, als sie den Notruf weitergab.

»Wir haben einen bewaffneten Überfall in Sasel, vermutlich zwei Täter mit Baseballschlägern und zwei Opfer. Schickt sofort Polizei- und Rettungswagen in die Dweerblöcken, Nummer 32. Beeilt euch, Jungs!«

Der Polizist vom Einsatzwagen wurde im LKA mehrmals weiterverbunden, bis er schließlich bei Oberkommissarin Berner landete.

»Polizeiobermeister Klüver hier«, meldete er sich. Er klang ein wenig atemlos.

»Was gibt es?«, erkundigte sich die Kommissarin.

»Wir sind hier aufgrund eines Notrufs in einem Haus in Sasel und ich denke, Sie sollten herkommen!«

»Warum? Was ist los?«

»Naja, in der Zentrale ging ein Notruf ein. Eine Frau war am Telefon, die behauptete, sie und ihr Mann würden von Typen mit Baseballschlägern angegriffen. Also hat die Zentrale uns und einen Rettungswagen zu der Adresse in Sasel geschickt. Leider sind die Typen rechtzeitig getürmt. Immerhin haben sie einen der Baseballschläger zurückgelassen. Vielleicht findet die Spurensicherung Fingerabdrücke.«

»Dann sind die Anruferin und ihr Mann also tot?«, hakte Sabine nach.

»Nein, sie sind auf dem Weg nach Eppendorf in die Klinik. Sieht vermutlich schlimmer aus, als es ist. Wir haben noch mit ihnen geredet. Ich denke, sie kommen beide durch.«

»Und was sollen dann wir dort?«, wollte die Kommissarin wissen. »Sie sind hier bei der Mordbereitschaft gelandet!«

»Ja, ich weiß«, sagte Polizeiobermeister Klüver am anderen Ende gedehnt. »Ich rufe Sie auch nicht wegen des Überfalls an. Als wir das Haus durchsucht haben, haben wir noch etwas gefunden.«

Sabine spürte, wie es ihr kalt den Rücken runterlief, und noch ehe der Polizist weitersprach, wusste sie, was die Beamten dort gefunden hatten.

»Wir sind sofort da«, rief sie, ließ sich noch einmal die Adresse sagen und legte auf.

»Sönke, ruf das Team zusammen! Opfer Nummer vier wurde gefunden.«

Eine halbe Stunde später fuhr die vierte Mordbereitschaft in Sasel vor und betrat das unauffällige Einfamilienhaus der Roderers. Sie folgten der Spur der Verwüstung, die, wie ihnen der Beamte vor Ort versicherte, beim Kampf der beiden Schläger mit Herrn Roderer entstanden sein musste.

»Wobei es sicher kein echter Kampf war. Laut Frau Roderer klingelten die beiden Kerle an der Tür, und ihr Mann ließ sie ein. Vermutlich hat er nicht durch den Spion gesehen, denn wer würde solchen Typen freiwillig die Tür aufmachen?« Polizeiobermeister Klüver sah auf die Notizen in seinem Büchlein hinab.

»Jedenfalls drängten sie Herrn Roderer ins Wohnzimmer und fingen dann an, auf ihn einzuschlagen. Frau Roderer, die gerade die Treppe herunterkommen wollte, lief zurück ins Schlafzimmer, schloss sich dort ein und wählte den Notruf. Die Männer haben dann die Tür aufgebrochen und auch auf sie eingeschlagen. Und jetzt kommt der seltsame Teil. Sie haben von ihr abgelassen, obwohl sie noch bei Bewusstsein war, und sind in den Keller hinuntergegangen.«

»Woher wissen Sie das?«

Polizeiobermeister Klüver hob die Brauen und sah sie einen Augenblick intensiv an. »Am besten kommen Sie mit und sehen sich das selbst an.«

Der uniformierte Beamte war noch recht jung und wirkte ein wenig übereifrig. Dennoch war er kein unsympathischer Typ. Er sah sogar recht gut aus.

Er führte Sabine zur Kellertreppe, auf deren oberen Stufen die Leiche einer Frau lag. Ihr war brutal die Kehle durchgeschnitten worden, was Sabine nicht mehr überraschte – schon eher, dass sie auf der Treppe lag, wo sie sicher nicht gestorben war.

»Sie wurde in dem kleinen Zimmer dort unten getötet – soweit ich das beurteilen kann«, sagte der junge Uniformierte. »Jedenfalls ist dort alles voller Blut. Passen Sie auf, dass Sie nicht in die Spuren auf der Treppe treten«, fügte er hinzu und deutete auf die Abdrücke schwerer Stiefel, die auf den hellen Steinstufen gut zu erkennen waren.

Die Kommissarin stieg über die Fußabdrücke hinweg und folgte ihm in das kleine Zimmer, das der Tatort sein musste.

Sabine blieb in der Tür stehen und sah sich in der fensterlosen Kammer um. Die ärmliche Behausung glich den Zimmern, in denen die anderen Opfer untergebracht worden waren. Kopfschüttelnd betrachtete sie die schwere Metalltür. Der Schlüssel steckte außen.

Stimmen erklangen von oben, dann näherten sich Schritte. Thomas Ohlendorf brachte Dr. Lichtenberg in den Keller hinunter. Sabine reichte der Rechtsmedizinerin mit einem Seufzer die Hand.

»Wir sehen uns in letzter Zeit etwas zu häufig für meinen Geschmack… Verstehen Sie mich nicht falsch, nicht dass ich unter anderen Umständen etwas gegen Ihre Gesellschaft hätte.«

»Doch es muss nicht jedes Mal eine Frau mit durchgeschnittener Kehle mit dabei sein«, ergänzte Dr. Lichtenberg. Sie sah sich ebenfalls aufmerksam in der Kammer um.

»Sie wurde im Bett überfallen. Dort ist das meiste Blut, doch ehe sie tot war, hat sie jemand hier in die offene Tür gelegt. Sehen Sie die Spur. Hier ist das Blut noch geflossen. Dort ist sie dann gestorben, und erst sehr viel später, als das Blut bereits getrocknet war, hat man sie die Treppe hinaufgetragen.«

Sie stieg zusammen mit der Kommissarin die Treppe hoch und kniete sich neben die Leiche.

»Sehen Sie sich die seltsame Lage ihres Körpers und die Totenflecken an. Sie muss mindestens acht Stunden auf dem Rücken gelegen haben und ist dann erst vor Kurzem hierher gebracht worden. Die Totenstarre ist fast vollständig ausgebildet…«

Das stimmte mit Sabines Eindrücken überein. »Ich denke, die beiden Schlägertypen haben die Leiche hochgetragen und sie dann fallen gelassen, als sie die Sirenen der Einsatzfahrzeuge hörten.«

Dr. Lichtenberg nickte. »Das ist möglich, doch warum haben sie sie überhaupt aus dem Keller geholt?«

»Um die Leiche verschwinden zu lassen?«, regte Sabine an.

»So wie Yulias Leiche?« Die Ärztin nickte. »Gut, sagen wir, das stimmt, umgebracht haben sie die Frau jedenfalls nicht. Es sei denn, sie waren bereits acht bis zehn Stunden vorher schon einmal im Haus. Doch warum sie erst töten und dann so lange warten, ehe man ihre Leiche entsorgt?«

Sabine hob die Schultern. »Das ist das große Rätsel. Wir werden die Telefonate der Roderers checken. Ich könnte mir vorstellen, dass wir wieder auf diesen Tariq stoßen. Doch inwiefern er in die Morde verwickelt ist, können wir erst klären, wenn wir ihn gefunden und verhört haben.«

»Ich hoffe, Sie haben Erfolg«, meinte Dr. Lichtenberg. »Die Toten gehören zwar zu meinem Job, aber davon habe ich jetzt echt genug gesehen!« Anklagend wies ihr behandschuhter Finger auf die klaffende Wunde der aufgeschnittenen Kehle.

»Ich auch«, stimmte ihr Sabine bedrückt zu, und obwohl sie sich lieber abwenden wollte, kniete sie sich neben die Ärztin und beugte sich über die schreckliche Wunde.

»Genau wie bei den anderen«, kommentierte Dr. Lichtenberg.

Sabine erhob sich. Sie führte die Männer von der Spurensicherung zum Tatort, wo sie Fingerabdrücke und Faserspuren sicherstellten. Natürlich kümmerten sie sich auch um die Schuhabdrücke auf der Treppe und packten den zurückgelassenen Baseballschläger ein. Ein zweites Team war oben im Schlafzimmer und suchte hier nach weiteren Spuren, die die beiden Angreifer der Roderers überführen könnten. Zwei weitere Männer befassten sich mit dem Wohnzimmer.

Sabine traf Thomas Ohlendorf allein und in Gedanken versunken auf der Terrasse. Er schreckte auf, als sie zu ihm trat. »Was ist?«

»Entschuldige, wenn ich dich gestört habe. Was denkst du?«

Der Hauptkommissar zog eine Grimasse. »Ich muss zugeben, ich bin verwirrt.«

Sabine nickte. »Ja, das passt alles nicht zusammen. Wenn diese Typen kamen, um die Leiche wegzuschaffen, warum haben sie dann die Roderers zusammengeschlagen? In wessen Auftrag haben sie gehandelt? Wer hat Interesse daran, ein Verbrechen zu vertuschen, und begeht dann im gleichen Zug ein zweites?«

Thomas Ohlendorf seufzte. »Du sagst es. Und dabei bleibt noch immer die Hauptfrage: Welcher Wahnsinnige läuft durch Hamburg und schneidet diesen armen Frauen die Kehle durch?«

Sabine überlegte. »Meinst du wirklich, es ist ein Wahnsinniger? Ein Psychopath, der einfach nur tötet?«

»Du meinst, *wahllos* tötet?« Der Hauptkommissar schüttelte den Kopf. »Nein, seine Opfer sucht er sich mit Bedacht. Sieh dir die Tote an. Wieder Osteuropa.«

»Und wieder eine Frau, die hier unter unwürdigen Bedingungen arbeiten musste«, ergänzte die Kommissarin.

»Nein, wenn ich wahnsinnig sagte, dann nur, weil jeder wahnsinnig sein muss, der so etwas tut.«

Dazu gab es nichts weiter zu sagen. Sie standen noch eine Weile stumm nebeneinander und starrten in den gepflegten Vorstadtgarten, der sich adrett in herbstlichen Farben präsentierte und dessen Heiterkeit so gar nicht zu dem passte, was in den Mauern dieses Hauses geschehen war.

»Entschuldigen Sie, ich bin hier fertig«, meldete sich Dr. Lichtenberg, die zu ihnen auf die Terrasse trat. »Wenn Sie nichts dagegen haben, lasse ich die Leiche jetzt nach Eppendorf bringen. Ich will sie mir sofort ansehen. Alles andere kann warten.«

Der Hauptkommissar nickte. »In Ordnung. Wir sind hier auch bald fertig.«

»Wenn du nichts dagegen hast, dann fahre ich gleich mit und bleibe bei der Sektion dabei.«

»Ist gut«, stimmte Thomas Ohlendorf zu. »Und wenn du fertig bist, geh doch bitte ins Krankenhaus rüber und sieh nach, ob man die Roderers bereits vernehmen kann, ja? Nimm Sönke mit.«

»Der wird sich freuen«, meinte Sabine, die seine Abneigung gegen Autopsien kannte, doch der Hauptkommissar zuckte nur mit den Schultern. »Das ist nun mal unser Job.«

»Und was werdet ihr machen?«

»Robert und Uwe sollen mir diesen Tariq herschaffen, und ich werde mich noch einmal mit deinem Exmann unterhalten. Vielleicht ist aus den Reißenbergers ja doch noch etwas rauszuholen.«

Sabine war froh, dass er nicht sie mit dieser Aufgabe betraute. Sie war so wütend auf Jens, dass sie sich nicht sicher war, wie professionell sie mit der Sache noch umgehen konnte. Dass er solche Leute noch schützte! Nein, sie würde ihm wahrscheinlich an den Hals gehen, wenn man sie nur in seine Nähe ließ, dachte sie grimmig.

Dr. Lichtenberg zog die unbekannte Tote aus und wusch sie. Dabei sprach sie in ihr Aufnahmegerät. Außer der durchgeschnittenen Kehle waren keine Anzeichen von Gewalt zu sehen. Keine Fesselspuren, keine Hämatome. Das Opfer war nicht vergewaltigt worden.

»Sie wurde von ihrem Angreifer überrascht. Wie bei den anderen Opfern haben wir keine Abwehrverletzungen gefunden, keine Haut unter ihren Nägeln, nichts.«

Frustriert sah die Rechtsmedizinerin zu Sabine. »Ich verstehe das nicht. Haben die Frauen alle so tief geschlafen, dass sie gar nichts bemerkt haben? Ging es so schnell, dass sie gar nicht um ihr Leben kämpften?«

»Betäubungsmittel?«, schlug Sönke aus dem Hintergrund vor. Er hatte sich so weit wie möglich zurückgezogen und hielt sich sein Taschentuch vor die Nase, obwohl die Leiche der jungen Frau noch gar nicht stank.

Dr. Lichtenberg wandte sich ihm zu. »Das kann erst das toxikologische Gutachten zeigen. Die anderen Frauen hatten jedenfalls nichts im Blut. Sie waren alle bei klarem Bewusstsein. Lediglich Ileana hatte ein wenig Alkohol im Blut, aber längst nicht so viel, um zu erklären, warum sie sich nicht gewehrt hat.«

Irgendetwas arbeitete in Sabines Unterbewusstsein, und obgleich sie den Gedanken noch nicht fassen konnte, wusste sie bereits, dass er ihr ganz und gar nicht gefiel. Sie konzentrierte sich wieder auf die schreckliche Halswunde, die das Leben der jungen Frau so brutal beendet hatte.

»Ein glatter, energischer Schnitt, der bis in den Halswirbel reicht«, wiederholte Dr. Lichtenberg. »Wie bei den anderen Opfern auch.«

»Nicht ganz«, sagte die Kommissarin langsam. »Waren bei den anderen nicht nur auf der linken Seite diese ausgefransten Stellen?«

Sie deutete auf die Ränder der Wunde. »Hier gibt es rechts und links eine solche Stelle.«

Die Rechtsmedizinerin betrachtete die Wunde genau, ehe sie antwortete. »Gut beobachtet. Und noch immer bin ich mir nicht sicher, was genau diese unsauberen Ränder verursacht hat. Ich dachte erst, das Messer habe eine Kerbe, aber ich habe Versuche mit unterschiedlichen Klingen gemacht und in keinem Fall solche Wundränder erhalten. Ich bin ein wenig ratlos. Es kommt mir vor, als würden zwei unterschiedliche Wunden übereinanderliegen.«

»Könnten diese Einkerbungen nicht vorher entstanden sein?«,

fragte Sabine, die eine unangenehm klare Vorstellung davon hatte, wie diese Verletzungen vor dem Schnitt ausgesehen haben könnten.

Die Ärztin überlegte und sagte dann zögernd: »Schon möglich. Aber nicht lange vorher. Es kam zu keiner Blutgerinnung. Es kann sich höchstens um Minuten handeln.«

Sabine fühlte, wie ihr übel wurde, und das lag ganz sicher weder an dem Anblick noch an dem Geruch der Leiche.

»Darf ich mir die anderen Opfer noch einmal ansehen?«, bat sie.

Falls sich Dr. Lichtenberg über ihren Wunsch wunderte, so zeigte sie es nicht. Sie wies ihren Sektionsassistenten an, die Fächer zu öffnen und die Leichen rauszuschieben.

Ja, da waren sie. Kleine, stiftförmige Wunden an den Rändern des Schnitts, die Dr. Lichtenberg für die Spur einer Kerbe in der Klinge gehalten hatte. Doch das waren sie nicht. Es waren – wie die beiden verkrusteten Punkte neben der Wunde an Fjodoras Hals – die Spuren langer, scharfer Reißzähne, wie sie nur ein Vampir in das Fleisch seiner Opfer schlägt. Darum hatten die Frauen keine Hautfetzen unter den Nägeln und keine Abwehrverletzungen. Sie waren wie das Kaninchen beim Anblick der Schlange von seinem Blick paralysiert worden.

Der Gedanke ließ ihr die Knie weich werden. Sie musste sich an einer der Metalltüren festhalten, hinter denen die gekühlten Leichen ruhten.

Peter, wie konntest du nur so etwas tun?

Er hatte sich nicht mehr beherrschen können und dann versucht, seine Taten zu tarnen, indem er den Opfern anschließend die Kehle durchschnitt. Glaubte er denn wirklich, er würde mit all diesen Morden durchkommen?

Oder irrte sie sich?

Ach, wie gern würde sie sich irren! Ihr Herz und ihre Kehle

brannten, und es kostete sie all ihre Kraft, ihren Schmerz nicht laut herauszuschreien.

»Sabine, ist dir nicht gut?«

Sönke stand an ihrer Seite, und erst jetzt bemerkte sie, dass sie auf dem Boden kauerte. Auch Dr. Lichtenberg eilte herbei. Sabine las Erstaunen und Sorge in ihrer Miene.

»Ist Ihnen schlecht geworden?«, erkundigte sich die Ärztin. »Das bin ich von Ihnen gar nicht gewohnt.«

Sabine ließ sich von Sönke hochziehen. »Geht schon wieder. Nur der Kreislauf«, log sie.

»Sie können gern in mein Büro gehen und einen Kaffee trinken«, schlug Dr. Lichtenberg vor. »Wir sind hier eh bald fertig.«

Doch Sabine beharrte darauf, dass es ihr wieder gut gehe.

»Sie sind aber ungewöhnlich blass«, entgegnete die Ärztin, wandte sich dann jedoch wieder der Toten zu.

Während Sabines Blick auf den ausgeweideten Körper der Leiche gerichtet blieb, rasten ihre Gedanken. Die Spuren schienen eindeutig, aber es ergab alles keinen Sinn. Nichts passte zusammen. Sie musste noch einmal mit ihm sprechen, ihn zwingen, die Wahrheit zu sagen. Hatte er nicht behauptet, sie zu lieben? War er ihr nicht wenigstens die Wahrheit schuldig?

Sie blieb noch bis zum Ende der Autopsie und machte sich dann mit Sönke auf den Weg zur Krankenstation, um zu sehen, ob man die Roderers schon befragen konnte, doch es gelang ihr nicht, sich auf das verletzte Ehepaar und seine Schläger zu konzentrieren. Ihre Gedanken wanderten immer wieder zu dem Vampir, der sie so anzog und sie nun mit seinen schrecklichen Taten zur Verzweiflung trieb.

Was sollte sie tun? Was konnte sie tun?

Ihm einen Pflock durch das kalte Herz treiben, dachte sie bitter und hätte vor Hilflosigkeit am liebsten geweint. Stattdessen richtete sie ihren Blick auf die Frau im Krankenbett vor ihr. Sie hatte den Kopf und den Arm verbunden und sah sie aus einem fast zugeschwollenen Auge an. Ihre Lippe war blutverkrustet.

»Frau Roderer, wie geht es Ihnen?«

Die Frau schenkte der Kommissarin einen zornigen Blick. »Sieht man das nicht? Sind Sie schon einmal mit einem Baseballschläger fast zu Tode geprügelt worden?«

Sabine schüttelte den Kopf. »Nein, das nicht, und ich glaube Ihnen auch, dass Sie Schmerzen haben, doch alles in allem sind Sie gut davongekommen. Nur Prellungen und eine Platzwunde. Nichts, das nicht in absehbarer Zeit wieder in Ordnung kommen wird.«

Frau Roderer brummte unwirsch.

»Haben Sie Ihre Angreifer erkannt?«

Frau Roderer schüttelte mit einer trotzigen Miene den Kopf. »Ich habe die Männer noch nie gesehen.«

»Aber Sie können sie mir sicher beschreiben.«

Sie überlegte kurz, dann schüttelte sie wieder den Kopf. »Nein, ich habe sie mir nicht so genau angesehen. Ich hatte nur Angst, dass sie mich umbringen.«

Sabine kniff die Augen zusammen und fixierte Frau Roderer. Dass sie Angst gehabt hatte, glaubte sie ihr, doch den ersten Teil der Antwort hielt sie für eine Lüge.

»Verzeihen Sie, wenn ich das so sage, doch es kommt mir vor, als hätten die beiden Männer Ihnen keinen echten Schaden zufügen wollen. Wenn Sie sie hätten töten wollen, dann würden wir uns jetzt nicht unterhalten. Auch Ihrem Mann geht es schon wieder leidlich gut. Mein Kollege unterhält sich noch mit ihm. Ich glaube nicht, dass die beiden Männer versucht haben, Sie umzubringen.«

»Woher wollen Sie das wissen?«

»Weil solche Typen, die bei ihren Opfern an der Haustür klingeln, sie niederschlagen und dann wieder gehen, ohne etwas zu stehlen, normalerweise Profis sind, die genau das tun, was sie sich vorgenommen haben oder was man ihnen aufgetragen hat. Entweder sie sollen ihre Opfer töten oder ihnen nur etwas klarmachen. So etwas kommt im Milieu öfters vor. In gutbürgerlichen Kreisen aber eher selten. Wenn ich es mir recht überlege, eigentlich nie. Daher muss ich Sie ganz neugierig fragen: Was wollten die beiden Schläger Ihnen klarmachen?«

Sie sah, wie Frau Roderer trocken schluckte, doch sie antwortete nicht.

»Gut, dann kommen wir zu den anderen Fragen. Warum lag eine Leiche mit durchschnittener Kehle in Ihrem Keller? Und warum haben sie die Männer die Treppe hinaufgetragen? Sollten sie sie mitnehmen und wurden dann durch die Ankunft der Polizei gestört?«

Frau Roderer presste die Lippen aufeinander.

»Haben Sie die Männer beauftragt, die Leiche fortzuschaffen? Aber warum haben die Typen Sie dann verprügelt?«

»Ich sage gar nichts«, presste Frau Roderer hervor. »Ich habe das Recht auf einen Anwalt!«

Sabine sah sie nachdenklich an und nickte. »Ich dachte, Sie seien hier das Opfer«, sagte sie sanft. »Aber vielleicht habe ich mich da ja getäuscht.«

»Ich will einen Anwalt«, krächzte Frau Roderer unter Tränen.

Kapitel 17

Das Spiel

Bedächtig schritt er über die Wiese zum Ufer hinunter. Er konnte die Silhouette ihrer Gestalt erahnen. Ihr Duft hüllte ihn ein und hätte seinen Herzschlag wohl beschleunigt, würde sein Herz nicht schon seit langer Zeit kalt und tot in seiner Brust ruhen. Für einen Moment hielt er inne und nahm sie mit allen Sinnen in sich auf, dann trat er unter die Weiden, bis er dicht hinter ihr stand, und sah über ihre Schulter hinweg auf das Wasser hinaus. Sie rührte sich nicht, doch er konnte spüren, wie sich ein Lächeln über ihre Züge ausbreitete. Sie hatte ihn bemerkt. Natürlich. Doch vielleicht gehörte es zu ihrem Spiel.

Endlich erhob sie ihre Stimme, wobei ihr Blick noch immer über das düstere Wasser der Elbe schweifte.

»Hier hat alles begonnen.«

»Wird es hier auch enden?«, wollte der Vampir wissen.

Sie drehte sich um und sah ihm in die Augen. »Wer weiß? Kannst du es mir sagen?«

Er schwieg. Es kostete ihn viel Kraft, sie nicht anzusehen.

»Was willst du?«, fragte er schließlich.

»Weißt du das denn nicht?«, gab sie verwundert zurück. Sie schlang ihre Arme um seinen Hals und zwang ihn, sie anzusehen. Für einen Moment fühlte er eine ungekannte Schwäche. Sie stellte sich auf die Zehenspitzen und küsste ihn mit einer Leidenschaft, die ihn wanken ließ. Er konnte nicht anders. Er riss sie in seine Arme und presste sie an sich, als wolle er sie zerbrechen. Sein

Kuss war wild, fast brutal, doch sie lachte leise, als sie sich von ihm löste. Als sie ihn wieder an sich ziehen wollte, schob er ihre Hände von sich und trat zurück.

»Lass das. Dafür bin ich nicht gekommen!«

»Nein?«

»Nein! Es muss ein Ende haben. Sofort! Noch heute Nacht.«

»Warum?«, fragte sie und sah ihn mit gespielt naivem Blick an.

»Weil es kein Spiel ist!«

»Ach nein?« Sie warf den Kopf in den Nacken und lachte. »Ich finde, es ist ein ganz köstliches Spiel.«

»Hör auf! Das ist keine Bitte.«

»Nein? Und wenn ich mir nichts befehlen lassen will? Was tust du dann?«

»Dann sorge ich dafür, dass es aufhört!«

Sie legte den Kopf schief, warf ihr herrlich dunkles Haar zurück und klimperte verführerisch mit ihren Wimpern.

»Willst du von nun an immer an meiner Seite bleiben, um sicherzugehen, dass ich nichts anstelle? Dieser Vorschlag gefällt mir. Ja, das hört sich gut an. Dagegen hätte ich absolut nichts einzuwenden.«

»Nein, das werde ich nicht tun. Du wirst tun, was ich dir sage, auch wenn ich nicht in deiner Nähe bin.« Sein drohender Blick schien sie nicht zu beeindrucken.

»Und wenn nicht? Was willst du dann tun? Mich bestrafen?«

Wieder lachte sie, doch dieses Mal klang es bitter. »Was für eine Strafe könnte es wohl geben, die meiner gerecht werden würde?«

»Der Tod«, sagte er tonlos.

»Der Tod? Darum spielen wir?«, fragte sie und sah ihn verblüfft an. »Gut, das ist ein fairer Einsatz, doch was bist du bereit, dagegenzusetzen? Dein eigenes Leben?« Sie kicherte. »Oh nein, das geht nicht. Ich hätte einen besseren Vorschlag. Wir spielen um das eine Leben, das dir wichtig ist!«

Ihm war, als lege sich eine eisige Hand um sein kaltes, totes Herz. Wie dumm von ihm. Wie hochmütig zu glauben, er habe alles im Griff. Wie leichtsinnig zu denken, es gäbe nichts mehr, was ihn vernichten könnte. Für einen Moment wusste er nicht, was er sagen sollte. Sie nutzte die Gelegenheit, ihm noch einmal die Arme um den Hals zu schlingen.

»Küss mich noch einmal. Ich sehne mich nach dir, nach deinem Körper.«

Er spürte das Verlangen in sich auflodern. Die Lust, sie an sich zu ziehen, sie ganz zu besitzen. Doch er nahm alle Kraft beisammen und stieß sie weg. Dann drehte er sich um und ging davon.

»Du kannst mir nicht entkommen«, rief sie ihm nach. »Wir gehören zusammen!«

Sabine konnte es kaum erwarten, aus dem Präsidium zu kommen. Sie lief zu ihrem Wagen und fuhr mit quietschenden Reifen an.

Sei keine Idiotin, mahnte sie sich selbst zur Ruhe und näherte sich etwas zivilisierter der Schranke, die sie aus der unterirdischen Parkanlage entließ. Sabine bog in die Hindenburgstraße ein. Sie zwang sich, genügend Abstand zu dem Fahrzeug vor sich einzuhalten und nicht zu drängeln. Das würde sie auch nicht schneller nach Blankenese bringen! Und für die Nerven aller Beteiligten wäre es auch nicht von Vorteil. Dennoch hätte sie vor Ungeduld schreien mögen.

Ihr Handy klingelte, und sie meldete sich ein wenig schroff.

»Sabine? Störe ich Sie gerade? Felix Leonhard hier.«

Sie atmete einmal tief ein und wieder aus, dann sagte sie bemüht freundlich: »Nein, Sie stören nicht. Was gibt es?«

»Ich bin hier auf etwas gestoßen, das Ihnen bei Ihren Ermittlungen weiterhelfen könnte. Es geht um diesen Zuhälter Tariq.«

»Gut. Worum handelt es sich?«, erkundigte sich die Kommissarin.

»Ich bin mir noch nicht ganz sicher. Ich will erst noch etwas abklären. Aber wenn Sie später Zeit hätten – vielleicht so gegen acht? Dann würde ich Sie gern treffen.«

Sie überlegte, ob es hier wirklich um wichtige Informationen ging oder ob er nach einem Vorwand für ein Date suchte. Für so etwas fehlte ihr im Moment die Zeit und die Geduld.

»Bitte!«, drängte er. »Oder soll ich morgen früh vor dem Präsidium auf Sie warten?«

Offensichtlich ging es nicht nur um ein Date. Sabine gab nach. »Gut, ich denke, gegen acht kann ich zurück sein. Treffen wir uns wieder im Casa di Roma.«

»Wunderbar«, rief Felix, und sie glaubte zu spüren, wie er strahlte.

»Moment, da tut sich etwas.«

»Bitte?«

Sie hörte, wie ein Motor angelassen wurde. Offensichtlich saß auch er im Auto. Er fuhr los.

»Ich muss Schluss machen.« Seine Stimme klang plötzlich angespannt.

»Felix? Was machen Sie? Wo sind Sie?«

»Ich kann jetzt nicht weiterreden. Wir sehen uns später.«

»He? Sie verfolgen doch nicht etwa jemanden? Überlassen Sie solche Sachen lieber der Kripo. Das ist nicht ungefährlich.«

Doch die Verbindung war bereits unterbrochen, und sie sprach nur noch gegen ein monotones Tuten an.

Was er wohl vorhatte? Die Kommissarin überlegte, bis sie sich Blankenese näherte und ihre Gedanken wieder von dem Vampir und ihrem schrecklichen Verdacht vereinnahmt wurden. Ihre Stimmung verdüsterte sich, je näher sie dem Baurs Park kam.

Was, wenn sie mit ihrer Befürchtung recht hatte? War es nicht schlimm genug, einem Blutsauger verfallen zu sein? War sie gar die Geliebte eines Serienkillers?

Blut zu trinken, war seine Natur. Das hatte sie immer gewusst. Nun ja, nicht wirklich von Anfang an, doch sie hatte sich nicht von ihm abgewandt, als sie es erfahren hatte.

Aber nur, weil er ihr versichert hatte, keine Menschen zu töten! Hatte er diese Absicht einfach so über Bord geworfen oder war seine Natur doch stärker, als er dachte? Kam seine eingeübte Beherrschung nicht mehr gegen den Drang seines finsteren Wesens an?

Alle diese Gedanken quälten sie, während sie ihren Wagen vor dem Anwesen parkte und die Auffahrt hinaufschritt. Sie betätigte energisch den bronzenen Klopfer an der Tür und lauschte seinem Klang, der durch das leere Haus hallte. Es war nicht abgeschlossen. Sabine stieß die Tür auf und trat ein.

»Peter?«

Keine Antwort. Sabine blieb mitten in der düsteren Halle stehen.

»Peter!«, rief sie noch einmal. »Wo bist du? Ich muss mit dir reden!«

Sie lauschte, wie ihre Worte verhallten. Nichts rührte sich. Plötzlich erfasste sie ein beklemmendes Gefühl. Wenn Peter wirklich der Mörder all dieser Frauen war, musste irgendeine Veränderung mit ihm vor sich gegangen sein, die sie bislang nicht bemerkt hatte. Oder die sie nur nicht hatte bemerken wollen? Ihr fielen plötzlich immer mehr Situationen ein, in denen er nicht so reagiert hatte, wie sie es von ihm gewohnt war. Nächte, in denen er noch verschlossener gewesen war als sonst, in denen er sich schon früh von ihr verabschiedet hatte oder gar nicht erst bei ihr aufgetaucht war. Er hatte sich Stück für Stück von ihr zurückgezogen, doch sie hatte nur an ihre Arbeit gedacht, sich gefreut, nicht länger suspendiert zu sein, und sich mit ganzer Kraft auf den neuen Fall gestürzt.

Hatte er sich deshalb von ihr entfernt und sich seinem inneren Drängen überlassen?

»Peter?«, fragte sie noch einmal in die Nacht und hörte selbst, dass ihre Stimme dünn und kläglich klang.

Wie kam sie eigentlich auf den Gedanken, dass er sie verschonen würde, wenn sie hier in sein Haus kam und ihn mit diesen ungeheuerlichen Anschuldigungen konfrontierte?

Er liebt mich, piepste eine Stimme in ihr. *Das würde er nicht tun.*

Nein? Warum nicht? Konnte ein Vampir überhaupt lieben? War seine Seele nicht verloren, sobald sein Herz aufhörte zu schlagen?

Sabine verließ das Haus und zog die Tür behutsam hinter sich zu. Ihre Gefühle überschlugen sich, als sie zu ihrem Wagen zurückkehrte. Sie wusste nicht mehr, was sie denken sollte. Einerseits lagen die forensischen Beweise klar auf dem Tisch, anderseits wollten die Puzzlestücke einfach kein geschlossenes Bild ergeben. Es hakte an allen Ecken und nichts passte wirklich zusammen. Sie war sich sicher, etwas übersehen zu haben, aber was?

Sabine fuhr los, ohne auf den Weg zu achten, während sich ihre Gedanken weiterhin im Kreis drehten.

Nein, es wunderte sie nicht, dass sie sich kurze Zeit später vor den Mauern des Friedhofs wiederfand.

Felix Leonhard beendete das Gespräch und nahm die Verfolgung auf. Was im dichten Verkehr der Stadt gar nicht so einfach war. Er wollte nicht auffallen, indem er an Tariqs Stoßstange klebte, doch immer wieder schoben sich an einer Ampel andere Fahrzeuge zwischen sie, sodass er einige Male befürchten musste, ihn verloren zu haben. Dann aber entdeckte er ihn wieder und arbeitete sich erneut an das Fahrzeug heran.

Eigentlich wusste er schon, wohin es ging. Zumindest ahnte er es, nach dem, was seine Informantin ihm verraten hatte.

»Zuhälter denken immer, wir Nutten sind taub und dumm«, hatte sie mit Bitterkeit in der Stimme gesagt. »Oder sie verlassen sich auf die Macht, die sie über uns ausüben. Weil sie uns demütigen und schlagen. Gegen unseren Willen zum Sex zwingen. Unser Leben und unsere Familien bedrohen. Und da denken sie eben, sie können sich darauf verlassen, dass wir unsere Ohren verschließen und unseren Kopf ausschalten. Naja, meistens ist das ja auch so. Wenn ich noch für Tariq arbeiten würde, dann würde ich Ihnen das auch nicht erzählen.«

Und dann hatte sie ihm etwas gesagt, dass sein Herz rascher schlagen ließ. Das war eine Gelegenheit, die er sich nicht entgehen lassen durfte. Natürlich hätte er auch einfach die Kripo einschalten können, doch was, wenn Janka etwas falsch verstanden hatte? Dann hetzte er die Kripo auf eine falsche Fährte und stand nachher als der Dumme da. Nein, es war besser, die Spur erst einmal zu überprüfen und dann die Polizei einzuschalten.

Tariq fuhr noch immer Richtung Speicherstadt und folgte dann der Grenze zum Freihafen. Felix überquerte hinter ihm die Elbe und folgte ihm entlang der Hafenbecken über den Veddeler Damm.

Lag sein Ziel hier irgendwo, oder wollte er über die Köhlbrandbrücke? Der Journalist erhaschte einen ersten Blick auf die weitgeschwungene Brücke, die seit den Siebzigerjahren die Südelbe am Köhlbrand überspannte. Die imposante Schrägseilbrücke war noch immer die zweitlängste Straßenbrücke Deutschlands und sicher auch eine der schönsten. Der Ausblick über das Hafenareal war fantastisch, doch im Augenblick interessierte sich Felix Leonhard mehr für das Ziel des Mannes im Wagen vor ihm. Wo genau wollte er hin, und was hatte er vor? Es war bereits dunkel, und ein Meer von Lichtern erhellte den noch immer geschäftigen Hafen.

Tariq steuerte die nächste Ausfahrt an und suchte sich dann außerhalb der Absperrungen einen Parkplatz. Verdammt!

Ein Parkplatz! Schnell. Er brauchte einen Parkplatz! Der Journalist quetschte seinen Wagen in eine Lücke und eilte zu dem BMW. Er war leer.

Verflucht!

Hektisch sah sich Felix Leonhard um. Und hatte Glück. Er sah den Zuhälter, wie er den Waltershofer Hafen ansteuerte. Ohne aufgehalten zu werden, passierte er die Schranke zwischen den stacheldrahtverwehrten Zäunen. Der Journalist folgte ihm mit etwas Abstand.

Was für ein Ort. Hinter ihnen donnerten die Fahrzeuge in beide Richtungen über die A7, vor ihnen teilten sich zwei Schienenstränge, über die lange, mit Containern beladene Züge zu den Hafenbecken rollten. Links dahinter schlossen sich die Wasserbecken des Klärwerks Dradenau an, hinter denen sich zehn in schimmerndes Licht getauchte Faultürme erhoben, in denen aus Klärschlamm Methan gewonnen wurde. »Dracheneier« nannten sie die Hamburger. Auf der anderen Seite hinter der Zellmannstraße begann das Gelände der Containerterminals. Man konnte von hier sehen, wie die riesigen Kräne am Eurokai im Scheinwerferlicht Container für Container von Bord eines Schiffes luden. Aus der luftigen Höhe der Köhlbrandbrücke hatten sie wie kleine Schachteln ausgesehen, doch es waren sogenannte TEUs, *Twenty-foot Equivalent Units*, also fast sieben Meter lange Container, die sich wie von Zauberhand zwischen Schiffen, Kai, Lager und Zügen hin- und herbewegten. Kein Mensch schien diese seltsam erhabene Choreografie zu steuern.

Doch Felix Leonhard hatte weder einen Blick für die magisch schimmernden Dracheneier noch für das Containerballett. Er richtete sein Augenmerk noch immer auf den Mann vor sich, der auf ein einfaches Backsteingebäude mit Giebeldach zuhielt, das hier in dieser modernen, technisierten Welt wie ein archaischer Überrest wirkte. Ein alter Anker lag zu Füßen der Giebelwand. »International Seamen's Club Duckdalben« stand mit roten Lettern an der Wand.

Der Journalist folgte Tariq bis zur Tür. Er überlegte gerade, ob er ebenfalls eintreten sollte, da kam Tariq mit einem anderen Mann schon wieder heraus. Sie stellten sich in den Windschatten des Hauses neben den alten Anker und zündeten sich Zigaretten an. Felix konnte nicht so nah heran, als dass er hätte verstehen können, was sie sagten.

Wer war der andere Mann? Ein Seemann? Seine Kleidung und der Ort ihrer Verabredung legten es nahe. Das brachte ihn noch nicht weiter. Er musste wissen, auf welchem Schiff er diente. Sollte er ihm nachher folgen? Doch wie groß war die Chance, dass er nach dem Gespräch an Bord zurückkehren würde? Es war früh am Abend. Da war es wahrscheinlicher, dass der Seemann Landgang hatte und sich auf dem Kiez oder woanders einen fröhlichen Abend gönnen würde.

Die Männer wurden sich schnell einig und besiegelten das Geschäft mit einem Handschlag und einem braunen Umschlag, den der Seemann einsteckte, bevor er sich abwandte. Während sich Tariq wieder in Richtung seines Autos aufmachte, schritt der andere auf das Hafengelände zu. Felix konnte sein Glück nicht fassen. Er nahm die Verfolgung auf.

Der Mann führte ihn jedoch nicht zu einem Schiff. Er passierte einige Gebäude, in denen heute Abend keiner mehr zu arbeiten schien, und ging dann auf eines der Containerlager zu. Die Straßenlampen wurden spärlicher, stattdessen wuchsen die düsteren Schatten.

Plötzlich verschwand der Seemann in einer Gasse, die zu beiden Seiten von gestapelten Containern gebildet wurde.

Er würde ihn verlieren! Der Journalist beschleunigte seine Schritte und huschte um die Ecke.

Fast wäre er in den Mann hineingelaufen, der sich umgewandt und drohend vor ihm aufgebaut hatte, die Hände zu Fäusten geballt.

»Ich mag das nicht, wenn man mir hinterherschnüffelt!«, sagte er, und sein Ton ließ keinen Zweifel daran, dass er sich nicht mit einer einfachen Entschuldigung zufriedengeben würde.

Felix wich zurück. Allein die Statur des Mannes machte ihm klar, dass er in einer Auseinandersetzung unterliegen würde. Er wirbelte herum und wollte losrennen, als ihn ein Schlag an der Schulter traf, der ihn gegen die Wand eines Containers schleuderte. Das Dröhnen des Blechs lief wie eine Welle durch seinen Körper und vereinte sich mit dem Schmerz in seiner Schulter, der ihn aufstöhnen ließ.

Tariq! Mit einem Schlagstock in der Hand, wie ihn die Polizei benutzte, stand er vor ihm. Schneller, als Felix reagieren konnte, holte er noch einmal aus.

Der zweite Schlag traf sein Knie und ließ ihn mit einem Schmerzensschrei zusammenbrechen.

Die Hand des Seemanns zog ihn hoch, doch nur, um ihm seine Faust ins Gesicht zu schlagen. Felix schmeckte Blut, als seine Lippe aufplatzte. Er fiel wieder auf die Knie und bekam einen Tritt in die Seite, der ihn wieder gegen den Container schleuderte.

»Was ist das für ein Kerl?«, erkundigte sich der Seemann, doch Tariq brummte nur: »Keine Ahnung. Ich hatte schon auf der Fahrt hierher das Gefühl, mir würde einer folgen.«

»Polizei?«, raunte der andere. Felix versuchte wieder auf die Beine zu kommen, während ihm zwei grobe Hände die Jacke vom Leib rissen.

»Keine Polizei, nur ein Journalist«, hörte er die Stimme noch sagen. Dann traf ihn der Schlagstock an der Schläfe, und er brach bewusstlos zusammen.

Sabine schritt über den nächtlichen Friedhof. Er war ihr so vertraut. Sie schien jeden Weg und jede Abzweigung zu kennen, jedes Grab mit seinen Skulpturen, Grabsteinen und seinem über das Jahr wechselnden Blumenschmuck. Manche wurden häufig besucht, und man sah immer wieder Sträuße oder neue Blumen, andere ruhten unter Efeu oder Pachysandra bedeckt in einem immerwährenden Dämmerschlaf. Sie begegnete keinem Menschen, doch das störte sie nicht. Zielstrebig umrundete sie den Prökelmoorteich und näherte sich dem Grab ihres Vaters. Sie musste endlich Klarheit in ihre verworrenen Gedanken bringen und entscheiden, was sie tun sollte.

Da war jemand!

Sabine blieb stehen und lauschte. Sie hörte nichts, dennoch war sie sich sicher, nicht mehr allein zu sein. Sie hatte das Gefühl, beobachtet zu werden. Sabine schüttelte die Beklemmung ab, schloss die Augen und sandte ihre Sinne aus. Sie ahnte eine Gestalt zu ihrer Linken. Ein kalter Schauder erfasste sie, doch es war nicht das Gefühl, das Peter in ihr hervorrief.

Sie öffnete die Augen wieder und starrte auf die Stelle, wo sie den Beobachter vermutete. Bewegte sich da etwas? Ja, ein Schatten, ein Huschen, dann war es verschwunden. Ein Windhauch umwehte sie und verschwand im Nichts. Nun schienen die Augen sie von der anderen Seite aus zu beobachten. Angst erfasste sie. Tiefe, namenlose Furcht vor diesem Blick, der mitleidslos und ohne Gnade an ihr haftete.

Sabine begann zu laufen. Sie dachte nicht mehr darüber nach, ob das sinnvoll war oder nicht. Etwas anderes als ihre Vernunft hatte die Führung übernommen. Etwas Älteres, das nur den Instinkten gehorchte.

Die Jagd war eröffnet. Ein Laut stieg in die Nacht auf, der weder von einem Menschen noch von einem Tier zu stammen schien. Sabine rannte um ihr Leben. Der Schemen folgte ihr, huschte über die Gräber und tauchte durch das Gebüsch. Er schien keinerlei Mühe zu haben, auf gleicher Höhe zu bleiben, und Sabine war es, als könne sie die unbändige Freude spüren, die diese Jagd in ihm auslöste. Das Wesen war schnell, schneller als sie, und es schien kein Entrinnen zu geben, doch Sabine konnte und wollte nicht stehen bleiben. Sie würde sich nicht in ihr Schicksal ergeben. Sie würde laufen, bis ihre Kräfte sie im Stich ließen.

Wie lange würde sie durchhalten? Sie fühlte, wie ihr Atem zu rasseln begann. Ihr Herz schlug wild gegen die Brust. Ihr Gesicht war schweißnass, doch sie gab nicht auf. Vor ihr tauchte der hell erleuchtete Hauptweg auf. Dort musste noch jemand unterwegs sein. Dort würde sie Rettung finden.

Wovor? Vor einem Schatten, der sie hetzte?

Plötzlich bemerkte sie einen zweiten Schatten, der von rechts kam. Er flog geradewegs auf sie zu. Rote Augen brannten sich in ihre Seele. Eine vertraute Kälte hüllte sie ein, doch noch ehe ihr Verstand begriff, was vor sich ging, prallte sie hart gegen den Körper. Zwei Arme umfassten sie wie Eisenbänder. Ihre Beine knickten ein, doch jemand hielt sie fest, dass sie nicht fallen konnte.

Sabines Blick saugte sich an den roten Augen fest, die gefährlich funkelten.

»Peter«, keuchte sie, doch ehe Erleichterung sie durchfluten konnte, ließ seine eisige Stimme das Gefühl bereits in sich zusammenfallen.

»Was tust du hier?« Er schüttelte sie, dass ihre Zähne aufeinanderschlugen.

»Ich habe dich gesucht, aber du warst nicht da«, antwortete sie, sobald sie dazu in der Lage war.

»Hier?«

»Nein, natürlich nicht hier. In Blankenese!«

Seite an Seite folgten sie der Hauptallee, doch dann bog er in einen Bereich des Parkfriedhofs ab, den sie nicht so gut kannte.

»Du warst nicht da!«

»Und deshalb gehst du um diese Zeit auf den Friedhof? Obwohl ich dich gebeten habe, abends in deiner Wohnung zu bleiben?«, herrschte er sie an. Seine Stimme war noch immer schneidend. Sie schmerzte wie Ohrfeigen.

»Du hast mir gar nichts zu befehlen!«, wehrte sie ab und versuchte, sich aus seinen Armen zu befreien, doch das hätte sie sich sparen können. Aus seinem eisenharten Griff gab es kein Entkommen. Er erreichte die Mauer und überwand sie mit Sabine in den Armen in einem einzigen riesigen Satz. Erst als er neben seinem Motorrad stand, ließ er sie herunter.

»Steig auf«, sagte er in noch immer kaltem Ton.

»Ich habe mein Auto in Hoheneichen stehen.«

»Tu bitte, was ich dir sage, und hör auf, so verdammt störrisch zu sein!«

»Dann hör auf, mich herumzukommandieren!«, gab sie zurück.

»Es wäre aber besser für dich, wenn du mir einfach gehorchen würdest, oder willst du die Nächste sein, die von deinen Kollegen mit aufgeschlitzter Kehle gefunden wird?«

»Quatsch«, murmelte sie nicht mehr ganz so überzeugend. Sie dachte an die panische Furcht, die sie im Park überfallen hatte. Todesangst! War das die Vorahnung gewesen, die sie schon so häufig gerettet hatte? War sie hier auf dem Friedhof gerade wirklich nur knapp dem Tod entronnen?

»Das ist doch Schwachsinn!«, widersprach sie trotzig, stieg aber auf.

Peter von Borgo antwortete nicht. Er schwang sich vor sie in den Sattel und startete die Maschine. Das Motorrad fuhr mit einem Satz an und schoss dann die Straße hinunter. Sabine verzichtete darauf, gegen den Motorenlärm und den Fahrtwind anzuschreien. So schwieg sie, bis er die Maschine im Hof hinter ihrem Haus zum Stehen brachte. Steifbeinig stieg Sabine ab.

»Ich bringe dich in deine Wohnung.«

»Das ist nicht nötig«, zischte sie. »Ich finde den Weg auch allein.«

»Schon möglich. Ich bringe dich trotzdem hoch.« Er packte sie an der Schulter und dirigierte sie nach oben. So hatte sie ihn noch nie erlebt. Was bedeutete das? Er hatte angedeutet, sie im Park vor dem Mörder beschützt zu haben, doch hatten sich nicht Vampirzähne in den Hals der Opfer gegraben? Das passte alles nicht zusammen.

Der Vampir öffnete ihre Wohnungstür und schob sie unsanft ins Wohnzimmer.

»Und hier bleibst du!«

»Warum? Weil ich angeblich in Gefahr bin?«, gab sie zurück und wusste, dass ihr Tonfall ihn provozierte.

»Weißt du, warum ich dich gesucht habe? Um mit dir zu reden! Ich war heute in der Gerichtsmedizin und habe mir noch einmal alle Leichen genau angesehen. Was glaubst du, was ich bei der genauen Untersuchung der Schnittwunden gefunden habe?«

Er schwieg, wich aber ihrem Blick nicht aus.

»Zähne! Die Spuren von Vampirzähnen. Von deinen Zähnen!«

Er schwieg noch immer.

»Der Schnitt durch die Kehle sollte lediglich vertuschen, dass ein Vampir in seiner Gier ihnen das Blut ausgesaugt hat, bis ihr Herz versagte und sie starben. Kannst du mir in die Augen sehen und das abstreiten?«

Er hielt ihrem Blick noch immer stand. Seine Miene war reglos, und es gelang ihr nicht, in ihr zu lesen. Schließlich öffnete er den Mund. Die Antwort schien ihm schwerzufallen.

»Nein, das kann ich nicht abstreiten. Es ist meine Schuld, dass diese Frauen starben.«

Etwas zerbrach in ihr. Bis jetzt hatte sie gehofft, es könne noch eine andere Möglichkeit geben. Und nun stand er vor ihr und sagte ihr so einfach ins Gesicht, dass er in seiner Blutgier vier Frauen ermordet hatte. Sabine schnappte nach Luft.

»Und wie geht es jetzt weiter?«

»Du meinst, ob ich mir von dir Handschellen anlegen und mich zum Präsidium schleppen lasse? Nein, ich muss dich enttäuschen.«

»Was dann? Wirst du nun Nacht für Nacht weitermorden?«, schrie sie in Zorn und Verzweiflung.

»Nein. Es wird ein Ende haben, das verspreche ich dir. Ich sorge dafür.«

»Wie denn? Du hast mir schon einmal geschworen, dass du deine Triebe unter Kontrolle hast und dass du nicht tötest. Wie kann ich dir da glauben?«

»Du musst mir vertrauen.«

Sabine ließ sich mit einem Keuchen in den Sessel fallen. Ihre Beine waren nicht mehr bereit, sie zu tragen. Sie barg ihr Gesicht in den Händen. »Vertrauen? Ist das bei vier Toten nicht ein wenig viel verlangt?« Sabine presste die Stirn in ihre Handflächen und schüttelte den Kopf. Das war ein Albtraum, ein schrecklicher Albtraum. Sie musste aufwachen. Dann würde sie feststellen, dass sie alles nur geträumt hatte. Er war ein Vampir, aber kein Monster. Er trank Blut, doch er tötete seine Opfer nicht. Schon lange hatte er seine Triebe unter Kontrolle. Er liebte sie. Er war ein fantastischer Pianist, ein feinsinniger Poet, ein geistreicher, belesener Gesprächspartner. Er liebte Konzerte und die Oper. Er strich nicht durch die Nacht und schnitt armen Osteuropäerinnen die Kehle durch!

Plötzlich spürte sie, dass sie allein war. Zaghaft hob sie den Kopf. Es war zwar dunkel im Wohnzimmer, doch sie wusste, dass er fort war. War er gegangen, um sich ein neues Opfer zu suchen? Senkte er vielleicht schon bald seine Zähne in den Hals einer weiteren unschuldigen Frau und schnitt ihr anschließend brutal die Kehle durch?

Oh Gott, was sollte sie jetzt machen?

Vielleicht gar im Präsidium anrufen und den Kollegen ihre

Sicht der Dinge darlegen? Und sie bitten, eine SoKo Van Helsing ins Leben zu rufen?

Lächerlich. Was würde ihr das bringen? Bis auf ein Dauerabonnement für den Psychiater.

Sabine wusste, dass sie gar nichts tun konnte, außer hier in ihrer Wohnung zu sitzen, darauf zu warten, dass die Nacht verrann, und zu hoffen, dass kein Anruf sie aufschrecken und zu einem neuen Opfer mit durchgeschnittener Kehle rufen würde.

Ihr Blick huschte zur Uhr. Wie spät war es? Das würde eine lange Nacht werden! Die Uhr zeigte gerade einmal Viertel nach acht.

Felix!

Sie sprang auf. Sie waren um acht im Casa di Roma verabredet gewesen. Sabine lief in den Flur und schnappte sich Jacke und Handtasche. Sie schlug die Tür hinter sich zu und schlüpfte, während sie die Treppe hinuntereilte, in ihre Jacke. Wenige Minuten später stieß sie die Tür zu ihrem italienischen Stammlokal auf.

»*Buonasera*, Sabine, wie schön, dich zu sehen«, rief Paolo und kam mit ausgebreiteten Armen auf sie zu.

»*Buonasera*, Paolo«, erwiderte sie, während sie sich umsah.

»Erwartest du deinen Freund von neulich Abend?«, erkundigte sich der Wirt und zwinkerte.

»Ja, aber er ist nicht mein Freund. Er ist Journalist.«

»Das eine schließt das andere nicht aus«, meinte Paolo und führte sie an einen Tisch. »Er wird sicher gleich kommen.« Er schnalzte missbilligend mit der Zunge. Offenbar hielt er nichts davon, eine Dame warten zu lassen.

»Ich bringe dir schon einmal einen schönen Prosecco und ein wenig Brot und Oliven.«

Sie nickte nur, noch immer tief in Gedanken. Abwesend nippte sie an ihrem Glas und zerbröselte ein Stück Brot über ihrer Serviette. Als sie wieder auf die Uhr sah, war es schon kurz vor neun.

Sie zog ihr Handy aus der Tasche. Nein, er hatte nicht versucht, sie zu erreichen. Wo steckte er nur? Sie hasste Unpünktlichkeit.

Paolo näherte sich mit einer Grabesmiene. »Nichts von ihm gehört?«

Sabine schüttelte den Kopf. »Bei dir hat er auch nicht angerufen?«

»Nein. Es tut mir leid.«

Sie zwang sich zu einem Lächeln. »Das muss nicht dir leidtun. Sicher ist ihm was Wichtiges dazwischengekommen.«

»Ja, sicher, aber man kann wenigstens anrufen, nicht wahr?«, grollte Paolo. »Man lässt eine Dame nicht warten.«

Da konnte sie ihm nur zustimmen.

»Und nun? Willst du etwas essen?«

Sabine nickte, obwohl sie keinen Appetit verspürte. Sie bestellte eine kleine Pizza mit Champignons und ein Glas Chianti. Bis zehn wartete sie auf eine Nachricht von Felix, dann bezahlte sie und kehrte in ihre Wohnung zurück. Nein, mit den Männern hatte sie heute wirklich kein Glück!

Kapitel 18

Asyl

Peter von Borgo stand im düsteren Hof hinter dem Haus der Kommissarin und starrte fassungslos auf sein Motorrad hinab – oder besser gesagt auf den Schrotthaufen, der vor wenigen Minuten noch seine Hayabusa gewesen war. Wer für dieses Werk der Zerstörung verantwortlich sein musste, war nicht schwer zu erraten. Außerdem schwebte der wutgeschwängerte Duft noch über dem Hof. Was ihn fassungslos machte, war weniger das Ausmaß der Zerstörung als die überschäumende Aggression und die Schnelligkeit, mit der alles vonstattengegangen war. Wie lange war er bei Sabine in ihrer Wohnung gewesen? Nicht sehr lange. Und er war auch nicht gerade langsam von Ohlsdorf nach St. Georg gefahren. Und dennoch stand er nun vor einem Haufen Blech, der noch vor wenigen Minuten sein Motorrad gewesen war.

Dann sah er es. Ein kleiner Zettel steckte zwischen dem abgerissenen Auspuff und dem zerstochenen Reifen.

Ich hole mir auch heute Nacht, was mir zusteht. Du kannst es nicht verhindern! Es ist noch lange nicht zu Ende. Es gibt noch so viele, die nach Erlösung rufen.

Peter von Borgo starrte auf den Zettel hinab. Er fluchte innerlich. Wer sollte heute Nacht das Opfer sein?

Ein Bild stieg vor ihm auf. Zwei dunkle Augen voller Trauer und Schmerz sahen ihn an. Sollte *sie* heute Nacht in ihrem Blut sterben?

Dieses Mal würde er nicht zu spät kommen! Das schwor er sich.

Der Vampir raste durch die Nacht. Es drängte ihn, sich zum Wolf zu wandeln und auf flinken Pfoten durch Hamburg zu eilen, doch hier in den eng bebauten Straßen war das nicht ratsam. Selbst in seiner menschlichen Gestalt war er so schnell, dass die Passanten, denen er begegnete, ihn kaum wahrnahmen. Er war nur ein Schatten, der am Rand ihrer Wahrnehmung vorbeihuschte.

Der Vampir erreichte Altona. Er lief hinunter bis an die Elbe. Als seine Füße den Sand berührten, begann er sich zu wandeln. Flinke Pfoten flogen über den Strand. Ein Heulen erhob sich in die Nachtluft. Die Häuser von Ottensen und Othmarschen huschten an ihm vorbei. Erst als er Nienstedten erreichte, wurde er langsamer. Unter den tief hängenden Zweigen eines ausladenden Baumes, dessen Blätter bereits in herbstlichem Gelb leuchteten, wandelte er sich zurück. Er huschte über die Straße und schlüpfte in den Garten, an dessen Tor so unangebracht passend der Name »Wolf« prangte.

Peter von Borgo durchquerte den Garten und schlüpfte unter dem Spalt der Tür ins Haus. Er versuchte, die Witterung aus Verlangen und Wut zu finden, doch da war nichts. Und er konnte auch kein Blut riechen. Gut so. Es war noch nicht zu spät.

Als der Nebel sich wieder zu seiner Gestalt verfestigte, hielt er für einen Moment inne und nahm Witterung auf. Wo war sie? Er konzentrierte sich auf die verschiedenen menschlichen Gerüche, die sich in einem bunten Reigen mischten. Er konnte die Hauseigentümer und ihre beiden Kinder ganz deutlich riechen. Herr und Frau Wolf. Sie benutzte ein grauenhaftes Parfüm. Hatte ihr das noch niemand gesagt? Aber auch sein Rasierwasser und sein billiges Deodorant ließen ihn angewidert die Nase kraus ziehen. Sie waren mit den Kindern ausgegangen. Ja, er war sich sicher, sie hielten sich im Augenblick nicht im Haus auf. Dann gab es noch den Geruch diverser Gäste, die vermutlich am Vorabend zu Besuch gewesen waren. Und dazwischen den einfachen, natürlichen Geruch der Frau, die er suchte: Duyen. Sie musste ganz in der Nähe sein. Sie roch ein wenig nach der Seife, mit der sie sich heute Morgen gewaschen hatte, und nach dem noch warmen Schweiß der Hausarbeit. Doch am stärksten nahm er den frischen, blumigen Geruch wahr, der ihrer Haut entströmte.

Beschwingt machte er sich auf die Suche nach ihr. Er folgte ihrem Duft die Treppe hinunter in den Keller. Dort stand sie in der Waschküche. Während neben ihr eine Maschine mit weißen Badetüchern rumpelte, stand sie an einem Klappbrett und bügelte einen Kissenbezug mit Rosenmuster.

Stumm blieb Peter von Borgo in der Tür stehen und beobachtete sie, bis sie behutsam das Bügeleisen absetzte und sich umdrehte. Sie musste seinen Blick gespürt haben. Nun sah sie ihn ohne Erschrecken an. Falls sie sich wunderte, dass er einfach so hier im Keller auftauchte, während Herr und Herrin außer Haus waren, zeigte sie es nicht.

»Sie sind es wieder«, sagte sie nur. »Haben Sie meine Tochter gesehen?«

Der Vampir schüttelte den Kopf. »Nein, aber ich weiß, dass sie bei guten Menschen in Sicherheit ist.«

Duyen nickte. »Das ist gut. Es hilft mir jeden Tag, wissen Sie? Die Arbeit ist nicht schlimm. Ich habe immer schwer gearbeitet, aber …« Sie brach ab, seufzte und nahm sich das nächste Wäschestück aus dem Korb.

»Aber was?«

»Die Einsamkeit«, sagte Duyen. »Daheim hatte ich die Familie und die Kinder. Und Nachbarn, die sich gegenseitig geholfen haben, auch wenn sie selbst nichts mehr hatten. Wir haben gelacht und gesungen, selbst wenn der Hunger uns quälte. Aber hier ist alles still und einsam wie der Tod. Hier singt niemand.«

Sie drehte das Wäschestück um und hob dann mit einem verschmitzten Lächeln den Blick. »Nur ich singe manchmal hier unten ganz leise, wenn mich niemand hören kann.« Ihr Blick verdüsterte sich wieder. »Aber das ist nicht dasselbe. Es sind traurige Lieder.«

Peter von Borgo nickte. »Dort, wo ich dich heute hinbringe, musst du auch allein singen, doch du darfst singen, so laut du möchtest. Niemand wird dich dafür strafen.«

Duyen sah ihn ernst an. Er erwiderte stumm ihren Blick, dann nickte sie, steckte das Bügeleisen aus und faltete den letzten Kissenbezug sorgsam zusammen.

»Gehen wir!«

Er begleitete sie in ihr kleines Zimmer, doch außer dem verschlissenen kleinen Pandabären wollte sie nichts mitnehmen. Was auch? Sie besaß ja nichts außer den abgetragenen Kleidern, die ihr die Wolfs zur Verfügung stellten.

»Komm«, sagte der Vampir sanft und hielt ihr die Tür auf.

Duyen folgte ihm zögernd bis auf die Straße. Vor dem Tor blieb sie stehen und sah sich neugierig um.

»Ich war nie hier draußen«, sagte sie. »Immer nur im Haus und ein paar Mal im Garten.«

Autos rauschten über die dunkle Straße an ihnen vorbei. Die Häuser zu beiden Seiten verbargen sich wie das der Wolfs hinter hohen Hecken und Mauern. Kein Mensch war zu sehen.

»Gehen wir zu Fuß?«, erkundigte sich Duyen.

»Es ist ein weiter Weg. Ich werde dich tragen.«

»Oh nein«, wehrte sie ab. »Ich kann selbst weit laufen. Früher sind wir immer zu Fuß bis in die Stadt gelaufen.«

»Vertrau mir. So sind wir schneller.«

Und ehe es sich Duyen versah, hatte er sie in seine Arme gehoben und lief los. Er überquerte die Straße und lief zur Elbe hinunter. Dort folgte er den Parkanlagen bis hinauf zum Leuchtturm im Baurs Park. Für einige Augenblicke hielt er an, damit Duyen sich umsehen konnte.

»Ich wusste nicht, dass es hier so schön ist. Ich habe so lange Zeit nichts davon gesehen.« Tränen traten ihr in die Augen und rannen ihr über die Wangen herab.

Peter von Borgo ließ sie noch eine Weile die frische Nachtluft und den Ausblick genießen, dann hob er sie wieder hoch und lief bis zu seinem Haus, das ihr Schutz bieten würde. Dafür hatte er gesorgt. Kein anderes nächtliches Wesen konnte in sein Domizil eindringen. Genauso wenig wie in Sabines Wohnung. Er hatte sie als sein Territorium gezeichnet und mit einem unsichtbaren, magischen Bann umgeben.

Peter von Borgo führte Duyen durch die Villa. Sie folgte ihm stumm mit vor Staunen weit aufgerissenen Augen. Vermutlich hatte sie noch nie ein solch prächtiges Haus betreten. Der Salon mit den deckenhohen Bücherregalen und dem Flügel in der Mitte entlockte ihr einen kleinen Aufschrei. Sie umrundete das schwarz glänzende Instrument ehrfurchtsvoll und trat dann an die hohen Flügeltüren, um in den Garten hinauszusehen.

»Du kannst dir eines der Schlafzimmer oben aussuchen«, sagte der Vampir. »Schlaf dich aus. In der Küche findest du leider nur sehr wenig zu essen, doch du wirst nicht hungern. Beschäftige dich, wie du magst, doch ich bitte dich: Verlasse auf keinen Fall das Haus, solange es dunkel ist. Bei Tag kannst du in den Garten hinaus oder im Park spazieren gehen, doch sei rechtzeitig zurück, wenn die Sonne untergeht. Ich werde nicht da sein können, um dich zu schützen, deshalb ist es wichtig, dass du dich daran hältst, wenn du deine Tochter irgendwann wieder in die Arme schließen willst.«

Duyen wandte sich zu ihm um und nickte. Dann ging sie auf ihn zu und schlang ihre Arme um ihn.

»Danke. Ich habe bisher noch keinen Engel gesehen, doch Sie müssen einer sein.«

»Nein«, widersprach der Vampir und schob sie von sich. »Und wenn, dann ein gefallener.«

Sabine wartete vergeblich auf einen Anruf von Felix. Wenn sie es auf seinem Handy versuchte, schaltete sich nur die Mailbox ein. Hatte er ihre Verabredung vergessen? Konnte ihm etwas zugestoßen sein? Hatte er sich zu weit vorgewagt? Hoffentlich nicht!

Grübelnd saß sie über ihrem kärglichen Frühstück, als das Telefon klingelte. Sie spürte, wie sie zusammenzuckte, als sie den Namen des Hauptkommissars auf der Anzeige las.

»Hallo, Thomas, guten Morgen, wie geht's? Rufst du an, um mich zu fragen, ob ich mein einsames Samstagsfrühstück mit dir teilen möchte?«

Er lachte kurz auf. »Nein, leider nicht. Mein Anruf ist dienstlich.«

Sabine spürte, wie sich alles in ihr verspannte. »Was ist los?«, fragte sie widerstrebend.

»Uwe und Robert haben diesen Tariq aufgespürt und sind mit ihm und seiner Frau auf dem Weg zum Präsidium. Ich möchte Sönke nicht stören, könnte aber ein wenig Unterstützung bei der Befragung gebrauchen.«

Sabine ließ vor Erleichterung hörbar die Luft entweichen, die sie angehalten hatte.

»Ja, klar, bin in einer halben Stunde da.«

Es dauerte dann doch ein wenig länger, da sie erst ihren Wagen am Friedhof abholen musste. Als sie im Präsidium ankam, saßen die beiden Verdächtigen bereits in zwei separaten Verhörräumen und warteten auf ihre Befragung. Sabine warf einen Blick durch die einseitig verspiegelte Scheibe. Tariq Kabaschi saß ganz ruhig da, die Hände auf dem Tisch gefaltet, den Blick gesenkt. Vermutlich ahnte er, dass er beobachtet wurde. Er war ein großer Mann um die vierzig mit einem trainierten Körper, was man trotz des ein wenig zu weit geschnittenen Anzugs sehen konnte. Vermutlich ging er regelmäßig zum Boxtraining oder etwas Ähnlichem. Sein schwarzes Haar trug er seriös und kurz geschnitten, sein Gesicht war frisch rasiert. Die etwas dunklere Hautfarbe wirkte frisch wie sonnengebräunt. Er sah gut aus. Sabine konnte sich vorstellen, dass er auf Frauen anziehend wirkte, wenn er lächelte.

Die Kommissarin wandte sich dem zweiten Raum zu, in dem Melanie Schmitz wartete. Im Gegensatz zu ihrem Mann wirkte sie eher unauffällig und war deutlich nervöser. Vielleicht konnte man aus ihr etwas herauskriegen. Sabine war überzeugt, dass sie von den illegalen Tätigkeiten ihres Mannes wusste.

Ob sie gar eine seiner früheren Prostituierten gewesen war? Der typische Fall des attraktiven Loverboys, der es verstand, ein Mädchen in sich verliebt und von sich abhängig zu machen, um es dann für sich auf den Strich zu schicken? Vielleicht. Jetzt jedenfalls ging sie vermutlich nicht mehr anschaffen. Sie war Mitte dreißig und beschönigte nichts – das Haar war ungepflegt, sie trug kein Make-up, verwaschene Jeans und einen ausgeleierten Pulli. Vielleicht gerade, weil sie in jüngeren Jahren den Männern hatte gefallen müssen? Sabine würde ihr nachher ein wenig auf den Zahn fühlen, doch zuerst nahmen sie sich Tariq vor.

Er erhob sich höflich, als sie eintraten. Tariq war groß, vielleicht eins neunzig, und schenkte der Kommissarin genau diese Art von Lächeln, das sonst vermutlich dazu diente, junge Mädchen zu ködern.

Der Hauptkommissar eröffnete die Befragung, während Sabine sich vorerst damit begnügte, ihn zu beobachten.

Sie merkte schnell, dass das nicht einfach werden würde. Er war eine harte Nuss. Er kannte seine Rechte und ließ sich nicht einmal von Thomas' gefürchtetem Blick einschüchtern. So kamen sie nicht weiter. Sie tauschte mit dem Hauptkommissar einen Blick. Der erhob sich, murmelte eine Entschuldigung und verließ den Verhörraum.

Tariq taxierte die Kommissarin, die sich um einen naiven Gesichtsausdruck bemühte. Dann lächelte er, doch dieses Mal hatte es etwas Wölfisches. Er hatte ihre Taktik durchschaut. Nein, er war auf der Hut und würde sich nicht leichtsinnig zu einer Aussage hinreißen lassen. Sabine unterdrückte einen Seufzer und stellte dennoch ihre Fragen, von denen er keine auch nur annähernd zu ihrer Zufriedenheit beantwortete. Stattdessen klammerte er sich an seine Legende, nach der er ein völlig unbescholtener Bürger war, der vor zehn Jahren aus Albanien eingereist war, sich hier in seine jetzige Frau Melanie verliebt und sie nach wenigen Monaten geheiratet hatte. Seitdem bewohnten sie eine Wohnung in Barmbek.

»Und wovon leben Sie? Welcher Arbeit gehen Sie und Ihre Frau nach?«, wollte Sabine wissen. »Wir haben das nachgeprüft. Hartz IV bekommen Sie nicht.«

Er lächelte wieder. »Nein, wir liegen dem Staat nicht auf der Tasche. Meine Frau macht jede Woche einige Stunden in einem Lokal am Kiez sauber, und ich arbeite für meinen Cousin in seiner Disco.«

Sabine beugte sich vor und lächelte kühl zurück. »Gibt es dafür Arbeitsverträge, die wir sehen können?«

Tariqs Lächeln wurde noch strahlender. »Aber natürlich. Ich habe sie daheim in meinem Schreibtisch. Wir sind unbescholtene Bürger und tun nur, was recht ist.«

»Na wunderbar«, mischte sich der Hauptkommissar ein, der in diesem Moment den Verhörraum wieder betrat. »Dann werden wir sie ja sicher finden, wenn wir Ihre Wohnung durchsuchen.« Er wedelte mit einem Papier, während er Tariq nicht aus den Augen ließ.

»Du hast heute am Samstag einen Durchsuchungsbeschluss bekommen?«, entfuhr es Sabine.

»Oh ja, das habe ich. Dem Senat ist sehr daran gelegen, dass diese Mordserie so schnell wie möglich aufgeklärt wird. Wir erhalten jede nur denkbare Unterstützung, auch vonseiten der Staatsanwaltschaft.«

Sabine sah es an seinem Gesichtsausdruck. Es war fast so etwas wie Erleichterung. Sie würden in seiner Wohnung nichts finden. Wenn es etwas Belastendes gab, dann nicht dort. Aber vielleicht irrte er sich ja. Sie mussten es auf alle Fälle versuchen.

Während Uwe und Robert sich bemühten, irgendetwas Hilfreiches aus Melanie Schmitz herauszubekommen, fuhr Sabine mit dem Hauptkommissar und einigen Männern der Spurensicherung nach Barmbek, um die Wohnung der beiden auf den Kopf zu stellen.

Er erwachte. Sein Schädel brummte und dröhnte, doch nicht nur der Kopf tat ihm verteufelt weh. Er versuchte sich auf die Seite zu drehen, doch der stechende Schmerz, der durch seinen ganzen Körper fuhr, hielt ihn davon ab. Er stöhnte und versuchte, die Augen zu öffnen, doch auch das schmerzte.

Was war passiert? Wo war er?

Er zwang sich, die Lider ein Stück zu heben, doch es blieb genauso finster wie zuvor. War er wach oder in irgendeinem Albtraum gefangen?

Felix wandte den Kopf zur Seite und stöhnte noch einmal. Nein, Träume konnten nicht derart wehtun. Was zum Teufel war mit ihm geschehen?

Denke wie ein Journalist!

Felix Leonhard versuchte, sich zu konzentrieren. Er lag auf dem Boden. Seine Finger tasteten über den Grund. Es fühlte sich an wie kaltes Metall. Die Luft war stickig und abgestanden. Es stank durchdringend nach Schweiß und menschlichen Exkrementen. Jeder Atemzug war eine Qual.

Felix zuckte zusammen, als sich eine heiße, feuchte Hand an seine Wange legte. Eine Stimme sprach leise aus der Dunkelheit auf ihn ein. Er verstand kein Wort – konnte nicht einmal sagen, um welche Sprache es sich handelte. Er nahm nur wahr, dass die Stimme einer Frau gehörte oder einem jungen Mädchen, das beruhigend, ja tröstend auf ihn einsprach.

Waren noch mehr Leute hier drin, was auch immer »drin« bedeutete? Er konzentrierte sich auf die Geräusche um ihn herum. Von draußen waren Motoren zu hören, dann ein Quietschen. Es dröhnte unvermittelt, als würde Metall auf Metall stoßen, und der Boden unter ihm erzitterte. Dann entfernte sich der Motorenlärm wieder, und er konnte die leisen Geräusche um sich herum wahrnehmen. Ein Scharren wie von Füßen, dann ein Flüstern. Er ahnte, wie sich noch mehr Menschen um ihn scharten. Wie viele waren es? Es war unheimlich, so gar nichts zu wissen und nichts sehen zu können, doch von den Unsichtbaren um ihn herum schien keine Gefahr auszugehen.

Wieder die Hand an seiner Wange und leise Worte, die sich wie Trost anhörten.

»Wer sind Sie?«, krächzte er. »Ich verstehe Sie nicht.«

Eine andere Gestalt näherte sich. Er spürte, wie der Metallboden unter ihren Schritten ein wenig nachgab. Sie kniete sich an seine Seite und tastete nach seinen Händen. Eine Hand schob sich in die seine. Die Finger waren von irgendeiner schweren Arbeit schwielig, doch so klein und schmal, dass sie einem Kind gehören mussten.

»Do you speak English?«, hauchte eine Stimme in einem hellen Singsang mit typisch asiatischem Akzent.

»Yes«, gab Felix zurück, doch seine Antwort ging in erneutem Motorenlärm und einem metallenen Kreischen unter. Wieder bebte der Boden.

Da fiel es ihm wieder ein. Tariq. Die Verfolgung zum Containerhafen und der Hinterhalt, in den er so leichtsinnig getappt war. Sie hatten ihn niedergeschlagen und hierhergeschleppt. Seine Hand tastete nach dem Metallboden unter sich. Er steckte in einem Container! In einem unter Tausenden, die hier im Hamburger

Hafen umgeschlagen wurden. Es war, als hätten sie ihn lebendig begraben. Wie stickig und verbraucht die Luft trotz der Kälte um ihn herum war. Es gab nur winzige Luftschlitze in einer Ecke oben. Wie sollte jemand auf die Idee kommen, ihn hier zu suchen? Und wie lange würde der Container unterwegs sein, bis er sein Ziel erreichte? Wo auch immer das war.

Die tastende Hand an seinem Arm erinnerte ihn daran, dass er nicht allein in dieser misslichen Lage steckte.

»Wie heißt du?«, fragte er auf Englisch.

»Ich heiße Tamika«, antwortete die kindliche Stimme.

»Wie viele seid ihr hier, und wo kommt ihr her?«

»Wir sind acht Mädchen. Meine Schwester Sira und ich kommen aus Thailand. Die anderen sind aus Vietnam. Zwei kommen aus der Türkei. Sie kamen zu uns, als sie uns in Istanbul in diesen Container gesteckt haben.«

»Ihr steckt seit Istanbul in dieser Kiste?«

Er spürte, wie sie nickte. »Ja, wir haben Angst, und uns ist kalt. Sira und Adila sind krank. Sie haben Fieber. Wir haben gehofft, dass uns bald jemand holt, aber es kam nur jemand, der dich hier hereingeworfen hat. Wir dachten zuerst, du seiest tot. Du hast dich viele Stunden gar nicht gerührt, doch ich konnte spüren, dass du noch atmest.«

»Mir geht es gut«, log Felix und versuchte sich aufzurichten. »Ich habe nur so großen Durst«, krächzte er. »Habt ihr etwas zu trinken?«

»Nein, es tut mir leid. Das Essen ist seit zwei Tagen aufgebraucht und jetzt haben wir auch kein Wasser mehr. Wir sind auch alle sehr durstig.«

Resignierend ließ sich Felix zurücksinken. Na großartig. Würden sie ihn zusammen mit den Mädchen hier verdursten lassen? Vermutlich nicht. Sie waren zu wertvoll. Die Schlepper hatten sich große Mühe gegeben, sie um die halbe Welt zu schmuggeln. Die

Mädchen mussten an ihren Bestimmungsort, um dort das Geld zu erarbeiten, für das die Männer sie hierhergebracht hatten.

Doch was würden sie mit ihm machen? Er hatte keinen Wert für sie. Er war eine Gefahr, die man besser endgültig beseitigte. Nein, seine Karten waren nicht gut. Und er war nicht in der Verfassung, sich selbst verteidigen zu können.

»Es wird alles gut«, flüsterte die Stimme aus der Finsternis. Die schwielige Hand streichelte seinen Arm.

Wie gern hätte Felix ihr geglaubt.

Es dämmerte bereits, als sich die Kommissare der vierten Mordbereitschaft eingestehen mussten, dass hier nichts zu finden war. Sie hatten jeden Schrank, jede Kommode, jede Schublade durchsucht und nichts in der Hand, was Tariq oder seine Frau Melanie auch nur einer Ordnungswidrigkeit überführen würde. Es war zum Verrücktwerden. Die Männer von der Spurensicherung hatten zwar allerhand Fingerabdrücke sichergestellt, doch wenn nicht gerade die einer der Toten dabei waren, brachte sie das nicht weiter. Selbst der Tresor war leer gewesen, die Tür nur angelehnt.

»Er hat es vorausgesehen und alles, was ihn in Schwierigkeiten bringen könnte, irgendwo anders hingebracht«, vermutete Sabine, und der Hauptkommissar konnte ihr nur zustimmen.

»Ich muss sie laufen lassen«, sagte er düster. »Wir haben nichts in der Hand, und nachdem er jetzt nach einem Anwalt verlangt, werden wir auch nichts mehr aus ihm herausbringen.«

»Wir können ihm nicht einmal nachweisen, dass er Ileana oder die anderen Opfer gekannt hat, geschweige denn, dass er ihr Zuhälter war.«

»Ja, und ohne das Handy sind auch die Telefonlisten der Reißenbergers und der van Ilsenbricks wertlos.«

»Sieht man von Dorina ab, bei der zweifelhaft ist, ob sie aussagen wird, ist der einzige Hinweis, der uns bleibt, sein Wagen«, meinte Hauptkommissar Ohlendorf. »Vielleicht finden wir in ihm irgendwelche Spuren. Die Jungs haben jede Faser sichergestellt und ins Labor geschickt. Lass uns nur hoffen, dass eines der Haare von einem der Opfer stammt, dann können wir ihn zumindest vorläufig festnehmen und noch einmal richtig ausquetschen.«

Sabine nickte. »Ja, lass uns hoffen, und dass inzwischen nicht noch mehr Opfer auftauchen.«

Sie verabschiedeten sich. Thomas wollte noch einmal ins Präsidium fahren. »Nein, du musst nicht mitkommen. Mach Feierabend. Den hast du dir verdient.«

»Du dir auch.«

»Schon, aber ich überlege, ob ich Tariq nicht jetzt gleich freilasse.«

»Um ihm ein Team hinterherzuschicken? Keine schlechte Idee. Vielleicht läuft er zu seinem Versteck und sieht nach, ob dort alles in Ordnung ist.«

»Vielleicht.« Er stieg in seinen Wagen und fuhr davon. Sabine sah ihm nach und ging dann langsam zu ihrem Passat. Sie versuchte noch einmal, Felix zu erreichen, doch noch immer meldete sich nur die Mailbox.

Was sollte sie jetzt tun? Heimfahren und in ihrer Wohnung herumsitzen, wie Peter es von ihr verlangt hatte?

Sie musste noch einmal mit ihm reden. Er hatte zugegeben, für den Tod der Frauen verantwortlich zu sein, und dennoch gab es noch zu viele Unstimmigkeiten. Sie musste endlich die ganze Wahrheit wissen.

Sabine sah zum sich verdüsternden Himmel auf. Wenn sie sich beeilte, war sie in Blankenese, bevor die Sonne unterging. Sie sprang in ihren Wagen und fuhr los. Heute Abend war nicht so viel Verkehr, sodass sie zügig vorankam und schon bald vor dem Gartentor am Baurs Park anhielt. Sie schob das schmiedeeiserne Gitter auf und eilte die Auffahrt entlang. Sie klopfte kurz an die Tür, nahm sich aber nicht die Zeit, auf eine Antwort zu warten.

»Peter?«, rief sie vernehmlich, als sie die Tür aufschob.

Es brannte Licht in der Halle. Schon das erstaunte sie, doch als sich nun die Tür zum Salon öffnete und eine verschüchterte Asiatin sie aus großen Augen ansah, blieb sie verblüfft stehen.

»Herr Peter ist nicht da«, sagte sie.

Sabine trat mit energischem Schritt näher. »Und wer sind Sie?«

»Ich heiße Duyen, Madam«, sagte sie leise, senkte den Blick und wich ein wenig vor ihr zurück.

»Und wie kommen Sie hierher?«

»Er hat mich hierhergebracht«, sagte sie schüchtern.

Zorn loderte in Sabine auf. Brachte er jetzt seine Opfer in sein Haus, um sie in aller Ruhe aussaugen zu können?

Nein, das ergab keinen Sinn. Er hatte stets darauf geachtet, nicht zu nah an seinem Domizil zu jagen, um nicht zu riskieren, schon wieder in den Fokus einer polizeilichen Ermittlung zu geraten. Oder war ihm inzwischen alles egal?

»Ich glaube, wir sollten uns einmal ausführlich unterhalten«, schlug Sabine vor und drängte die Frau in den Salon.

»Bitte, setzen Sie sich!«

»Wer sind Sie, Madam?«, wagte die Frau zu fragen.

»Sabine Berner, Oberkommissarin vom LKA Hamburg«, fügte sie hinzu. Ein Fehler, wie sie an dem sich wandelnden Gesichtsausdruck ablas.

»Sie sind von der Polizei?«, rief die Frau beinahe panisch. »Ich habe nichts getan. Bitte, nicht ins Gefängnis!«

Sabine nötigte die aufgeregte Frau, auf einem der zierlichen Sofas Platz zu nehmen.

»Haben Sie keine Angst. Niemand will Sie ins Gefängnis bringen. Erzählen Sie mir, wo Sie herkommen und warum Sie hier sind. Von wo hat Sie der Mann weggeholt? Was haben Sie dort gemacht?«

Duyen presste die Lippen aufeinander. Nein, sie hatte im Laufe ihres Lebens gelernt, dass man Vertrauen nicht so einfach verschenken durfte und dass es meist nichts Gutes zu bedeuten hatte, wenn man mit der Polizei zusammentraf.

Dass die Frau vor ihr ein Opfer von Menschenhändlern oder noch Schlimmerem war, konnte Sabine nur vermuten. Jedenfalls sprach alles dafür, dass sie illegal hier war und dass sie Angst hatte.

»Bitte, sprechen Sie mit mir. Ich kann Ihnen helfen!«

Duyen warf der Kommissarin einen prüfenden Blick zu und senkte dann die Lider wieder. Die Hände im Schoß gefaltet, die Schultern zusammengezogen, saß sie da und wartete auf das Unheil, das ihrer Meinung nach über sie hereinbrechen würde.

Irgendwann würde sie sich öffnen. Sabine hatte mit den Beraterinnen und Psychologinnen der Frauenorganisation gute Erfahrungen gemacht, doch das würde Zeit brauchen, und wenn sie eines im Augenblick nicht hatte, dann war es Zeit!

Sie erhob sich und streckte auffordernd die Hand aus. »Kommen Sie mit mir. Ich verspreche Ihnen, kein Gefängnis! Ich bringe Sie an einen guten Ort, wo Sie in Sicherheit sind. Hier können Sie nicht bleiben.«

»Warum nicht?«, wagte Duyen zu fragen, und man sah ihr an, dass dieses Aufbegehren ihren ganzen Mut forderte.

»Ja, warum nicht?«, säuselte eine Stimme von der Tür her und ließ Sabine herumfahren. Lässigen Schritts betrat der Vampir den Salon, eine weitere Frau in seinem Kielwasser.

»Das ist Mirona. Sie stammt aus Rumänien«, stellte er die Frau vor, die wie Duyen verschüchtert wirkte.

Sabine stürmte auf den Vampir zu.

»Wir müssen reden!«

»Aber sicher, wenn du schon einmal hier bist. Wobei ich mich erinnern kann, dir empfohlen zu haben, nach Einbruch der Dunkelheit zu Hause zu bleiben.«

Sein Kopfschütteln wurde von einem tiefen Seufzer begleitet. Er schob die Frau neben Duyen auf das Sofa und folgte Sabine in die Halle hinaus. Leise schloss er die Tür hinter ihnen und setzte eine Miene stiller Duldung auf. Schon schoss Sabines Finger vor und deutete anklagend auf die Tür zum Salon.

»Kannst du mir sagen, was das hier soll? Bringst du jetzt deine Opfer hierher, damit du sie in aller Ruhe töten und ihre Leichen unauffällig verschwinden lassen kannst?«

Er lächelte. »Eine gute Idee, nicht? Dass ich da nicht früher draufgekommen bin.«

»Das ist kein Spiel! Du hast vier Frauen ermordet!«

»Nein, das ist so nicht korrekt«, widersprach der Vampir. »Du solltest darauf achten, mich richtig zu zitieren und keine falschen Beschuldigungen aufzustellen.«

»Vor nicht einmal vierundzwanzig Stunden hast du mir in meiner Wohnung gestanden, dass du die Schuld am Tod dieser Frauen trägst!«, schrie Sabine aufgebracht.

»Ja, das ist richtig. Ich fühle mich an ihrem Tod schuldig, doch weder habe ich ihnen ihr letztes Blut geraubt noch die Klinge über ihren Hals gezogen. Ich war lediglich so leichtsinnig oder hochmütig – nenn es, wie du willst –, die Morde nicht vorauszusehen. Und mir ist es nicht gelungen, sie zu verhindern.«

Nun wies sein Finger auf die Tür. »Deshalb habe ich die beiden Frauen hergebracht. Sie sind wie Yulia, Fjodora und Anelia als Haussklavinnen verkauft worden, nachdem sie zuvor für Tariq anschaffen mussten.«

»Anelia?«, wiederholte Sabine und starrte den Vampir mit weit aufgerissenen Augen an. »Ist das unser viertes Opfer, das im Haus der Roderers gefunden wurde?«

Peter von Borgo nickte. »Ja, sie stammte aus Bulgarien und hat mehr als ein Jahr bei den Roderers gearbeitet.«

Die Kommissarin stöhnte. »Woher weißt du das alles?«

»Ich habe eben ein wenig recherchiert«, sagte er hochmütig.

»Wir auch«, meinte Sabine beschämt, »allerdings mit weitaus weniger Erfolg!«

»Nun, meine Methoden sind ja auch … ungewöhnlich«, gab Peter von Borgo versöhnlich zu.

Sabine griff sich an die Stirn und schloss kurz die Augen. »Ich verstehe das Ganze immer noch nicht. Du bringst diese Frauen hierher, um sie zu beschützen? Aber was ist mit all den anderen Opfern? Ich habe die Spuren von Zähnen in den Halswunden gefunden. Von Vampirzähnen. Die Wunden waren frisch!«

Peter von Borgo senkte das Haupt. »Diese Beobachtung ist durchaus richtig.«

»Und dennoch behauptest du, du hättest sie nicht ermordet?«, rief Sabine und warf in Verzweiflung die Arme in die Luft.

»Ja. Ist das denn so schwer zu verstehen?«

»Das würde ja bedeuten …« Sie sprach den Satz nicht zu Ende. Die Kinnlade klappte ihr herunter.

»Mein Gott, wieso ist mir der Gedanke bisher noch nicht gekommen? Es war ein Vampir, aber nicht du, richtig?«

Sie stöhnte, als er nickte.

»Vielleicht ist es schwer genug, die Existenz *eines* Vampirs zu akzeptieren«, sagte er sanft.

»Allerdings!« Sabine schluckte. »Und was machen wir jetzt? Die Frauen hier zu verstecken, ist keine Lösung. Wenn er sie nicht bekommt, wird er sich ein anderes Opfer suchen.«

»Ja, und deshalb sollten wir uns beeilen. Ich habe da so einen Verdacht, wo wir die nächsten Opfer finden können.«

»Und da stehen wir hier und reden?«, rief sie entsetzt. »Los! Wir dürfen nicht zu spät kommen.«

Ein feines Lächeln erhellte seine Miene. »Ich stehe ganz zu deinen Diensten. Welch schönes Gefühl, wieder mit dir zusammenzuarbeiten und nicht mehr an erster Stelle auf deiner Verdächtigenliste zu stehen.«

Sabine warf ihm einen strafenden Blick zu. »Das hast du dir selbst zuzuschreiben. Warum hüllst du dich auch immer in Schweigen, statt mir gleich offen zu sagen, was du herausgefunden hast?«

»Ich sagte doch, dass es meine eigene Schuld ist«, murmelte er, doch er lächelte noch immer, als er ihr die Auffahrt hinunter zu ihrem Wagen folgte.

Kapitel 19

Das Bordell

»Wollen wir nicht lieber mit deinem Motorrad fahren?«, erkundigte sich Sabine. »Damit sind wir schneller.«

Peter von Borgo hob bedauernd die Schultern. »Leider steht es uns nicht mehr zur Verfügung. Es ist, sozusagen, nicht funktionstüchtig.«

»Hattest du einen Unfall?«, wunderte sich die Kommissarin.

»Nein, so kann man das nicht sagen. Es wurde Opfer eines Wutanfalls. Oder eines Racheakts.« Mit einer Miene des Bedauerns rutschte er auf den Beifahrersitz ihres alten Passats.

»Wohin?«

»Nach St. Pauli. Ich sage dir dann, wo genau unser Ziel liegt.«

Sie fuhr viel zu schnell, doch der Vampir sagte nichts. Er saß nur lächelnd neben ihr, bis sie in das zu dieser Abendstunde schon recht belebte Vergnügungsviertel einbogen. Samstagabend. In zwei Stunden würde hier die Hölle los sein!

»Dort vorne rechts.«

Die Kommissarin mäßigte das Tempo und bog in die schmale Gasse ein.

»Und nun nach links. Fahr bis nach hinten durch und such dir dort einen Parkplatz.«

Das war leichter gesagt als getan. Die Kommissarin quetschte den Passat an den Rand einer Einfahrt und schaltete den Motor ab. Stille senkte sich herab.

»Wo ist es?«, erkundigte sich Sabine.

»Dort vorn, links in dem grauen Haus. Eine Wohnung im zweiten Stock mit fünf Zimmern, in denen die Kunden bedient werden. Die Frauen verlassen die Wohnung nie. Tariqs Frau Melanie sitzt am Empfang und passt auf sie auf. So, wie ich es mitbekommen habe, sind es die jüngeren, die noch nicht so lange für ihn arbeiten.«

Sabine nickte. Das deckte sich mit dem, was Felix von seiner Informantin erfahren hatte.

»Er hat noch vier weitere Frauen, die nachts für ihn draußen auf dem Straßenstrich unterwegs sind. Eine von ihnen war Ileana.«

Er verstummte, als zwei Männer in die Sackgasse einbogen. Sie gingen mit ein wenig schwankenden Schritten zur Eingangstür des grauen Hauses. Sie klingelten, doch nichts tat sich. Offensichtlich enttäuscht trollten sie sich wieder.

»Wir haben Tariq und Melanie heute verhört«, sagte Sabine. »Thomas wollte sie gehen lassen und sie beschatten, doch anscheinend ist noch keiner von ihnen hier.«

»Vielleicht haben sie bemerkt, dass sie verfolgt werden?«, schlug der Vampir vor.

»Vielleicht«, gab Sabine mit einem Seufzer zu.

»Und deshalb ist es die ideale Nacht, um heute hier zuzuschlagen«, ergänzte er.

»*Wenn* der Vampir es auf die armen Frauen abgesehen hat, ja«, schränkte sie ein. Sie zog ihr Handy hervor und rief Thomas Ohlendorf an. Der Hauptkommissar meldete sich sofort.

»Hallo, Thomas. Habt ihr die beiden schon entlassen?«

»Ja, vor einer Stunde. Wir haben ihnen ein Team hinterhergeschickt, aber dummerweise hat Tariq seine Frau irgendwo auf dem Kiez aussteigen lassen. Die Männer sind immer noch an ihm dran. Leider habe ich keine Ahnung, wo Melanie abgeblieben ist.«

»Aber ich habe eine ziemlich genaue Vorstellung davon! Ich gehe jede Wette ein, dass sie auf dem Weg zu ihrem Puff ist, der sich hier in einer Seitenstraße vom Kiez in einer Wohnung befindet. Es ist Samstagabend. Der Rubel muss schließlich rollen, und die ersten Gäste sind bereits frustriert wieder abgezogen.«

Für einen Moment war Stille auf der anderen Seite. Dann hörte sie den Hauptkommissar tief Luft holen.

»Sabine, wenn das ein Scherz ist … Woher weißt du von dem illegalen Bordell? Mensch, wir haben stundenlang in der Wohnung der beiden jeden Papierschnipsel aufgeklaubt, um etwas zu finden, und du behältst die Adresse des Bordells für dich?«

Sie sah zu dem Vampir hinüber, der kaum merklich nickte.

»Nein, ich habe es selbst gerade erst erfahren. Frag nicht, von wem! Kommt lieber her, um den Laden auseinanderzunehmen.« Sie nannte ihm die Adresse.

»Wir sind schon unterwegs!«

Sabine legte auf und richtete ihren Blick wieder auf die menschenleere Gasse, die im trüben Licht der wenigen Straßenlaternen vor ihnen lag.

Die Silhouette einer Frau bog um die Ecke. Sabine spürte, wie sich Peter von Borgo neben ihr verspannte. Leichtfüßig kam sie die Straße entlang. Es war nicht Melanie Schmitz. Das Haar war dunkel, und sie bewegte sich zu schnell. Zu grazil. Irgendwie kam ihr die Frau bekannt vor. Eine seltsame Traurigkeit erfasste sie. Etwas zerbrach in den Tiefen ihres Unterbewusstseins.

Der Lichtkegel der ersten Straßenlaterne erfasste die Gestalt. Sabine hielt die Luft an. Der orange Lichtschein strich über schulterlanges, schwarzes Haar und schmeichelte der Gestalt mit der attraktiven, weiblichen Figur. Für einen Augenblick glaubte sie Aletta vor sich zu sehen, bis ihr einfiel, dass sie sich täuschen musste. Aletta war tot! Sie hatte sich das Leben genommen.

Und doch …

Sabine hielt den Atem an. Sie beugte sich vor und starrte auf die Gestalt, die sich nun von der Lampe wieder entfernte und in die Dunkelheit eintauchte.

Nein, das war unmöglich. Das konnte nicht sein! Und doch …

Die Frau näherte sich der nächsten Straßenlaterne, aber kein Schatten folgte ihr. Kein Schatten eilte ihr voraus.

»Sie ist ein Vampir?«, keuchte Sabine. »Dort draußen ist Aletta, und sie ist ein Vampir!«

»Ja«, antwortete Peter von Borgo schlicht. Eine tiefe Traurigkeit schwang in dem einzigen Wort mit.

»Wie ist das möglich?«, stotterte die Kommissarin, doch schon während sie die Frage aussprach, wusste sie die Antwort. Aletta hatte sich nicht selbst das Leben genommen. Sie hatte den Vampir gebeten, es ihr zu nehmen. Es mit ihrem Blut aus ihr herauszusaugen.

»Du hast sie zum Vampir gemacht?«, rief Sabine und spürte, wie Entsetzen in ihr aufwallte. »Aber wie? Wieso? Ich dachte, das geht nur, wenn das Opfer freiwillig vom Blut des Vampirs trinkt. So hast du es mir gesagt.«

»Das ist richtig.«

»Dann wollte sie es, und du hast es zugelassen?« Sabine war erschüttert. »Du hast doch gesagt, man erschafft sich nicht leichtfertig einen Vampir.«

»Es war nicht leichtfertig«, sagte er gepresst. »Sie war etwas ganz Besonderes. Ich wollte nicht, dass sie so früh schon geht und für immer verloren ist.«

Tief in ihrem Herzen spürte Sabine einen schmerzhaften Stich. Hatte er nicht immer gesagt, sie wäre die Einzige für ihn? Er würde alles tun, um sie zu seiner nächtlichen Gefährtin zu wandeln, um für alle Ewigkeit an ihrer Seite zu bleiben? Sie hatte abgelehnt, und dennoch traf es sie tief, dass er sich so einfach einen Ersatz genommen hatte. War Aletta nun seine Gefährtin?

Begehrte er sie? Ging er mit ihr auf die Jagd? Liebte er sie in seinem Himmelbett?

Aletta verschwand im Eingang. Die Tür öffnete sich und fiel dann hinter ihr zu. Hatte sie sich einen Schlüssel besorgt? Egal. Jedenfalls war sie im Haus.

Peter von Borgo riss die Wagentür auf. »Komm schnell. Wir müssen uns beeilen, damit wir nicht zu spät kommen.«

Sabine hastete hinter ihm her. Dennoch hatte er die Tür bereits erreicht, sich in Nebel aufgelöst und auf der anderen Seite wieder materialisiert, ehe sie am Eingang anlangte. Er öffnete ihr von innen die Tür.

»Rasch, die Treppe hinauf!«

Auf dem mittleren Absatz hielt er inne und ließ Sabine aufholen.

»Was ist?«, drängte sie, als sie seinen Gesichtsausdruck sah.

»Ich rieche frisches Blut. Sie scheint keine Zeit verlieren zu wollen.«

»Dann beeil dich! Worauf wartest du?«

Mit zwei großen Sätzen war er an der Tür. Sie war angelehnt, ein Schlüssel steckte im Schloss. Aletta war sich ihrer Sache anscheinend sehr sicher. Die Kommissarin stürmte hinter dem Vampir in die Wohnung. Mit einem raschen Blick sah sie sich um. Vor langer Zeit war dieser Ort vielleicht einmal ein Büro oder eine Kanzlei gewesen. An den Windfang schloss sich ein kleiner Empfangsbereich mit einer Theke an, hinter der Melanie die Kunden in Empfang nahm. Sabine spürte, wie ihr schlecht wurde, oder war das nur der Geruch nach frischem Blut, der nun auch ihr in die Nase stieg?

Peter stürzte schon auf die erste Tür zu, die von einem schmalen Gang abging und nur angelehnt war. Sabine folgte ihm.

Aletta!

Ja, es bestand kein Zweifel. Sie war es. Aletta, um die sie geweint und an deren Grab sie getrauert hatte. Nun stand sie vor ihr und wirkte noch lebendiger als zu ihren Lebzeiten.

Sie hatte sich ja schon immer schwarz gekleidet und selbst ihre Lippen und ihre Fingernägel schwarz bemalt. Nun mit der reinen, weißen Haut stach das Schwarz noch deutlicher hervor, doch es verlieh ihr auch eine überirdische Schönheit, berückend und schrecklich zugleich. Oder lag das nur an dem Blick aus ihren roten Augen, der sich so eindringlich auf sie richtete. So ursprünglich, wild und grausam wie ein Raubtier, bar jeder menschlichen Moral.

Aletta hielt eine hübsche, blonde Frau in den Armen, deren Blick apathisch zur Decke gerichtet war. Sie war jung, ja, fast noch ein Mädchen. Sabine schätzte sie auf fünfzehn oder sechzehn, doch die Zeit der Unschuld lag schon länger hinter ihr. Auf dem Bett kauerte eine zweite junge Frau, die ähnlich paralysiert ins Leere starrte und dennoch am ganzen Leib zitterte.

Als Aletta bei ihrem Eintreten den Kopf hob, rann Blut von ihren langen Reißzähnen und tropfte auf das Nachthemd ihres Opfers. Das frische Blut strahlte unnatürlich rot. Die schwarz geschminkten Lippen verzerrten sich zu einem wölfischen Grinsen.

»Ah, wir haben hohen Besuch. Ich habe mich schon gefragt, was ich noch alles tun muss.«

»Bis wir dein sinnloses Morden endlich unterbinden?«, unterbrach sie Sabine. Sie war so wütend, dass sie keine Angst empfand und nicht an die Gefahr dachte, in der sie schwebte.

»Nachdem der Tod einer einzelnen armen Frau offensichtlich nicht genügt, dachte ich, ich versuche es mit etwas Spektakulärerem. Einer Wohnung voller Leichen! Das wäre doch eine Schlagzeile wert, oder?«

Sie drückte das Opfer fester an sich. Der Frau entfuhr ein leises Stöhnen.

»Lass sie los«, sagte Peter von Borgo, der neben Sabine im Zimmer stand.

Aletta kicherte und biss noch einmal zu. Sabine fuhr zusammen. Es war ihr, als könne sie die Zähne in ihrem Hals spüren.

»Ihr versucht, sie zu retten? Wie wollt ihr das anstellen?«

Schneller, als Sabine ihr mit dem Blick folgen konnte, riss sie ein Messer aus ihrer Rocktasche. Es war lang und schmal, und seine scharfe Klinge blitzte im trüben Schein der Straßenlampe vor dem Fenster.

»Nein!«, schrie Sabine und sprang vor, doch sie war viel zu langsam. Die scharfe Klinge schwebte bereits kaum einen Fingerbreit über dem Hals des Opfers, als Peter Alettas Arm abfing und mit seinem eisenstarken Griff umklammerte.

»Hör auf! Warum tust du das?«

»Warum?«, rief sie schrill und lachte dann. Doch es war kein schönes Lachen. Es klang nach Schmerz und Verzweiflung. »Das fragst ausgerechnet du? Du hast mich doch zu dem gemacht, was ich jetzt bin. Jetzt muss ich Nacht für Nacht gierig nach Blut durch die Straßen streifen. Wolltest du mich strafen? Wolltest du mir zeigen, dass ich böse bin? Ja, jetzt bin ich es!«

Sie ließ ihr Opfer los und wand sich aus Peters Griff. Das Messer blieb in seiner Hand zurück.

Aletta drehte sich um. Für einen Moment dachte Sabine, sie wolle aus dem Fenster fliehen, doch dann sah sie, wie Alettas Blick die zweite Frau auf dem Bett fixierte. Sie sprangen beide, doch die Vampirin war schneller. Sie biss sofort zu. Die Frau schrie gellend auf, als Aletta ihr ein Stück Fleisch aus der Schulter riss.

»Siehst du, was ich bin? Ein Raubtier! Nein«, verbesserte sie sich, »kein Tier, das die Natur hervorgebracht hat. Ein abartiges Monster der Finsternis, das man vernichten muss.«

Wieder war es Peter, der dazwischenging und sie von ihrem Opfer trennte. Aletta schleuderte die blutende Frau in Sabines Arme, sodass beide auf dem Bett übereinanderfielen. Sabine presste einen Zipfel der dünnen Bettdecke auf die Wunde.

»Warum?«, schrie sie. »Peter ist auch ein Vampir, aber er läuft nicht durch die Nacht und ermordet arme, hilflose Frauen. Sag mir, warum tust du das? Und warum quälst du gerade jene, denen das Leben sowieso schon so übel mitgespielt hat?«

Aletta starrte Sabine verständnislos an. »Ich quäle sie nicht. Ja, ich nehme ihr Blut, weil die Gier mich antreibt, aber ich erlöse sie. Ich beende ihre Qualen, denen sie Tag für Tag ausgesetzt sind. Es ist ihr Weg aus der Sklaverei. Für sie kann es keine andere Erlösung geben.«

»Es gibt bessere Wege, diese Frauen zu befreien«, widersprach die Kommissarin.

»Ach ja? Sie der Polizei ausliefern, die sie in ihre Heimatländer abschiebt? Jeder weiß doch, dass hier in St. Pauli weit mehr Frauen unter Zwang ihren Körper verkaufen als freiwillig, und dennoch tut niemand etwas dagegen.« Aletta sah Sabine aus ihren schimmernden roten Augen an. »Finden Sie, ich hätte lieber die Täter töten sollen? Das habe ich schon einmal getan und bin zur Sühne dafür in den Tod gegangen – zumindest hatte ich das vor. Es ist doch erstaunlich, wie sehr man sich an sein armseliges Leben klammert, wenn es darauf ankommt.«

»Du hast dich selbst für diesen Weg entschieden«, beharrte Peter von Borgo. »Niemand hat dich gezwungen.«

Aletta sah ihn verträumt an. »Ja, ich war bereit, diesen Weg mit dir zu gehen, doch du hast mich belogen und betrogen. Ist es nicht so, dass ein Vampir seine Gefährtin wählt, dass er sie wandelt, um für alle Ewigkeit an ihrer Seite zu bleiben?«

»Ich habe dir nichts versprochen.«

»Nein? Dann war ich ein dummes, naives Mädchen, das sich geirrt hat. Ich dachte, du begehrst mich. Ich dachte, ich sei für dich etwas Besonderes. Doch du ziehst noch immer sie vor.«

Der Blick, den sie Sabine zuwarf, war so voller Hass, dass es sie eiskalt durchfuhr. Endlich verstand sie. Eigentlich ging es um sie, Sabine, um Peter und um Aletta und darum, für wen sich der Vampir entscheiden würde.

»Du wirst also nicht weiter morden, wenn sich Peter für dich entscheidet?«, hakte Sabine ein wenig ungläubig nach und versuchte, den Schmerz zu ignorieren, den sie bei diesem Gedanken empfand.

Wäre das nicht die beste Lösung? Die beiden Vampire gehörten zusammen, und sie würde wieder ein ganz normales Leben führen – mit ihrer Tochter, mit den Kollegen und ihren Freunden. Sie würde sich wieder unbeschwert mit Männern treffen können. Sie würde Peter mit der Zeit nicht mehr vermissen und ihn vergessen. Warum zum Teufel tat dieser Gedanke so entsetzlich weh?

Das schmerzerfüllte Stöhnen der verletzten Frau in ihren Armen riss sie aus ihren Gedanken.

In Alettas Blick glitzerte etwas, das Sabine nicht so recht zu deuten wusste.

»Mal sehen«, sagte sie. »Zuerst werde ich beenden, was ich angefangen habe.«

Sie wandte sich zur Tür, doch Peter von Borgo stellte sich ihr in den Weg. »Das wirst du nicht tun. Diese unschöne Episode endet hier. Du kommst mit mir.«

»Warum? Willst du mir ewige Treue schwören?«

»Ich lasse mich zu nichts zwingen. Merke dir das. Ich habe dir dein nächtliches Leben gegeben, und ich kann es dir auch wieder nehmen.«

»Das würdest du tun?« Nun stand eine tiefe Traurigkeit in ihrem Blick, und Sabine spürte gegen ihren Willen Mitleid mit ihr.

»Nur wenn du mich dazu zwingst. Wenn du dich mit deiner neuen Existenz abfindest und deine Nächte ohne zu morden unauffällig verbringst, dann gibt es keinen Grund, Hand an dich zu legen.«

Nun gewann der Zorn wieder die Oberhand. »Unauffällig? So unauffällig wie die Haussklaven, die sich die Menschen zu ihrem

Vergnügen halten? Dass ich nicht lache. Wir sind Raubtiere, Peter. Keine Menschen. Keine Opfer. Wir sind gnadenlose Geschöpfe der Nacht. Ich kenne unsere wahren Begierden. Komm, mein Geliebter, lass uns zusammen auf die Jagd gehen … Oder lass mich zumindest mein Werk vollenden!«

»Nein«, gab er ruhig und kalt zurück.

»Nein?«

Sie blitzte ihn noch einmal an, und Sabine fragte sich, was sie wohl vorhaben könnte, da flog Aletta mit einem riesigen Satz auf sie zu, packte sie an beiden Armen und riss sie vom Bett. Sabine hörte das Glas der Scheibe klirren, die um sie zerbarst. Sie hörte einen Schrei des Entsetzens.

War es ihr eigener?

Dann verschwand der Boden unter ihren Füßen und sie fiel. Es war nur ein Wimpernschlag, doch sie konnte deutlich sehen, wie sie mit dem Kopf voraus auf den Asphalt unter sich zuraste.

Das ist das Ende, dachte sie noch, doch der Aufprall war nicht so hart, wie sie erwartet hatte. Sie starrte in Peters Augen. Sein Gesicht war so nah, als er ihren Körper gegen den seinen presste.

»Habe ich das nicht alles schon einmal erlebt?«, stieß er hervor und drückte sie noch einmal an sich. »Ich habe mich damals richtig entschieden. Und heute auch.«

Er blinzelte und sah sie an, als käme er von einer Reise aus einer fernen Welt zurück. »Ist mit dir alles in Ordnung? Hast du dich verletzt?«

Er ließ sie los. Sabine bewegte vorsichtig Arme und Beine. Es schien nichts gebrochen, und sie hatte sich seltsamerweise auch keine Schnittwunden zugezogen, auch wenn sie sicher einige blaue Flecken davontragen würde.

»Alles gut. Danke, dass du dich so entschieden hast. Du hast mir das Leben gerettet.«

»Ich lasse mich nicht gern erpressen«, knurrte er grimmig und schien sich in Luft aufzulösen. Das war nicht ganz die Antwort, die sie hören wollte, aber immerhin lebte sie noch und lag nicht zerschmettert auf dem Straßenpflaster.

Sie sah den grünlichen Nebel die Wand hinaufkriechen. Es war noch nicht zu Ende. Sabine eilte um das Haus herum, wo sie vor der Eingangstür beinahe mit jemandem zusammenstieß. Für einen Moment dachte Sabine, es wäre Aletta, doch dann erkannte sie Melanie Schmitz.

»Ah, Frau Schmitz! Was für ein Zufall, Sie hier zu treffen.«

Melanie schreckte auf und sah sie fragend an.

»Kann ich Ihnen helfen?« Sie zog die Stirn in Falten und überlegte vermutlich, woher sie die Frau vor der Tür ihres Puffs kannte. Männer gingen hier ein und aus, aber Frauen? Plötzlich machte es klick, und ihre Miene veränderte sich schlagartig. Sie verbarg den Schlüssel, den sie bereits in der Hand hatte, in ihrer Jackentasche und wich einen Schritt zurück.

»Oh, Frau Kommissarin, was für ein Zufall. Was führt Sie auf den Kiez?«

»Das Gleiche wie Sie! Ich wollte sehen, ob in Ihrer Wohnung oben alles in Ordnung ist.«

»Unsere Wohnung? Aber nein, Sie irren sich«, versuchte sie sich rauszureden. »Wir wohnen in Barmbek, das wissen Sie doch.«

»Ja, das weiß ich«, gab Sabine zurück. »Ich meine ja auch das Bordell hier, das Sie illegal betreiben. Also wenn Sie jetzt bitte die Tür aufschließen würden!«

Sie wich noch einen Schritt zurück, doch Sabine griff in ihre Jackentasche.

»Sie gestatten?« Sie nahm den Schlüssel und öffnete die Tür.

»Das dürfen Sie nicht«, protestierte Melanie halbherzig.

»Ich denke schon.« Sabine ergriff ihren Arm und nötigte sie, ihr zu folgen.

In der Wohnung herrschte Chaos. Nun standen auch die anderen Zimmertüren offen. Frauen drängten sich auf dem Flur. Manche trugen noch T-Shirts und Leggins, andere hatten sich schon für ihre Arbeit umgezogen und geschminkt. Peter von Borgo stand über die Frau im ersten Zimmer gebeugt, die von Aletta in den Hals gebissen worden war. Eine weitere stark blutende Wunde hatte sie als Abschiedsgeschenk zurückgelassen.

»Sie ist weg«, sagte er.

»Ist es schlimm?«, erkundigte sich Sabine, während sie die Tür hinter Melanie Schmitz zuschob, die sich mit einem Ausdruck des Entsetzens umsah.

»Sie ist nicht bei Bewusstsein. Wir müssen die Blutung stoppen.«

Sie sah, wie er gequält schluckte. Das war nicht einfach für ihn. Sicher hätte er das hervorsprudelnde Blut lieber getrunken, als ein Handtuch auf die Wunde zu pressen. Die andere Frau saß apathisch auf dem Bett, den Deckenzipfel auf ihre ebenfalls noch blutende Wunde gedrückt. Eine weitere Frau, kaum älter als sie, hatte den Arm um sie gelegt und sprach leise in Russisch auf sie ein.

Melanie Schmitz keuchte, doch sie schien aus der Erstarrung zu erwachen, die sie beim Anblick des Chaos überfallen hatte. »Was ist hier los?«

Keine der Frauen antwortete. Sie drängten sich nur eng aneinander. Sabine zählte sieben, die aus den unterschiedlichsten Ländern kommen mussten. Manche waren blond, andere dunkelhaarig, doch sie alle waren jung. Viel zu jung! Man konnte die Demütigungen, die sie erlitten hatten, in ihren Augen deutlich ablesen.

Sabine hielt noch immer Melanie am Arm fest, damit ihr nicht einfiel, sich davonzumachen. Mit der anderen Hand zog sie das Handy aus der Tasche und rief noch einmal den Hauptkommissar an.

»Verdammt, wo bleibt ihr? Wir haben hier zwei Verletzte. Wir brauchen einen Rettungswagen. Nein, ich konnte nicht auf dich warten. Ich musste die nächsten beiden Morde verhindern. Ach übrigens, Frau Schmitz ist hier aufgetaucht, also wenn ihr nicht noch eine Sondereinladung braucht, dann macht, dass ihr herkommt!«

Sie wartete die Antwort ihres Vorgesetzten nicht ab. Er konnte ihr immer noch einen Rüffel erteilen, wenn er da war.

Draußen bogen zwei Wagen mit hoher Geschwindigkeit in die Gasse ein und kamen mit quietschenden Reifen vor dem Haus zum Stehen. Türen wurden geöffnet und wieder zugeschlagen.

»Ich glaube, die Kripo ist endlich da«, brummte Sabine. Peter nickte. Er winkte eine der Frauen her, eine kleine Blonde, die höchstens siebzehn Jahre alt war. Er sagte etwas auf Rumänisch. Das Mädchen kam zu ihm und kniete sich neben ihn. Er bettete den Kopf der Bewusstlosen in ihren Schoß und legte ihre Hände um das zusammengedrehte Handtuch. Noch ein paar Worte, die Sabine nicht verstand, doch das Mädchen nickte. Peter von Borgo erhob sich. Draußen auf der Treppe waren polternde Schritte zu hören.

»Ich warte im Auto auf dich. Du solltest dich beeilen!«

»Was? Warum? Ich kann hier nicht weg.«

Doch ihre Worte verhallten vermutlich ungehört. Sie sah noch eine Wolke schimmernden Nebels vor dem Fenster, dann war der Vampir verschwunden. Kurz darauf stürmten die Kollegen von der vierten Mordbereitschaft in die Wohnung – allen voran Robert Gerret, dessen Wangen vor Eifer glühten.

»Jetzt haben wir Sie!«, frohlockte er und zückte seine Handschellen, um Melanie Schmitz an einen der Heizkörper zu fesseln.

»Wir wollen ja nicht, dass Sie uns unverhofft verloren gehen«, feixte er und betete ihr dann in Windeseile ihre Rechte vor, ehe er von Thomas gerügt werden konnte.

Der Hauptkommissar ging mit ernster Miene durch die Wohnung und warf in jedes Zimmer einen Blick. Außer dem offenen Empfangsbereich gab es eine kleine Küche, ein Bad mit einer Dusche und einem schmalen Waschbecken, eine separate Toilette und die fünf Zimmer, in denen die Frauen wohnten und arbeiteten. Ein Blick in die eine oder andere Schublade machte die Art ihrer Arbeit mehr als deutlich. Mit einem breiten Grinsen öffnete Robert eine Truhe mit allerlei Sexspielzeug, doch Uwe stieß ihm mit finsterem Blick in die Rippen.

»Schlag dir deine schmutzigen Fantasien aus dem Kopf und denk daran, dass die Frauen das hier nicht freiwillig machen.«

Betreten räusperte sich sein Kollege und packte Handschellen, Peitschen und verschieden große Dildos zurück in die Kiste. Andere Schubladen enthielten Kondome und Gleitmittel, Cremes und Feuchttücher, doch sie fanden auch jede Menge Schmerzmittel, Wundsalben und Desinfektionssprays.

»Holt die Spurensicherung her«, sagte der Hauptkommissar, nachdem er seine Runde beendet hatte. »Ich will jeden Fingerabdruck und jede Faser aus dem Zimmer der beiden Frauen! Das ist unsere Chance, den Täter zu identifizieren.«

Dann wandte er sich an die Frauen, die ihn furchtsam anstarrten. Er bemühte sich, langsam und freundlich zu sprechen.

»Bitte ziehen Sie sich etwas Warmes an. Wir werden Sie mit aufs Präsidium nehmen und Sie befragen. Haben Sie keine Angst. Wir wollen Ihnen nicht schaden. Wir suchen den Täter, der hier eingedrungen ist und Ihre beiden Mitbewohnerinnen überfallen hat. Und wir haben Fragen über Tariq Kabaschi und Melanie Schmitz.«

Sabine bezweifelte, dass die Frauen alles verstanden hatten, doch ihnen war klar, dass sie es nun mit der Polizei zu tun hatten, und das bedeutete nach ihren Erfahrungen nichts Gutes. Es würde ein hartes Stück Arbeit werden, sie zu einer Aussage zu bewegen. Soweit es Tariq und Melanie betraf, hoffte Sabine auf genug Informationen, um die beiden recht lange hinter Gitter bringen zu können. Was die Vorgänge des heutigen Abends betraf, wäre es allerdings besser, die Frauen würden sich an nicht allzu viel erinnern! Sollte die Kripo eine Mörderin jagen, die bereits tot war? Mit den üblichen Ermittlungsmethoden würden sie sie nicht finden. Und selbst wenn. Was würden sie dann mit ihr machen? Sie in Handschellen abführen und in eine Zelle sperren? Das war geradezu lächerlich. Selbst wenn sie sich nicht wie Peter in Nebel auflösen und durch die kleinsten Ritzen fließen konnte, war eine Gefängnistür für einen Vampir kein ernst zu nehmendes Hindernis. Vermutlich würden die Wärter ihrem hypnotischen Blick erliegen und sich bei der erstbesten Gelegenheit aussaugen lassen. Nein, es musste eine andere Lösung geben, aber welche?

Sie erinnerte sich daran, dass Peter im Wagen auf sie wartete. Was er wohl vorhatte? Wohin wollte er?

Draußen waren Sirenen zu hören, und kurz darauf eilten Sanitäter in die Wohnung.

»Was um alles in der Welt ist das?«, rief der Rettungssanitäter, als er vorsichtig das Handtuch entfernte. »Das sieht ja wie eine Bisswunde von einem großen Hund aus.« Sein Kollege, der die Schulter der anderen Frau desinfizierte und verband, nickte unsicher.

»Ich habe keinen Hund gesehen«, murmelte Sabine und verließ unauffällig das Zimmer. Ehe sie einer der Kollegen aufhalten konnte, huschte sie hinaus und lief zu ihrem Wagen.

»Es tut mir leid, dass es so lange gedauert hat, und eigentlich dürfte ich jetzt auch nicht weggehen. Ich müsste mich um die Frauen kümmern und sie zum Präsidium begleiten. Sie sind verunsichert und haben Angst.«

Peter von Borgo nickte nur.

»Was hast du vor?«

Er reichte ihr ein Stück Papier. Es war zerknittert und an einer Seite eingerissen.

»Was ist das?« Sabine runzelte die Stirn. »Ein Frachtbrief oder so etwas.«

Der Vampir nickte wieder. »Aletta hatte es in der Tasche. Sieh dir den Namen des Empfängers an.«

»Tariq Kabaschi! Und was bekommt er geliefert? Einen Container aus Istanbul?«

»Genau, und da stellt sich die Frage, was da wohl drin sein könnte. Und warum sich Aletta so brennend dafür interessiert.«

Sabines Augen weiteten sich. »Mein Gott, denkst du das Gleiche?«

»Frischfleisch? Durchaus möglich.«

»Und wann soll das Schiff eintreffen?« Sabine drehte sich mehr zum Licht und versuchte, die blasse Schrift zu entziffern, bis sie das gesuchte Datum fand.

»12. September? Himmel, das Schiff ist bereits gestern angekommen. Die Container sind sicher schon entladen.«

»Und Aletta vermutlich auf dem Weg dorthin.«

Sabine spürte, wie sie blass wurde. »Um zu Ende zu bringen, was sie begonnen hat.« Sabine riss die Tür ihres Wagens auf und wollte aussteigen, aber der Vampir hielt sie zurück.

»Was? Ich muss Thomas Bescheid sagen. Wir müssen ein Team dorthin schicken.«

»Um Aletta aufzuhalten?«

»Um die Frauen zu retten, die vermutlich in diesem Container sind.«

Peter von Borgo zog sie in den Wagen zurück und schloss die Tür. »Sehen wir uns erst einmal an, was wir dort finden. Dann können wir deine Kollegen immer noch rufen. Und nun rutsch zur Seite und lass mich fahren! Ihr Vorsprung ist bereits groß.«

»Du willst die Sache mit Aletta selbst regeln«, vermutete Sabine.

»Ja. Wer sollte es sonst tun? Ich habe sie geschaffen. Und es ist auch meine Aufgabe, das Ganze hier zu beenden!« Er ließ den Motor an und ließ den Wagen langsam auf die Einmündung der Sackgasse zurollen. Erst als sie in die Hauptstraße einbogen, gab er Gas.

Kapitel 20

Im Containerhafen

Peter von Borgo saß am Steuer und brachte sie schnell voran. Es war erstaunlich, mit wie viel Geschick er jede kleinste Lücke nutzte. Über seine Überholmanöver dachte Sabine lieber nicht nach. Sie konnte nur hoffen, dass ihm bewusst war, dass unter ihrer Motorhaube nicht so viele Pferdestärken wohnten wie in seinem Jaguar.

Er wählte den Weg über Altona zum Elbtunnel, der auf der anderen Seite direkt in die Containerterminals mündete. Vielleicht hatten sie Glück und waren noch vor Aletta am Ziel. Auch sie musste irgendwie die Elbe über- oder unterqueren und dann durch den Hafen mit seinen unzähligen Becken und verzweigten Wasserstraßen zum richtigen Terminal gelangen. Vielleicht benutzte sie den alten Elbtunnel bei den Landungsbrücken. Oder sie setzte mit einer Fähre über.

Sabines Handy klingelte. Sie warf einen Blick auf das Display.

»Thomas«, beantwortete sie Peters fragenden Blick. Das war ja klar. Ihr Verschwinden war ihm nicht lange verborgen geblieben. Sollte sie sich jetzt schon seine Vorwürfe anhören? Nein, es gab im Augenblick Wichtigeres. Sie mussten den Container finden und die Frauen – so sie sich darin befanden – vor Aletta in Sicherheit bringen.

Das Telefon klingelte unerbittlich weiter.

»Geh ran«, sagte der Vampir zu ihrer Überraschung. Widerstrebend gehorchte sie.

Es wunderte Sabine nicht, dass ihr Vorgesetzter ärgerlich klang. Seine ersten Worte lauteten: »Wo bist du?«

»Ich folge einer Spur«, gab sie ausweichend zu. »Es waren ja genug Leute da. Ihr kommt auch ohne mich klar, oder?«

»Schon möglich, aber das ist immer noch meine Entscheidung.«

»Ja«, gab sie zerknirscht zu. »Du bist der Chef. Das stellt keiner infrage.«

»Nein? Und was tust du dann im Augenblick?«

»Ich habe etwas gefunden, das eine Spur sein könnte, doch vielleicht ist es ganz unwichtig, und wir würden umsonst viel Staub aufwirbeln und grundlos am Wochenende noch ein Einsatzteam losschicken.«

Der letzte Satz war ein Fehler, das merkte sie sofort, doch die Worte ließen sich nicht zurücknehmen.

»Ein Einsatzteam? Was zum Teufel treibst du?«

»Nichts Gefährliches. Ich schwöre es.«

Sie wusste, dass er ihr nicht glaubte.

»Gib mir eine Stunde. Ich verspreche dir, dass ich mich melde und dir berichte, ob sich mein Verdacht erhärtet hat oder nicht.«

»Und wenn ich Nein sage, legst du auf und machst es trotzdem. Soll ich dich in deinem ersten Monat schon wieder rauswerfen?«

»Nein!«, rief die Kommissarin entsetzt. »Das kannst du nicht machen!«

»Das kann ich schon«, knurrte Hauptkommissar Ohlendorf. »Ich kann jederzeit zu Tieze gehen und mir Michael zurückholen.«

»Das würdest du tun?«

»Wenn es die einzige Möglichkeit ist, dich von wahnwitzigen Alleingängen abzuhalten, ja. Ich will nicht irgendwann an deinem Sarg stehen und mich fragen, ob ich es hätte verhindern können.«

»Ich bin nicht allein«, gab sie leise zu. »Mir wird nichts passieren.«

Thomas Ohlendorf stöhnte. »Ich hätte es mir denken können. Dein geheimnisvoller Freund. Auch er ist nicht allmächtig.«

Aber fast, dachte sie.

»Ich rufe aber nicht nur an, um dir dein vorschriftswidriges Verhalten um die Ohren zu hauen. Tariq ist leider gewiefter, als wir es gedacht haben.«

»Sag nicht, dass er unsere Leute abgeschüttelt hat«, stöhnte Sabine.

»Doch, genau das. Er hat den Wagen plötzlich stehen lassen und ist mit der U-Bahn entwischt. Die Männer kamen zu spät und konnten nur noch sehen, wie er sich in eine fast geschlossene Tür gequetscht hat.«

»Danke für den Hinweis«, sagte Sabine, verabschiedete sich schnell und legte auf, ehe der Hauptkommissar noch weitere Einwendungen vorbringen konnte. Sie näherten sich bereits dem Containerhafen.

»Wohin jetzt?«, erkundigte sich der Vampir.

Sabine studierte noch einmal den Frachtbrief.

»Zum Eurokai. Das ist dort drüben. Weißt du, wie du fahren musst?«

Der Vampir nickte und bog in rasantem Tempo von der Hauptstraße ab. In der Nähe der Seemannsmission hielt er an.

»Komm!«

Sabine starrte noch immer auf den Frachtbrief. Sie stieß einen Seufzer aus. »Ich habe keine Ahnung, wo wir den Container suchen sollen. Hier gibt es zwar eine Nummer, aber wo sie ihn nach dem Entladen des Schiffs zwischenlagern, kann ich hieraus nicht entnehmen. Vermutlich steht das in irgendeiner Datenbank in den Computern der Eurogate. Aber wie kommen wir da nun dran?«

»Du meinst, wir müssten in das Büro eindringen, in den Computerprogrammen rumschnüffeln und Passwörter knacken?«

Sabine stöhnte. »Das dauert eine Ewigkeit.«

Peter von Borgo nickte. »Ja, und deshalb machen wir das lieber auf die altmodische Art. Wir folgen unserer Nase!«

Er nahm sie bei der Hand und zog sie bis zu der Absperrung des Hafengeländes. An einer düsteren Stelle nahm er sie in die Arme und sprang mit ihr über den stacheldrahtbewehrten Zaun hinweg.

»Komm jetzt. Bleib dicht hinter mir.«

Das war einfacher gesagt als getan. Der Vampir huschte auf das Containerlager zu. Sabine musste rennen, um ihn nicht aus den Augen zu verlieren. Es war alles so riesig! Zwei Schiffe lagen im Schein der Flutlichtanlagen am Kai und wurden trotz der späten Stunde noch entladen. Portalkräne fuhren auf ihren Schienen hin und her und schafften nach einem nur ihnen bekannten Plan Container um Container von einem Ort zum anderen. Dann übernahmen andere Kräne, die die riesigen Metallboxen zu ihrem Lagerplatz brachten und aufstapelten. Kaum ein Mensch war zu sehen. Alles lief automatisiert und von irgendeiner Leitstelle aus gesteuert ab.

Sabine hatte keine Zeit, sich umzusehen. Sie mühte sich, mit dem Vampir Schritt zu halten, doch sie spürte, wie ihre Kraft nachließ und ihr Atem immer schneller ging.

»Warte!«, keuchte sie, als sie fürchtete, jeden Moment auf dem Asphalt in die Knie gehen zu müssen.

Peter von Borgo hielt inne und wandte sich zu ihr um. »Beeil dich! Ich kann sie riechen. Aletta ist schon auf dem Gelände.«

Sabine sparte sich die Antwort und verwendete ihren Atem, um zu ihm aufzuschließen. Und schon war er wieder weg und bog um die nächste Reihe aufgestapelter Container. Ihr blieb nichts anderes übrig, als ihm so schnell wie möglich zu folgen, doch als sie die Ecke erreichte, war er nicht mehr zu sehen.

So ein Mist! Sie konnte nicht einfach seine Spur wittern und ihm anhand seines Geruchs folgen. Das sollte er doch wissen.

Verloren stand sie in der dunklen Gasse zwischen den hoch aufragenden Metallwänden und sah sich unsicher um. Wohin jetzt? Sollte sie nach ihm rufen oder einer der Gassen weiter folgen? Wenn sie die Reihen in Schlangenlinien absuchte, musste sie ihn doch irgendwann finden. Bang fragte sie sich, wie viele Container hier lagerten. Und war das überhaupt das einzige Lager hier am Eurokai?

Zaghaft ging sie ein Stück weiter, als sie ein Geräusch hörte. Was war das? Ein Knarzen von Metall, ein Schlag und dann ein Aufschrei.

Sabine begann wieder zu laufen. Waren das Geräusche eines Kampfes? Verdammt, das Echo narrte ihr Gehör. Sie blieb an der nächsten Kreuzung stehen und lauschte, aus welcher Richtung die Geräusche kamen. Verflucht! Der Vampir hätte sicher keine Schwierigkeiten, die Quelle genau zu orten. Vermutlich würde er den direkten Weg über die dreifach übereinandergestapelten Container nehmen!

Sabine entschied sich für links und lief weiter. Wurden die Geräusche lauter? Was ging dort vor sich? Jedenfalls hörte es sich nicht gut an. Kämpften die beiden Vampire miteinander? Nun hörte sie Aletta lachen.

Sabine schlitterte um die Ecke. Ja, da waren sie. Keuchend holte Sabine Atem. Sie blinzelte, um im Schatten der Container etwas zu erkennen, doch die beiden Vampire bewegten sich so schnell, dass sie unmöglich sagen konnte, wer wen jagte und wer die Oberhand behielt, als sie aufeinandertrafen und sich ineinander verkrallten. Die Metallwände dröhnten, als die beiden Gestalten mit einer unglaublichen Wucht gegen einen der Container prallten.

Was sollte sie tun? Was konnte sie tun? Sich in den Kampf der beiden Vampire einmischen? Ganz sicher nicht!

Ihr Blick fiel auf einen länglichen Metallgegenstand. Ein Brecheisen? Sabine eilte näher und sah nun auch eine frische, blanke Stelle am Riegel des Containers.

War das der richtige? Hatte Aletta versucht, ihn zu öffnen?

Sie pochte gegen die Tür. »Hallo? Ist da jemand drin?«

Sie glaubte gedämpft ein Gewirr von weiblichen Stimmen zu hören. Dann erhob sich eine tiefere darüber.

»Holen Sie uns hier raus! Wir verdursten und ersticken.«

Etwas regte sich in ihr. Es war ihr, als müsste sie diese Stimme kennen, obgleich sie seltsam kratzig klang. Ihr Magen machte einen Satz.

»Felix? Sind Sie das?« Sie schlug mit der Faust gegen die Metalltür.

»Sabine? – Sabine! Gott sei Dank. Holen Sie uns hier raus. Schnell!«

»Ich versuche es«, gab sie zurück.

Noch immer kämpften die beiden Vampire verbissen gegeneinander. Von Peter konnte sie im Moment keine Hilfe erwarten. So schob sie das Brecheisen zwischen die mit einem Schloss gesicherte Querstange und die Containerwand und lehnte sich mit ihrem ganzen Gewicht dagegen. Es knarzte und kreischte, dann brach das Schloss. Hastig zog Sabine an dem Riegel und löste die Verankerung. Sie stemmte sich noch einmal gegen das Metall, bis die verzogene Tür aufschwang.

Weit aufgerissene Augen starrten sie aus der Dunkelheit an. Sabine zog ihre Taschenlampe hervor und knipste sie an. Der Lichtstrahl huschte über verängstigte Mädchengesichter, in denen sich die Entbehrungen der vergangenen Tage oder Wochen eingegraben hatten.

»Keine Angst, jetzt wird alles gut«, beschwichtigte sie. Da fiel ihr Blick auf den Mann, der vergeblich versuchte, auf die Beine zu kommen. Sabine hastete zu ihm und ließ sich auf die Knie fallen.

»Felix? Was ist Ihnen passiert? Wie um alles in der Welt kommen Sie in diesen Container? Sind Sie verletzt?«

Mit ihrer Hilfe gelang es ihm sich aufzurichten, doch er stöhnte vor Schmerz.

»So viele Fragen«, sagte er mit einem schiefen Lächeln. »Meine verflixte Neugier hat mich in diese Lage gebracht. Sagen Sie jetzt nicht, das kommt davon, wenn man auf eigene Faust auf Verfolgungsjagd geht und die Sache nicht der Polizei überlässt.«

»Würde ich nie draufkommen«, sagte Sabine, der nur allzu bewusst war, dass sie im Moment auch nicht viel klüger handelte.

»Ich hatte mich schon fast damit abgefunden, dass meine Tage gezählt sind. Im Gegensatz zu den Mädchen bin ich für Tariq wertlos.«

Sabine wollte sich nicht vorstellen, welche Angst er ausgestanden haben musste.

Sie setzte gerade zu einer aufmunternden Antwort an, als eines der Mädchen einen Schrei ausstieß. Ein Schuss peitschte durch die Nacht und schlug dröhnend in die Containerwand.

»Tariq!«, keuchte Sabine.

Kreischend zogen die Mädchen den Türflügel zu und wichen zurück ins Dunkel.

»Nein!«, rief Felix mit sich überschlagender Stimme. »Er darf uns hier nicht wieder einschließen.«

Seine Entschlossenheit verlieh ihm Kraft. Er robbte zur Tür und warf sich dagegen. Sie gab nach, und er fiel nach draußen.

»Felix!«, schrie Sabine und hechtete ihm hinterher. Sie landete auf dem Asphalt und kniete sich neben den Journalisten, der sich stöhnend vor Schmerzen wand.

Wo war Tariq? Ihr Blick huschte umher.

»Vorsicht!«, stöhnte Felix, doch noch ehe Sabine reagieren konnte, bohrte sich der Lauf einer Pistole in ihren Rücken. Eine Hand griff hart nach ihrem Arm.

»Lassen Sie mich los. Tariq Kabaschi, es ist für Sie zu Ende«, behauptete sie mit fester Stimme.

Er drehte sie zu sich um, ohne den Lauf der Waffe zu senken. Verblüfft starrte er sie an.

»Kriminalpolizei!«, sagte sie und versuchte, das Zittern ihrer Knie zu unterbinden.

»Ja, ich erinnere mich«, sagte Tariq. »Aber wo sind Ihre Kollegen?«

»Sie werden jeden Moment hier sein«, log sie.

Tariq schien ihr nicht zu glauben.

»Wie leichtsinnig von Ihnen, hier so allein herumzuschnüffeln. Genauso dumm wie der Journalist.«

Felix kauerte noch immer am Boden und sah wütend zu Tariq auf.

Sabine lauschte in die Nacht. Wo zum Teufel war der Vampir? Wenn sie ihn je gebraucht hatte, dann jetzt. Sie glaubte, von fern Kampfgeräusche zu hören. Aber vielleicht handelte es sich auch nur um den Arbeitslärm der Kräne.

»Sie haben keine Chance«, fuhr sie fort. Sie musste ihn beschäftigen, bis sich vielleicht eine Gelegenheit bot, ihm die Waffe zu entwenden.

»Wir haben Ihre Frau verhaftet. Gerade in diesem Moment wird Ihr illegales Bordell durchsucht, und die Frauen sind auf dem Weg zum Verhör ins Präsidium. Machen Sie es doch nicht noch schlimmer. Stellen Sie sich und kooperieren Sie, dann können Sie vielleicht einen Deal mit der Staatsanwaltschaft aushandeln.«

Vielleicht ließ er sich ködern. Sie müsste ihm einen verlockenden Ausweg bieten, selbst wenn ihr der Gedanke, er könne tatsächlich eine milde Strafe für sich aushandeln, übel aufstieß. Doch der Albaner ließ sich nicht so einfach einwickeln.

»Ich soll mich von Ihnen verhaften lassen?«, höhnte er. »Ich glaube, Sie verkennen die Lage! Ich bin derjenige mit der Waffe in der Hand. Nun gut, Sie haben meinen Laden aufgespürt. Was soll's. Man muss im Leben auch Rückschläge verkraften können. Dann baue ich mir irgendwo anders eben wieder etwas auf.« Er nickte in Richtung der Containertür, hinter der sich die eingeschmuggelten Mädchen ängstlich zusammenkauerten. »Mein Grundkapital habe ich hier. Damit lässt sich was anfangen.«

Der Zorn, der in ihr aufstieg, war stärker als die Angst.

»Oh nein, das werden Sie nicht. Nur über meine Leiche!«

Er grinste kalt. »Das können Sie haben, Frau Kommissarin.«

Er machte eine Bewegung, vielleicht, um zu schießen, vielleicht, um sie mit der Waffe niederzuschlagen. Sabine wartete nicht ab, das herauszufinden. Sie warf sich zur Seite und schlug Tariqs Arm nach oben, während Felix sich unvermittelt aufbäumte und ihm seine Schultern gegen die Knie rammte. Er taumelte. Ein Schuss löste sich und traf einen der oberen Container. Die Mädchen schrien vor Angst. Sabine drehte sich und hechtete auf Tariq zu, der sich viel zu schnell wieder berappelte. Ein zweiter Schuss krachte. Es gelang ihr zwar, der Kugel auszuweichen, dafür schrie Felix auf.

Oh nein!

Sie hörte ihn stöhnen, während sie mit Tariq rang. Die Pistole entglitt seiner Hand und schlitterte über den Asphalt davon, doch nun setzte der Albaner die Fäuste ein. Er traf sie mehrfach hart im Gesicht, dann packte er sie am Hals und drückte schmerzhaft zu. Sie hatte nicht die geringste Chance gegen ihn!

»Was ist denn hier los?«, fragte eine barsche Männerstimme.

Was für ein süßer Augenblick der Hoffnung!

Zwei Männer kamen um die Ecke und blieben überrascht stehen. Dann zogen sie Waffen aus ihren Jacken und richteten sie auf die beiden ungleichen Kämpfer.

Und dann zerbrach die Hoffnung.

»Hast du Schwierigkeiten, Tariq?« Die beiden kamen näher, die Waffen erhoben.

»Nicht wirklich, aber gut, dass ihr kommt. Wir müssen den Plan ändern und die Mädchen sofort von hier wegbringen.«

»Kein Problem«, sagte der größere der beiden. »Und was ist mit der da?«, erkundigte er sich und deutete mit der Waffe auf die röchelnde Kommissarin.

»Die Schlampe und den Kerl hier unten müssen wir verschwinden lassen.«

»Sollte sich machen lassen«, sagte der andere völlig ungerührt. Sabine spürte, wie der Mut sie verließ. Kalte Angst griff nach ihr.

Peter!, schrie sie in Gedanken. *Peter, hilf mir!*

Sie fühlte, wie ihr die Sinne schwanden. Ihr wurde schwarz vor Augen. Plötzlich huschte ein Schatten vorbei. Sie fühlte den kalten Hauch.

Dann ging alles sehr schnell. Der erste Mann schrie auf. Seine Pistole wirbelte durch die Luft. Noch ehe die anderen reagieren konnten, wurden auch sie von den Füßen gerissen. Der Griff um Sabines Hals löste sich, doch als sie fiel, wusste sie bereits, dass sie nicht auf dem Boden aufschlagen würde. Sabine hustete und keuchte. Es dauerte einige Momente, bis sie wieder genug Luft bekam, doch als sie sich umsah, wunderte es sie nicht, dass die drei Männer entwaffnet und bewusstlos auf dem Boden lagen. Zwei vertraute rote Augen blickten sie besorgt an – Balsam für ihre Seele.

»Du kannst mich jetzt wieder runterlassen«, sagte sie schließlich mit rauer Stimme. »Mir ist nichts passiert, obwohl ich sagen muss, dass du dir diesmal ganz schön Zeit gelassen hast!«

Der Vampir lachte leise. »Ich war verhindert, aber du hast dich bis dahin ja ganz gut geschlagen.«

Das Stöhnen hinter ihr ließ sie herumfahren. Sie ging neben dem Journalisten in die Knie.

»Felix, was ist mit dir? Wo hat er dich getroffen?«

Der Journalist zog eine Grimasse. »Wird schon. Scheiße, tut das weh!«

Er drückte seine beiden Hände auf eine blutende Wunde am Oberschenkel.

»Darf ich mal sehen?«, fragte Peter von Borgo höflich und kniete sich ebenfalls neben ihn. Er untersuchte die Wunde und sagte dann: »Ein glatter Durchschuss. Weder der Knochen noch eine Arterie getroffen, dennoch sollte die Wunde versorgt werden.«

Sabine wählte den Notruf und bestellte einen Krankenwagen. Dann rief sie Thomas an.

»Kommt, so schnell ihr könnt«, beschwor sie ihn. »Wir haben Tariq und zwei seiner Komplizen überwältigt, und wir haben die Frauen gefunden, die er nach Hamburg geschmuggelt hat. Ja, ich bin in Ordnung. Alles andere erzähle ich dir später.« *Zumindest fast alles,* fügte sie in Gedanken hinzu.

»Der Krankenwagen wird gleich da sein«, sagte sie beschwichtigend zu Felix, der sich um ein Lächeln bemühte. »Und meine Kollegen auch!«, fügte sie an den Vampir gewandt hinzu.

Er nickte, schien aber keine Eile zu haben. Stattdessen öffnete er die Containertür und bat die Mädchen höflich, herauszukommen. Den Blick schüchtern gesenkt, stiegen sie eine nach der anderen aus ihrem Metallgefängnis und atmeten erleichtert die frische Nachtluft ein. Peter von Borgo verneigte sich vor ihnen und bat sie, bei Sabine und dem Verletzten zu bleiben, während er die noch immer bewusstlosen Männer nicht gerade sanft in den Container beförderte. Mit einem Knall stieß er die Tür zu und legte den Riegel um.

Für eine Weile verharrte die Gruppe schweigend und lauschte dem metallischen Klang der Kräne, der irgendwann vom Heulen einer Sirene untermalt wurde.

Peter von Borgo räusperte sich. »Ich glaube, es wird für mich Zeit, zu gehen.«

Er beugte sich zu Sabine hinunter und berührte sie an der Schulter. »Ich denke, ich kann dich nun der Obhut deiner Kollegen überlassen.«

Sabine nickte. »Ja, ich bin in Ordnung. Keine Sorge.« Plötzlich fiel ihr etwas ein. »Was ist eigentlich mit Aletta geschehen?«

Der Vampir hob die Schultern. »Nichts. Ich musste unser kleines Kräftemessen leider abbrechen, um hier nach dem Rechten zu sehen. Ich werde jetzt ihre Spur wieder aufnehmen. Es ist noch nicht zu Ende.«

»Was wirst du tun, wenn du sie aufspürst?«, fragte Sabine leise.

Er seufzte. »Sie zur Vernunft bringen.«

Sabine traute sich nicht zu fragen: *Und was, wenn dir das nicht gelingt?*

Er hauchte ihr einen Kuss auf die Wange und war verschwunden. Sabine fühlte sich plötzlich verlassen und allein, obwohl sich die jungen Mädchen um sie scharten. Sie setzte sich zu Felix und hielt seine Hand, bis der Krankenwagen am Ende der Containerreihe vorfuhr und zwei Sanitäter mit einer Trage herbeigeeilt kamen.

Der Arzt, der mitgekommen war, bestätigte, dass die Verletzung nicht dramatisch war und alles wieder in Ordnung kommen würde.

»Sehen wir uns wieder?«, fragte Felix, als man ihn in den Krankenwagen schob.

Sabine drückte noch einmal seine Hand. »Aber natürlich. Ich komme dich im Krankenhaus besuchen und kontrolliere, ob du dich auch anständig benimmst und brav machst, was die Schwestern dir sagen.«

Er lächelte zum Abschied. Dann fuhr der Krankenwagen davon.

Inzwischen waren auch die Kollegen von der Kripo gekommen und hatten zwei Teams Uniformierte in zwei Polizeiwagen zur Verstärkung mitgebracht. Thomas machte sich ein Bild von der

Lage und übergab die drei Männer aus dem Container den Uniformierten. Für die ins Land geschmuggelten Mädchen bestellten sie weitere Krankenwagen, um sie in der Klinik untersuchen zu lassen. Zwei waren sichtlich krank, die anderen waren geschwächt und dehydriert. Sie würden erst einmal anständig essen und schlafen müssen, ehe man sie befragen konnte. Ein Team der Spurensicherung untersuchte noch den Container, um Beweise zu sichern, und nahm die Waffen des Albaners und seiner Komplizen an sich.

Sabine stand etwas abseits und beobachtete die Kollegen, als Thomas zu ihr trat.

»Wirst du mir irgendwann erzählen, was hier gelaufen ist? Ich meine die Wahrheit und nicht irgendeine Geschichte, die du dir zurechtgelegt hast?«

Sie hob ein wenig kläglich die Schultern. »Es war nur ein Verdacht, den ich aufgrund eines Frachtbriefs hatte. Und als er sich bewahrheitete, haben wir die Frauen befreit. Dass Felix Leonhard mit hier eingesperrt war, hat uns genauso überrascht.«

»Uns? Dich und deinen geheimnisvollen Freund, der schon wieder verschwunden ist. Und ganz nebenbei habt ihr dann auch noch die drei Männer entwaffnet und in ihren eigenen Container gesperrt.«

Sie schwieg und zuckte noch einmal mit den Achseln.

Der Hauptkommissar seufzte. »Ich bin jedenfalls froh, dass dir nichts passiert ist. Komm, ich bring dich zu deinem Wagen. Für heute ist Feierabend.«

Sabine leistete keinen Widerstand. Sie fühlte sich buchstäblich wie zerschlagen. So ging sie schweigend neben dem Hauptkommissar her, dankbar, dass er sie nicht weiter drängte. Wenigstens ließ er ihr eine Schonfrist.

»Komm gut nach Hause. Wir sehen uns am Montag.«

Sie wünschte ihm eine gute Nacht und ließ den Motor an.

Kapitel 21

Das leere Grab

Sabine fuhr an und sah im Rückspiegel, wie Thomas noch einmal zum Abschied die Hand hob. Dann wandte er sich ab und kehrte zu den anderen zurück. Ein Frösteln stieg in ihr auf, als sie vom Parkplatz fuhr und auf die Straße einbog. Sie fädelte sich auf der Hauptstraße in den Verkehr ein, der trotz der späten Stunde noch recht lebhaft war. Wieder erfasste sie ein Schaudern, und die Angst flammte auf. Wie damals auf dem Friedhof.

Ein Echo des Erlebten. Ein Streich ihres Geistes, der die Eindrücke im Nachhinein zu verarbeiten suchte.

Nein!

Sie wusste es, noch ehe der eisige Atem über ihren Nacken strich und die leisen Worte in ihr Ohr wehten.

»Nun treffen wir uns also doch noch ganz ungestört.«

Sabine versuchte, sich auf den Verkehr zu konzentrieren, was nicht ganz einfach war mit einem Vampir im Nacken, der in den vergangenen Nächten wieder und wieder gemordet hatte.

»Was willst du, Aletta?«

»Das ist eine berechtigte Frage«, gab sie zurück. »Es ist manchmal nicht einfach, seine Wünsche klar zu erkennen. Vor allem, wenn man in einer so fremden Haut steckt.« Sie überlegte. »Nein, nicht die Haut ist mir fremd geworden. Eher der Geist, der in ihr steckt.«

Sabine fuhr weiter und überlegte, ob es irgendetwas gab, was sie tun könnte, doch ihr Verstand lieferte keine Vorschläge. Entweder lähmte Alettas Anwesenheit ihre Gedanken, oder sie war ihr tatsächlich hilflos ausgeliefert.

Die Vampirin hinter ihr schwieg, bis sie den Hafen längst hinter sich gelassen hatten. Dann erst meldete sie sich wieder zu Wort.

»Nein, wir fahren nicht nach St. Georg. Bieg dort vorne links ab.«

Sabine begriff, was ihr Ziel sein würde. Der Parkfriedhof Ohlsdorf! Doch dieses Mal würde er für sie kein Ort der Geborgenheit und des Friedens sein.

Aletta dirigierte sie bis zu dem verschlossenen Eingang und Sabine folgte widerstandslos. Weder ein Fluchtversuch noch ein Angriff konnten gegen solch ein Wesen gelingen. Das Einzige, was sie vielleicht damit erreichte, war, Alettas Zorn zu schüren.

Doch wollte sie sich einfach in ihr Schicksal ergeben? Irgendetwas in ihr klammerte sich an die Hoffnung, dass diese Nacht gut ausgehen konnte. Dass Aletta sie verschonen würde.

»Komm!«

Aletta öffnete die Gittertür und ließ Sabine eintreten. Obgleich sie nur zu schlendern schien, war Sabine schon bald außer Atem, so schnell eilten sie zwischen den Gräbern hindurch. Der Nachtwind rauschte in den Bäumen. Eine Eule schrie. Sie steuerten Alettas Grab an.

Welche Hoffnung Sabine bis dahin auch gehegt haben mochte, sie fiel in sich zusammen, als sie an dem Grab anlangten, das sie im ersten Augenblick nicht wiedererkannte. Statt auf bunte Herbstblumen starrte sie in ein finsteres Loch. Dahinter erkannte sie jedoch den steinernen Engel.

»Komm näher«, forderte die Vampirin sie auf. »Siehst du den Sarg dort unten?«

Sabine konnte gar nicht anders, als auf den etwas nachgedunkelten Holzdeckel zu starren, der ihren Blick mit grausiger Faszination anzog.

»Es ist mein Sarg«, sagte Aletta versonnen. »Doch er war nun lange genug leer. Gefällt er dir? Das will ich hoffen. Du sollst dich dort schließlich wohlfühlen«, fügte sie spöttisch hinzu.

»Warum?«, stieß Sabine hervor. Ihr Herz schlug so schnell, dass es jeden Moment zu bersten drohte. »Ich habe dir nichts getan. Ich habe dir die Zeit gewährt, die du verlangt hast. Es ist nicht meine Schuld, dass es so gelaufen ist.«

Aletta schüttelte den Kopf. »Oh nein! Denk bloß nicht, dass ich mich für irgendetwas rächen will, das zu meinen Lebzeiten geschehen ist. Das liegt so weit hinter mir, dass ich mich kaum mehr erinnere. Es ist nichts Persönliches, doch ich kann nicht zulassen, dass sich Peter von mir abwendet. Er hat mich erschaffen und ist mein Gefährte. Aber solange du am Leben bist, stehst du zwischen uns.«

»Aletta, begreif doch, du kannst ihn nicht zwingen. Er wird meinen Tod nicht einfach so hinnehmen. Glaubst du wirklich, er wird dich lieben, wenn du mich ermordest und in deinem eigenen Grab verscharrst? Dann kennst du ihn schlecht. Er wird dich jagen und vernichten!«

Aletta hob die Schultern. »Vielleicht, vielleicht auch nicht. Er ist ein Vampir. Die Gesetze der Nacht sind stark. Stärker als ein flüchtiges Gefühl für eine Sterbliche. Wenn dein Duft erst einmal verweht ist und die Fäulnis deinen Körper zerstört hat, wird er dich schnell vergessen.«

Sabine suchte verzweifelt nach weiteren Argumenten, die sie aufhalten würden, doch Aletta wollte nicht mehr reden. Ganz unvermittelt sprang sie vor und zog Sabine an sich. Obwohl sie sich mit aller Kraft wehrte, konnte sie gegen die übernatürliche Stärke der Vampirin nichts ausrichten.

»Hör auf zu zappeln!«, sagte Aletta, und es klang amüsiert. »Das nützt dir doch nichts.«

Sabine spürte, wie der Blick der Vampirin sie erfasste. Sie

wandte den Kopf ab, um ihr nicht in die Augen zu sehen, doch ihr Wille erlahmte rasch. Der Widerstand erlosch.

»So ist es brav«, murmelte Aletta. Dann fuhren ihre Reißzähne in Sabines Hals.

Das war also das Ende. Der Tod schlich auf leisen Sohlen näher. Der sanfte, süße Tod. Sie würde in diesem Grab, das nicht das ihre war, verrotten, und man würde sie vergessen. Vielleicht hätte sie doch dem Drängen des Vampirs nachgeben sollen, dann wäre sie jetzt an Peters Seite eine unsterbliche Jägerin der Nacht und nicht die Beute.

Sie fühlte, wie ganz langsam mit ihrem Blut das Leben davonfloss. Sabine ahnte, dass sich Aletta absichtlich viel Zeit ließ. Genoss sie es? Oder war es als Strafe gedacht? Dass Peter sie liebte und nicht Aletta?

Falls er lieben konnte. Falls Aletta nicht recht behielt und der Vampir sie vergaß, sobald ihr Blut und ihr Duft vergangen waren.

Sie würde es nicht mehr erfahren.

Vielleicht war das gut so.

Plötzlich hielt Aletta inne. Und zog die Zähne aus Sabines Hals. Sie fiel ins Gras.

Ich bin noch nicht tot, dachte Sabine verwirrt, doch es dauerte eine Ewigkeit, bis sie die Lähmung abschütteln konnte, die der Blick der Vampirin über sie gelegt hatte. Sabine versuchte, die Augen zu öffnen, doch alles war verschwommen. Geräusche drangen an ihr Ohr, die sie noch nie gehört hatte. Sie blinzelte. Da war das offene Grab mit dem Sarg, aber wo war Aletta? Schatten huschten am Rand ihres Bewusstseins entlang, doch als sie sich umwandte, konnte sie nichts erkennen. Sie spürte, dass sie da war. Die Kälte, die sie sich zitternd zusammenkauern ließ. Sabine barg ihren Kopf unter ihren Armen und schloss die Augen. Irgendetwas jenseits ihres Verstandes ahnte, was auf dem nächtlichen Friedhof vor sich ging. Es war der letzte erbitterte Kampf. Ohne Gnade. Ohne Rettung. Sabine erbebte bis ins Innerste ihrer Seele, als sich ein Schrei erhob, den sie niemals wieder vergessen würde. Dann war es still. Totenstill.

Mühsam richtete sich Sabine auf. Da kam jemand zwischen den Büschen hervor. Sie spürte, dass es Peter war, noch ehe ihr Blick ihn erkennen konnte. In seinen Armen lag eine reglose Gestalt. Langsam kam er näher und blieb dann am Rand des Grabes stehen.

»Nun wird der Sarg nicht länger leer sein«, sagte er traurig.

Sabine konnte den Blick nicht von Aletta abwenden. Ihr Gesicht war noch immer blass und schön, doch nun lag wieder ein sanfter, friedlicher Ausdruck darin. Sabine konnte keine Verletzung sehen. Vielleicht hatte er ihr das Genick gebrochen.

»Ist sie tot?«, fragte sie leise.

»Tot ist sie schon lange, doch nun werde ich auch ihre nächtliche Existenz zerstören.«

Sabine konnte den tiefen Schmerz in seiner Stimme hören. »Sie würde wieder erwachen?«

»Ja, wenn ich sie einfach so in ihren Sarg betten würde, könnte sie sich regenerieren und am Abend wieder daraus erheben.«

Sabine fragte nicht, wie er das verhindern würde. Sie wollte es nicht wissen und noch weniger mochte sie es sehen. Als Peter von Borgo Alettas Körper ins Gras legte und sich vorbeugte, um den Sargdeckel zu öffnen, wandte sie sich ab und machte sich langsam auf den Weg zum Auto.

Sie war schon fast am Tor, als sie spürte, wie Peters Hand sich sanft um ihren Arm legte. »Komm, es ist vorbei. Ich bringe dich nach Hause.«

Sabine ersehnte nichts mehr als die Stille ihrer dunklen Wohnung und ein weiches Bett, um ihre schmerzenden Glieder auszustrecken. Schlaf und Vergessen waren alles, was sie brauchte, als sie den Schlüssel im Schloss drehte und die Tür zu ihrer Wohnung aufstieß. Sie wankte in den Flur und schob die Tür mit dem Fuß hinter sich zu.

Im Wohnzimmer brannte Licht. Hatte sie vergessen, es auszuschalten?

Sie spürte, wie sich alles in ihr verkrampfte. Sie war nicht allein in der Wohnung.

War der Albtraum noch nicht zu Ende?

Sie erwog kurz, hinauszulaufen und drüben bei Lars zu klingeln. Aber konnte der junge Mann ihr überhaupt helfen? So recht konnte sie sich ihn nicht als den Retter in der Not vorstellen. Und außerdem, welche Gefahr konnte ihr in ihrer eigenen Wohnung schon drohen? Aletta war vernichtet, ihr Körper begraben.

Aber wer konnte es sonst sein? Einer von Tariqs Männern?

Unwahrscheinlich. Trotzdem griff Sabine nach dem schweren Taschenschirm, der an der Garderobe hing, und umklammerte ihn wie einen Schlagstock. Vorsichtig schob sie sich weiter, bis sie um die Ecke ins Wohnzimmer sehen konnte.

Vor Erleichterung hätte sie beinahe gelacht. Da lag ihr Exmann Jens Thorne in ihrem abgewetzten Lieblingssessel, den Mund weit geöffnet, und schnarchte leise. Sabine ließ den Schirm sinken und trat näher.

Erschreckt fuhr er hoch und starrte seine geschiedene Frau an, als wäre sie eine Erscheinung. Dann schien ihm wieder einzufallen, wo er sich befand.

»Wie spät ist es? Wo hast du dich so lange rumgetrieben und wie siehst du überhaupt aus? Ist das Blut an deinem Pulli? Der ist ja ganz zerrissen.«

Sabine schielte zu ihrer Schulter, an der Aletta ihr die Kleider aufgerissen hatte. Blut war aus der Halswunde in den Kragen gelaufen und hatte bräunliche Flecken auf dem hellblauen Stoff hinterlassen.

»Blut? Ja, sieht so aus. Ich war im Einsatz. Da ging es ein wenig zur Sache«, sagte Sabine.

»Das sehe ich«, brummte Jens missmutig. »Und was willst du mit dem Schirm? Ihn mir auf den Kopf schlagen?«

»Woher sollte ich wissen, wer mitten in der Nacht in meine Wohnung eingebrochen ist?«, verteidigte sich Sabine und legte den Schirm beiseite.

»Ich bin nicht eingebrochen«, berichtigte er. »Ich habe einen Schlüssel.«

Sie war zu müde, um sich mit ihm zu streiten. Mit einem Stöhnen ließ sie sich in den zweiten Sessel fallen.

»Was willst du hier?«

Ein seltsamer Ausdruck trat in sein Gesicht. Er öffnete den Mund, und es schien ihm wirklich schwerzufallen, auf sein Anliegen zu sprechen zu kommen, dann überlegte er es sich anders und fragte stattdessen: »Was für ein Fall?«

Sabine richtete sich auf und fixierte ihn mit halb geschlossenen Augen. »Wir haben den Zuhälter und Menschenhändler Tariq und zwei seiner Komplizen verhaftet, als sie über den Hafen Nachschub für sein Bordell und seinen Sklavenhandel einschmuggeln wollten. Lauter junge Mädchen aus Asien und der Türkei, die zwei Wochen in einem Container gesteckt haben!«

Jens schluckte. »Ich habe es nicht gewusst«, sagte er leise.

»Was?«, verlangte Sabine zu wissen.

»Diese Frauen, Dorina und Yulia, ich habe es nicht gewusst.«

»Was, dass sie hier illegal bei deinen feinen Mandanten arbeiten?«, fragte Sabine scharf.

Er schüttelte den Kopf. »Das schon, aber es ist mir nicht im Traum eingefallen, dass sie etwas anderes sein könnten als, nun ja, illegale Hausmädchen eben. Ich habe sowohl den von Ilsenbricks als auch den Reißenbergers geraten, sie anzumelden. Mehr konnte ich nicht tun.«

Sabine stemmte die Hände in die Hüften.

»Nein? Weshalb bist du hier? Erwartest du so etwas wie Absolution?«

»Nein«, widersprach er kleinlaut. »Ich wollte nur, dass du weißt, dass ich keine Ahnung hatte. Ich hätte mir nie vorstellen können, dass jemand hier in unserem Land einen anderen Menschen wie einen Sklaven hält.«

Sabine ließ sich in den Sessel zurückfallen. »Ja, das hat mich auch erschreckt. Ich dachte, ich hätte schon alles gesehen. Trotzdem, du bist öfters dort zu Gast gewesen. Du hast die Frauen gesehen. Ist dir denn gar nichts aufgefallen?«

Jens hob die Schultern. »Sie waren Haushaltshilfen. So genau habe ich sie mir nicht angesehen. Einmal ist mir aufgefallen, dass Dorina verletzt war, doch Frau von Ilsenbrick behauptete, sie habe einen Freund, der sie geschlagen hat. Ich habe ihr geglaubt. Warum hätte ich meiner Mandantin nicht glauben sollen?«

Sabine schloss müde die Augen. »Ja, so ist das. Diese Verbrechen sind nur möglich, weil keiner richtig hinsieht.«

»Es tut mir leid«, sagte Jens leise. »Ich möchte, dass du weißt, dass ich entsetzt bin und so etwas keinesfalls billige!«

»Und dennoch vertrittst du diese Leute«, wandte Sabine ein.

Er holte tief Luft. »Ich habe mich entschlossen, das Mandat niederzulegen.«

Sabine nickte. »Das ist gut. Dennoch werden sie einen anderen Anwalt finden, der sie für viel Geld da rauszuholen versucht.«

»So wird es wohl sein. Das ist unser Rechtssystem.«

Sabine stemmte sich aus dem Sessel hoch. »Ja, ich weiß, auch wenn ich das in diesem Fall zum Kotzen finde. Doch jetzt entschuldige mich. Ich hatte einen schweren Tag und brauche etwas Schlaf. Wir können morgen noch mal darüber reden, wenn du magst. Fahr nach Hause oder schlaf drüben im Arbeitszimmer. Dort liegt Julias Bettzeug.«

Jens erhob sich und trat auf sie zu. Ein wenig unbeholfen tätschelte er ihren Arm. »Dann gute Nacht.«

»Gute Nacht, Jens«, sagte Sabine unter einem Gähnen und wankte ins Bad.

Duyen sah Sabine ein wenig furchtsam an.

»Ja, kommen Sie! Haben Sie keine Angst.«

Sie konnte all die Fragen, die sie nicht zu stellen wagte, in ihrem Blick sehen.

Sabine hatte ihr nicht gesagt, wohin sie fuhren, und nun blickte Duyen auf die unscheinbare Fassade des Hauses, das ihr Ziel sein sollte.

Sabine schob ihre Hand unter Duyens Ellbogen und dirigierte sie auf die Haustür zu, die sich öffnete, ehe sie sie erreichten.

»Ah, da sind Sie ja«, begrüßte sie eine freundliche Stimme. Die beiden Frauen lächelten einander an.

»Kommen Sie!«, forderte Dr. Lohenberg sie auf und trat einen Schritt zurück. Kinderlachen schallte ihnen entgegen, und Sabine spürte, wie sich Duyen ein wenig entspannte. Nun war ihr Blick bei aller Zurückhaltung doch erwartungsvoll. Auch wenn die Angst vor der Enttäuschung deutlich darin abzulesen war. Sabine drückte ihr aufmunternd den Arm.

Die Kinderpsychologin führte sie wieder zu dem Raum, in dem Sabine sie auch das letzte Mal getroffen hatte. Sie hielt ihnen auffordernd die Tür auf. Sabine schob Duyen in das Zimmer.

Sie trat ein und blieb wie erstarrt stehen, den Blick auf die kleine Gestalt gerichtet, die in einer Ecke auf einer Matratze mit bunten Kissen saß und eine Puppe fest umklammerte.

Das kleine Mädchen sah auf. Zum ersten Mal sah Sabine das Kind strahlen. Es sprang auf und lief durch das Zimmer. Seine Arme schlangen sich um Duyens Hüfte. Sein Gesicht presste sich in ihren Rock.

»*Me*«, schluchzte das Mädchen immer wieder und stieß einige Worte aus, die Sabine nicht verstand. Duyen sank in die Knie und zog ihre Tochter in die Arme. »Meine kleine Orchidee!« Sie wiegte sie zärtlich und flüsterte ihr liebende Worte ins Ohr.

Dann sah Duyen mit Tränen in den Augen zu Sabine und der Ärztin auf.

»Lan sagt, dass sie nie wieder von Mama weggehen will.«

Sabine kniete sich zu den beiden auf den Boden. »Das muss sie auch nicht! Sagen Sie Lan, dass nun alles gut ist. Sie beide bleiben zusammen, und ich verspreche Ihnen, dass wir alles in unserer Macht Stehende tun werden, damit Sie beide ein gutes Zuhause bekommen.«

So schlecht standen ihre Chancen nicht, denn Duyen hatte sich bereit erklärt, der Staatsanwaltschaft zur Verfügung zu stehen. Und da die Christen in Vietnam eine Minderheit waren, die immer wieder Repressalien und Verfolgungen ausgesetzt waren, stand es auch um ihren Asylantrag nicht schlecht.

Duyen erhob sich, legte die Handflächen zusammen und verbeugte sich vor der Kommissarin.

»Dann möge Gott Ihnen helfen. Sie sind ein guter Mensch, und wir haben Ihnen viel zu danken. Möge Gott Sie segnen und auch Ihnen einen Engel schicken, wenn Sie ihn am nötigsten brauchen.«

»Ich danke Ihnen«, sagte Sabine bewegt. Vielleicht war es ihr in diesem Fall gelungen, immerhin zwei Menschen zu retten und in eine glücklichere Zukunft zu führen.

Epilog

Engel der Verdammten

Sie stand an Alettas Grab, so wie einige Monate zuvor, einen Strauß Blumen in der Hand, während die Sonne irgendwo im Westen hinter dem Horizont verschwand. Obwohl der Wind auffrischte und ihr kalt war, rührte sie sich nicht. Sie sah nur auf das Grab hinab und lauschte ihren wirren Gefühlen.

Es war zu Ende. Endgültig.

Doch war es ein gutes Ende?

Es war so viel geschehen in den wenigen Tagen, seit sie ins Präsidium zurückgekehrt war. So wenige Tage, und dennoch kam es ihr vor, als habe sich die Welt in dieser kurzen Zeit verändert. Ihre Welt.

Sie hatte schon viele Fälle bearbeitet, und obwohl der Job sie abhärtete, gingen die scheußlichen Verbrechen, die die Menschen sich gegenseitig antaten, nicht spurlos an ihr vorüber. Mal schockierte sie die Grausamkeit der Tat an sich, mal die Gemeinheit und Skrupellosigkeit, mit der die Täter vorgingen. Die menschenverachtende Gleichgültigkeit, mit der sie sich nahmen, was ihnen nicht zustand.

Doch dieser Fall war anders. Er betraf sie persönlich. Sie war ein Teil des Geflechts aus Rache, Schuld, Verlangen und Vergeltung geworden, und sie fragte sich, wie groß ihr Teil der Schuld war.

War der Weg des Schicksals unerbittlich vorgezeichnet oder hätte irgendjemand in die Speichen greifen und das Rad aufhalten, ihm zumindest eine andere Richtung geben können?

Sie wusste es nicht.

Nun war Aletta tot. Wirklich und endgültig tot und vernichtet. Sabine fühlte sich schuldig. Warum? Weil Aletta wegen ihr gemordet hatte? Weil Peter – wegen ihr – nicht mit Aletta zusammen sein wollte?

Unsinn. Der Vampir traf seine eigenen Entscheidungen. Er hatte sich von seiner Schöpfung abgewandt.

Durfte er so einfach über Leben und Tod entscheiden? Ein Geschöpf der Nacht erschaffen und es wieder vernichten, wenn es ihm passte? Das konnte nicht richtig sein. Auch er hatte sich schuldig gemacht. Zweimal hatte er sich an Aletta versündigt: Als er sie schuf und als er sie vernichtete.

Oder waren die Weichen zu diesen tragischen Ereignissen schon früher gestellt worden? Hatte *sie* die falsche Richtung eingeschlagen, als sie den Fall der missbrauchten Freundinnen zu spät aufgeklärt hatte? Weil sie nicht verhindert hatte, dass Aletta die Schuld auf sich nahm, um ihre Freundinnen zu schützen und ihnen ein neues Leben zu ermöglichen?

Sabine hatte Aletta genug Zeit gegeben, ihre Angelegenheiten selbst zu regeln. Als Kommissarin hatte sie damit eindeutig versagt. Sie hätte Aletta, Carmen und Meike sofort verhaften, sie für die Morde an ihren Peinigern zur Rechenschaft ziehen müssen.

Dann säßen sie jetzt im Gefängnis und nicht nur Aletta, sondern auch Ileana, Yulia, Fjodora und Anelia wären noch am Leben.

Allerdings wären sie auch immer noch Sklaven, genau wie die anderen Frauen, die Tariq mit seinen Helfern nach Hamburg geschleust und zur Prostitution gezwungen hatte.

Stattdessen waren die Überlebenden nun vorerst in einem sicheren Haus untergebracht, wurden von Therapeutinnen und Psychologinnen betreut, bekamen die Möglichkeit, sich zu entscheiden, ob sie gegen Tariq und seine Frau vor Gericht aussagen wollten.

Und die Täter?

Selbst wenn die Beweise gegen Tariq und Melanie für ein Urteil reichen sollten, würde die Strafe vermutlich viel zu gering ausfallen. So vieles war kaum zu beweisen, und ihr Anwalt würde dafür sorgen, die Zeuginnen unglaubwürdig erscheinen zu lassen. Und selbst wenn die beiden eine gerechte Strafe erhielten: Wie viele der Schuldigen würden straffrei ausgehen? Würde auch nur einer dieser Hamburger Bürger, die Frauen wie Sklavinnen gehalten hatten, für seine Unmenschlichkeit ins Gefängnis gehen?

Sabine hoffte es sehr, doch besonders zuversichtlich war sie nicht. Die meisten Opfer waren tot, und ob Duyens, Dorinas und Mironas Aussagen für ein hartes Urteil ausreichen würden, war fraglich.

Sabine seufzte tief. Nein, es war kein gutes Ende.

Ein vertrauter Kältehauch, der nichts mit dem herbstlichen Wind zu tun hatte, strich ihr über den Nacken. Sie wandte sich nicht um, doch sie spürte, wie er hinter sie trat.

»Ich habe geahnt, dass ich dich hier finde.«

Peter legte den Arm um sie und zog sie zu sich. Er küsste ihre Stirn.

»So grüblerisch an diesem herrlichen Herbstabend? Was quält dich, meine Liebste?«

Sabine zögerte und suchte nach den richtigen Worten, in denen all die wirbelnden Fragen mündeten.

»Ich verstehe es nicht. Warum ist sie so geworden?«

Der Vampir hob die Schultern. »Viele Menschen mögen im Stillen Rachegedanken hegen, doch vielleicht verändern wir uns, wenn wir ihnen nachgeben. Vielleicht stirbt ein Teil in uns, wenn wir andere Menschen töten, selbst wenn sie es verdient haben.«

»Du meinst, die Veränderung fand schon vor ihrem Tod statt. Noch ehe du sie gewandelt hast?«

»Ändern wir uns nicht ständig? Schwerwiegende Taten lassen

ihre Spuren zurück, und was könnte schwerwiegender sein, als fünf Menschen zu töten?«

Sabine sah auf Alettas Grab hinunter und dachte darüber nach.

»Ich bin mir nicht sicher«, widersprach sie dem Vampir. »Ist es nicht wahrscheinlicher, dass bei ihrer Wandlung ihr Geist, ihr Wesen Schaden genommen hat? Dass sie plötzlich die Welt mit ganz anderen Augen gesehen hat und die Werte, die sie als Mensch geleitet haben, von der Gier ausgelöscht wurden?«

Sabine seufzte. Etwas in ihr wehrte sich und schrie auf. Sie schob Peters Arm von ihrer Schulter, trat einen Schritt zur Seite und sah ihn an. Sie versuchte, nicht nur seine körperliche Gestalt zu erfassen, die ihr so unendlich reizvoll erschien, sondern sie versuchte, tiefer zu sehen, einen Blick auf sein Wesen, seine Wünsche und Träume zu erhaschen. Um zu verstehen, was ihn antrieb, und auch, was die zerstörerischen Triebe im Zaum hielt.

Er ließ sie gewähren und entzog sich ihr nicht. Es war ihr gar, als versuche er, sich ihr zu öffnen.

Endlich senkte sie den Blick und trat kopfschüttelnd noch einen Schritt zurück.

»Man kann es nicht fassen, nicht begreifen, nicht wahr?«, sagte er.

Sabine nickte und sah ihn traurig an. »Nein. Du bist ein mystisches Wesen, das es eigentlich nicht geben darf. Wie könnte ich dich verstehen, wo wir Menschen uns nicht einmal selbst verstehen?«

»Hast du Angst? Bislang stand nur Julia zwischen uns. Das war nicht weiter schlimm. Sie wächst heran und wird so schnell erwachsen, wie ein Jahrzehnt verfliegt. Und ich bin geduldig. Doch seit du gesehen hast, was aus Aletta geworden ist, macht dir die Vorstellung, in meine Welt einzutreten, Angst. Du fürchtest dich, dass etwas bei der Wandlung verloren gehen könnte, nicht wahr?«

Sabine nickte mit Tränen in den Augen.

»Muss ich das nicht? Muss ich nicht fürchten, zu einem seelenlosen, selbstsüchtigen Monster zu werden, das hilflos seiner Gier nach Menschenblut ausgeliefert ist? Wer könnte die Menschen vor mir schützen und wer mich davor bewahren, mich selbst hassen zu müssen?«

»Ich. Das wäre meine Aufgabe, wenn ich dich zu meiner Gefährtin machte. Ich wäre stets an deiner Seite, wenn du mich brauchtest. Ich würde dich in meiner Welt begleiten, bis du dich selbst darin zurechtfindest.«

Sabine sah den Vampir ernst an. »Wo warst du, als Aletta dich brauchte? Du hast sie in deine Welt gebracht und sie dann ihren Ängsten überlassen. Sie hätte dich gebraucht, vielleicht wäre dann alles anders gekommen.«

»Du meinst, es ist meine Schuld?« Er erwiderte ihren Blick und seufzte tief. »Vermutlich hast du recht. Es gibt keine Entschuldigung. Ich konnte sie nicht in den Tod gehen lassen, denn ich wollte sie nicht verlieren. Sie betrat meine Welt so offen und voller Neugier, ja, fast möchte ich sagen: in kindlicher Unschuld. Ich habe nicht geahnt, zu was sie ohne Führung werden kann. Es ging alles so schnell, und ehe ich eingreifen konnte, war es zu spät.«

Sie hörte den tiefen Schmerz in seinen Worten.

»Du hast sie geliebt, nicht wahr?« Die Worte allein taten schon weh, und sie spürte, wie sie auf seine Antwort lauerte.

»Nein«, antwortete er mit Nachdruck. Er trat auf Sabine zu und umfasste ihre Arme. »Nein! Sie war eine interessante Persönlichkeit. Ich habe ihren Lebensweg verfolgt und fühlte mich von ihr angezogen, ja, und ihr Blut verlockte mich. Doch es ist nicht zu vergleichen mit dem, was ich für dich empfinde, seit ich deinen Duft zum ersten Mal in mich aufgenommen habe. Ich will dich an meiner Seite, für alle Ewigkeit! Das wollte ich immer. Ich hatte nie vor, mich zwischen Aletta und dir zu entscheiden. Ich dachte nur, ich könnte auch sie in meine Welt mitnehmen, doch das war ein Irrtum. Verzeih mir, dass es mir nicht leichtfiel, das Wesen zu vernichten, das ich selbst geschaffen hatte.«

»Das ist nichts, was ich dir verzeihen müsste. Wie könnte ich dich lieben, wenn du kaltherzig töten und vernichten würdest?«

»Mein Herz ist kalt«, widersprach er mit einem traurigen Lächeln. »Und dennoch empfinde ich so etwas wie Liebe, die nicht selbstsüchtig ist. Kannst du mir das glauben und mir vertrauen?«

Sabine hob die Schultern. »Ich werde es versuchen.«

Ein Lächeln ergriff seine Lippen und breitete sich dann über sein ganzes Gesicht aus, bis auch seine Augen strahlten.

»Dann ist ja alles gut! Wir werden zusammen diese Nacht genießen und die nächste und die, die darauf folgt. Ich werde dich lieben und für dich da sein und mich an meiner Hoffnung erfreuen, dass du mir irgendwann erlaubst, dich in meine Welt zu führen.«

Sabine schlang die Arme um seinen Hals und zog sein Gesicht zu sich herunter. Einen Moment verharrte es so über ihr, dann küsste er sanft ihre Lippen. Sabine schloss die Augen und gab sich seinen Küssen hin.

»Ja«, sagte sie, als sie wieder Luft bekam. »Lass uns diese Nacht genießen und die nächste und die, die darauf folgt.«

Er lachte und hob sie in seine Arme. Dann begann er zu laufen. Die Gräber flogen an ihnen vorbei. Der Nachtwind strich über ihre Wangen und verfing sich in ihrem offenen Haar.

»Was hast du vor? Wo bringst du mich hin?«

»Oh, ich dachte, du möchtest vielleicht mein neues Motorrad mit mir einweihen. Eine flotte Fahrt über die Deiche nach Norden? Ein nächtlicher Spaziergang an einem weiten Nordseestrand wartet auf uns. Und wenn dir kalt wird, kenne ich ein kleines Häuschen mit weichen Decken vor dem Kamin. Ich wage zu behaupten, dass es mir gelingen wird, dich wieder aufzuwärmen. Nun, was sagst du? Ich habe gehört, du hast noch ein paar freie Tage nach dem letzten anstrengenden Fall.«

Sabine legte den Kopf an seine Schulter. Ein Lachen des Glücks löste sich aus ihrer Kehle. »Ich sage einfach nur: Ja!«

Danksagung

Nach vielen Jahren Pause gibt es endlich wieder einen neuen Fall für Peter von Borgo und Sabine Berner. Ohne die vielen Fans, die mich immer wieder angeschrieben und gefragt haben, wie es denn mit den beiden weitergeht, wäre es wohl nicht dazu gekommen. Vielen Dank dafür. Danken möchte ich auch meinem Verlagsleiter Volker Busch von Egmont Lyx und seinen Mitarbeiterinnen, die sich des neuen Falls angenommen haben. Vielen Dank auch meinem Lektor Andy Hahnemann, mit dem die Arbeit am Text und die Abstimmung so schnell und problemlos verliefen.

Herzlichen Dank meinen Agenten Mariam und Thomas Montasser, die mich nach so vielen Büchern noch immer liebevoll betreuen. Auch mein Mann Peter Speemann hat sich wie immer um die EDV gekümmert und sich als erster kritischer Leser des Manuskripts angenommen.

So ein schwieriges Thema wie Menschenhandel und moderne Sklaverei kann man nicht ohne entsprechende Recherche angehen. Die Haussklaven in Hamburger Bürgerhäusern habe ich erfunden. Das ist der Schuss Fantasie der Krimiautorin. Die anderen hier geschilderten Aspekte des Menschenhandels und der Versklavung von Frauen und Kindern in der Sexindustrie entsprechen der traurigen Wahrheit. Wobei die meisten Frauen in Hamburg heutzutage aus den neuen EU-Ländern Rumänien und Bulgarien kommen. Die Fälle aus den russischen Provinzen sind stark zurückgegangen. Die erweiterte Aufenthaltsgenehmigung von drei Monaten für Opfer des Menschenhandels, die bereit sind, vor Gericht auszusagen, gilt übrigens erst seit November 2011.

Zu danken habe ich den Buchautoren, deren Werke mich in das Thema eingeführt haben. Eine Liste finden Sie im Anhang. Vielen Dank auch Claudia Robbe und Doris Köhncke vom Fraueninformationszentrum (FIZ) in Stuttgart, die mir viele Fragen zum Thema Frauenhandel ausführlich beantwortet haben.

Die Organisation in Hamburg, die sich um die Opfer des Frauenhandels kümmert, wollte in diesem Roman nicht namentlich genannt werden. Wer sich für ihre Arbeit interessiert oder sich eingehender mit dem Problem des Frauenhandels und der illegalen Prostitution beschäftigen möchte, dem empfehle ich, mit dem KOK e.V. – dem bundesweiten Koordinierungskreis gegen Frauenhandel und Gewalt an Frauen im Migrationsprozess – in Kontakt zu treten.

Es ist mir ein Anliegen, dass »Engel der Verdammten« auch für meine Leser nicht nur ein Krimi ist, der ein paar Stunden spannende Unterhaltung schenkt, sondern auch den Blick für den dunklen Schatten der modernen Sklaverei schärft.